异世奇情系列006

一世倾城

武侠奇幻

① 风云起

YISHI QINGCHENG

苏小暖 著
SUXIAONUAN WORKS

上

江苏文艺出版社
JIANGSU LITERATURE AND ART PUBLISHING HOUSE

图书在版编目（CIP）数据

一世倾城：全2册. 1 / 苏小暖著. 一南京：江苏文艺出版社，2014. 2

ISBN 978-7-5399-6992-3

Ⅰ. ①一… Ⅱ. ①苏… Ⅲ. ①长篇小说一中国一当代 Ⅳ. ①I247. 5

中国版本图书馆CIP数据核字（2014）第016595号

书　　名	一世倾城. 1
作　　者	苏小暖
出版统筹	黄小初　侯　开
选题策划	孙红彦　戚兆磊
责任编辑	姚　丽
文字编辑	孙红彦　戚兆磊
责任监制	刘　巍　江伟明
出版发行	凤凰出版传媒股份有限公司 江苏文艺出版社
出版社地址	南京市中央路165号，邮编：210009
出版社网址	http://www.jswenyi.com
经　　销	凤凰出版传媒股份有限公司
印　　刷	北京海石通印刷有限公司
开　　本	700×980毫米　1/16
字　　数	446千字
印　　张	34
版　　次	2014年2月第1版　2019年3月第7次印刷
标准书号	ISBN 978-7-5399-6992-3
定　　价	55.00元（全二册）

影视版权抢订热线　　13911704013

江苏文艺版图书凡印刷、装订错误可随时向承印厂调换

一世倾城

1 风云起

目录【上】

CONTENTS

第一卷　风云初起

目录【下】

CONTENTS

一世倾城

❶风云起

第二卷　生死大战

第一卷
风云初起

这里是以武为尊的世界！

大陆上有四个国家，分别是东陵、西陵、南风和北漠，四个国家呈口字形围成一圈，在它们中间便是传说中的黑暗森林，里面魔兽横行，如果不是武者根本别想踏入。

一世倾城

第一章 初来乍到

夜晚，云落山顶峰星空下，凉风习习，万籁俱寂。

苏落眼底的温柔中带了一丝甜蜜，柔情脉脉地凝望着眼前的男子，“云起，等退出组织，我们就在这里定居好不好？”

云起星目中带着醉人的温柔，“丫头，就这么想退出吗？”

苏落转身眺望远处，脸上带着一丝明媚灿烂的笑容，“我从五岁进入组织，这十几年来一直过着杀手的生活，没有一刻安宁。现在我已经厌倦了这样的生活，很想快点脱离出来。况且明姐已经答应我了，等交完这趟任务，就允许我退出。”

说着，苏落拿出手中的小锦盒在云起面前晃了晃。沉浸在对未来美好生活向往中的她，没看到云起眼底闪过的一抹诡谲光芒。

“龙之戒？原来你已经拿到手了？”云起丹凤眼微眯，眼底是醉人的柔情。

“嗯，所以这次你跟我一起退出，好不好？”苏落拉着云起的手，满眼希冀。

“好。”他轻柔的吻印在苏落光洁的额头，强而有力的手一把将她拥入怀中，紧紧地拥抱着。

靠在他肩窝锁骨处，苏落眼底是满满的、幸福的微笑。终于可以结束这刀头舐血的日子，回到最初的安宁了。青梅竹马十几年，他们从枪林弹雨中一起携手走过，他是她最重要的亲人，也是最信任的人，现在她已经怀了他的宝宝，等退出组织后……忽然，苏落浑身一僵，眼底布满惨烈的痛苦。她睁大眼睛，满眼都是难以置信的绝望。她一把推开云起，低头望去。

此时，她的胸口插了一柄锋利的匕首，鲜血沿着匕首不断地往外涌出，润湿了薄薄的素色长裙，胸口的血迹犹如妖冶怒放的彼岸花，炽热而诡异。身为杀手，云起的匕首精准得没有一丝差错。

苏落踉跄着跪倒在碎石凌乱的地上，那双美眸中充满了惊诧、绝望和难以置信。她实在没有想到，这个她最为信任、口口声声说爱她的男人，会狠绝地将那柄自己送他的匕首，反手刺进自己心口。那么决绝、冷酷，毫不留情。

为什么……她张了张口，却因为绝望而发不出一丝声音。

云起冰冷而嘲弄地勾起唇角，“苏落，你太天真了。你以为你为组织卖命多年，组织就会放过你吗？你以为我和你在一起真的是因为爱你吗？你简直太幼稚了。”

“……”苏落绝望地苦笑。她确实太天真幼稚了。

“想退出组织，从来只有一条路，那就是死！”云起捡起掉落在地上的小锦盒，冰冷地看了一眼痛苦绝望的苏落，转身决然离去。

“云起，你难道就不天真吗？”苏落冰冷的声音在他身后响起。

见云起停住脚步，苏落笑了起来，“你觉得，锦盒里装的是什么？”

云起打开锦盒，一瞬间，他忽然脸色大变，“龙之戒呢？你把它藏哪了？”

有个有钱的雇主出三十亿美元委托组织找这只龙之戒，如果最后找不到，不仅拿不到赏金，对组织的信誉也是极大的打击。

苏落站到悬崖边上，下面幽深不见底，她嘴角绽放出得意却凄苦的笑，美得如同风雨飘摇中绽放的花，“云起，你永远都得不到龙之戒了，还有，别在我的坟头哭，脏了我轮回的路。”

碧落大陆。

痛！苏落感觉自己全身如针扎似的疼痛，又似被重卡碾压过，痛得心脏几乎停止跳动。

迷迷糊糊中，她缓缓睁开沉重的眼皮，看着头顶脏污的白纱蚊帐，看着破旧的棉被，一时之间有些反应不过来。

“苏落，你这个贱人，你怎么不去死？你还醒来做什么？去死去死去死！”一道尖锐刺耳的声音在苏落床前怒叫。

苏落发觉自己浑身无力，她虚弱地朝发出声音的地方望去。

那是一个长相很漂亮的姑娘。大约十四五岁，一袭淡紫轻纱，头上灵蛇髻斜插宝蝶玉钗，小脸有些圆润，五官很是精致。

小姑娘长得很漂亮，但行事却非常恶毒。此刻她手里拿着一根纳鞋底的针，针身很粗，泛着幽冷寒光。

她狰狞着，毫不留情地一下一下刺在苏落身上。她很聪明，刺的都是被衣服遮掩住的肌肤，不掀开衣服外人根本看不出来。

好痛！这简直就是凌虐！苏落想说话，却发现自己的嘴巴被破布堵住了，想反抗，却连抬起手指的力气都没有。

那恶毒丫头见苏落醒着，对着另外一个略大些的姑娘冷声吩咐："三姐，快，快打死她！"

这位三姑娘竟然很听话地用力朝苏落脸上甩巴掌。

苏落眼底寒光闪闪：这番凌虐，这些巴掌，我苏落全都记下了！

苏落再也熬不住，最后陷入泥沼般的黑暗中。

"小姐……呜呜……小姐你不要死啊……"稚嫩的女声哭得凄惨悲切，似乎嗓子都哭哑了。

被一阵哭声吵醒，又感觉有人用力地摇晃她，苏落幽幽醒转。

"小、小姐？"绿萝正哭得伤心，抬眸对上苏落的视线，脸上顿时惊喜交加。

此时，苏落也看清楚了眼前的小丫头。大约十四五岁，五官还算秀气，不过此刻脸上布满了红肿指印，双眼如桃子般肿胀，看起来非常狼狈。

苏落的视线转移到房内。她发现她所处的环境还不是一般的糟糕。桌子是缺腿的，椅子是破烂的，连喝水的茶壶杯子也都是缺损的，整个屋子看起来就像非洲的贫民窟、难民营。

忽然，苏落只觉得脑子一痛，记忆如潮水般涌来。

这里不是她熟悉的任何朝代，而是从未在历史中出现过的碧落大陆。

这里是以武为尊的世界！

大陆上有四个国家，分别是东陵、西陵、南风和北漠，四个国家呈口字形围成一圈，在它们中间便是传说中的黑暗森林，里面魔兽横行，如果不是武者根本别想踏入。

苏落现在就在东陵国的大将军府。

她的父亲是护国大将军苏子安，而她则是大家口中的废柴草包呆子白痴四小姐。

在碧落大陆，每个孩子五岁的时候都会进行一场天赋测试，这场测试重要到足以决定人的一生。

在这场测试之前，苏落曾是苏家的骄傲，因为她一出生就天生异象，霞光满天，彩虹铺道，神鸟绕着整个帝都飞行了一圈，当时人人都称苏家四小姐必成大器。但是在五年后的天赋测试上，这位最被看好的苏家四小姐却爆出冷门——她竟是天赋为零的废柴，根本不可能习武。

由于期待太高、落差太大，苏子安一怒之下将苏落扔到偏院任由她自生自灭，而苏落的母亲也被嫌弃，最后郁郁而终。

难道她真的就是传说中的废柴？苏落望着悠悠白云，眼底闪过一丝冷笑。

她苏落在现代经历了十几年的魔鬼训练，就算真的天赋为零，她也能闯出自己的一片天！她永远不会忘记穿过来的第一天，那两个丫头凌虐她的情景。

“小姐，三小姐和五小姐今日到花园里散步呢，两人都没带丫鬟，不知道在说什么呢。”绿萝提着食盒进来，将食盒搁在桌上，拿出菜一一摆在桌上。一盘烂菜叶子，一碗发霉的豆腐干，还有两碗饭。

“不吃了，我先出去下。”苏落将碗筷一推，眼底闪过一丝冷意。她苏落别的本事没有，就爱记仇，而且有仇必报。

花园里，三小姐苏挽和五小姐苏溪正沿着花园的荷花池散步。五小姐苏溪是嫡母所出，身份尊贵，而且小小年纪天赋惊人，是整个苏家的宠儿。三小姐苏挽和苏落一样，都是庶出，不过她嘴巴甜，而且平日里惯会巴结苏溪，所以两个人的关系看起来还挺不错。

隐隐地传来苏挽的声音，“五妹，听说那死丫头又醒过来了？”

苏溪冷笑，“她命贱得很，下毒都毒不死她，打也打不死，就像蟑螂一样顽强，看着真是讨厌！”

苏挽状似忧愁，“那怎么办？那婚事岂不是……”

苏溪恶狠狠地握拳，“你放心，下次我一定弄死她！”

苏落嘴里叼着一根稻草，听着她们商量着谋害自己，眼底闪过一丝冷意。她倒要看看，现在谁敢再对她动手！

听说这苏溪天赋很高，小小年纪已经是二阶武士了。现在，自己虽然还没能力报仇，但收取点利息却是没问题的。

苏落隐藏在梧桐树后，眼底闪过一丝狡黠的光芒。衣袖翻飞间，一颗小石头好巧不巧地滚落到苏挽脚边。苏挽正目视前方，哪里顾及得到脚下，她一脚踩上去，身子顿时重心不稳，歪歪斜斜地往苏溪那边倒去。

人在摔倒的时候，总有抓住身边一切可抓之物的本能，所以苏挽很幸运地扯住了苏溪的衣袖。然而，很不幸的是，就在两人歪歪斜斜的时候，忽然，一记佛山无影脚猛地朝苏挽屁股踹去。毫无预兆的攻击让苏挽措手不及，而她此刻又牢牢揪住苏溪的裙子。顿时，两个人双双朝水渠中飞去，砰的一声，重重跌落进水渠中，成了落汤鸡。

而苏落早已经隐藏回了梧桐树后。此时的她双手环胸，眸中流光溢彩，坐等着看好戏。

她倒要瞧瞧这对亲密无间的好姐妹内斗起来会如何的精彩。

面对这无妄之灾，其实苏溪挺无辜的，但是谁叫她得罪谁不好，偏偏去得罪苏落呢？她被苏挽连累，一头栽进水里，本就脾气骄纵的她顿时气得大叫，一个巴掌就甩过去，“三姐你干吗？自己摔倒就算了，干吗要连累我也摔进来？”

苏挽好不容易浮出水面，迎接她的就是苏溪重重的一巴掌。她也不清楚自己怎么就摔倒了，不过她很肯定，自己之所以会摔进水渠里，是因为有人狠狠踹了她后臀。她恨恨地捂住被打的右脸，欲哭无泪，“五妹，有人踹我，不是我想摔的。”

苏溪冷笑，“这里就你跟我两个人，你觉得谁会踹你？你还不快上去找披风来给我穿？”

“可是……”苏挽可怜兮兮地垂下眼睑。

被水弄湿的轻纱流仙裙此刻正紧紧地贴在她身上，将她的身材凸显得玲珑有致，里面的红色肚兜很是明显。如果她就这个样子出去，被人看见的话，可不丢死人了？

“要不，我们喊人吧？”苏挽抱着脑袋想半天，弱弱地建议。

“不行！要是把男人叫来，被人看光了怎么办？你快去！”苏溪满脸凶狠。

“不、不行……”苏挽死命摇头，怎么都不答应。

“那你把身上的衣服扒下来给我穿！”苏溪气呼呼地就要去扯苏挽的外衣。

“五妹妹，住手，快住手……”苏挽抱紧胸口死活不让。她就外面一片薄纱，里面一件肚兜啊。

“那你还不快去？”苏溪一把提起苏挽，毫不留情地将她往岸上丢去。

站在岸上的苏挽，此时身上的衣服紧贴着。她冻得瑟瑟发抖，正欲往外拼命跑，此时，林中不知为何突然着火了。

远远地似乎有人喊着：“走水了……林中走水了……大家快过去灭火啊……”

小树林就在这荷花池边上，离得非常近，周围几乎一目了然，没有假山也没有大石，根本无处躲藏。眼见无数的人往这里而来，苏挽被吓得脸色苍白、六神无主，她双手护住胸前，急得在原地转圈。

“快跑，快给我跑啊。”藏在荷花池内的苏溪急得大声催促，再不跑就来不及了。

可是，现在已经来不及了。

听着无数的脚步声越来越近，苏挽吓得一哆嗦，下意识地就重新跳进了水渠里。

砰的一声，水花溅起来老高。

看着苏挽那样子，苏落捂住嘴巴，差点笑出声来。

不过苏挽这个选择倒也不算笨。毕竟池里的水并不深，双腿可以站立，而且池中开满了莲花，遮遮掩掩的，不认真看根本不会发现里面藏了人。

“你又进来干吗？”苏溪被气得头发都要竖起来了。她一巴掌重重地甩到苏挽脸上。

苏挽也不高兴了，“五妹妹，你别太过分了。”她也是有火气的好不好？

苏溪凶狠地瞪着眼睛，“过分？谁过分了？如果不是你把我拉进来，我会这样狼狈？你记住了，出去后我一定不会放过你！”

“可我也不是故意的，确实是有人踹我。”

“谁踹你啊，你倒是找出来给我瞧瞧？”无视纷乱的脚步，此刻两姐妹竟然直接就在水渠里吵起来了。

苏落不怀好意地笑着，漫不经心地看着这场难得一见的姐妹相残戏码。她好期待接下去的戏，一定要演得精彩才好，这样才不会枉费了她跑去放了那把火。

南宫流云一袭白衣，悠闲地坐在距荷花池不远处的繁茂大树上，俊美的脸上微微勾起一抹弧度，俊眸里兴致盎然，兴味十足。

看来今天跑来大将军府果然是个不错的决定，没想到竟碰上这样一场好戏。还从来不知道大将军的几个女儿竟这般有趣呢。

传说中白痴愚蠢的却反而机灵聪明；平日里被捧到天上的，却被整得狼狈凄惨。南宫流云的目光朝苏落望去，饶有兴味地摸着光洁的下巴。

这丫头年纪小小，头脑鬼得很，诡计迭出，身手倒也勉强可以看。至于容貌嘛……南宫流云细细打量着这丫头。不过十四五岁的年纪，脸上是漫不经心的笑，一双美眸如清泓般清澈动人，眼底却反射出冷酷决绝的黑暗，似乎谁也走不进她内心深处。

南宫流云眼中闪过一丝戏谑，他得出结论：这丫头绝对是阴险狡诈、喜欢躲在暗处阴人、就算杀人还面带微笑的那种人。简直与自己如出一辙呢。

南宫流云忽然有一种找遍了全世界，才终于找到同类的那种奇妙感觉。

忽然，苏落感觉到一丝不对劲，似乎有一道灼热视线正牢牢锁住她。

她抬头望去，只见最高的那棵梧桐树上，一位俊美无双的少年嘴角挂着玩味的弧度，眼底的兴味怎么也掩饰不住。

只见他一袭华丽的白衣软袍，眉若远黛，眼若桃花，凤眸微眯，美绝人寰的俊颜上唇角邪魅勾起。他单手支着额角，随性地坐在高高的树桠上，片片纯白晶莹的琼花飘落在他身上，唯美得像从漫画中走出来的美少年。

他的眼睛太亮，仿佛能洞悉一切，仿佛她心底最深处的黑暗也被他这么一眼照亮了、照清了。

“好看吗？”他笑吟吟地开口，脸上的神情似乎十分愉悦。

虽然只有三个字，却一语双关。既可能在问这出戏好看与否，也有可能在问他的长相是否好看，或许，两者皆有。

苏落美眸微眯。这个男人什么时候来的？在她之前还是之后？她竟然一点都没有察觉到。是她的警觉性太低，还是他的武功修为太高？她知道自己一直戒备着，那么，定是他的武功太高了。

苏落嘴角缓缓弯起，冷冷开口，“看够了？”

南宫流云心中闪过一丝讶异，漆黑如点墨的凤眸对上了苏落的美眸。忽然，他发现自己胸口的心跳频率比以往快了一些。他嘴角勾勒出一抹玩味的笑，“好一个阴险毒辣的女人。”

苏落微微挑眉，似笑非笑地回了句，“好一个道貌岸然的男人。”

南宫流云对着苏落绽开一抹清华潋滟的笑，声音邪魅低沉，“非也非也，本王与你是同类人。”

言下之意，苏落再嘲讽他，就是在嘲讽自己。好个腹黑狡诈的男人。等等……刚才他自称本王，如此说来，他还是一位王爷了？

“过来。”邪魅低沉的声音在她耳边响起。

苏落微微蹙眉。那树桠上已经几乎没有位置了，她上去了坐哪儿？

然而，还没等她想出个所以然来，她只觉得眼前一花，身子一动，再眨眼，她已经身在树上，而且稳稳地坐在这个第一次见面的男人怀里。

苏落哪里是会让人随便占便宜的？她下意识地一记手刀劈向对方颈脖动脉处。然而南宫流云的反应当真是快，还没等苏落的手划过，他已经单手将苏落的手反剪在后。

这个姿势，使得苏落胸前丰盈挺立，鼓鼓胀胀的，甚是傲人。

苏落怎么都没想到，自己与此人的武功相差竟如此之大，在他面前竟然连一招都过不了。

南宫流云邪肆一笑，修长润泽的手指漫不经心地划过苏落凝脂般的面容，优美的粉红色薄唇邪笑着上扬，带了点嚣张傲慢的味道。

“丫头，你现在可打不过本王，怎样，还要继续吗？”

“放开我！”苏落见那些人已经离得极近了，压低声音厉声警告。

“丫头，闲着无聊，我们来玩个游戏如何？”南宫流云神态怡然自得，声音邪魅低沉。

苏落仔细想想，应该不会有比现在的情况更差的了，她冷着脸点头，“你说。”

“就猜池里那两人吧。如果她们能躲过去不被发现，就算你赢；若是他们躲不过去，便算本王赢，如何？”

“赌注是什么？”苏落穷得很。

“胜者为王，败者……暖床？”南宫流云凤眸上挑，很有兴致地建议。

苏落神色清冷，冷冷瞪了南宫流云一眼，那眼神直白得像在看白痴。

南宫流云表示很受伤，他捂住胸口，虚弱地建议：“胜者躺好……败者扑倒？”

苏落简直无语了。这个男人还能再无耻一点吗？他们还是第一次见面好不好？第一次见面说话怎么就这么露骨呢？她一现代化过的人都觉得脸红。

“这也不行，那也不行。”南宫流云慵懒地拨弄着她耳边发丝，气定神闲地说，“难道你非要胜者为王，败者为后？若你执意如此，也不是不可以呢。”

苏落没好气地翻白眼。

“还为王为后呢。你不是太子吧？也不怕风大闪了舌头。”苏落揶揄地白了他一眼，干脆道：“哪里有那么复杂？如果我赢了，你欠我一个条件；若是我输了……”

“那就亲本王一口。”南宫流云打蛇随棍上，一点亏都不吃。

这个男人不占自己便宜是不是会死啊？真想狠狠抽他！

苏落瞪他一眼。

他眼底的笑随性慵懒，与此同时，又有一种掩饰不住的绝世锋芒。这个人举手投足间气势逼人，流露出浑然天成的王者霸气。

“好。”好半晌，苏落才缓缓答道。这个人，一看就是强势霸道惯了的，如果不按照他的条件来，不知道还会生出什么事端来。

而且这条件，怎么说都是她占便宜。亲一口而已，又不会少块肉，前世的她逢场作戏又不是没经历过。她现在是什么都缺，正需要自动送上门来的冤大头。

于是，两个各怀鬼胎的阴险男女开始了他们的第一次交锋。

此时，苏靖宇一行人匆匆而来。

苏靖宇是苏家长子，夫人所出，天赋很不错，才二十岁，就已经是三阶高手。他并不是一个人来的，而是带了一群人过来，浩浩荡荡，场面甚是壮观。

见此，苏溪气得不行，但是又无可奈何。她将自己整个人藏身在荷花之后，生怕露出一丝端倪，不过心里已经将苏挽骂得半死了。她怎么都没想到，她苏溪会有如此狼狈的一天！如果来的人单单只有苏靖宇那也就罢了，偏偏他的身边跟着的还是最尊贵的太子殿下和世家公子。如果现在出去，这般模样被他们看到，保准这样的丑事不到一刻钟的时间就会传遍整个帝都，到时候她苏溪还怎么在帝都混？

苏溪恶狠狠地瞪了苏挽一眼。她发誓，等她出去后，绝对不会放过苏挽这个贱人！

苏挽也气得半死。她也没想到，自己运气会这么糟糕。眼看着场面是越来越糟糕了，来的人也越来越多了，这要是被发现了……难道说她们姐妹俩下水游泳？这是春天啊，又不是夏天！

苏落看着那群锦衣华服的少年，嘴角勾起玩味的笑。

这倒是意外之喜呢，没想到这群人会过来。看苏溪和苏挽悄悄地垂下脑袋缩在荷花后，苏落就明白，那些人的身份应该很了不得。

为首那人应该是太子。只见他一袭淡黄色锦袍，腰系腾龙束腰，刻意修整过的眉毛，高挑的鼻梁，浅淡薄唇，勾起的唇角透出高贵不可一世的傲气，带着嚣张傲慢的味道，整个人看起来残暴阴柔，一看性子就不好。

苏靖宇一袭墨绿色锦袍，腰系水晶玉带，面容俊朗，剑眉星目，此刻他正紧蹙眉宇，神情似乎不悦。

太子看着这场小火，哈哈大笑起来，“靖宇，你们府上这是干吗？这是烧着玩儿呢？”

不只太子，太子身后的世家子弟也都跟着笑起来。因为摆在他们面前的事实确实值得玩味，而且明显就是有人故意而为。这哪里失火了？分明就是戏弄人嘛。

此刻，在他们眼前的是一个不大不小的火堆，底下是干枯易燃的草堆，而上面则覆盖了一层鲜活的绿叶。

众所周知，柴没晒干，燃烧的时候烟雾特别大，而对方明显就是以此引诱他们过来。

苏靖宇此刻心中也有些狐疑。他展颜一笑，对太子道：“既然没事，那便回去吧。今日老师教的功课靖宇还有点不明白，正好请教太子殿下。”

苏靖宇心中有一种不太好的预感。此事处处透着蹊跷，他预感再在这里待下去，铁定会发生一些他不愿意看见的事。

他和太子都在帝都高级学院里，而且还是同系，两人都是风系元素，再加上苏靖宇刻意巴结，所以他与太子走得极近，俨然已经是太子的嫡系。

太子阴冷一笑，“竟敢在大将军府里恶作剧，当真是胆大包天。靖宇，你可要好生查查。”

五人合抱的高高树桠上，繁茂绿叶将苏落和南宫流云的身影遮掩住。两人的呼吸都放得极轻，所以谁也没发现。

忽然，苏落感觉到后颈一热，炙热的气息顿时萦绕在她敏感的耳垂边上。

不待她反应过来，南宫流云邪魅低沉的声音戏谑道：“想不想看更精彩的画面？”

“哦？”苏落将身子往前挪，离他远远的，回头望着他，一眼便望进他那双似闪耀着璀璨星芒的眼眸里。

此刻，他的凤眸像海水一样清润，平静安详，面容上肌肤细如美瓷，仿若世外桃源中的谪仙，处处透着高雅的仙气。

南宫流云一低头，便对上苏落的眼睛。这双美目流转间，水灵动人，如同白云般缥缈虚无，又似宁静的海水般无波无澜。

南宫流云脑海中忽然闪过一个恶意的念头。将她眼眸深处的冷静彻底打破，该是很有趣的事吧？忽然，他强而有力的修长手臂一捞，另一只白皙润泽的手指抬起苏落的尖尖下颌，浓重的阴影朝苏落覆盖而下。

就在这紧要关头，苏落一只手掌隔开了他与她的唇。

“游戏还未分胜负呢，你急什么？”苏落似笑非笑地睨着他，压低声线道。

“胜负吗？不过一念之间罢了。”南宫流云粉色唇畔扬起一抹玩味笑意。他浓浓的剑眉微挑，也不见他怎么动，忽然，不远处传来一道尖叫声。

此时，太子和苏靖宇已经转身而去，这才刚走了几步，就听见荷花池里传来一道尖锐的痛呼声，一时间，大家都停住了脚步。

苏落原是不解，待她居高远望，清晰地看到苏挽额头那抹鲜血时，不由愣住，继而恶狠狠地瞪向南宫流云，咬牙切齿，一字一顿道：“你、作、弊！”

“有规定不能作弊吗？”南宫流云这厮开始耍赖了。

苏落无奈地白了南宫流云一眼，他脸上却绽放出璀璨轻笑。那原就俊美无比的脸上犹如怒放的花，美艳不可方物。

被石子投中，苏挽下意识地便大叫起来。她捂着流血的脑袋，整个人差点跳起来。

简直是头猪，还是最蠢的那头！苏溪气得恨不得一掌拍死这个给她惹来无数麻烦的三姐。她原本以为今天已经够倒霉的了，没想到霉运大神竟然还要如此眷顾她！

“谁？”苏靖宇对着空空的荷花池大声喝道。

太子脸上露出一抹惊奇之色，似乎对这件事极为有兴致。他一瞬不瞬地盯着荷花池，目光闪闪。

“滚出来！再不出来就别怪我动手了。”苏靖宇护在太子身前，随时准备为他冲锋陷阵。

这样的举动果然博得了太子好感，他拍拍苏靖宇的肩，示意他自己可以应付。

荷花池内，苏溪此刻内心是极为纠结的。如果这时候出去的话，在太子面前就丢脸丢大发了。她可是觊觎太子妃之位很久了，如果现在出去就什么都没有了。算了，既然祸是三姐惹出来的，那就让她自己出面摆平好了。

“等人散了记得拿披风给我，不然我揍死你！”在水里待久了，苏溪的嘴唇有些发抖。说完这句话，她就提起苏挽的腰带，将她整个人朝岸上掷去。

苏挽啊的一声尖叫，声音惨烈，犹如被杀的猪。然后带着水珠的身子在空中划过一道弧线，最后砰一声落地，玉体横陈倒在岸上，沾了满地的黄泥。

更倒霉的是，苏挽的腰带被苏溪一提，本来就够松泛的了，经过这么一丢，落到地上的时候，她腰带散落，衣襟直接敞开，顿时现出里面大红色的肚兜以及修长笔挺的玉腿。肚兜的口开得很大，胸前的玉峰露出大半，简直诱人犯罪。

苏靖宇眼睛瞪得很大，嘴巴张得能塞下一个鸡蛋。他无论如何都想不到，三妹会如此突兀地出现在岸上，而且还是以这么丢脸的方式，更何况现在还有太子在场。

难道她是在以这种方式表示对太子的爱慕之情？这简直是、简直是……淫荡、无耻！

苏靖宇额际青筋暴起，脱下外套丢到苏挽身上，盖上了那具令人羞耻的身子，冷声吼道："还不快起来？"

在太子面前，他从来不曾如此丢脸过，此刻他觉得自己脸上的血液在熊熊燃烧。

但是很不幸的是，苏挽没有回答他的话，她依旧直直地躺在众人面前让人围观，因为此刻的苏挽已经被摔昏过去了。

"太子殿下，府中妹妹调皮捣蛋，惹是生非，不小心冲撞了您，您千万莫见怪。"苏靖宇咬着后槽牙，笑容僵硬地打着圆场。他一边说话，一边比着手势，让下人赶紧将三小姐抬下去。

太子哈哈一笑，似乎心情很是愉悦，他哥俩好地拍拍苏靖宇的肩膀，笑道："这就是你家那天赋惊人的妹妹？这出场的方式倒是……嗯，特别。"

太子其实是见过苏溪的，但问题是苏挽刚被抛上来的时候脸上发丝凌乱，如同刚爬出来的水鬼，太子还没看清楚容貌，苏靖宇已经用外袍将苏挽的脸给盖住了，所以太子根本没认出来眼前这位到底是苏府的哪位小姐。

不过太子说这句话，倒是有他自己的用意在。

太子此话一出，荷花池里的苏溪别提有多郁闷纠结上火了，她急得在水里直跺脚。

太子这什么眼神啊，那明明是三姐好不好？怎么可能是她苏溪啊？虽然对于太子记住她这件事她心中暗自高兴，但是被误会那狼狈模样的是她，这就不可饶恕了。

苏溪好想跳出来大声宣布，那个不是她、不是她……但是，现在这种情况下她能做的只能是躲在莲花后面不出来。不过，好在她还有一个给力的哥哥。

苏靖宇见自己最宝贝的妹妹被误会，忙笑着解释道："太子殿下误会了，刚才那个可不是五妹妹，五妹妹温柔贤淑，天赋卓绝，修炼都来不及，哪里会调皮捣蛋？"

太子眼底闪过一丝异样的光明，"哦，那不知是府上的哪一位？"

苏靖宇纠结了。他暗骂自己是傻瓜。刚才他干吗没事说自家妹妹，随便诬赖个婢女就好了啊，现在太子细究起来，他要如何回答？父亲对三妹一向器重，而且三妹与母亲和妹妹的关系一向和缓，能不牺牲的话尽量不要牺牲了。

忽然，苏靖宇脑中灵光一闪，想起一个两全其美的好计来，他因为激动而略略提高声音，"其实……不瞒太子殿下，那丫头其实是、是……"

"你吞吞吐吐不肯说实话，难道那丫头竟是……"太子眼眸深处忽明忽暗，声音低沉，似乎又带着某种暗示。

"是，太子殿下英明。那丫头其实正是我那不成器的四妹妹！"苏靖宇说出这句话后，顿时松了口气，只觉得整个天空都明朗起来，吹来的徐风也清新好闻了。

四妹妹？坐在树桠上的苏落瞬间呆滞，随后暴怒。

他丫丫的，这位道貌岸然的大哥真是太无耻了，竟然将她这个无辜清白的人拉出来顶缸！竟说那出丑的人是她！她总算知道自己那糟糕的名声是哪里来的了。原来只要姐妹中有人做错了事，帽子铁定扣在她苏落头上。

苏落眼底寒光闪闪，泛着幽冷的光芒。

好，很好。苏靖宇你给姑娘我记住了，姑娘我小气得很，这个仇，你就等着吧。

南宫流云玩味地看着身前脸色忽明忽暗的小丫头，红润朱唇扬起笑意，声音邪魅低沉，带了一丝暗哑性感的味道，“丫头，还不快出去澄清？”

“如果我现在出去，我那大哥铁定大吃一惊，然后将我当扫地丫头给打发了，你信不信？”苏落笑得娇美如花，露出的白牙却泛着森森寒光。

“可你不出去的话，你这太子妃就做不成咯，信不信？”南宫流云一双俊眸直透人心。

太子妃？苏落凝神一想，从原身的记忆角落里终于找到了真相。

还真没错。因为小时候据说这个苏落是神鸟附体，所以她刚一出生，皇后就将她订给太子，这么多年来，虽然她名声不堪，这婚约摇摇欲坠，但还没正式废除。

那么，苏靖宇当着太子的面扯谎诬陷她，一来是为苏溪和苏挽洗刷嫌疑；二来，他是在为太子解决难题；三来嘛，自然是为他那宝贝妹妹开路了——因为只有她苏落让路了，苏溪才有机会做太子妃。

苏靖宇啊苏靖宇……你说，我该拿你怎么办呢？虽然你做事的手段我很讨厌，但是引发的后果还挺让人满意的。

这太子妃的位置她真心是一点兴趣都没有。真要论起来的话，眼前这位自称王爷的，虽然邪魅、强势、霸道、无礼、爱占便宜……但是给苏落的感觉比那太子要好多了。

“可怜的丫头，要被牺牲了呢。”南宫流云故作怜惜地点点苏落娇俏的粉鼻，虽然没表示什么，但是他眼底眸光却闪过一丝满意的笑。

“需不需要友情提醒一句？”苏落似笑非笑地微扯嘴角，“你现在抱着的，是你未来的嫂子呢。”

“错！”南宫流云洁白皓齿微露，“本王现在抱着的，是本王未来的王妃。”

苏落无语望天，“好冷的笑话，一点都不好笑。”她可是传说中的废柴，又是庶出，何况还是太子即将休弃的未婚妻，他一个小小的王爷敢娶？

到现在为止，苏落还不知道，抱着她的男人究竟是怎样强大的存在，她还以为南宫流云真的是一个小小的王爷呢。

不提两人你来我往针锋相对，却说荷花池前，太子在得到苏落就是那不知羞耻的女人这个“真相”后，眼神顿时一亮，眼底流光溢彩。

有这个真相就够了，其他的都不重要。

太子带着令他满意的消息高兴而去，挥一挥袖，不带走一片云彩。

荷花池畔，曲终人散。

徐风吹皱一池春水。

水里还有位姑娘在抱臂瑟瑟发抖。

从中午等到傍晚，又从傍晚等到夜幕降临，苏溪等得脸色发白，嘴唇发紫，却怎么都等不来她那位好三姐给她送衣服。可怜的她还不知道，当时她那一手用力过猛，直接将苏挽给摔昏过去了。

苏溪在荷花池里气得差点跳脚，心里更是将苏挽给恨上了。她暗暗发誓，等她回去后，她一定不会放过她，一定！等天色完全黑下来，借着夜色的掩护，苏溪这才跳出荷花池，跳到岸上。

忽然，不远处传来一声惨烈尖叫声，“鬼啊！”

伴随着这句惨叫声，苏溪缓缓回过头，面容狰狞而扭曲，眼中更是闪着赤红的怒火。

今天她真是受够窝囊气了！她正想回头找这个倒霉的男仆算账，却发现对方早已吓昏了。没有出成气的苏溪恨恨地收回目光，在夜色的掩护下，飞快地朝自己的院子飙飞而去。

第二章 天才少女

苏府最偏远的小院。

苏落嘴里叼着一根草，双手枕在脑后，整个人躺在屋顶上，二郎腿跷起，颇为悠闲自在。

她慢慢地回想着白天的事，想到苏溪和苏挽各自吃瘪，她就心情大好，更想到往后这两姐妹内斗互掐，她的心情就更加愉悦了。

想着想着，苏落的脑海中忽然跳出来一张邪魅妖娆的俊颜。

特别是那双眼睛，瞳眸漆黑似点墨，如黑曜石般浅浅发光，透出傲然绝世的锋芒。他谈笑随性慵懒，隐隐中却气势逼人，散发着傲视天地的霸气。

她将那人的情况说给绿萝听，当时把这丫头激动得手里的碗都端不稳了。

她激动地说："小姐，如果没猜错的话，您遇到的是晋王殿下！不，绝对是晋王殿下！"

"晋王殿下很牛掰吗？"苏落表示，她的前身对晋王殿下的了解也不多。

"晋王殿下当然厉害啊。这世上还有谁比晋王殿下更厉害吗？据说晋王殿下的天赋测试是整个大陆第一，五千年来历史第二，小姐，你说呢？"

"……"五千年来历史第二？这也太夸张了吧？

"当然还不止这个啦。据说晋王殿下是三系法师。三系啊，有多少人连一系都没有，可是晋王三系同修！"绿萝满脸崇拜，满是星星眼，"据说三系同修的法师有很多的机会可以成神呢。历史上天赋第一的强者，就是早早成神永生了。"

南宫流云竟这么厉害？如果真是如此，那"胜者为王，败者为后"这句话他还真不是随便说说的。以他的天赋，要得到那个皇位应该不是很难才对。

苏落正想着，忽然发现自己眼前突然出现一张放大的脸。

这张脸上狭长的眉飞入鬓发，一双黑瞳耀了深色的暗芒，五官立体，好似出自名家之手雕刻出来的一般。

这张脸她下午才刚见过，应该不会认错才对……难道是错觉？苏落刚想伸手揉揉眼，一双娇嫩柔荑却被他宽大的手掌握住。

南宫流云的黑瞳带着一丝暗芒，似笑非笑，“怎么，不认识本王了？”

“南宫流云？”

“你的心里果然有本王啊，不然也不会迫不及待地调查本王了。”南宫流云一张清浅淡薄若含丹的唇，嘴角弯起好看的弧度。

苏落一瞬不瞬地望着他，一字一顿地说：“据说晋王南宫流云冰冷倨傲，冷酷残暴，不苟言笑，生性洁癖。若有人碰触到他的手，不管是谁，剁手；若有人碰触到他的身体，不管是谁，剁碎……你真的是那位晋王殿下？”苏落的眼一瞬不瞬地盯着那双紧握她柔荑的大掌，声音云淡风轻，嘴角的笑，漫不经心。

南宫流云慵懒随意地望向苏落，一双犀利的眸子，精光闪闪，好似草原上狼的眼睛，冷冽、锐利。

此刻的他，不似下午那般漫不经心、随性慵懒，而是带着一种认真、谨慎的意味。

此时，屋顶上空流过阵阵冷气，似乎连空气都凝结成冰，让人的呼吸都有些困难了。

他的冷带着压抑的杀戮，嗜血的妖娆，顺我者昌逆我者亡的强者霸气，似乎他跺一跺脚，整个东陵国都要震三震的强势。

在他咄咄逼人的深眸下，苏落的美眸却依旧清淡如水，宛若冰上琉璃，波澜不惊，淡定自若。

忽然，他的嘴角缓缓勾起一抹弧度。顿时，天气似乎从阴霾风雪转为晴空万里，凝结的冰霜化为汩汩春水，开出了绚烂的花朵。

笑起来的南宫流云宛若三月樱花，温柔醉人。

他葱白润泽的手握住她的娇嫩柔荑，清浅而笑，“丫头，你在担心什么？本王又不会吃了你。”在这场眼神与眼神、气势与气势的较量中，他们竟没分出胜负。对此，南宫流云颇有些意外的惊喜。他想，或许他无意中发现了一颗蒙尘的珍珠，石头里的翡翠。

苏落想抽回手，但南宫流云的力气很大，她越是挣扎，他就握得越紧。

“你到底想怎样？”最后还是苏落无奈。在这场气势较量中，苏落不得不败下阵来。

“来讨赌注啊。丫头，你不会故意耍赖装忘记吧？”

“什么赌注？”苏落眉目一凝，有些不解。

“故意耍赖的丫头，下午说好的赌注呢？”南宫流云的语气颇为宠溺。

苏落冷冷瞥了他一眼，神色淡淡地说：“苏挽被发现而苏溪安然无恙，所以下午的比赛我们谁也没输，谁也没赢，算是扯平了。”

谁知南宫流云却伸出修长食指，坚定地在她眼前摇了摇，邪笑道：“不，你确实赢了本王，而本王也确实赢了你，该这么算才对嘛。”说着话，他的手还宠溺地揉揉她的发。

“你耍赖吧，哪有这么算的！”苏落为之气结。

“你一开始也没说不许这么算啊。”其实真正耍赖的是晋王殿下。

苏落瞪眼。这只狡猾的狐狸，若是在现代混，该有多少人落进他的陷阱中？

“乖，过来。”晋王殿下勾勾骨节分明、白皙修长的手指。

她又不是小狗！苏落就是不过去。

晋王殿下见她如此，俊美眉目微微上挑，那双幽暗的黑瞳，深邃如潭，一眼望不见底，就那么深深地凝望着苏落。

就在苏落蹙眉时，她忽然觉得一阵头晕目眩，再睁眼时，她竟然已经跌落到他怀中，抬眸对上他那双邪魅妖娆的眼眸，心蓦地扑通扑通地跳起来。

那双眼美丽得不像话，也沉着得不像话，更深邃得不像话。似乎，一眼万年……苏落的喉咙像是被卡住，愣愣地说不出一个字。好半晌她才回过神来，在心中暗自警戒。

晋王殿下俯身而下，炙热的气息萦绕在她敏感的耳垂，那双如鹰隼般的冷眸，带了一丝迷离，泛起妖邪般的光芒，绚丽而邪魅。

“你……”“干吗”两字尚未说出口，苏落便感觉到一道浓重的阴影朝她柔软唇瓣袭击而来，来势汹汹，无可阻挡。

“唔——”唇瓣被攫住，柔软而炙热的触感，苏落只觉得脑中一片空白，头晕目眩。眼前是那张放大的脸，这个俊美得不像话的男人正闭眼忘情地吻着她。

他的吻强势霸道，如狂风暴雨般激烈，在她口中攻城略地。苏落抗拒地去掰他的手，却怎么也掰不开。晋王殿下的手有如铁箍般越收越紧，她差点痛呼出声。

狂热的吻，霸道、强势，却又不失温柔，苏落刹那间迷失了自己，酥软地沉醉在他的温柔乡中。片刻，氧气殆尽，迫使双唇微微分开，她大口地喘着气，醉人的眼神中带了一丝迷离……等她回过神的时候，眼底闪过一丝凌厉。

啪！一巴掌重重地甩向他的脸。

这个男人，他以为她是谁，怎么可以强吻她？黑暗中不知名的某一处，似乎空气中引起一阵暴动。但是晋王殿下随意一挥手，那抹带着怒气的空气因子就平静下来。

凌风双拳紧握，冷眸阴恻恻地盯着苏落，眼底有怒火，也有一丝敬佩。

晋王殿下是何等的尊贵，又是何等的天赋卓绝？苏府现在的老祖宗也不过才五阶强者罢了，但是他们家晋王殿下不过十八岁，却已经是六阶。

晋王殿下从小到大何曾受过一丝委屈？现在、现在竟然被人打了！这个没有一丝灵力的废柴丫头当真是狂妄嚣张。

南宫流云纤细食指慢悠悠地摩挲着被抽的面颊，那双如鹰隼般的冷眸倨傲冰冷，泛起妖邪般的光芒。他的眼幽深得诡异，异常冰冷，深不可测，魅惑地看着她。

被他看得有点心底发毛。一时间，苏落心里闪过一丝慌乱，不过很快就镇定如初，昂首挺胸，毫不示弱地迎视他的目光。

南宫流云那令人惊惧的俊颜上，嘴角缓缓勾起，绽放出一抹笑意，如同怒放的花，妖冶而绚丽。

啪啪啪！清脆的鼓掌声一下一下响起，南宫流云一双漂亮的手一把扯过苏落，让她跌落在自己怀中。

“丫头，你的自信心真让人不知该怎么办才好。本王是该为你的勇敢鼓掌呢，还是嘲笑你的愚蠢？”南宫流云的眼底似带了一丝无奈，“你可知，在这帝国，主动攻击五阶以上的强者是死罪？你已经被判处了死刑，明白吗？”

什么话？被强吻还不许她反抗了？这算哪门子的律法，怎么专门向着权贵强者？

南宫流云似乎明白了她未出口的话，淡淡一笑，“在这以武为尊的世界，拳头大就是硬道理。不公平是吗？可谁叫你是废柴呢。”

苏落拳头紧握，怒目圆瞪。南宫流云给她上了一堂生动的实践课，让她深刻明白：只有拳头硬，在这个世界才有话语权。

南宫流云双眸微眯，妖邪诡异地上上下下打量着苏落，随后又摸摸她的小手，捏捏她的小脑袋。

“你干吗？”拿她当人偶玩呢？

月光下，南宫流云那双漆黑如点墨的美眸似蒙上一层淡淡的神秘色彩，他忽然站起身，一下拉住苏落的手，声音阴魅道：“走，带你去个地方。”

“去哪儿？”苏落有些不解地看着他。

此刻他的瞳眸似乎闪着一种璀璨光泽，隐隐有一丝兴奋的光影流动。似乎突然之间，疑惑得到了解答一般。

“测试神殿。”南宫流云几缕青丝软软搭在光洁的前额，弧度完美的下巴线条分明，声音魅惑，气势逼人，不容拒绝。

“测试神殿？去做什么？”这个苏落还是知道的，就是因为那一日，在测试神殿拿到天赋测试的结果，她的人生发生了剧烈改变。

“你觉得，测试神殿还能干吗？”南宫流云忽然轻笑出声。他的声音温润慵懒，好听至极，在万籁俱寂的夜空中更为明显。

“可测试神殿不是只有每个月的初一才能进去吗？”

南宫流云戏谑地轻笑几声，戳戳她光洁的额头，声音慵懒邪魅，“傻丫头，你要习惯，有的人生来就是拥有特权待遇的，比如本王。”

此时的南宫流云自信骄傲，尊贵霸气，那高高在上的气势宛若神明，全身散发着灼灼光辉。似乎只这么一站，就有睥睨山河将天地收归在手的强烈气势。

“为什么要带我去？”苏落收回视线，随口问道。真是妖孽啊，她怕自己再看下去，绝对会窒息。

“你不是一直都很想去吗？”晋王殿下唇若含丹，目光邪魅惑人，“本王的赌注已经收回来了，你的，不预备收了？”

苏落这才记起，她对他还可以提一个条件。那么就让她也来耍耍这文字游戏好了，反正又不是她亲口提出的条件，不是吗？

“走！”南宫流云话音刚落，便将苏落抱在怀中，身子犹如大鹏展翅，飞速在半空中掠过，几乎脚不点地，如浮光掠影。

耳边的风呼呼吹着，苏落觉得好奇便睁开了眼，看到的就是自己飞在半空的情景。

“不怕？”带了一个人轻松游走在半空中，南宫流云还能开口说话而不岔气，可见他的武功极其高深莫测。

“我喜欢。”苏落是真的很喜欢这种翱翔在天际、万物皆在眼下的感觉。

她深深吸一口气，手却紧紧握成拳。

可惜了，她是天生废柴，注定达不到如南宫流云这样的高度。

南宫流云似乎看懂了她的欲言又止，嘴角绽放出一抹邪魅笑容，声音低沉而魅惑，“等测试结果出来，说不定会有大反转呢？”

“但愿吧。”苏落在心中暗暗给自己鼓气。

远远地，就看到了神殿轮廓。

神殿建在帝都的最中心，地理位置比皇宫还要规整。从上往下看，只能看到尖尖的屋顶，宽阔的广场，广场中央是一个喷泉水池，水池前方是一座座大师级的艺术雕塑。虎、豹、豺、狼……大陆上的魔兽雕塑，在这里都可以找到。

“到了。”南宫流云带着苏落翩然飘落在神殿门口。

南宫流云连令牌都不用拿，那守门的老者对他恭敬行礼，目不斜视地将殿门打开。按照南宫流云的说法，他这张脸就是最好的招牌。

他牵着苏落来到三楼大厅。一楼是给普通百姓测试；二楼是给文武百官级别的人测试；而三楼，能上去的人极其少，只有皇室中人才有资格进来。

三楼幽幽的灯火亮着，富丽奢华，精致唯美。宽广的正厅中央有一个大理石桌，桌上摆着一只柚子大小的水晶球。水晶球荧光闪闪，清澈剔透，明亮如星辰，似乎能够探照人内心最深处。

天赋灵力分为赤、橙、黄、绿、青、蓝、紫七种颜色，其中以赤色为最差，紫色为最强。大陆有史以来，能够拥有紫色天赋灵力的非常稀少，屈指可数，很可能几百年才出一位。而从一个人的天赋灵力，就可以看出他在这个强者为尊的世界能够走多远，最后站的位置会有多高。所以，天赋测试往往能决定一个人的命运。

“将手放在水晶球上。”南宫流云对苏落示意。

苏落深吸一口气，坚定地上前一步，将手缓缓地放到水晶球上。反正她已经是传说中天赋为零的废柴了，还有比这更差的情况吗？没有了，所以，她完全没必要纠结。

水晶球晶莹剔透，清澈得如一泓泉水，让人躁动的心渐渐安宁下来。

“闭上眼睛，什么都不要想，只管往里面输入灵力就好了。”南宫流云的声音低沉和缓，犹如小河溪流缓缓流淌，给人一种很愉悦的感觉。

苏落点点头，神色宁静祥和，不知不觉中进入了另外一种境界。

水晶球后面是七条水晶棱柱，根根都有十米高，而且全都晶莹剔透，清澈见底。现在的它们还没有任何颜色。若是一个人的天赋灵力够好，那么这些水晶棱柱会从第一根开始变化颜色。七根水晶棱柱依次排列，分别是赤、橙、黄、绿、青、蓝、紫，从第一根棱柱开始，如果第一根赤色灵力满了，第二根橙色才会开始。

此刻，苏落掌心中的灵力如潮水般涌出。

水晶球开始发亮，而且越来越亮，越来越耀眼，亮得几乎要刺痛人的双眸。

南宫流云定定地伫立在苏落身旁，不过他的表情却有瞬间的凝固。忽然，一道炽热的光束打在第一根水晶棱柱上。

嗖一下，不到一秒钟的时间，第一根水晶棱柱里已经蕴满了赤色灵力。

第二根橙色棱柱，又嗖地一下灌满了。

南宫流云原本双手环胸姿态闲适地站着，嘴角噙着似笑非笑的表情，但是现在这一刻，他也有些站不住了。他有些傻眼地看着那不断变化的流光溢彩的棱柱。这速度也太快了吧。

根据南宫流云以往的认知，即便天赋再好，这水晶棱柱也是像小河流淌，缓缓满溢上去的，他还真没见过，嗖一下蹿飞上去的。

赤色、橙色、黄色……嗖嗖嗖，不到一分钟的时间，苏落竟然已经连过三道水晶棱柱，而且看她脸不红气不喘的样子，完全没有到极限的意思。

南宫流云静静地看着耀眼光圈里那光芒万丈的少女，脸上露出了一丝奇异的神情。

此时的她，全身如蒙上一层圣洁的光辉，乌黑的长发透着晶莹的光泽，吹弹可破的肌肤细致如美瓷。

淡然伫立的她脸上带着恬淡的笑意，透出智慧的光芒，如春晖朝露，清新动人。她是那样的迷人，那样的摄人心魂，叫人移不开眼。

苏落完全不知道南宫流云的心思，也完全不知道自己的天赋已经让南宫流云都吃惊万分，此时的她还在不断地输出灵力。

绿色……绿色的那根水晶棱柱也已经被灌满了。

灵力完全没有停止的意思，又快速爬到青色的那一根。

轻而易举地跨越青色……虽然速度慢了下来，但完全没有停止的趋势。蓝色……南宫流云眼睛直直地瞪着那水晶棱柱，看着那缓缓爬升的蓝色灵力，黑眸闪过一丝深思。

能够点亮蓝色灵力，这已经表示天赋灵力很强大了，因为整个大陆能达到蓝阶天赋的，也是极少的。

然而……让南宫流云无语的是，那灵力就像调皮的小孩子，一下一下，虽然升得缓慢，但是它在爬到顶端后，竟然、竟然转而点亮了紫色水晶棱柱。

紫色水晶棱柱……东陵国有史以来出了几位，那也是屈指可数的，但是苏落这丫头竟然达到了紫色灵力！而这个丫头这十年来竟一直被当成废柴对待，任意打骂，欺负凌辱。这简直就是暴殄天物！这一刻，饶是南宫流云教养再好都忍不住想骂娘了。

当年到底发生了什么事？为什么这小丫头那么好的天赋竟然会被当成废柴？此事，一定要查个清楚。南宫流云眼底闪过一丝冷意。

十分钟、三十分钟、一个小时……她的灵力犹如大海般连绵不绝。如此长时间的输入，她的神色竟没有一丝疲惫。

在这个以武为尊的世界，天赋和实力决定一切，在这七种颜色中，各种颜色都代表了各自将来的成就。

紫色还分为上品、中品和下品。

随着时间的流逝，紫色灵力缓慢爬升，慢慢地越过下品，达到中品，最后竟然……上品，紫色上品！南宫流云淡定无波的脸上，此刻的表情是完全呆愣住了。

他原本以为苏落能达到蓝色灵力就不错了，但最后竟然是紫色上品，这简直就是不可思议，天赋强大到可怕。

但是、但是那紫色灵力竟然还在诡异地往上爬，默默地爬，速度比蚂蚁快不了多少，但事实上，它一直都不曾停过。

接近了，接近顶点了——然而，事情在这一刻骤然发生了巨变！就在水晶棱柱被灌满的时候，那七彩水晶棱柱突然间就像死机黑屏一样，所有的色彩全部消失。

就在一瞬间，七彩水晶棱柱又恢复到原来的透明清澈而冰冷，不带一丝色彩。

苏落忽觉喉咙一甜，一道鲜血从嘴角涌出。

“落落！”南宫流云几乎是瞬移到苏落面前，速度快得犹如一道白烟飘过。他将苏落抱在怀中，眼神带了一丝紧张。

“我没事。”苏落靠在他怀中，虚弱地摇头，“刚才怎么回事？我的测试结果到底如何了？是不是依旧是废柴？”说到底她还是在意她的废柴天赋的。

南宫流云嘴角勾起一抹邪笑，敲了敲她的光洁额头，声音低沉，“若你是废柴，那全天下的人就都是草包了。”

“这么说……我不是废柴了？”苏落顿觉心情一松，目光如电，期待地凝视着南宫流云。

“咳咳。”南宫流云一时不知道该怎么告诉苏落这个事实，“事实上吧，可能这水晶球出了点问题……”

“什么意思？”苏落表示不解。

南宫流云也不知道是哪里出了问题，他敲敲苏落的额头，“放心，你绝对是天才中的天才，这点谁也无法否认，只不过这个过程可能艰难了点。不过这十年都等过来了，也不在乎再多等几天吧？”

“嗯？”苏落定定地望着他，“难道我这种突然收回去的，是特例？”

南宫流云一脸同情地望向她，郑重点头。

苏落颓然地跌坐在地上，抱着脑袋哀号，她怎么就这么命苦呢？

“告诉你个好消息。”南宫流云不忍见她如此，笑嘻嘻地凑近脸，笑得邪魅而神秘。

“说。”苏落很干脆的一句话。

“你的天赋确实强大。看到刚才浮现在周围的光芒了吗？还记得是什么颜色？”

“绿色中带着橙色？”苏落有些不确定。

南宫流云像摸小狗一样揉揉苏落的脑袋，嘴角带着一抹连他自己都不曾察觉的柔情，“傻丫头，难道你不知道绿色代表木系，而橙色则代表火系？”

“你是说……”

“没错，你拥有双系元素，分别是木系和火系。”南宫流云眼底流露出一抹钦羡，“真的是很让人羡慕啊，木系和火系。”

“你在羡慕什么？”苏落不解地问。她可是听绿萝科普过的，这位传说中的晋王殿下可是三系元素同修的，居然会反过来羡慕她这个双系的？

“真是身在福中不知福的丫头。”南宫流云将她扶起来坐到一旁的软榻上，为她解惑道，“如若是别的元素，双系也就罢了，但是木元素和火元素同时出现在一个人身上，那代表了什么你知道吗？”

“什么？”苏落的表情愣愣的，对这个以武为尊的世界她确实知之甚少。

“木系和火系同时出现，那代表了炼药师的现世。丫头，你知道炼药师吗？”一脸迷惘的小丫头好可爱。他偷偷摸一把她粉嫩的小脸蛋。

苏落瞪了他一眼，“求解释。”

南宫流云哈哈一笑，“元素天赋的人本来就少，而炼药师需要火木双系这样苛刻的条件，所以炼药师在大陆上一直都非常稀少，地位很高。就拿你来说吧，若是你们家老头子知道了你的天赋，绝对会将你供养起来，旁人别说欺负你了，就连说你一句坏话那也是不敢的。”

“炼药师就这么厉害？”苏落仰着小脸，细细地问。

“当然。听说过灵元丹没有？一颗灵元丹就能够让枯竭的灵力瞬间回满。如此，你还觉得炼药师不重要？”南宫流云揉揉她的脑袋，“现在知道自己的天赋有多逆天了吧？心里舒服了点没有？”

“可是……”苏落看着自己的双手，又看看那清澈透明的水晶棱柱。她的灵力很诡异啊。

“等我三日。”南宫流云面容难得的认真，目光如黑曜石般闪着灼灼光辉，“三天后我会告诉你答案。”

看来有必要去一趟炼狱城了。南宫流云的眼底划过一丝复杂的光芒。

被水晶球反噬，苏落的伤并不严重，只是她觉得脑子闷闷的，偶尔还一抽一抽地疼，不过她并没有将此事告诉南宫流云。

回到府中，苏落躺在床上，脑海中浮现出今天的情景——

巧计让苏挽落水，又带了苏溪下去，让她们姐妹俩互掐内斗，让她们狠狠吃了一个大亏。

想着想着，脑海中毫无预兆地，又跳出了那张俊颜。

容貌俊美无双，天赋奇高，武道超级强者，而且还是帝国尊贵的晋王殿下，对她也不错，真要说起来，南宫流云还真是不错的对象。

苏落的唇角绽开一抹淡淡而又苦涩的笑。就算南宫流云对她是真又怎样？她的心早已支离破碎，被毁得干干净净，哪里还能再爱上旁人？

云起，你在那个世界还好吗？龙之戒被我吞进肚子，你是永远不可能找到了呢。呵呵，明姐会饶恕你吗？不由自主地，一颗晶莹的泪珠从白嫩娇颜上滚落，浸湿了棉枕。

云起给了她前所未有的重击，将她一直以为的坚定信念狠狠击碎。苏落知道，这辈子要让她再重新爱上一个人，再那么信任一个人，真的很难很难了。

夜间，天空犹如笼罩了一片黑纱，而黎明前的夜空则最为漆黑，犹如被泼洒了浓浓墨汁。

陷入沉睡中的苏落不知道，这一天到来得竟如此快速。

清晨，一轮红日从最遥远的东方缓缓爬上天空，晨光初透，彩霞满天，注定是个天朗气清的好日子，但是很多人都觉得，这一日是苏落的灾难日。

用过早膳后，绿萝忽然疾奔而来，眼中含泪，脸带惊慌。

“小姐，你怎么还这么悠闲淡定呢？大事不好了啊。”绿萝因为跑得急，气喘吁吁的。

苏落倒了一杯清水给她，淡笑道：“兵来将挡水来土掩，再急也急不来，喝口水慢慢说。”

绿萝哪里还有时间喝水啊，她急得一抹额上的汗珠，惊慌道：“小姐，这可如何是好呢？一大早的太子就亲自带人过来，说是要跟你退婚呢。”

哦，原来是这事啊，她还以为是什么事呢。

苏落慢条斯理地倒了杯清水，慢悠悠地品着，像是在品尝世间最名贵的香茶。

她脸上那从容淡定的表情看得绿萝更是着急上火，“小姐，您快想想办法啊。原本与太子定亲，您就被欺负成那样，若是被退了亲，您往后的日子可怎么过啊……”绿萝还不知道她家原本懦弱的主子已经换了强大的灵魂，担忧得快哭了。

苏落好笑地看着她，心中暗道：这门亲事迟早要退的，若是太子不上门退婚，往后她也会亲自去退，所以太子这退婚退得正合她意，她怎么可能会去阻止？

正在此时，门外传来一道杂乱的脚步声，进来一个中年老妪，她板着脸藐视地瞥了苏落一眼，冷声道：“四小姐，夫人请你去大厅，有要事相商。”

这老妪是夫人身边最得力的嬷嬷，人称桂嬷嬷，她是二阶武士，所以在苏落面前一向高高在上，颐指气使，仿佛她才是主子，而苏落则是奴婢似的。

苏落冷冷一笑，“你叫我去我就去，那我岂不是很没面子？”在苏落的印象中，这位苏夫人可不是善茬，原主在苏夫人和这位桂嬷嬷身上吃了多少亏，真是数都数不清了。

桂嬷嬷冷冷一笑，鄙夷地说：“四小姐，您在开玩笑吗？”

“本小姐从不开玩笑。”苏落双手环胸，脸上似乎一本正经。

桂嬷嬷眼眸微眯，眼底闪过一丝凶狠的光芒，“既然四小姐如此不识抬举，那么奴婢就不客气了。”她口中虽称奴婢，脸上却丝毫没有半分恭敬，手脚更是无礼，只见她随意上前几步，欺身来到苏落身边，犹如捉小鸡一样伸手朝苏落的后颈掐去。

苏落眼底浮现一抹寒光。不过是个奴仆，竟然也敢对她动手动脚？真是活得不耐烦了。

那粗壮手掌快要抓住苏落的时候，桂嬷嬷眼底闪过一丝喜色，然而就在这千钧一发之际，形势忽然快速逆转。

“啊——”一声惨叫从桂嬷嬷口中发出。只见她吃痛地捂住右臂，痛得脸上冷汗淋漓。

桂嬷嬷当然很痛，因为精通人体结构的苏落一出手就将她右胳膊关节给卸了，那动作当真是干净利落，毫不拖泥带水。

苏落双手抱臂，淡定地斜睨她，嘴角挂着嘲讽的冷笑。

“你、你怎么会……这不可能！”桂嬷嬷满脸错愕，显然吃惊不小。

“哦？”苏落淡淡冷笑。

桂嬷嬷痛得深吸一口气。她在心中暗暗告诫自己：错觉，一定是错觉。四小姐是废柴，根本不可能习武，她怎么可能会赢自己？想至此，桂嬷嬷阴笑数声，“既然四小姐敬酒不吃吃罚酒，那就别怪老奴不客气了。”桂嬷嬷另一只完好的手如铁钳般朝苏落脖子掐去。她就不信这样还掐不住这手无缚鸡之力的四小姐。

忽然间，桂嬷嬷只觉得眼前一黑，苏落的身影已经在她面前失去踪迹。说时迟那时快，苏落抬脚朝桂嬷嬷丰腴的臀部就是一脚。

昨日，就是这一记佛山无影脚将苏挽踹进荷花池，现在这一脚的威力更大，直接将桂嬷嬷踹得撞到三米远的墙壁上，然后，发出一道剧烈的撞击声。

墙体年久失修，很不牢固，只见它剧烈地摇晃几下，虽然没塌，但是墙上泥粉却纷纷掉落，而此刻的桂嬷嬷早已撞昏过去了。

苏落这一发威，直让绿萝惊诧地张大了嘴巴。

“小、小、小姐？”绿萝惊得连话都说不完整了。看着那一脚将桂嬷嬷踹得昏死过去的小姐，绿萝用力揉揉眼睛。她简直难以置信。

“嗯。”苏落淡淡应了一声。她单手支着下巴，思考着怎么处理这老妖婆。

苏落以前的记忆告诉她，这些年来，这位桂嬷嬷可没少欺负她，甚至还故意让厨房送猪食过来给她吃。在她生病的时候，非但不给她喝药，还将药换成尿。原主气得反抗，却被她用粗粗的针狠扎。

这种老妖婆，死了最好，刚才那一撞也足够她昏个几天了。

正在此时，苏溪从门口快步走进来，脸上洋溢着幸福的神采。只见她一身大红宽袖流仙上衣，下罩散花水雾绿草百褶裙，腰间用金丝软烟罗盈盈一束，犹如初荷绽放，青嫩娇俏。美中不足的是，她身上的金银首饰多得复杂，似乎将首饰盒中所有好看的首饰都戴了起来，显得华丽又俗气。

今天可是苏溪期待已久的大好日子。

一大早，她就兴奋地在大厅坐着，左等右等等不来苏落，于是心急的她便亲自寻过来了。

她正要奚落苏落几句，却一眼看到倒在地上生死不明的桂嬷嬷，心中一惊。她转头怒目圆瞪，对苏落怒道："桂嬷嬷好心来请你，你到底把她怎么了？"

苏落很无辜地摊手，"我可没动手。"动脚倒是真的。

苏溪没有听出苏落话中的陷阱，她不悦地皱皱眉头，"那她怎么无缘无故就摔成这样了？"苏溪怒道。在她眼中，她母亲的左膀右臂桂嬷嬷，显然比苏落这个四姐姐重要多了。

苏落一副你问我我又问谁的无辜表情，撇撇嘴，想了想，她犹豫着说："刚才桂嬷嬷走着走着就自己撞墙上去，然后自己就晕了，真的是很邪门呢。"

"这怎么可能？四姐，你说谎都不打草稿的吗？"苏溪冷笑连连，目光阴恻恻地盯着苏落。

苏落表示很无奈，"这谁知道呢，你不信我也没办法啊。不过最近府里有些晦气倒是真的，今早还听外面的下人说昨晚荷花池闹鬼呢。听说那只鬼啊，长得青面獠牙，张着血盆大口……"

荷花池闹鬼……这五个字分明刺中了苏溪的心病，因为若真要说闹鬼的话，那只鬼就是她苏溪！

"闭嘴！"苏溪想起昨天的尴尬，脸上带着一丝恼羞成怒，赶紧转移话题，"行了，桂嬷嬷自己爱摔就让她摔吧，你赶紧和我去大厅见太子。"

苏溪确实考虑过苏落动手的可能性，但是这房内却没有丝毫动手的痕迹，而且苏落一个废柴，又哪里是桂嬷嬷这个二阶武士的对手？所以她直接就将苏落排除了。

既然解释不清楚，那就丢开不理会。苏溪不由分说地拉了苏落就走，生怕一松手苏落就会跑掉，那最后受损的还是她苏溪。

因为这退婚的事，必须要苏落亲自到场，亲耳听到宣读的圣旨，那才奏效。

苏落冷冷地回头看了桂嬷嬷一眼。

平日里她为苏溪做牛做马，到头来还不是就被随便舍弃？不知道桂嬷嬷醒来后知道苏溪如此轻慢她，会作何感想呢？

第三章 正式退婚

苏府正厅。

正厅很大，地上铺着红色绒毛地毯，两排八个座位，每一张都是由名贵的紫杉木制作而成，显得雍容华美，奢侈贵气。

紫杉木之所以名贵，是因为它只生长在黑暗森林之中，而黑暗森林魔兽盛行，想要将其运出来成本非常昂贵，也只有像苏府这样的大家族才会奢侈地用它制作家具。

此时，厅内已经坐了一些人。

坐在正首位的不是别人，正是苏落昨日才刚刚见过的太子——南宫流绝。他似乎很喜欢黄色，今日的他依旧是一身黄色锦袍，袍上六爪金龙，狰狞地张牙舞爪。

他头戴九旒冕，旒冕上的九串小金叶和小银珠垂落，衬出一张张狂冷戾的脸。

他唇若含丹，鼻梁如鹰钩，看似平静的眼波下暗藏着锐利如鹰般的锋芒。不过那一双淡漠无比的眼眸，自始至终都没有落到苏落身上。似乎，连看她一眼都会脏了他的眼。

他身姿优雅尊贵，端着香茗，泰然自若地品着，神态漫不经心。

在他下首陪坐的是苏子安苏大将军。

苏落这还是第一次见到她这位原主的父亲。只见他一袭墨色锦袍，年纪不过四十许，板着一张冷若冰霜的脸，威严中透着冷漠，特别是那双眼睛，蕴含着无尽的寒意和肃杀。

他板着一张威严严肃的脸，朝苏落喝道："怎么这么没规矩？还不向太子行礼？"

而此时，苏溪早已甜甜地行过礼，并且亲昵地围在太子身边，甜腻地太子哥哥长太子哥哥短了。

太子抬眸，一双阴郁的眼缓缓移落到苏落脸上。他漫不经心地开口，“你就是苏落？”

说实话，眼前这丫头长得倒也不差。一身白色的拖地蝶圆纱裙将她姣好的身段衬托出来，乌黑的秀发用一条淡紫色的丝带系起，几丝秀发淘气地垂落双肩，脸上未施粉黛，却清新动人。

苏落淡声回答：“是。”她的声音清冷淡定，冷静利落，一个多余的字都没有。她就这么勇敢地直视着太子，眼底漆黑如点墨。

太子微微蹙眉。苏落的眼睛太清澈太明亮了，那么水盈盈地一望，却似最刺眼的光芒，瞬间将他心底最深处的秘密都照清晰了。

太子板着脸，静静地打量她，眉宇皱得紧紧的。他端着茶杯，嘴角邪佞地勾起，“就因为你，本宫被人嘲笑了十几年。你说，你该当何罪？”

没想到这太子不仅阴险，而且还无耻。他被人嘲笑了十几年，关她什么事儿？竟然将屎盆子都往她身上扣。若是以往那位懦弱无能的苏落也就罢了，现在的苏落能吃这种亏？很显然，不能。

苏落冷冷一笑，“那么敢问太子，当初是苏府上赶着要结亲的吗？”明明是你那亲爱的母后大人看苏府四小姐出生的时候兆头好，这才急急订下的，生怕被人抢走似的。若要论罪魁祸首，该当找皇后，找她做什么？这还真是专挑软柿子捏，真当她不会反抗吗？

“苏落！”苏子安顿时面色一变，暴喝一声。这丫头怎么回事？以前也没那么大的胆子，见到太子不是唯唯诺诺就是大气都不敢出，现在居然敢跟太子顶嘴？是谁给了她这权利？

太子嘴角扬起凉薄笑意，一双美目透着浓浓的寒冷与肃杀，“牙尖嘴利，诡言巧辩，粗俗无礼。”

苏落却笑得如阳光般明媚，“太子殿下说得是。太子殿下英明神武，能言善辩，风流倜傥，从不恃强凌弱，从不以权压人，臣女哪里比得上？”

太子眉宇微蹙，眼底闪过一丝恼怒，又透着阵阵凛然的寒意，冰凉刺骨。他漫不经心地把玩着大拇指上的扳指儿，似笑非笑地对苏子安道：“果然是大将军教的好女儿啊，真会夸本宫呢。本宫佩服得很。”

虽然他口中说着是夸，但那说出口的话，却似一把利剑，狠狠刺向苏大将军的胸口。苏子安脸色一变，扬起手，对着苏落怒喝道：“还不快跟太子赔不是？”

苏落面露惶恐之色，同时表示很郁闷。她瞥了眼那扬起的巴掌，抬着巴掌大的小脸，很无辜地反问：“父亲，女儿夸得不对吗？难道太子殿下不英明神武，不能言善辩，不风流倜傥？难道太子殿下恃强凌弱，以权压人？”

苏落每问一句，苏子安的脸色就阴霾一分，到最后，他的脸色简直可以用阴云密布来形容了。

可以说，苏落的每一个字分开来，都是对的，但是合在一起却成了反义。苏落这是在玩文字游戏，苏子安这等武将如何玩得过她这样的人精？

苏落此时在心中冷哼。退婚？虽然本姑娘也想退婚，但是，由你提出来本姑娘就是心里不爽。这婚是你想退就这么容易退的？

啪啪啪，太子突然站起身来，一步一步稳稳地、慢慢地走到苏落身边。他居高临下，眼底满是邪佞之气，上上下下打量着她。

那眼神，阴狠中闪过一丝兴味的光芒，泛着邪魅且冷酷的戾气。而苏落却不以为意，淡淡地回视他。

不过苏落却在心中暗暗警惕。这太子多疑善变，她若把握不好，倒是会吃亏。

“哈哈哈，有趣，果真是有趣得很。”太子忽然哈哈大笑起来，他转身对苏子安道：“苏大将军，本宫没说错，你果真养了个有趣的女儿。”

苏子安能说什么，他只能赔笑着。反正太子说什么，那就是什么。

苏溪和苏靖宇的脸色却在瞬间变了。太子这是什么意思？他夸苏落有趣，又用一副很有兴致的表情打量她，莫不是这婚事，又不退了？

苏落虽然心中暗自警惕，不过她还是很自信。像太子这种阴柔狠毒之人，最看重的是利益，他绝对不会因为自己而放弃苏溪这块到嘴的肥肉。

此时，苏靖宇上前一步，语气带了一丝阴郁，“太子殿下……”

太子一摆手，露出那张似笑非笑、妖冶逼人的无双俊颜，“本宫明白你的意思，你放心，今日这婚事，还是要退的，不过……”他纡尊降贵地对苏落道：“你很想嫁给本宫吧？本宫也不是那不讲理的，现在可以给你一个机会。”

苏落冷冷瞥他一眼，心中却暗自冷笑。

太子姿态尊贵地坐到华贵软榻上，居高临下道：“若是你能回答出本王的问题，本王答应你，给你个侧妃的位置。”

太子妃的位置她都不稀罕，还会稀罕一个子虚乌有的侧妃？苏落心中暗自嘲笑太子的自以为是。她似笑非笑地斜睨太子，“太子殿下，这侧妃的位置您既然这么宝贝，就自个儿留着吧，赏给谁都行，不过臣女怕是担当不起啊。”

“好大胆的女子！”太子还未说话，太子身边的侍卫一声怒喝，长长的剑尖直指苏落的咽喉要害。只要太子一声令下，剑尖就会毫不犹豫地刺进她的咽喉。

苏落脊背挺得笔直，目光清冷淡定地射向太子，用激将法道：“怎么，当着这么多人的面，咱们英明神武、聪明睿智的太子殿下这是要强抢臣女吗？好说不好听啊。”

太子恼羞成怒，冷哼一声："威逼臣女？你也得有这个资格！既然你这么不识抬举，本宫又何须给你颜面？"说着，太子冷冷摆手，下了指令。

很快，太监就站出来，手中举着圣旨，大声诵读："奉天承运，皇帝诏曰……苏府四小姐礼仪不端，教养不淑……实难担当太子妃之位，故此废除当年婚事，从此男婚女嫁，互不干系，钦此——"

圣旨一下，再难更改。此时，苏落、苏溪难得地同时舒了一口气。

太子冷冷地瞪向苏落，凑近她耳边，咬牙低声道："丫头，往后千万别出现在本宫面前！"

"什么？"苏落似乎被吓了一跳，惊吓地重复，"太子殿下您之所以退亲，是因为不、不、不举？"

此话一出，瞬间，四周的空气凝固了，众人凝神屏息，垂眸低头，不敢抬头看太子。

苏落眼角眉梢掩饰不住的笑意分明说明了一切。

好个伶牙俐齿的臭丫头！太子的脸色阴沉的可怕。

苏落此举当真是阳谋。所谓阳谋，顾名思义就是光明正大地摆阴谋。

太子若是此时惩罚她，不就摆明了他欲盖弥彰、心虚、底气不足吗？可若太子不惩罚她，又有失颜面。反正不管太子如何做，都站不住脚。不管他怎么说，都说不清楚。这真是黄泥巴掉进裤裆里，不是屎也是屎。

太子的脸色青一阵红一阵，他恶狠狠地瞪着苏落，最后，狠狠甩袖，大踏步地走了。

苏靖宇不悦地教训苏落："你这臭丫头，怎么跟太子说话的？太子不罚你那是他的仁慈，你自己好好反省吧。"说完，苏靖宇安抚地和苏溪对视一眼，然后快步跟着太子离去。至于他安抚什么，大概只有他自己知道。

"你、你怎么能……"苏子安死死瞪着苏落，那目光仿佛想将她一口吞掉，"你怎么就这么不知廉耻？"

苏落心中冷笑，面上却扁着小嘴，很是委屈，"可是、可是父亲大人，太子他、他真是这么说的啊……"刚才太子凑近她耳边说了什么，只有他们两个人知道，太子想否认，呵呵呵，没机会了。

苏子安咬着后槽牙，想生气，却又发现自己站不住脚。确实，按照情面上来说，苏落真的没做错什么，她只是被吓到重复了一遍……可谁叫那位是太子？

苏子安最后只能恶狠狠地教训她："平日里你母亲是怎么教你的？一点规矩礼仪都不懂，什么话都藏不住，活该被太子退婚！"

苏落心中冷冷一笑。什么话都藏不住？他这意思岂不是表明他也信太子是……噗，苏落觉得好笑极了，想必很快太子不举这件事便会传遍大江南北。

不过，这父亲的心还真是偏啊。他不是早就知道太子退了她之后很快就会订下苏溪吗，却故意在她面前摆大家长威仪，真当她是傻子吗？

苏落故作委屈地望向苏子安，“父亲，太子殿下是因为我不懂规矩礼仪，所以才不要我的吗？是不是我懂规矩知礼仪了，太子殿下就会要我了？”

苏子安的面色顿时一僵。太子之所以退婚，自然不仅仅是因为这个，但那些理由好说不好听啊……苏子安老脸一顿，重重甩袖，脸上有一丝恼羞成怒，“你若是争气些，又岂会落到现在这个地步？这能怪谁？”

这个女儿今天是怎么回事？说出口的话明明跟以往一般懦弱，却总能噎住自己的嘴。

“那如果我现在天赋灵力达到紫阶，父亲是不是就重视我了？太子也不会退婚了？”苏落一脸的天真烂漫，那水灵灵的眼底似乎带着满满的期待和憧憬。

“紫阶？”苏子安像是听到了天下间最好笑的笑话，他哈哈大笑起来。过了半晌才嫌弃而嘲讽地对苏落道：“你懂什么叫天赋紫阶吗？别说天赋紫阶，就是蓝阶，不，青阶，若是你有青阶的天赋，父亲我就亲自给你下跪斟茶倒水！”

说到苏落的天赋灵力，这是苏子安最耻辱的一件事。当年，就因为苏落这小废柴，他被同僚足足耻笑了半年之久，这件事简直就是他的梦魇，现在一提起来他就忍不住暗恨。

苏落仰着巴掌大的小脸，楚楚可怜，又弱弱地问:“那爹爹，若是我一不小心成了木火双系元素，一不小心就成了炼药师，你会不会对我很好很好？”

“木火双系？”苏子安像看白痴一样看着苏落。他都不忍心再嘲笑这个愚蠢的女儿了。

不过她也确实可怜，天生就一废柴。

只听他说：“木火双系？落落啊，你真是想成为强者想疯了吧？木火双系有多难得你知道吗？咱们苏府之所以会有如今这样的地位，一方面是有你祖父这位定海神针，更重要的一方面是我们苏家有一位木火双系的炼药师，你懂吗？还炼药师呢，你别异想天开了。”

那位炼药师虽然现在还只是中级炼药师，但是，那也是各方势力极力笼络抢夺的对象。皇室之所以笼络他苏家，很大一部分原因就是家里这位炼药师。这位炼药师不是别人，正是他苏子安的亲大哥。他常年醉心于炼药，苦练了几十年，才堪堪升到中级炼药师。

异想天开吗？苏落的视线落到她那双白皙的手掌上。测试的结果告诉她，她的天赋不比任何人差，而且还是天才中的绝顶天才，几百年都难出一个的那种。

虽然……现在确实出了点问题，但是，她绝对会找到原因。她的天赋，绝对不能埋没，她要站到世界的顶端，让那些曾经践踏过她的人，仰视她。

见苏落怔怔的模样，苏子安心中又是一阵气恼。这个不争气的女儿，真是看到她就气闷。

“这儿没你什么事了，快走吧。”这位父亲不耐烦地挥挥手，像打发乞丐一样打发苏落。

“哦。”苏落走了几步，又停住脚步，转过身，深深地凝视着她的父亲，忽然，她展颜一笑，笑容如娇媚的花，那么耀眼夺目，“父亲大人，今日你叫我走，他日您可千万别后悔哦。”

“哼，为父确实后悔，为父最后悔的是当初怎么就让你这样丢脸的东西生下来。”

苏子安没有再说话，反倒是苏溪，她嘲讽地扬起唇角，冷傲地扬起下巴。她居高临下，冷冷地看着苏落，那神情高傲得犹如在看一只小小的蚂蚁，“苏落，人贵有自知之明，既然你只是最低贱的废柴，那就滚回去过你狗一样的低贱生活，快滚！真是看见你就生气。”没了太子在场，苏溪的温柔贤淑全然不见，露出了她骄纵蛮横的本性。

即便苏溪骂苏落是狗，苏子安也没有反驳一句。这足以说明了一切。

苏落也不和苏溪对骂，她只是深深地、深深地看了苏子安一眼，那眼底的深意看得苏子安心底发毛。

就在苏子安欲开口的时候，苏落却干脆利落地转身，大踏步离开了这个冷漠得让人窒息的地方。

她边走边在心中暗暗冷笑：苏子安，既然你今日如此，那么他日，也别想沾我苏落的光！

苏子安完全不知道自己刚才对苏落的冷漠，使他失去了什么。如果他知道他失去的是一个灵力紫阶的天才女儿，是一个拥有木火双系元素的炼药师，只怕他悔得肠子都要青了。

可惜，世上没有后悔药，他用冷漠凉薄造成的苦果，只能他自己咽下去了。

在绿萝的陪伴下，苏落缓缓走出正房。此时，外面阳光正烈，耀眼而刺目。

苏落脸上是平淡的笑容。

婚事终于被退掉了，她也算是松了口气。至于太子对她的仇恨……想必太子最近忙得很，应该没时间来找她吧。

忽然，绿萝眼睛一亮，指着草丛边一块耀眼的玉佩道：“小姐，那有一块紫鱼玉佩。”绿萝捡来递给苏落。

苏落看着这枚紫鱼玉佩，觉得有些熟悉。忽然，她脑海中灵光一闪，嘴角缓缓浮现一抹狡黠而促狭的笑意，眼底星光闪闪，嘴角更是勾起一抹神秘笑容。

“小姐？”绿萝很是不解。看到这枚紫鱼玉佩，小姐怎么笑得这么奸诈？

“好绿萝，真是太谢谢你了。”苏落大方地给了一句夸奖。

三日之期一晃而过。

今夜到了与南宫流云约定的日子。

夜，漆黑如墨，天空中挂着几颗残星，透出微弱的光芒。忽然夜空中一道黑影踏风而来，衣袍翩翩，仿若谪仙。不多时，这道身影便悄然落到苏府的偏僻小院。

“进来吧。”很快，一道毫无征兆的清冷声音从房内响起。

南宫流云进来的时候，看到苏落正手执一卷书，在烛光里认真地阅读着。今日的她一身白色的拖地蝶圆纱裙，宽大的衣摆上绣着粉色的花纹，用一条白色织锦腰带将那不堪一握的纤纤楚腰束住，手挽薄雾烟绿色拖地烟纱，看起来飘逸而灵动。朦胧的烛火笼罩在她身上，似乎蒙上了一层淡淡的光辉，看起来迷离而清冷，高贵而淡薄。

苏落放下手中的书，抬头看了他一眼，做了个手势，“坐。”

南宫流云嘴角勾起一抹邪肆妖娆的笑容，好好的椅子他偏不坐，非要坐到苏落身边那一小块地儿，跟她挤在一块。

“南宫流云，规矩点，不许动手动脚。”苏落柳眉微蹙。她不喜欢跟人近距离肢体接触，所以她挥掌想把他推开。但是手却停留在半空，因为南宫流云已经用他宽大的手掌将她的手包裹住了。苏落气恼地瞪他，他却嬉皮笑脸。

“不要这么小气嘛，人家很累的。”南宫流云以纤细润泽的手指勾起苏落光洁尖细的下巴，他的嘴角扬起一抹邪魅笑容，声音低沉喑哑，“本王为了你，这三天可谓是万里奔袭，你就这么回报本王的？”

三日之前神殿测试，苏落身上发生的事神秘又诡异。当时南宫流云将苏落送回后就离开了，他留下话，说三日后回来告诉她答案。苏落知道此事会很困难，所以她心中记下这份情，以后她一定会回报他，用她自己的方式。

被他挑着下巴，苏落的视线正好对上他的脸。忽然，她愣了愣。他的话似乎并不夸张。

三天前的南宫流云丰神俊朗，明眸皓齿，风姿卓绝，仿佛兮若轻云之蔽月，飘飘兮若流风之回雪。而现在的他，虽然依旧明眸皓齿，俊朗非凡，却是一身的风尘仆仆，满面风霜。仔细看，他的下眼睑还有一丝青色，眉眼间也有一抹疲惫。

即使疲惫，他那双深眸依旧荡漾着邪魅妖娆的浅笑，眼眸如黑曜石般熠熠泛光。

苏落心中微微一动。此刻说她心中完全没有一丝动容，那是不可能的，毕竟她并非草木全然无感情，但要说喜欢，那还真谈不上。

其实苏落尚不知道，南宫流云这一趟路上的艰难和炼狱城的险阻，根本不是现在的她所能想象的。但是南宫流云却笑得邪魅妖娆，这些艰难在他脸上一丝也看不到，以至于苏落完全不知道这其中的内情。

苏落看着他，挑挑眉梢，“那真是辛苦你了，不过希望你的辛苦没有白费。”

南宫流云笑着点点她娇俏挺立的鼻梁，“丫头，真是好狠心哪，本王对你掏心掏肺，你却还是这副不冷不热的表情，这怎么可以？来，先给本王香一口。”南宫流云说着就凑上去。

不等触上柔软双唇，苏落一把将他推开，“南宫流云，你堂堂晋王殿下，传说中的天才强者，怎么这样一副德行？就不怕传出去别人笑话你？”

“傻丫头，本王只对你如此，旁人谁会知晓？”南宫流云好笑地捏捏苏落粉嫩的面颊。这丫头气鼓鼓的模样，好萌好喜欢，再捏一把。

苏落没好气地瞪他，“坐好了，别动手动脚的。”

可是南宫流云奔波了三日，难得有一亲芳泽的机会，哪里是那么容易就放弃的？他嘴角扬着邪邪的笑，眼底妖娆魅惑，深邃绝美，很是诱人地凝望着苏落。

这只妖孽！苏落表示很无语。忽然，她眼角微弯，闪过一抹讥诮，“南宫流云，你不会是没得到结果，所以故意岔开话题吧？”

激将法果然是极好用的。

“太聪明的丫头不好玩。”南宫流云叹了口气。他虽然没有再得寸进尺，但是也没有放开苏落的打算。他忽然换了一本正经的表情，认真而又谨慎地凝望着苏落，一字一句地问：“丫头，告诉我，你最近是不是经常会头晕目眩？”

苏落见他神色前所未有的凝重，心中微微一凛。这是怎么了？原本的嬉皮笑脸换成这般一本正经，她还真是不习惯。

苏落想了想，点头道：“确实，有时候会头痛。”而且还会晕晕乎乎的，特别困，特别想睡觉……睡着了还不容易醒。苏落忽然有一种自己生了大病的感觉。

“那丹田会不会有一种胀胀的感觉，就是摸上去硬硬的？”南宫流云又紧跟着问了一句。

只是他脸上的表情很奇怪很复杂，是苏落从未在他脸上见过的认真凝重，这份凝重中，似乎还带了一抹希冀。他拉着苏落的那只宽大手掌也猛然一紧，足以说明他的内心在这一刻是紧张的。

能让传说中的晋王殿下紧张成这样的，绝不会是小事。那么，自己身上究竟发生了什么事呢？苏落心中犹如被压了重重的石头，忽然间有些透不过气来。

她转念又一想：再坏又能坏到哪里去？她反正都已经是废柴了，至多也不过是以后再无法修炼罢了。她缓缓吐出一口浊气，神色淡定地望着他，从容说道：“对，有时候会有胀胀的感觉。怎么了？”

之前她一直以为是月事快来了呢，也没有在意，因为这身体也有十五岁了，有月事很正常……但是现在看来，显然不是。

一时间，四周很寂静，静得几乎能听到树叶落地的声音。时间似乎在这一刻凝固，就连周围的空气中都似乎带着一丝紧张的气氛。

南宫流云一双深邃的漂亮眼睛凝望着苏落，久久不说话。他张了张口，又闭上，半晌后他才又缓缓问了一句："你是不是见过一枚戒指，一枚戒面上刻着龙的戒指？"

"龙之戒？"苏落顿时惊呼出声。

她当然是见过龙之戒，她又怎么会忘了龙之戒？上辈子，龙之戒是她执行的最后一个任务，也是因为这枚龙之戒，她狠狠耍了云起一次。

当初她在云起面前晃了晃锦盒，其实那里面装的是结婚戒指，她亲自买来想要和云起结婚的。然而可悲的是，云起将它当成了龙之戒，以至于大意失荆州，而真正的龙之戒已被她吞入腹中。

可是，为什么现在南宫流云会知道龙之戒，而且还问出来了？这枚戒指是当初那位客人花费三十亿美元巨资布下的任务，究竟有何奇妙之处？难道她来到这个陌生的地方跟这枚龙之戒还有关系不成？一时之间，苏落有些迷茫了。

"你知道龙之戒？"南宫流云眼底闪过一丝复杂的光芒，他的目光紧紧凝视着苏落，生怕错过她脸上的任何一丝情绪。

"确实见过，那又怎样？"苏落神色谨慎，淡淡地回道。

现在叫她拿出龙之戒，那却是不可能的了。而且就算解剖了她，也未必能得到龙之戒。毕竟，吞下龙之戒的是当初那具身体，而不是现在这具。

"你吞过它，是不是？"南宫流云眉眼间有着淡淡的兴奋。

没想到南宫流云一语中的，直指重点。他在兴奋什么？苏落警惕地望着他，嘴角勾起一抹笑，她双手环臂，双眸似水，却带着淡淡的冰冷。

她只是笑吟吟地看着他，什么话也没说。

"你别紧张，我怎么可能会害你？"南宫流云好笑地捏捏她的脸。这丫头面颊粉嫩，肤如凝脂，雪白中透着粉红，似乎能拧出水来，手感真是好呢。

见苏落蹙眉，他一双凤眸洋溢着妖娆邪魅的笑意，"傻丫头，胡思乱想什么？龙之戒有灵识的保护，如果被宿主吞入，宿主没有当场爆体身亡的话，就说明龙之戒已经认可了这位宿主，旁人就算将这位宿主解剖了，也是得不到龙之戒的，因为宿主已经与龙之戒合二为一了。"

看着眼前笑意融融的南宫流云，苏落双手一摊，"抱歉，不过小心谨慎是我的本性，想来是很难改的了。"

"小心谨慎是对的，完全不需要改，而且，本王就喜欢你这冰冷的拒人于千里之外的性格。”南宫流云宠溺地点点她的娇俏鼻翼。

“你这人是不是故意找虐啊？”苏落表示不解。送上门去的不要，偏偏要缠着她？

“是你没发现自己到底有多诱人，傻丫头。”南宫流云深黑色的冷眸散发着淡淡的光泽，握着苏落的手，邪魅慵懒地笑道，“若是被你虐，本王甘之如饴。”

“不许打岔。”苏落发现自己的思维被他带着走了好远，她很快回归主题，继续询问他：“你是怎么知道龙之戒的事？还有，我身上发生的事真的跟龙之戒有关系？”

“非常有关系，大大地有关系。”南宫流云的声音温和中又透着淡淡的邪魅色彩，他慵懒地斜靠在椅子上，一副大爷的样子，望着苏落，“好口渴。”

明白，这是讲到关键处开始拿乔了。苏落顶顶看不起他这人品，轻哼一声，面上的笑容越发灿烂。她高高兴兴地往破瓷杯里倒了白开水，“茶叶没有，就只有开水，将就着喝吧。”

“让谁喝水呢？”南宫流云跷着二郎腿，邪魅地笑。

他二大爷的，真难伺候。苏落心中暗骂，脸上的笑容越发灿烂，“请晋王殿下喝水。”

哪知南宫流云这厮却计较得很，他高傲地挥挥手，撇过脸去，带着嫌弃的语气，“不够亲近。”

这个人！苏落咬着后槽牙，脸上的笑意却越发绚烂，一字一顿道：“南宫流云，现在可以喝了吗？”

“流云，或者云。”南宫流云懒懒丢下一句提示。

苏落握拳，砰的一声将茶杯丢在桌上，双手抱臂环胸，懒懒地瞥他，“玩够了没？”还真当他是大爷了？

见苏落不配合了，南宫流云反倒眼巴巴地凑过去，笑嘻嘻地抱住她，“落落丫头真小气，一点都不好玩。”

“那找你觉得好玩的丫头去。”苏落不理他，撇过脸去。

“那哪能啊？本王就只缠着你。”南宫流云涎着脸笑嘻嘻的，一副打不还手骂不还口的赖皮模样。

他这样，反倒让苏落生不起气来。她回眸一瞬不瞬地盯着南宫流云看。这还是传说中那位冷酷邪魅、强势霸道的晋王殿下？这还是那位举手投足间樯橹灰飞烟灭的南宫流云？这还是那位有着深度洁癖，生人勿近轻者剁手重则剁碎的东陵国二皇子？就这妖娆邪魅、慵懒邪肆、嬉皮笑脸、吊儿郎当的模样，真的是那位高高在上的天赋超强者？这不科学！苏落一边猜测，一边目不转睛地盯着他看。

南宫流云被苏落看得心底发毛，他瑟缩了一下，弱弱地问：“你想干吗？”

“想把你解剖看看，内芯是不是被人换了。”苏落没好气地说。

“呃？”

“呃什么呃？现在可以讲了吧？龙之戒跟我身上发生的事到底有什么关系？不许再卖关子了。”思路一直被他带着走，岔开话题，苏落表示很纠结。

南宫流云也觉得今日逗弄得差不多了，再逗下去，这丫头非暴走不可。

他挪到苏落身旁，目光凝视着她，眼底有一丝钦羡，“其实此事说起来很是复杂，还真是傻人有傻福呢。”

若要论运气，这天下还有谁敢说运气能比得过苏落？望着苏落期待的目光，南宫流云神秘而笑，“丫头，你知道龙之戒的认可代表了什么吗？”

“代表什么？”苏落仰着巴掌大的小脸，美眸水盈盈的，很是萌人。

事实上，她对这个以武为尊的世界真的不了解，只是最近几天从绿萝口中问出了一些。

南宫流云一双深眸光泽透亮，他认真地按着她双肩，一字一顿道：“那意味着，你，苏落，除了木火双系元素之外，还有空间元素，明白吗？”

南宫流云几乎一脸的挫败，他真是败给了苏落的运气。空间元素啊，现在大陆上那是何等的稀少，简直可以用绝迹来形容。

“空间元素法师？”苏落有些迷糊了，她像个好奇宝宝，认真地问：“这世上不是木、火、风、水、冰、雷六大元素吗？怎么还会多出来一个空间元素？”

“那是因为，空间元素法师早在几百年以前就已经在大陆上消失了，所以，后来大家几乎都忽略了空间元素，将七大元素改称为六大元素。”南宫流云简直无语了，怎么有人的运气会好到这种程度？天赋灵力，紫阶上品。元素法师，双系，还那么好运的是木火双系，得以进修炼药师。而且她竟然还是失传已久的空间元素法师！空间啊……真是想想都让人流口水。

虽然在大陆上也流传着空间戒指，但是空间法师的空间与空间戒指这种储存器那完全是两种概念。空间戒指仅仅是储存器罢了，但是空间法师的话，他的空间是随身自带的，犹如一个自己开辟的世界，而且这个小世界还会随着宿主的修为慢慢变大，最后能达到什么程度，谁也说不准。还有一点就是，这世上只有空间法师才能制作空间戒指。

正是因为空间法师在大陆上基本消失，所以现在空间戒指非常昂贵。就像整个东陵国也只有皇帝陛下手中才有一只储存空间不大的戒指。

所谓匹夫无罪，怀璧其罪。若是让人知道这丫头竟是空间法师，想必大陆上无数的势力都会闻风而动，争着来抢夺她。不仅仅是表面上的势力，还有一些隐藏世家，他们也绝对抵挡不住这样的诱惑。毕竟，有了一位空间法师，就意味着空间戒指的诞生。

虽然，这是很久以后的事，但是这些世家最不缺的就是时间和等待。

苏落现在完全是拥有一座宝山，却没有一点保护之力。不过好在现在知道这件事的人只有他们两个。

南宫流云郑重地对苏落嘱咐："丫头，龙之戒这件事，你绝对不可以说出去，不然的话，就连本王也保不住你。"

苏落前世是做杀手的，当然知道人性的复杂和贪婪，她点头认真道："我自然不会说出去。不过，龙之戒跟我的木火双系元素有什么关系？"

"这其中关系很复杂，简单来说，就是你的空间元素太过霸道，将其余两系给压制住，所以你现在还无法修炼。等你的空间出现后，应该就会好了。"

"那要什么条件，那可恶的空间才会出现呢？"苏落很困惑也很烦恼。

如果一辈子都不出来，那她岂不是一辈子都无法修炼？看来祸福从来都是相依的，一个人不可能尽是好事连连。

南宫流云邪邪一笑，笑音狡黠而阴险，"这事说难也不难，说容易也不容易。"

"别卖关子了。"苏落沮丧地叹气。

"要想开启你的空间，必须要有三样东西。一是空间草，二是天灵水，三则是龙之血。凑齐了这三样，你就可以开启空间了。"南宫流云深眸泛起妖邪般的光芒，绚丽而邪魅。

苏落细眉紧蹙，"这三样东西都是什么？到哪里找？"她一个不受宠的庶女哪里找得到什么空间草、龙之血的？

"空间草我已经带过来了，至于龙之血，落日山脉就有脊背铁甲龙，咱们找个时间屠龙去。至于这天灵水嘛……"南宫流云顿了顿，邪魅一笑，深邃魅惑地看着她，"其实远在天边近在眼前。"

"哦，难道就在这苏府之中？"苏落宛若蝶翼的睫毛轻眨。她对这苏府可没半分好感，要是真就在这里，那倒是简单方便得很。

南宫流云的笑容显得魅惑众生，狂野邪魅，他潇洒地摇着扇子，"好聪明的丫头，一猜就中。天灵水就在你们苏府之中，而且还是苏府的镇府之宝呢。"

"竟然真在，那还等什么？事不宜迟。"苏落一双清明的眸子浅笑连连。既然是苏府的镇府之宝，那她就不客气地笑纳了。

"找你父亲大人要去？"南宫流云一双美眸隐藏着邪恶与魅惑。

微风轻拂苏落乌黑的秀发，这让她看起来柔美温婉，眼神却一如既往的淡漠无比，说出口的话亦如她的眼神，"要？怎么要？当然是去偷啊。"

"其实不必如此。你完全可以去告诉你那位父亲大人，告诉他你是木火双系而且还是未来的空间元素法师，他知道了，只有为你高兴的，这天灵水岂不到手了？"

"你是真傻还是假傻？"苏落很不客气地一掌拍过去，"你傻不傻我不知道，但是我肯定不傻。我家父亲大人冷漠刻薄，自私自利。别说他信不信我说的话，就算他信了那又如何？在他心里我就是一个利益交换的工具，只要有人出的价码诱惑得了他，他就会毫不犹豫地把我给卖了。还有，南宫流云，别对我用激将法，没意思。”

“好犀利的丫头。”南宫流云突然轻笑出来。他的声音温润慵懒，好听至极，他笑着用折扇敲敲苏落的光洁额头。

这丫头果然没让他失望。若是一般的姑娘，被人欺负了十几年，一朝得知自己天赋卓绝、天下无双，最先做的事就是宣扬得天下皆知。但是苏落，她不一样。就凭她这样坚毅隐忍的性格和聪明睿智的脑袋，他敢肯定，将来的她一定会走得很远很远……

“好愚笨的王爷。”苏落神采奕奕，目光如星，毫不客气地回嘴。

别人眼中不可一世的晋王殿下，在她面前却是只纸老虎。面对他，她从来不知道什么叫作留情面，谁叫他自己这么无赖呢？

“既然你自己都清楚，那本王也就放心了。”南宫流云摸着她的脑袋，眼底泛着笑意。

他是真的担心这丫头一时耐不住兴奋，将这件事告诉了苏子安。毕竟，他很清楚苏子安是怎样的为人。还好，苏丫头被欺负了这么多年，非但没有自卑怯懦，反倒宠辱不惊，淡定从容，有泰山崩于前而面不改色的风度。这样的心性根本不应该出现在十五岁少女身上的，但是她偏偏就做到了。不愧是他南宫流云看中的丫头，果然够聪明。

南宫流云点点头，表示很欣慰。

“事不宜迟，既然决定要去偷天灵水，那择日不如撞日，就今天吧，行吗？”苏落一袭翩翩白裳，将她衬托得淡雅如仙，冰肤莹彻。她仰着巴掌大的小脸认真地凝视着南宫流云，美眸潋滟，唇若含丹，说不出的诱人。

面对眼前这诱人的萌人小脸，南宫流云发现自己完全说不出拒绝的话。他合上折扇，一敲桌面，“行，你说了算。”

在他眼中，苏府并不是铜墙铁壁，整个苏府最强大的存在就是藏宝阁守护者，那也不过是六阶强者。而他现在也已经是六阶了，两人不相上下，谁也奈何不了谁。

第四章 栽赃陷害

于是，商量妥当的两个人做了一番准备。

套上漆黑的夜行衣，将头发都塞进黑色布巾中，脸上也蒙上一层黑布。全身都被黑色笼罩，唯有一双清新灵动的潋滟美眸露出。

就在临出门的时候，苏落嘴角忽然勾起一抹浅笑，眼底更是闪过阴险狡诈的神采。她从枕头底下取出那枚紫鱼玉佩，细眉挑起，显得格外兴奋。之后，她将玉佩塞进怀中，对南宫流云眨眼，“走吧。”

这枚玉佩可是苏靖宇的，如果一不小心遗落到藏宝阁中……哎哟，真是想想都让人热血沸腾、激动万分哪。

就算这趟她什么东西都拿不到，光是这枚玉佩，她就赚回本钱了。她就是要让她那位自私自利的父亲气得半死，谁叫他那么冷漠绝情？她就是要将这件事栽赃给苏靖宇，谁叫这个人欺负她还栽赃过她？既然他做了初一，那就别怪她做十五了。

南宫流云看着这丫头眼底跳动的兴奋神采，眼底闪过一抹笑意。虽然一时猜不到这丫头想要做什么，但是他也知道，这丫头玩心重得很，这次也不知道谁要倒霉了呢。看来，他要将这丫头追到手，倒是要花费很大一番功夫呢。不过，这丫头以后总归是要睡到他床上的，追不到就骗，骗不到就继续追……反正他的时间多得是，以后就跟她耗上了。

夜空似藏青色的帷幕，挂着寥寥几颗残星，星光暗淡，月光被厚厚的云层遮掩住，透出微弱的光辉。总而言之，概括为一句话：月黑风高夜，杀人放火天。

黑夜中，两个黑色的身影如狸猫般轻盈，悄然消失在苏府偏院。

南宫流云速度快如闪电，即使带着苏落依旧飞得很快。

戒备森严的护国大将军府对别人来说是望而却步之地，而他却气定神闲，从容不迫，仿佛在逛自家后花园。

南宫流云耳目清明，灵敏而警觉，他似乎能够提前预知危险。他带着苏落走走停停，偶尔站在阴影中，偶尔藏到花丛里，偶尔又飞到大树上，总是能够先一步在护卫的巡逻中藏好。

苏落仔细地记着走过的路线和遇见的巡逻护卫，眼眸微眯。好久没有这种热血沸腾的感觉了。什么归隐山林退出组织，她骨子里果然还是最喜欢这种危机重重的场面，真是让人心跳加速啊。苏落嘴角浮现一抹兴奋的笑容。

藏宝阁很快就到了。

苏府的藏宝阁建在后院的禁地，这里一般人根本靠近不了。藏宝阁总共有三层，外观看起来很朴实古旧，完全没有一点奢侈华丽的感觉。此时藏宝阁内漆黑一片，看不到一丝灯火，而外面的大门用特殊的玄铁锁锁住，那玄铁锁在月光中闪过一丝寒光。

大门口没有护卫把守，也没有一丝声音。南宫流云对苏落做了个简单的手势，示意他施行调虎离山之计，而苏落则趁机进入偷盗。

前世的时候，苏落没少做这类事，于是她很明白地点点头。

南宫流云宠溺地拍拍她的脑袋，在苏落的怒视中勾起邪魅笑意，率先走了出去。

他的身手非常快，犹如一团光束闪过，旁人几乎看不清他的身影，看到的也只是一团虚影，或许还以为自己眼花了呢。

他的脚步更是轻盈，如蜻蜓点水。此刻，他足尖点地，朝藏宝阁的二楼飞射而去。然而就在此时，黑暗中，一道劲风猛然朝他迎面而来。

来了！

南宫流云退也不退，在胸口运起一道炽热光圈，直接将那道掌风借力打力，回旋给那偷袭之人。

偷袭的不是别人，正是藏宝阁的守护者。

这是一位黑袍老者，只见他全身都笼罩在黑袍当中，就连脑袋都被黑色斗篷盖住，看不清他的容貌，但可以感觉得到，他的眼神冰冷，且杀气腾腾。

若论辈分，他则是苏落的二爷爷。

他是苏落爷爷的二弟，从小沉浸在武道中，年轻时候在外闯荡，回来后回归家族，常年守在藏宝阁。也正是因为有这位六阶强者守护着，所以藏宝阁这么多年来即便有人光顾却没人能拿走一点东西，反而还都留下了性命。所以藏宝阁就只有这位六阶强者一人守护。

这是苏府的秘密，旁人是不知情的，当然，南宫流云除外。

月光躲藏在厚厚的云层中，只微微透出一丝清辉，所以视线很模糊。

在夜色中，藏在柱子后面的苏落看得不太真切，而且她也不敢放肆地打量，只敢用余光小心地瞄着。

苏博武冷冷地盯着南宫流云，眼底闪过一丝杀气，“宝阁重地，闲杂人等且退回。”

南宫流云哈哈一笑，目光阴冷冰寒，与在苏落面前是完全不同的模样，“若执意要进呢？”

“格杀勿论！”苏博武的声音绝情冷酷，在黑暗中隐隐给人一种毛骨悚然的感觉。

他的声音里透出决然的自信。苏府这么多年来，藏宝阁都很安全，就是因为有这位六阶老者的庇护。在整个东陵国，六阶以上的强者非常稀少，几乎屈指可数。所以，苏博武才有这样的自信。

全身隐藏在黑色夜行衣下的晋王殿下，嘴角勾起一抹邪笑，邪佞张狂，“格杀勿论？那就看看谁格杀谁吧。”

“好大的口气！既然你想送死，那老夫就成全你！”苏博武嘴角勾起一抹冷笑，眼底杀意顿现，目光像看死人一样阴毒地盯着南宫流云。他守护藏宝阁这么多年来，也不是没遇到过贼，但做贼做得这般嚣张跋扈的，还真是没见过。

苏博武话音刚落，一双炽热的铁砂掌就朝南宫流云袭击而去，掌风带着火星，炙热灼人。

苏博武是火系元素法师，年轻时行走江湖，一双铁砂掌可谓是名扬整个东陵国。可能是真被南宫流云气到了，他一出手就是杀招。招招绝情冷酷，欲置人于死地。

南宫流云却毫不慌乱，嘴角微微一扯，双眸冷冽逼人，浑身上下罩着浓浓的强者威严。

铁砂掌带着火星气势汹汹而来，热气逼人。南宫流云双手翻转闭合，待分开时，一团硕大的水球从他掌心拉出，朝前推送而去。铁砂掌遇到水球，蓦然间失去了威势。

苏博武眼底闪过一丝惊异。他没想到此贼身手竟然如此之高，能将他的成名绝技破杀。

“好，既然你一心求死，那就尝尝我的地狱火吧。”苏博武话音刚落，双手凝聚成一个个火球，火球纷纷朝南宫流云袭去，上下左右将他重重包围。

“啊——”忽然，南宫流云口中发出一道抑制不住的痛呼声，他右手抱住左手的臂膀，恶狠狠地瞪向苏博武，“高山绿水，后会有期！”

话音未落，他便身手诡异地往后撤退，他的身形分明有一丝晃动，似乎受伤不轻。

“想来就来，想走就走，你当苏府是什么地方？留下！”苏博武冷哼数声，无数的小火球朝南宫流云射去。

但是南宫流云仿佛背后长了眼睛，诡异地躲避着，硬是没有被砸中。这下是真的惹恼了苏博武。他冷哼数声，起身就追。但是，让他意想不到的是，南宫流云的速度似乎不见慢，他毫无目的地在苏府中四处逃窜。

苏博武久追不下，心中更是恼怒，狠狠发誓绝对要拿下这无耻宵小，给他颜色瞧瞧！然而他哪里知道，南宫流云并未真的受伤，他不过是在行使调虎离山之计罢了。

两人追逐的动静不小，吸引了很多人的注意力。

可怜的苏博武紧追不放，却不知那边的苏落开始行动了。

苏落见四周静悄悄的，没有一个人影，她嘴角缓缓扬起一抹狡黠笑意。

不愧是南宫流云，这招调虎离山之计用得真有意思。

本来一开始苏落还以为南宫流云真的受伤呢，但后来见他偷跑之际还有闲心朝自己抛媚眼，她就放心了。

玄铁锁是东陵国第一巧匠所制，锁芯复杂难解，但这只是相对别人而言，开过现代各种繁复铁锁的苏落不会被难住。她取出一根细小的铁簪子在锁孔捣鼓着，双眸却警惕地观望着四周，耳朵听着八方动静——小心谨慎是她与生俱来的本能。

苏落一心三用，手中的速度丝毫不见慢，熟稔地拨动着。啪嗒！不到十秒钟，传说中无坚不摧的玄铁锁就这样断送在她手中。她悄然打开锁，进入了房内，再悄然关上门，动作如行云流水，一气呵成。

进入藏宝阁的第一层，苏落也不敢点灯，因为一旦房内点上灯，无疑就是告诉别人：有贼，速抓！好在苏落的视力极好，对于别人来说，这情形伸手不见五指，但是对她来说，不过是视线稍微有点模糊罢了。

第一层大厅里放了很多黄花梨木制作的架子，角落里有一个个的铁盒箱子。

苏落一一看去，发现都是一些普通的金银珠宝，而铁盒箱子里则是金砖银块。这些东西虽然很有用，但她却只有一个人，根本搬不走。真希望现在就能激活传说中的空间啊……望宝山而取不走，世间还有比这更悲催的事吗？

苏落有些遗憾地叹了口气，恋恋不舍地回头看了一眼金银财宝，最终毅然回头，轻巧地踩着楼梯，一步一步地往上走。

第二层放的东西比第一层确实要好一些，是一些名贵药材。手臂粗的人参，还有千年灵芝、天山雪莲等年份很长的药材，整个二楼空气中弥漫着浓郁药香。

苏落在里面摸索着找了半天，还是没有找到她所要的天灵水。她暗自焦急，也不知道这宝贝究竟被藏在哪里。想来想去，第三层的可能性最大。

苏落足不点地，身手轻盈地钩住楼梯，随之一荡，身子就已经晃到了第三层的楼梯口。

她知道现在她的速度必须要加快了。不知道南宫流云还能够拖住那苏博武多久，若是让他回过神来，想明白了是调虎离山之计而赶回来，就会被碰个正着，到时候自己这废柴可绝对打不过他。或者她的父亲苏子安听到府内动静，心血来潮来藏宝阁视察的话，那她就真的要曝光了，到时候怎么哭的都不知道。

苏落轻手轻脚地来到第三层。

整个藏宝阁就只有三层，若是这里没有的话，就不知道该怎么办了。

第三层比下面两层空间要小得多，而且架子上密密麻麻摆满了书，这给苏落的寻找工作增加了很大难度。她凑上去仔细一看，发现并不是武功秘籍，而是一些大陆通史，以及六大元素的一些原理和修炼心得。

奇怪了，这些书很常见，怎么会珍而重之地放到第三层呢？按道理第三层不该是更加名贵的宝贝吗？苏落有些不解了。

咦——苏落的视线落到书架上，忽然身子顿了顿，眼底闪过一丝雀跃的光芒。以她杀手的谨慎细致的本能，她忽然发现眼前架子上的书似乎有些不对劲。

这是一套装在紫杉木匣子里的书，一套共九本，就那么竖着放在架子上。之所以说它有古怪，是因为旁边的书都有些灰尘，但是这本书……似乎经常被人碰触，上面光滑洁净。也有可能是主人特别爱惜它，所以经常擦拭吧。

苏落嘴角闪过一抹狡黠笑意。

就是它了。

苏落的手伸向这只书盒，上下左右地摆弄了半晌，却没有丝毫反应。

怎么会？苏落细眉微蹙，想了想，又将盒子里的书一本一本取出来。每取出一本就停一停，仔细倾听动静。

就在取第六本的时候，忽然，她感觉到这本书似乎被黏上了，怎么都取不出来。再仔细一看，她顿时乐了，果然这本书就是机关所在。她将那本书猛然抽出。

哔！一道细小的声音在黑暗中响起，她发现这声音竟然就是在脚下发出的。

苏落朝着发出声音的地方望去。此时，前方距离她一米的地方，一块地板竟然缓缓打开，露出了一个小小的黑洞，大约十平方厘米大小，不仔细看根本发现不了。

苏落蹲下身凑过去一看，发现里面竟然出现了一个巴掌大的小匣子。小匣子是紫檀木所制，周围萦绕着一层淡淡的紫檀木幽香。小匣子并未上锁，所以苏落直接就能打开。

打开后的小匣子里是一个小小的玉瓷瓶子。苏落仔仔细细地看了看，洁白无瑕的素净玉瓶上面没有任何标签，从外面根本看不出究竟。

之后，她缓缓打开瓶子，凑近鼻翼闻了闻，顿时，一股幽香弥漫开来。

清新淡雅，闻之让人心旷神怡，这种香味与南宫流云描述得几乎一样。看来这就是天灵水了，还真是得来全不费工夫。

不过这也多亏了苏落前世的职业本能。若不是她小心谨慎，处处留心，观察入微，即便她找遍了整个藏宝阁也不可能找到的。

苏落将那瓶水连带着小匣子一起放进自己怀中。不是她喜欢这个紫檀木匣子，而是这匣子她另有用处。

既然已经拿到了自己想要的东西，那自然是要快速撤退了。不过，在撤退之前，那枚紫鱼玉佩可是要派上大用场的呢！

苏落嘴角勾起一抹邪魅冷笑。苏靖宇，你不是冤枉我吗？不是栽赃我吗？那就让你瞧瞧什么叫作真正的冤枉，什么叫作真正的栽赃！

以其人之道还治其人之身，这事儿苏落做得一向很熟练的。

望着那小小的黑洞，苏落微扯嘴角，然后毫不留情地将那枚紫鱼玉佩丢进去，而且，她连机关都不关，准备直接走人。

此时，外面忽然传来一道喧哗的声音。隐隐地，还有火把的光亮照来。

苏落凑到窗棂前一看，心中一紧。糟糕，苏子安果然带人过来了。看来他也不蠢嘛，终于想到来藏宝阁看看了。

原本如果找不到天灵水的话，苏落是打算就藏在三楼的隐秘角落——就是所谓的灯下黑。人都是有惯性的，如果苏子安看到三楼的狼藉，他第一个反应就是查看他珍藏的宝贝，看是否被偷盗，如此一来，隐藏在暗处的苏落就可以将他藏东西的所在看得一清二楚。

不过现在嘛，既然她已经拿到匣子里的天灵水了，就不必再浪费力气了。苏落完全能够想象得到，当她那便宜老爹走到三楼，看到眼前这狼藉的场景，只怕也要气死吧。

只要一想到这，苏落就觉得心情特别的好。

眼见追兵将至，此时苏落却没有慌张。多年的杀手生涯练就了她强大的胆魄和心智。她没有下楼，而是灵活地翻出窗棂，身子如狸猫般轻盈敏捷，沿着柱子悄然而下。

一眨眼的工夫，她便站到了墙根下。

此时，她逃跑的方向并不是她自己的偏院，而是苏靖宇的院子。

在距离苏靖宇院子很近的那条路上，苏落很不幸地碰到一个人，那个人不是别人，正是三日前被苏落狠狠一脚踹向墙壁而昏死过去的桂嬷嬷。

桂嬷嬷今日才刚刚苏醒过来，她挣扎着起来，就是想要去夫人的院子，告诉夫人是谁将她打成重伤，她还要告诉夫人一定要小心提防那位四小姐，因为四小姐竟然会武功！所以，此刻的桂嬷嬷在丫鬟的扶持下，一步一步慢慢地朝夫人的院子挪去。

夫人的院子与苏靖宇的院子很近，而这条狭小的鹅卵石小道就是必经之路，所以她与苏落狭路相逢。当苏落横冲直撞从斜道跑出来的时候，第一眼就看到了桂嬷嬷。

“啊——”那个小丫头看到蒙面黑衣人，下意识地就大叫一声。

桂嬷嬷原本可以抵挡一两下的，但是谁叫她大病初愈呢，头又被撞得晕晕乎乎的，屁股又痛得几乎开裂，所以她根本来不及反抗，苏落一记手刀劈过去，顿时将桂嬷嬷给杀死了。

原本苏落并没有想杀桂嬷嬷的，但是她一眼就看出桂嬷嬷这不安分的老妖婆是要往夫人的院子而去，她这是要去告状呢。

现在的苏落没有丝毫灵力，在这块大陆上还没有自保之力，所以她现在必须要低调，必须要韬光养晦。

若是让夫人知道她身手敏捷，只怕以后行事就没这么方便了。苏溪她好糊弄，但是那位苏夫人就未必了，所以苏落先下手为强，杀了桂嬷嬷一了百了。

反正以桂嬷嬷的罪行，以她之前虐待原主的恶行，她早就该死了。而且她死了，也算卸掉夫人的左膀右臂，往后自己行事也会方便很多。

这是一举多得的事，所以苏落毫不犹豫一掌劈死了桂嬷嬷。不过，苏落还是放过了那个小丫头，只是劈昏了她而已。因为她留着这个丫头还有用，到时候还指望她出来指证呢。

解决了这两个人之后，苏落脚步不停留地朝苏靖宇的乾坤院飞奔而去，小小的身子如狸猫般轻盈敏捷。不多时，她便来到乾坤院。

今晚苏靖宇并没有出门，而是一直在房中修炼。

“有刺客！”苏落压低嗓音，大声叫嚷。她故意在外面引起一点喧哗，让院中的人都看到一道黑影蹿了进来。

“有刺客，抓刺客！”不断地有人跟着大声疾呼。

苏靖宇眉头紧蹙，因为这声音严重打搅了他修炼。而且外面的喧闹似乎有越闹越大的趋势。不得已，他站起身来，走到门外去。

而就在他走出去的时候，苏落身姿矫健地悄然闪进内室。望着空无一人的内室，她的嘴角扬起一抹邪恶的冷笑，接下来的戏码，她真的是非常非常的期待啊。

苏靖宇啊苏靖宇，可是你自己要走出去给我机会的，到时候千万别怪我哦。

苏落迅速取出怀中的小匣子，拿了里面的那瓶天灵水之后，正要将那匣子合上，就在此时，借着明亮的烛火，她看到盒子下面竟然压着一张陈旧的字条，她拿起一看，发现那是一张类似地图的东西，只不过线条歪歪扭扭的，看得不是很清楚，且还不是完整的，应该只是其中的四分之一。

这到底是什么地图？泛着黄色，似乎很有些年头了呢。苏落蹙眉，眼底闪过一丝疑惑。既然是跟天灵水放在一起，想必也是很好的东西，总归不能便宜了苏靖宇。

本着有便宜不占王八蛋的节操，苏落很干脆地将地图收进怀中。然后她脱下夜行衣，以及蒙面巾、头巾，连着锦盒一股脑地全部塞进床底。她的动作非常迅速，不过电光石火间就已经完成了。

看着那被塞到床底却故意露出一点点的夜行衣，苏落嘴角扬起一抹冷笑。苏靖宇，冤枉人很好玩吧？那你就好好玩玩吧，希望这次千万别把自己玩死了，因为妹妹我还有好玩的招等着你呢！

苏落最后看了房内一眼，确定了自己没有露出破绽后，这才从窗户中跳出来，小小的身子迅速隐没在夜色中。

而那边的南宫流云得到苏落的提示后，很快便自动自发地将他后面尾巴似的人群全都带到苏靖宇的乾坤院去了。

既然是栽赃，那肯定是要将这场戏给演足了。

苏子安不知道苏落已经逃跑，此刻正要进入藏宝阁。然而，当他看到门框上挂着的那把锁时，脸色顿时变得非常难看。

这把锁是京城第一巧匠所制，能够将其打开的，只有挂在自己身上的钥匙。但是现在，这锁却被人打开了，而且那么堂而皇之地挂上去，看上去那么讽刺。苏子安脸色异常僵硬，他一把推开门，大声怒道："点灯！"

很快，他身边的护卫将灯笼递给他，随后将屋内的烛火点上。

一楼看上去凌乱而狼藉，一看就知道被人翻找过。这个贼还无比的嚣张大胆，完全没有将东西放回原处。踏上二楼。很显然二楼也被翻找过，不过应该没少东西。但越是如此，苏子安的脸色就越难看。因为他知道，此贼一定是高手，他看不上一楼二楼的东西，那么他的目标就直指三楼了。

果然！

当苏子安走到三楼，看到厅内的境况时，脑子顿时嗡嗡作响，喉咙一甜，几乎当场喷出一口血。只一眼，他就看到那块地板上的小小黑洞，就是存放天灵水的所在。

这里除了老祖宗，就只有他知道，但是现在却被人掀开了！苏子安只觉得手脚发软，几乎站立不住。稳稳心神，他强打起精神上前查看，发现里面的木匣子果然不翼而飞了。

可恨可恼！苏子安气得当场一口血喷出来。那小匣子里放的天灵水是他苏府的至宝啊。更让他愤怒的是，除了天灵水之外，还有那张藏宝图，那张藏宝图才是最最贵重的东西！

那可是传说中开启八荒神墓的地图，整块大陆上的强者都在找寻，虽然那只是一部分，但拿出去可是会引起天下大乱的藏宝图啊。现在居然被人连带天灵水一起盗走了。

苏子安气得浑身发抖，一句话也说不出来，他觉得自己快要疯掉了。

"找，必须将盗贼找出来！"这千刀万剐的！苏子安暗骂。

忽然，他看到黑洞里似乎有一样东西，捡起来一看，发现那是一枚紫鱼玉佩。这枚紫鱼玉佩难道是盗贼不小心遗留下的？这算什么？盗了东西还留下信物示威？好嚣张的盗贼！苏子安想，如果这盗贼现在站在他面前，他一定活活掐死对方。

“将这枚玉佩送到佣兵公会，让他们尽快查出有关这枚玉佩的所有信息！”苏子安相信，只要查出这枚玉佩，那么今晚的盗贼就无所遁形了。

然而此时，那位护卫却神色犹豫，欲言又止。

“还不快去！”苏子安恼怒咆哮。

“大将军，这块玉佩……卑、卑职见过。”护卫吞吞吐吐，犹犹豫豫。

“你见过？到底在哪里见过？”苏子安浑身猛然一震，不可思议地瞪着对方。

“就在、就在……”护卫有些不敢说实话，若是冤枉了大少爷，那岂不是……此刻他有些后悔地想甩自己一耳光，刚才不多话就好了。

“说！”苏子安一脚踹过去，将护卫重重踹翻在地。

“是、是大少爷！”护卫被踹得一口血喷出来，他捂住胸口，大声说：“这块玉佩是大少爷的！”

“你说什么？”苏子安又狠狠地踹了他一脚，“说谁不好，竟然说这块玉佩是大少爷的？这怎么可能！”

正在此时，有人大声来回报。

“大将军，那贼人进了大少爷的乾坤院后就消失不见了！”

这句话犹如甘霖降下，顿时解救了那护卫的命，却犹如霜雪般将苏子安冻得僵立当场。

“你说什么？那贼人进了大少爷的院子后就消失了？”苏子安脸色冷得可怕，他一把揪住下人的衣领，满脸狰狞凶狠，“再说一遍！”

那护卫不知道之前这里发生的事，他只是据实以报，被苏子安提起衣领，他满脸疑惑，却还是断断续续地重复，“小的没有说谎，那贼人真的消失在大少爷的院子里，而且、而且桂嬷嬷在距离大少爷院子不远的小道上被杀，还有个丫头为证……”

现在，几乎所有的证据都指向苏靖宇。然而，苏子安还是不信。苏靖宇是他最器重的儿子，是苏府未来的继承人，他根本没有理由这么做！不可能，这绝对不可能！

苏子安说什么都不肯相信，他一手栽培的儿子会背叛他。但是现在贼人确实是消失在了乾坤院，所以他必须去一趟将事情弄清楚。他带着一群人浩浩荡荡朝乾坤院飞奔而去。

到了乾坤院，他发现苏博武正在和苏靖宇对峙。

“靖宇！”苏子安冷冷地瞪着他，“你想干吗？欺师灭祖吗？”

苏靖宇正准备和苏博武对上，看到苏子安，他忙道：“爹爹，您终于来了，您可要给我做主啊！我根本不知道发生了什么事，二爷爷却一个劲地指责我是贼！”

苏子安望着苏博武。苏博武冷笑道：“不是你是谁？那个贼人就躲在你院子里，若你是清白的，为何不敢让人搜？”

“二叔……”

苏子安正要说话，却被苏博武打断，“子安，二叔亲眼看见那贼人进的乾坤院，就算靖宇是你儿子，那也逃不脱干系。”那个贼人受了重伤，根本就跑不远，若不是苏靖宇一个劲地拦着，他早就捉住对方了。

苏子安满脸沉痛，最后闭上眼，痛苦道：“二叔……藏宝阁被盗了。”

“你说什么？！”苏博武顿时脸色一变，非常难看，“什么东西被偷了？”

“天灵水，还有……藏宝图……”苏子安郁闷得简直想撞墙。

苏博武的脸色更加难看，他晃了晃身子，差点喷出一口血来。他到现在才知道，原来对方使的是调虎离山之计！对方将他调开，然后另外一个人乘机偷进藏宝阁。

一想至此，苏博武就恨不得狠狠捶自己脑袋。他冷冰冰地看了苏靖宇一眼，冷声道：“进去搜！”

“父亲大人……”苏靖宇一脸茫然，不知所措。什么天灵水，什么藏宝图，他完全不知情好不好？

“来人，将苏靖宇扣起来。”苏博武面色铁青，一点不留情。

“父亲大人……”苏靖宇眼底闪过一丝惊惧。

苏子安冷冷地看了苏靖宇一眼，痛苦地说：“真的假不了，假的真不了，如果证明你是清白的，没人会冤枉你。”说完，他手一扬，一脸的威严，“进去搜！”

一声令下，一队二十多人的护卫顿时蜂拥而入，快速分散到乾坤院的各个房间细细查看。

苏子安和苏博武也没闲着，两人目光如电地扫视着整个院子，生怕漏掉一丝信息。外围搜过之后，苏子安随着护卫一起移步内室。

搜查了一遍，却什么都没发现。

苏子安的眼底有一丝复杂的神色，他既欣慰此事与他儿子无关，又郁闷找不到一丝线索。

正在此时，忽然有一位护卫大声喊道：“那个是什么？”

他手指所指的方向正是床底，那里有淡淡的黑色阴影，在灯光下若隐若现。

“拿出来看看！”苏子安顿时脸色变得铁青。

那护卫得了命令，趴到地上，很快伸手将那团东西拎了出来。

“这是……”苏子安看到那团黑色夜行衣，顿时脸色也变得跟夜行衣一样黑。此刻，他脑中嗡嗡作响，比打了败仗还要崩溃。他怎么都没想到，这一搜，竟然真的搜出了东西……

他的视线往下移，竟看到一只熟悉的小木匣子。

苏子安的脸色瞬间变得灰白。这小匣子就是藏天灵水的匣子。

可是现在匣子里却空空如也，别说天灵水，就是压在底下的藏宝图也都不翼而飞了。

苏子安的眼睛如毒蛇般盯着苏靖宇，一把将他喉咙掐住，大声怒喝：“逆子！快说，天灵水去哪里了？还有藏宝图呢？快说！”

此时，所有的证据和巧合都指向苏靖宇，令他百口莫辩，无从抵赖。苏靖宇无辜极了，也非常的茫然，“爹爹，你们在说什么？什么天灵水？什么藏宝图？”怎么每个字拆开都认识，连在一起就不明白了呢？

“还给老子装傻，说！天灵水在哪？是不是你喝掉了？快说，不然老子掐死你！”此时，苏子安是真的动怒了。

那个天灵水可是晋级的宝贝，老爷子打算冲击七阶的时候才用的，但是存着存着，竟然被人给偷走了！

如果老爷子能够冲到七阶，那他们苏府就真的一跃而上，成为东陵国第一世家了。但是现在，没了……什么都没了。还不知道老爷子出关后会不会气得吐血呢。

“爹爹……我真的不知道啊，我真的没有偷啊。”苏靖宇口中大叫冤枉。事实上，他是真冤枉，可谁让他之前得罪了小气的苏落呢？

“这是什么？”苏子安隐忍着痛苦，将那块紫鱼玉佩丢给他。

“紫鱼玉佩？”

“这是你的吧？”苏子安双眼阴恻恻地、不住地冷笑，看得苏靖宇双脚打战。

“确实是儿子的，但是三日之前儿子不小心丢了。”

“丢了？现在你说丢了？”苏子安冷笑连连，步步逼近。

“将他关起来好好审问！就算那个贼不是他，也绝对跟他有关系。”苏博武拿着那块尚有温度的紫鱼玉佩，眼底闪过一丝狠毒。

苏府偏僻小院。

整个苏府灯火通明，喧闹无比，只有这个偏僻小院，依旧寂静。

南宫流云甩掉一群尾巴后，笑嘻嘻地跑来找苏落。此时的他已经换掉了一身夜行衣装束，着一袭华丽的金丝软袍。金丝软袍上绣着莹莹闪光的碎金，软软的微风吹拂，玉带下的流苏随风肆意轻舞。他双手环臂，潇洒随性地斜倚在高直笔挺的琼花树下。

春意盎然的四月，庭院里这株高大的琼花树傲然挺立，一片片嫣红的琼花纷纷扬扬，清香四溢，氤氲袭人。此刻的他，俊美得如同画中走出来的。面部轮廓犹如古希腊的雕塑那般，棱角分明。那神态温润慵懒，邪魅中带着妖娆浅笑。

“怎么样？本王表现得还好吧？”南宫流云斜靠在琼花树下，修长的双手环抱双臂，浅笑吟吟地凝望着苏落。

“勉强过关吧。”苏落坐在院中的石凳上，前面的石桌上放了一壶清茶，茶香袅袅，氤氲缭绕。此刻的她一袭洁白的蝶戏水仙裙，乌黑的秀发用一条淡紫色的丝带系起，几缕秀发淘气地垂落双肩，衬得她肌肤吹弹可破。

面对她不冷不热的态度，南宫流云非但没有介意，反而涎着脸凑上去，凑到离她很近的距离，热气扑到她耳畔，声音低沉而暧昧，“乖丫头，拿到天灵水了？”

“那是当然，不看是谁出马。”苏落出的任务，还从未有失败的纪录，即使现在在古代，难度更是增加无数倍，还是难不倒她。

她将天灵水递给他，眼神中带了一丝得意，“还以为戒备有多森严呢，也不过如此。”

南宫流云宠溺地用修长润泽的纤细手指点点她的额头，“你就吹吧。如果不是本王将那老头引开，你以为有这么简单？”

“对了，这张图是什么？你见过吗？”苏落没好气地白了他一眼，然后将那张泛黄的纸递给南宫流云。那上面歪歪扭扭的古怪文字，她完全不懂。

南宫流云接过去仔细一看。原本脸上还带了一丝痞笑，然而过了一刻钟后，他的神色竟然微微一变。

能够让晋王殿下变了脸色的，想必不会是简单的东西。苏落略带好奇地眨眨眼，美眸水灵动人，“怎么？难道还真是藏宝图不成？”

“这东西你哪儿来的？”南宫流云难得认真地问。

“也不是特意找的，它就藏在天灵水的匣子里。我本来想将匣子栽赃给苏靖宇的，但是看到这张字条，就抽出来了，免得便宜了苏靖宇。”苏落很无辜地眨眨眼，末了，还耸耸肩。

南宫流云极度无语地望着苏落。片刻后，他用力揉揉她的脑袋，“你这丫头是吃什么长大的，怎么运气就这么好？去偷天灵水还能顺出来藏宝图。”

虽然他也是传说中的天之骄子，上帝的宠儿，但是比起落丫头的运气……他还真是各种羡慕嫉妒恨哪。这短短几日的相处，眼看着她不是天赋灵力紫阶上品，就是木火双系修炼药师，要不就是空间法师，现在竟然还给她顺手捞出来一张八荒神墓的藏宝图！真是让他有种想撞墙的冲动。南宫流云忍不住暗自猜测：这丫头不会是幸运女神的私生女吧？

苏落被他的一双深眸看得心底发毛，纤细的手指戳戳他手臂，“问你话呢，快说，难道这真的是藏宝图？”

“货真价实，童叟无欺。”南宫流云说得很肯定，语气却有些无力，很显然他还没从打击中回过神来。

“那就是，很贵重？”苏落仰起巴掌大的小脸，美眸水光潋滟。

“怎么能用贵重来形容它呢？”南宫流云满脸不赞同，“这根本是无价之宝，天灵水跟它根本无法相提并论。”

“真的假的？”苏落顿时兴致勃勃，她疑惑地看了看自己这双白皙水嫩的手。这双手的运气真有这么神？

“还能骗你啊？这是八荒神墓的地图之一。八荒神墓啊……那可是无尽岁月中超然的存在，据说那里出来的人，就算最普通的，一招就能灭了咱们大陆上的一个国家。”

“一个最普通的，只一招，能灭咱们一个国家？”苏落再淡定，也免不了瞪大如水的美眸。这、这还让不让人活了？苏落简直难以想象。若是至高强者过来，岂不是一招能灭他们整个国家？这简直就是……令人匪夷所思、难以想象！

“传说确实如此。”南宫流云一双美眸高深莫测，他淡淡地说，“据说很多年前，八荒里强者争斗，最后火拼而死，其中至高强者的尸首就埋在八荒神墓之中。”南宫流云顿了顿，一双深邃的漂亮眼睛认真地凝视苏落，“包括他们随身的神器，都埋葬在八荒神墓。”

至高强者的随身神器……苏落倒吸一口冷气。

先不说至高强者，单说八荒里出来的随便一个人，那都是能一招灭他们这整座城池的大人物。而现在，那座八荒神墓里埋的是至高强者的武器……真是想想都让人口水直流。

“好想过去挖宝啊。”淘宝什么的，她最爱了呢。

“那你可有得等了。”南宫流云乌黑的眼珠如黑曜石般浅浅发光，浅笑着揉揉她脑袋，“你现在别说一阶，就连最普通的灵力都还没有，怎么去？”

好吧，苏落承认，她被打击到了。

“再说，还有另外的三张藏宝图呢，也不知道藏在哪儿。”南宫流云无语地望着苏落，“你这丫头，运气真是好得没话说。我真怀疑，某天你闭着眼睛，藏宝图就会自动飞到你面前。看来这个重任就只能交给你了。”

当后来的后来，南宫流云真的眼睁睁地看着其中一张藏宝图自动飞到苏落手里时，再回想起今日说过的话，他真的是泪流满面……直说自己是预测帝。

“运气好不好全看人品。”苏落隐晦地嘲讽南宫流云一句，“对了，现在有了空间草、天灵水，那咱们什么时候去找龙之血？”

经过今晚南宫流云和苏博武的打斗，苏落明白，在这个世界有实力才是王道。她的空间迟迟不能开启，木火双系也迟迟不能修炼，真真是为难死她了。

这种明知有宝山却没有钥匙打开的感觉，真是很郁闷。

南宫流云摸摸她的头，凤眸微眯，略带宠溺地道："你想什么时候去？"

"等这件事稍微平息了再说吧。"苏落叹了口气。她真是给自己制造了难题。

落日山脉并不近，来回一趟，就算顺利的话，也要一个月的时间。若是现在她突然消失，她那便宜老爹将怀疑的目光转到她身上，可就不妙了。看来她得想个法子，暗暗消失一段时间才行。苏落美眸微眯，陷入了沉思……

只是苏落没想到，还没等她想出办法来，就已经有人自动送上门帮她解决难题了。这个人不是别人，正是苏落的三姐姐苏挽。

第五章 晋王殿下

当日，苏落吃过午饭就出去散步，回来的时候，却发现自己的院子被人砸得稀巴烂，唯一的丫鬟绿萝也被打得一脸红肿，身上遍体鳞伤。而此刻，苏挽还在那里耀武扬威，一鞭子一鞭子地抽打着绿萝，那样子就像在凌虐一只狗。

“住手！”苏落眼眸微眯，大喝一声。

苏挽回头看到苏落，轻蔑地扫了她一眼，然后一鞭子直接朝她抽去。

苏落手中使劲，一把抓住那根鞭尾，眼底闪过一抹寒意，“你在找死吗？”

苏挽嘴角露出嘲讽之色，“苏落，人贵有自知之明，你一个普通人敢这么跟我说话？你想找死吗？”苏挽现在是一阶武者，虽然比上不足，但是跟苏落这个废柴比，她却很有优越感。

苏落冷冷一笑，“那么请问高贵的一阶武者阁下，你来我这小院撒哪门子的气？”

“苏落，到现在你还想隐瞒吗？哼，那天荷花池的事，你是不是看见了？”苏挽自那日之后，一直被苏溪辱骂，那样的日子她简直没法过了。

后来在丫鬟的口中无意中得知苏落那日竟然经过那里，她一想起自己那么狼狈的样子被苏落看到，一股子气就忍不住冒出来。

苏挽完全没想到，苏落不仅经过那里，她还是始作俑者呢。若是苏挽知道，只怕杀了苏落的心都有了。

苏挽在别人面前温柔仁慈，但是在苏落面前本性便流露无疑，她根本就懒得装！

苏落嘴角勾起讽刺的弧度，“那天荷花池的事？哦，三姐姐，是说那日你掉进荷花池却突遇大火，结果又重新跳进去，最后却被人丢上来，在无数个世家子弟面前出糗的事吗？”

“你、你果然看见了！”苏挽气得尖叫。

“是啊，我还光明正大地看了呢。怎么着，三姐姐，你做得出来还怕别人看哪？”苏落美眸迸射出寒冷的光芒。

人的劣根性还真是可怕，专门拣软柿子捏。苏溪那么欺负她，她不敢反抗，因为自己是她眼里的废柴，所以她心中有气就找自己撒，真真欺人太甚！

这样的事，不止这一次，以往发生了很多次。

“苏落，你该死！你这个该死的废物！”那天所经历的一切，是苏挽心中一辈子的痛，她只要一想起那一日的事，就恨不得狠狠掐死苏溪。

苏挽怎么都抽不回那鞭子。

苏落抓住鞭尾，凑近她，一字一顿地说：“苏挽，你不过是一阶武者罢了，你不过也是庶出，但是你在我面前一直高高在上，优越感很强。一阶武者，很了不起吗？”

“你这个废物永远都不懂修炼者的世界，去死吧！”苏挽丢下鞭子，恨恨地一巴掌就朝苏落脸上抽去。

苏落心中冷冷一笑，她后退一步，避开她的袭击，然后把手里的鞭子反手转过，狠狠地朝苏挽脸上抽去。

啪！清脆的鞭子声响起。

这一鞭子不仅抽在苏挽脸上，而且力道之猛，将其抽飞出去数米之远。

此时的苏落，脸上是那样的冰冷残酷，如同一个来自地狱的恶魔一般，让人心颤。她嘴角缓缓勾起冰冷的弧度，“作为一个普通人，打一阶武者的脸，真的很爽呢。”

她静静地伫立在那里，风吹来徐徐扬起裙裾，裙角飞舞。

苏挽被抽飞，重重地砸在墙角，当场发出一声惨叫。她的脸上出现一道清晰的鞭痕，鲜血直流，伤口非常可怕。

苏挽捂住伤口，眼底满是骇意，她愤恨地死死地盯着苏落，“你……”

看着苏落那犹如千年寒冰般毫无感情的冷眸，她心中忽然闪过一丝害怕、慌乱，一股冷意从脚底开始往上蹿。怎么会这样？苏落她、她不过是个废物而已，怎么会、怎么会有这样残酷的眼神？她此刻的威慑力竟然比威严的爷爷还要强，这、怎么可能？苏挽的心底惊疑不定。

而此刻，绿萝是完全被震惊了。

这个威严得让人敬畏的少女，黑色的头发随风飘飞，绝美的小脸满是冷酷决绝，散发出来的气势让人不敢直视。这个人、这个人真是她从小伺候到大的小姐吗？她还是那个任人欺负的草包小姐吗？

“一阶武者很了不起吗？还不是被我这个废物抽飞了。那么，这么多年来，你到底在骄傲什么？”苏落蹲下身，眼底带着淡淡的笑意，边说边把玩着鞭子，毫不留情地揶揄。

“你……”咬着颤抖的嘴唇，回过神来的苏挽怒火中烧，满眼都是难以置信，“你竟敢打我？”

苏落很无辜地摊手，“世上怎么总有那么蠢的人？明明都被打了，还一个劲地问你竟然敢打我？”

这么明目张胆的侮辱，苏挽的肺都快被气炸了，她寒着脸，一字一顿，咬着后槽牙道：“你、找、死！”

“找死的是你！”苏落祭出鞭子，毫不留情地一鞭一鞭抽到她身上，眼中射出让人心惊的慑人光芒，“这一鞭是替以前的苏落抽的，这一鞭是替绿萝抽的，这一鞭是替被你压死的蚂蚁抽的……”

苏落的理由千奇百怪，但她总能找到理由抽苏挽，就好像酒桌上总能找到理由灌醉对方一样。不多时，苏挽的身上布满鞭痕，衣衫褴褛，比乞丐还不如。

“苏落，我不会放过你的，决不！”苏挽爬起来，疾步往外跑去。

一路上，她跌跌撞撞，摔倒了又爬起，爬起又摔倒，非常的狼狈。

看着她跑走的背影，苏落眼底浮起一抹不易察觉的狡黠笑意。

“小姐，这、这不好吧？”以前尽是扮演被欺负的角色，今日却反过来抽别人，这样的角色转变让绿萝有些不适应，也有些惶恐。

“有什么不好的？欺负别人总比被别人欺负好。”苏落坐在院中的石桌旁，好整以暇地给自己倒了杯清茶。

“可、可是……”绿萝结结巴巴地说，“三小姐找老爷告状，怎么办？”

小姐以前不是很惧怕老爷吗？在他面前唯唯诺诺，几乎连一句完整的话都说不好，现在却怎么似乎一点都不惧怕？

“我那便宜老爹现在可没闲心管这事儿，他正有事儿忙着呢。”这事儿还是苏落给他找的。再说了，她那便宜老爹也不是傻子，在这个强者为尊的世界里，苏挽一阶武者都打不过一个普通人，那养着这个女儿还有什么用？这不是废物吗？她那个便宜老爹在这方面会计算得很，根本不需要她多操心。

果然，当苏挽捂着满脸的鞭伤哭哭啼啼跑去找苏子安苏大将军时，遭遇了前所未有的冷落。苏子安捺住性子听了苏挽的冤屈后，揉揉疲惫的眉心，不耐地直截了当就是一句话，“你一阶武者都打不过她一个废物，还有脸到这里来哭？”

苏挽顿时错愕了，她抬起哭得梨花带雨的小脸，满脸难以置信，“爹爹……可是、可是……她打我……”

苏子安忙着捉拿偷藏宝图的盗贼，哪里有闲心管这些女儿家的斗争，“行了行了，此事确实是苏落不对，但是你也有错的地方，没事你去她那院子做什么？子乌！”苏子安冷着脸，一声命令。

从门外进来一个护卫，他是苏子安的贴身护卫。

苏子安冷声吩咐：“去告诉苏落，这三个月内她就待在院子里，一步都不许出，要是踏出院子一步，就打断她的腿。让她在院子里好好反省反省！”

子乌冷着脸答应一声，他的目光落到苏挽脸上，眼底闪过一丝错愕，然后，有些厌恶地撇过脸离去。

仅仅是关禁闭？这么便宜就放过她？这绝对不可能！苏挽气得差点哭了，她叫嚷着匍匐过去就要抱苏子安的大腿。可惜，现在的她满脸都是血污，再加上眼泪、汗水，身上衣衫褴褛，又在地上打过滚，脏兮兮的，整个人看上去跟厉鬼没两样。苏子安眼底闪过一丝厌恶。

这个女儿也是个不成器的，惯会惹事，却一点不会替他分担！苏子安心中闪过一丝恼怒，想起前几天就是这个苏挽，在太子面前狠狠丢了一回脸。虽然对外都说那是苏落，但实情如何，他这个做父亲的又如何不知道？

苏子安嫌弃地抽回大腿，冷着声音道：“你也回去院里待三个月，好好反省反省，好好学学你五妹妹！”

这是要关她禁闭了？苏挽一脸的不甘心。还要学苏溪？这苏府当中，最骄纵妄为的就是苏溪好不好？苏挽郁闷得几乎要吐血了。

“爹爹……”苏挽还想哭求，但是苏子安却手一扬，冷声怒道：“子息，将三小姐拖回去，好好看管起来！”说完，他重重一拳砸向黄花梨木桌案，脑门上的青筋突突乱跳。

老爷子快要出关了，可那天灵水完全不知所踪，还有那张藏宝图，究竟会在哪里呢？靖宇那个臭小子死活不承认，从他口中也得不到任何有用的信息。

苏子安苦恼得几乎要将满头的黑发给揪光了。真真是家贼难防！只可惜他不知道，这个家贼不是苏靖宇，而是他那个被认定是废物的四女儿。

苏子乌冷着脸走进院子，传达苏大将军的命令。

苏落很乖巧地表示她一定好好待在院子里反省，每日面壁思过，坚决向五小姐苏溪学习。

苏子乌当场砰的一声关好门，重重的铁锁将院门封住。

往后就算是送饭，那也是从墙上递进去的。

“小姐，这……”这刑罚简直是太轻了吧？若是以往，老爷绝对会让人将小姐鞭答的。

“早就说了，要你别担心吧？”苏落一副料事如神的模样。此刻她正舒服地躺在软榻上，舒爽地一边吃糕点，一边翻着大陆通史。

这些日子，苏落几乎将大陆的通史翻遍了，而且还看了一些关于草药的书籍。毕竟，往后她的修炼道路包括了炼药师，而且她很快就要进落日山脉，凭着她这双手的运气，她觉得她还会有不凡的际遇。

绿萝满脸欣喜地看着苏落，“小姐，这三个月咱们可要好好在院子里待着，不要再惹事了，行吗？”

这次老爷只小小地惩戒一番，也不知道是什么缘故，不过下次就没那么简单了。

谁知道苏落却将书丢到绿萝怀里，笑眯眯地看着她，“本小姐正式通知你，绿萝丫头，这三个月你就好好待在院子里替小姐我反省吧，小姐我回来的时候一定给你带好吃的。”

“小姐……”绿萝满脸震惊。

然而，苏落却不预备再跟她说什么，只神秘一笑，挥挥手将她赶走了。

苏落和南宫流云约好了见面地点，她乖乖地在城外的大树下等候着。

不多时，远处尘土飞扬，传来阵阵兽吼声。苏落往前望去。只见一匹奇形怪状的马拖着一辆精美马车矫健地朝她飞奔而来，速度极快，眨眼便到。

那马车奢侈华丽，车帘四周垂着柔滑的真丝绸布，绸布上绣着红梅暗纹。黄花梨木制成的车厢，两壁雕镂着金花，镶金嵌玉，精雕玉琢。轿顶四周垂下一排排粉红色的流苏，迎风翻飞，华丽大气。

更让人侧目的是那匹马。那绝不是一般意义上的马。它身覆青鳞，神骏非凡，奔跑的速度比汗血千里宝马还要快很多倍。几乎才一眨眼，它就静静伫立在了苏落面前。此刻，它周身青鳞闪闪，摇头摆尾，扬起双蹄，仰天长啸，看上去甚是神骏。

“难道是龙鳞马？”苏落惊呼出声。这些日子她专攻大陆通史和常识，所以对物种常识还算了解。

“怎么不是？”南宫流云慵懒邪魅、低沉带笑的声音传来。

隔着珠翠轿帘，隐隐约约看见南宫流云优雅地斜躺在马车软榻上，一袭华丽的金丝软袍，流光敛影，妖冶逼人。

苏落一时有些难以置信。据她所知，龙鳞马是魔兽的一种，实力非凡，最普通的龙鳞马也相当于人类五阶武者的实力。五阶是什么实力？举个例子来说吧，苏溪这个小小的天才到现在也才二阶，苏靖宇不过才三阶，而堂堂的护国大将军苏子安也才不过五阶。

就这么一匹小小的龙鳞马，它就堪比一位护国大将军。这龙鳞马他没当成战斗宠物来养，而是随意地用来拉车。当真是奢侈至极，不愧是传说中的晋王殿下。

“过来。”车厢内的南宫流云勾勾白皙润泽的手指，脸上浮现一抹惑人笑容。

他说话不紧不慢，漫不经心，却有一种不容忽视的强势。苏落也想试试龙鳞马的速度，自动掀了珠帘便坐了进去。

比起车厢外的奢侈华丽，车内的空间则精美细致许多。内壁上镶嵌着各色玛瑙、琥珀、明珠、水晶等奇珍，散发出淡淡的光泽，浮光掠影，朦胧迷离。

“好奢侈的车厢，搜刮了不少民脂民膏吧？”苏落一边欣赏，一边啧啧称奇。

南宫流云面如中秋之月，光滑洁白，一双美眸璀璨如玉，低沉浅笑道：“怎么，正义女侠预备打抱不平了？”

“没那闲工夫。”苏落挥挥手，随性而坐，她挑起白玉茶壶优雅地给自己倒了一杯香茗，赞道：“晋王殿下果然会享受，坐最招摇的马车，喝最香浓的茶。”

南宫流云一笑，修长手臂一捞，苏落毫无征兆地落入他怀中。他一低头，白玉般光泽细腻的俊颜近在咫尺。他暧昧地在她敏感的耳垂边喷着热气。

“南宫流云！”苏落一把推开他。但是南宫流云的手强而有力，将苏落紧紧禁锢在自己怀里，手掌触摸苏落粉嫩的脸颊，大拇指指腹柔柔地抚上她的唇。

苏落睁大双眼，想抗拒，却发现自己在他的强势下无能为力。倏然，南宫流云的手臂压住她的后脑勺，他的舌，炙热而温软，却似蕴含了强大的力量，犀利地探进她口中，紧紧追随着她的舌，认真而执着。

他闭上漆黑如墨的眼，忘情地吸吮着她的甜美滋味。她依旧反抗，强烈地反抗。但是她的手被他反剪在后，后脑勺被他强力覆住，全身僵硬无力，动弹不得。

这个吻充满火热激情。或许是身体本能的反应，或者是他的技巧足够好，慢慢地，她僵硬的身体酥软下来。前世的背叛，撕心裂肺的痛……她什么都没想，理智已经逃离，她的身体本能地听从大脑指挥。

似乎过了许久许久……彼此唇齿分开。南宫流云的视线始终锁定苏落，他迷离的美眸中尚有残余的激情。苏落白嫩嫩的脸不由自主地红了。她下意识地想推开他，南宫流云却忽然邪恶一笑。他的唇，再次像鸿毛般轻柔地划过她的脸颊、她的耳垂、她的眼睛……

南宫流云的双唇像一团团火焰，到处肆意点燃，他吻到哪里，炽热的火焰就蔓延到哪里。苏落身体的热度一点点地增加，席卷至全身，她忽然有种被烈火焚烧的感觉。

前世的记忆纷至沓来，悬崖上那永难忘怀的背叛如潮水般涌来……苏落心中忽然闪过一抹惊慌，下意识地猛地用力将南宫流云往外推去。

沉浸在激情欲望里的南宫流云，完全没有预料到苏落会来这一手，没有丝毫防备的他重重朝后倒去。砰！重重的一声响，他的后脑磕在坚硬的车内壁上，发出清脆的回声。

四周，忽然很安静，空气中弥漫着诡异的因子。

南宫流云的脸色阴霾，犹如暴风雨来临前的宁静，他那双漆黑如墨的深眸阴寒得有些吓人，死死锁住苏落，俊美的面容上凝结了一层厚厚的冰霜。

苏落呆住了，她下意识地捂住红唇，想笑又不敢笑，尴尬中又带了一丝歉意。她怎么知道这个强势霸道的男人这么脆弱，一推就倒？

“那个……你还好吧？”苏落见他死死盯着自己，被盯得心底有些发毛，她弱弱地问。

回应她的，是南宫流云的沉默，还有那双玄寒而凶残的眼眸。

苏落慢慢地凑上去，有些尴尬地抓抓头，又摇摇他的衣袖，纠结地问：“很痛吗？”应该很痛吧？刚才那碰撞声重得吓人。

南宫流云深眸幽冷而玄寒，阴恻恻地望着她，“想试试？”

“还是不要了。”苏落见他虽然面色阴沉，但眼底却带着浓浓的挫败感，不由觉得好笑，她后退几步，远离他而坐。

“过来——”南宫流云单手捂着后脑勺，另一只青葱如玉的手召唤苏落。他凝望苏落的深眸妖娆轻狂，凤眸微眯，似乎含着一抹笑，绝美深邃中透出高贵不可一世的傲气，举手投足间流露出浑然天成的王者霸气，叫人难以抗拒。

苏落机警地摇头。她又不是傻子，现在过去不是自动送上门给他蹂躏？才不要！然而，南宫流云优美的粉红色薄唇有些妖娆地上扬，他口中忽然发出一阵哨声，清脆响亮。

撒开四蹄奔驰得飞快的龙鳞马陡然间扬起双蹄，跟着也是一声嘶鸣。马车陡然扭动，毫无防备的苏落被猛地朝后甩去。还没等她反应过来，她已经重新跌进南宫流云怀中。

还没等她坐起，南宫流云修长有力的手已经如钢铁般钳住她的手腕，薄唇妖娆邪魅地上扬，带了点嚣张傲慢的味道。他一双深眸如黑曜石般灼灼发光，牢牢锁定在苏落脸上，嘴角扬起邪恶的笑，笑得苏落心底发毛。

“你、你要干吗？”苏落下意识地抱住胸前丰盈，结巴的语气泄露了她的心虚。

“还说不过来，这不主动送到怀里来了吗？”他的眼底是邪气凛然的笑意。

“明明是你在作弊。”苏落狠狠瞪了他一眼。他和他的龙鳞马合谋陷害她，现在反而说她投怀送抱，真是岂有此理！

“那又如何？”南宫流云笑得很欠扁，桃花眼熠熠发光，“有本事你也捕捉一头去啊。现在嘛，该是你补偿本王的时候了。”

“你想要怎样？”苏落觉得自己特别倒霉。

南宫流云单手支额，柔软的青丝一泻而下，带着一种邪魅狂狷的极致诱惑。他说话的语气不紧不慢，低沉妖娆，美眸深似黑潭，高深莫测，让人看不透他的心思。

“伺候本王吧。”南宫流云眉角微抬，眼波幽暗，眼底闪着妖冶动人的笑。

南宫流云一只葱白的手优雅地晃着玉瓷酒杯，时不时轻抿一口，神态怡然自得。

“怎么伺候？”苏落表示完全不会。

南宫流云神态怡然地瞥她一眼，整个人靠在软垫上，看起来懒洋洋的，狭长的凤眼似浮现一抹笑意，“你觉得呢？”

苏落想了想，拿起那壶白玉酒壶，满满地斟了一杯酒，递给南宫流云，“喝了这杯酒，前尘旧怨一笔勾销！来吧。”

南宫流云勾起一抹魅惑至极的邪笑，就着苏落的手，一口将那酒吸入红唇中。只是，他那双幽暗深邃的眼眸一直灼灼地凝视着苏落。他的唇角滑落一滴鲜红的酒液，有一种妖冶魅惑的嗜血阴寒。

被如狼般狂野的目光盯着，苏落心中暗叫不好。她转身欲退，谁知南宫流云已经单手覆盖她的后脑勺，定住她的身形，而后，浓重的阴影覆盖而来。

他的手臂如铁钳，牢牢禁锢住苏落，令她无法动弹。

“放开……唔……”苏落刚张口，一口浓郁的烈酒就被灌了进去，鲜红的酒顺着嘴角滴滴滑落。

南宫流云浑身散发着磅礴气势，任凭苏落如何使力，他依旧纹丝未动。狂热的吻，铺天盖地，强势而霸道。苏落脑中一片空白，刹那间迷失了自己。

逼苏落咽下那口酒，南宫流云近乎温柔缠绵地在她唇畔辗转流连。轻柔的吻，如羽毛般划过。舌尖的炽热滚烫，将她嘴角的红色印记吸吮干净。两张绝美的脸近得彼此能感觉到炽热的气息。

四周寂静无声，只有龙鳞马疾速奔跑带起的凛冽风声。

南宫流云怜惜地捧着眼前的巴掌小脸，细细地端详着，眼眸如黑曜石般闪耀着迷离的光。这般亲近，让苏落很不自在，会让她不由自主地想起前世的背叛。

苏落偏过头，压着胸口剧烈的起伏，缓缓调节过激的情绪。

南宫流云却不放过她，白皙润泽的手指扣住她光洁尖细的下颌，声音带着前所未有的认真，一字一顿地问：“很讨厌我吗？”他的视线一直牢牢锁定在她脸上，所以没有错过刚才她眼底一闪而过的厌恶，以及委屈。

气氛陡然间降至冰点。苏落缓缓推开他，目光透过撩开的窗帘，望向渺远的天空。

“真的很讨厌吗？”南宫流云在她身后执着地问。

很讨厌吗？苏落扪心自问，自从在这个世界苏醒，南宫流云对她的帮助无疑是巨大的，虽然他有时候喜欢上下其手，但他对自己并没有恶意。但是，又怎么可能跟他讲述上辈子的事？那件事，那个人，她真的不想再提起。

苏落脸上浮起了一丝不易察觉的伤感，淡淡地说：“我的伤心与你无关，别问了。”

没想到这句话却像导火线，一下子点燃了南宫流云的怒火。他一把拉住苏落，动作蛮横，攫住她的下巴，让她与自己对视，恶狠狠地质问：“你的伤心与我无关，那与谁有关？”

刚才她眼底一闪而过的伤感，他似懂非懂，但是他可以确定的是，对他南宫流云来说，那绝对不是好事。

苏落的傲气被激起，她倔强地迎上他的视线，“南宫流云，你是我的谁？你管得未免也太宽了吧？”

南宫流云不怒反笑，一双漂亮的星眸冷如寒冰，扣住她的下颌，一字一顿地宣誓：“你是本王的妻，这一点，永远都不会改变！”

“我答应了吗？”苏落细眉挑起，长发迎风飘扬，脸上淡淡地微笑着，眼神无波无澜，不喜不悲，但是眼眸深处却深邃得可怕。

南宫流云一怔，随后，他幽深的眸子浮起一抹淡笑，红唇散发出莹润的光泽，嘴角邪佞地勾起，强势而自信地说：“你苏落这辈子必须是我南宫流云的妻！”一双明亮得像黑曜石般的眼眸，闪着睥睨万物的神采，透出高贵不可一世的霸道和傲气。

“那就走着瞧吧，看这条路走到底，究竟会如何吧。”苏落粉红色的唇有些淡薄地上扬。

不愧是龙鳞马，一路神行，原本十日的路程愣是在两天之内就到达了。

落日山脉是东陵国最大的魔兽森林，它坐落在东陵国西北部，其覆盖面积大约有一个行省的范围。里面经过千万年的滋养，古木繁茂参天，魔兽横行无忌，非武者决计不敢入内。

不过落日山脉却不孤寂，因为总有武者进入里面，或是修行历练，或是狩猎魔兽，或是找寻草药。

奢侈华丽的马车缓缓停下，停在落日山脉北边的小镇，桥头镇。

一般进入落日山脉的人都会在桥头镇歇息一晚，做好进入落日山脉的补给。

“多吃些青菜，到了里面就只有烤肉了。”包厢里，南宫流云夹了一筷子菜到苏落碗里，笑容绚烂。

两天前的争执对于他来说，仿佛风一吹就没了，过后他依旧是该如何还是如何，倒弄得苏落也板不起脸来。

苏落看了他一眼，说："你也吃。"

"你夹给我，我就吃。"南宫流云凑近她，一脸赖皮的笑。

就在此时，外面传来一阵喧闹，其中还伴随着小女孩惊慌失措的哭喊声。

苏落从窗口朝下望去。一楼大堂里正在上演一场争执。

只见一个十三四岁的小姑娘哭得很惨，而旁边，她那位胡须皆白的爷爷正被人揪住衣领，高高提起。

"你们放开我爷爷，你们快放开我爷爷，爷爷快要被你们掐死了……呜呜……"小姑娘哭得几乎喘不过气来。

掐住老爷子的是一位纨绔公子，一身锦衣华服，只可惜长得尖嘴猴腮。他拖着尾音，慢条斯理地冷笑，一脸的阴狠凶相，"死老头，你看清楚了没，我们这盘菜里有苍蝇，你说该怎么办？"

那被掐住的老人家已经是七八十岁的年纪，白发如霜，满脸的皱纹，眼皮耷拉着，说话都有些不利索了。他颤颤巍巍地祈求道："几位爷，我们店里一向干净，怎么会有苍蝇呢？这、这一定是哪里弄错了啊。"

"弄错了？这难道不是苍蝇？你说吧，现在该怎么处理。"那纨绔公子一脚踏在长凳上，一手揪住老汉的衣领。他的身后有一排打手，个个龙精虎猛，目光圆瞪，甚是威武。

"这些菜……就当小老儿免费赠予各位的，您觉得如何？"老汉脸上说不出的凄楚。

"免费赠予？你什么意思？当我们吃白食的？"那纨绔公子很不满，"你看清楚了，是你们家的菜里有苍蝇。喏，看到了吗？"他提着老人家的脑袋按到桌上，几乎将他整张脸都埋进菜里。

老人家满眼凄苦，"是是是，几位爷说怎么办就怎么办……"

纨绔公子冷笑数声，"这可不是我们故意讹诈，是你们的吃食出了问题，看在你拿出五十两银子的分上，这件事就此揭过吧。"

"五十两？"老人家满脸震惊，几乎难以置信。

"怎么，拿不出来？"纨绔公子狞笑着斜睨他。

老人家哭丧着脸，"赵公子，求求您高抬贵手啊，这五十两就算您卖了我们祖孙俩也是没有的啊。"

"没有？嘿嘿……"那赵公子一只大掌摸向那姑娘的脸，"这丫头长得不错，白白嫩嫩的，再长大点想必不得了。既如此，那就将这小丫头抵了五十两吧，看你这么穷，我们就吃点亏算了。"赵公子占了便宜还卖乖，一再强调他的宽容仁慈。

苏落目光森冷，看老人家的神色以及周围人的反应，这位赵公子应该是当地一霸，背后势力惊人吧。苏落细眉微蹙，却没打算在这个时候出手相助。

此时，大堂角落忽然传出来一声娇喝。

“你们这些无耻之辈，专门欺凌弱小，强抢民女，当真是可恶至极！”随着话音刚落，一道纤瘦的身影站出来。一位妙龄少女手中握着一柄软剑，剑身寒光闪闪，发出丝丝冷肃杀气。

这位姑娘年约十五六岁，上身蓝色翠烟衫，下摆是浅蓝色的散花水雾百褶裙，肤如凝脂，小脸雪白中透着粉红，带点婴儿肥，衬着一对如豆粒大的酒窝，看起来清新可人。在她身后那张桌上，坐了五六个同龄的少男少女，看起来倒像是学院里组团出来历练的。

苏落觉得眼前这位小姑娘有几分熟悉，应该是姓柳。她似乎和苏溪玩得极好，以前还和苏溪合伙害过她来着。

苏落单手支着下颌，饶有兴致地看着下方上演的戏剧。她倒是没想到，这位同苏溪一样性格的柳姑娘会在这儿演上一出救人的好戏。

这究竟……是为什么呢?

赵公子摸着下巴，饶有兴致地打量着眼前这姑娘，“哟，小美人儿，你这是要投怀送抱呢？”

“无耻！”柳姑娘一柄长剑就刺过去。

赵公子的神情很快就僵住了，脸上浮现认真的神色。两人交缠打斗着，不分上下。

即使下面再热闹，南宫流云的视线仍一直锁定苏落，笑吟吟道：“你瞧，现在风头被人抢去了。”他看出苏落对那祖孙俩的同情，所以语带调侃。

“南宫流云，在你眼里我就一蠢货？”苏落没好气地翻白眼。

“怎么说？”南宫流云一双明亮璀璨如钻石的深眸凝视着苏落。

“那位赵公子一看就是地头蛇，那位柳姑娘能救一次，还能救两次、三次？保不准她这前头一走，人家就带人过来将这酒楼给拆了。这不叫救人，而是害人。”苏落美目流转，神情淡漠，嘴角勾出一抹清冷的弧度。顿了顿，她又冷笑道：“更何况，看她现在这表现，不给那对祖孙惹麻烦就不错了。”

南宫流云笑看着苏落，眼底闪过一抹欣赏的神采。他的落丫头一定不知道，她侃侃而谈的样子是怎样的光彩照人、艳光四射。也只有聪明如她，才会在救人的时候考虑诸多问题，真正做到帮人解决麻烦，而不是带来更大的麻烦。

两人的对话还未完，下面忽然形势逆转。那位柳姑娘眼见着久攻不下，赵公子又处处揩油，一怒之下，另一只手单掌化成弧形，一道箭雨铺天盖地朝那赵公子身上袭去。很显然，这柳姑娘除了是武者之外，还是水系法师。

近距离的打斗，又没有设防，那七支水箭犹如利剑般刺入赵公子全身各处。赵公子一脸的难以置信，倒在地上时还死不瞑目。柳姑娘愉悦地朝二楼的方向看了一眼，继而得意扬扬地走回她的队伍中。

“公子！”赵公子身后的那排保镖眼见自家公子被杀死，一个个眦目欲裂，手暴青筋，全都不要命地朝柳姑娘扑去，誓死要斩她于刀下，为自家公子报仇。

然而，柳姑娘身边的那几位同窗也不是吃素的，他们全都是帝国最高法师学院的资优生，都是传说中的天才。

于是，一场混战即将展开。

酒楼的主人，也就是那对祖孙俩，两个人看到赵公子倒下去时，眼底全是惊恐和绝望。此时，酒楼的大门已经被人关上，大堂里的客人见势头不对，一个个全都往楼上跑去。

他们全都聚集在二楼的楼梯口，知道赵公子家世的几位直道晦气，一脸的倒霉相。但也不是每个人都知道赵公子家世的，其中一个就问了。

那位知道真相的中年汉子一脸的苦笑，“这次可算倒霉透了。你们外乡人不知道，赵公子是当地郡守的儿子，唯一的儿子，没想到就这样死了。”

有人插话道：“不过是郡守的儿子罢了，很了不起吗？”

东陵国分为三十六郡，这位郡守就是其中一位。

中年汉子苦笑连连，“这里是落日山脉边陲郡县，能在这里做郡守的，会是普通的酒囊饭袋吗？这位郡守大人武功深不可测，据说至少在五阶呢。”

“五阶……”旁人顿时哑然了。五阶，整个东陵国能找出几个五阶强者来？就连护国大将军苏子安，他也才是五阶啊。

“唉，那位姑娘也真是，救人就救人吧，怎么将赵公子杀死了呢？”

“这样的败类不杀，难道留在世上危害乡邻不成？”

“那也可以暗地里杀啊，现在牵连上王老伯和他孙女，赵郡守又是最为护短，这叫他们祖孙俩往后的日子怎么过啊？这是在救人还是害人啊？”

“就是啊，那姑娘看着漂亮又聪明，怎么行事这么鲁莽？他们倒好，到时候拍拍屁股走人，却叫人家祖孙俩怎么活啊？”

而此时，大家口中的那对祖孙正抱头痛哭，满脸的痛苦和绝望。

苏落眼眸清冷，幽幽叹了口气，“我这张乌鸦嘴，全给说中了……”

南宫流云揉揉她脑袋，一双深邃漂亮的眼睛慵懒地看着下面打斗拼命的人，转回视线，凤眸微眯，一脸满足的笑，“我的落丫头这么聪明，这可怎么办呢？”

“什么怎么办？”苏落仰着巴掌大的白嫩小脸，一双美眸水灵动人。

“不好骗啊。”南宫流云纤细白润的食指刮向她的琼鼻。

若是别的姑娘，他南宫流云想要多少有多少，勾勾手指头就有无数的姑娘自动送上门。唯有这丫头，坑蒙拐骗，全都不上当。不过这样更好，更激起一定要追到她的决心。

苏落没好气地白他一眼。

说实话，南宫流云长得非常养眼。明眸皓齿，还有那浑然天成的慵懒邪魅，显得风姿卓绝，瑰姿艳逸。

“好好看戏吧，别乱走神。”苏落有些逃避地瞪他一眼，偏过脸去，所以她没看到南宫流云脸上的一抹苦笑。

此时，大堂中的打斗经过了白热化，现在已经到了尾声。

会选择去做保镖的，一般武功都不会高到哪里去，所以这就注定了赵家的败局。虽然他们人多势众，一拥而上，但那又怎敌得过帝国学院出来历练的那几位小天才？

很快，赵家的保镖就已经全都身首异处，死得不能再死了。大堂中血流成河，凌乱地倒着十几具尸体，看起来惨不忍睹。

柳姑娘跑过来，拉起哭得不能自已的祖孙俩，面带兴奋地说：“放心吧，往后再没人敢欺负你们了。快别跪着了，起来起来。”她一边施恩，一边还不忘朝苏落所在的二楼瞄来。

她的神色被苏落看了个正着，不过苏落什么都没说，只用余光瞥了南宫流云一眼。看来，又是南宫流云这妖孽惹出来的祸。

不得不说，女人的直觉有时候精准得可怕。

柳姑娘见祖孙俩依旧呆呆地跪在原地，神情麻木，不由得跺脚，“说了不要跪着了，除暴安良是我们武者的责任，你们不用这么感激我的。”

“扑哧——”苏落没忍住，一口水喷出来。敢情这位柳姑娘还以为人家跪着不起来是因为太过感激她的缘故呢，当真是不知道该怎么说她好了。

“谁？”柳姑娘耳尖，听到嘲笑声，噔噔噔地跑上来，直接锁定苏落，“刚才是你在笑我？”

然而，等她看到苏落的脸时，眼睛睁得很大，似乎非常吃惊。

“你、你是……”柳姑娘简直难以置信。

“我认识你吗？”苏落很无辜地眨眼，清丽的美眸中似乎有一丝茫然。

柳姑娘看着眼前的苏落，只见她一袭白色拖地烟纱，面上不施粉黛，如春晖朝露，清新淡雅。不、不会！这个人绝对不会是苏溪那个草包废柴四姐，一定是人有相似。再说，就凭苏落那个白痴，她怎么可能有资格坐在晋王殿下身边？

是的，其实柳姑娘看到门口的龙鳞马时就认出了完美绝伦的晋王殿下，为了给晋王殿下留下完美的印象，她才会一反常态，出手帮那对祖孙。她相信，晋王殿下一定会对这样的她心生好感，然后……她再假装不经意地碰到晋王殿下，相信就能凭此接近心中的男神了。也因此，当苏落发出嗤笑声时，她才会抓住机会，直接朝二楼飞奔而来。

柳姑娘此时已经将苏落丢到一旁，明丽的小脸散发出莹莹光芒，略带羞涩地凝望着南宫流云，“晋王殿下，您也去落日山脉吗？”

南宫流云一袭青色锦袍，袍子上绣着金鹏展翅，葱白的手优雅地晃着玉瓷酒杯，时不时轻抿一口，神态怡然自得，似乎眼前完全没有柳姑娘这个人。

“晋王殿下，您、您不记得我了吗？我是若华啊，柳若华，在帝国高级学院的时候，您还曾指点过我修炼……”柳若华见南宫流云冷然无视的态度，她也没有气馁，急急地说。

南宫流云凤眸微眯，淡淡扫她一眼，虽然在笑，但表情显得淡漠无比，半晌才冷声道：“说完了？”

柳若华紧张地点点头，小心翼翼地观察南宫流云的神色。

用苏溪的话来说，晋王殿下就是九重宫阙的神祇，只看一眼都是对他的亵渎，现在能面对面站在他面前，柳若华觉得好紧张，心都要跳出嗓子眼了。

南宫流云勾起唇角，眼里明明在笑，瞳眸却冰冷而淡漠，带了一丝不耐的语气，“那就滚吧。”他吝啬得一个多余的字都不给。

柳若华的脸唰一下就红了，她讷讷地站着，不知道该如何做。

难得能接近晋王殿下，她怎么可能如此轻易放过？下一次，谁知道还有没有这个机会？柳若华握拳，暗暗给自己鼓气，僵硬的脸上挤出一抹灿烂明媚的笑容，“晋王殿下，您这是也打算去落日山脉吗？我们队伍也是，不如我们一起……”

南宫流云葱白如羊脂玉的手把玩着红宝石扳指，闻言，抬眸淡淡地瞥她一眼。这一眼，冷傲孤清却又盛气逼人，宛若利剑般杀气凛然。

柳若华心脏猛然一缩，沉闷得犹如被巨石堵住，未说完的话直接咽进肚子里，再也不敢吐露半句。她苍白着脸，只觉得脸上的冷汗一滴滴往下流淌。

南宫流云回眸望向苏落，笑容绚烂而妖娆，他葱白如玉的手夹了一筷子青菜放到苏落碗里，殷勤讨好地笑，“怎么只顾着看戏，再吃一根青菜，乖。”

苏落很想翻白眼。她好想问，亲爱的晋王殿下，您这是在给我拉仇恨吗？没看到对面那姑娘一双手青筋暴起，恨不得将我掐死？

但苏落不愧是苏落，在柳若华嫉妒如利剑般的目光下，很淡定地夹起那根青菜，慢悠悠地啃着，仿佛那是天底下最美味的佳肴。

南宫流云见她没拒绝，脸上乐开了花，又亲手给她舀了一碗野山菌王汤，讨好地笑着，“来，将这碗汤也喝了，可口又滋补，很是不错。”

对面如一根木桩般杵着的柳若华简直难以置信，惊诧得几乎掉了下巴。她甚至想揉揉眼睛，看清楚眼前这完美如神祇却笑得一脸傻样的男子，真的是传说中那位冷酷绝杀有着深度洁癖的晋王殿下吗？一定是哪里搞错了！

“晋、晋王殿下？”柳若华低低叫出声。

南宫流云淡漠地瞥她一眼，冷眸如寒潭般幽冷，嫌弃地皱眉，“怎么还没滚？”

对于南宫流云来说，他的世界只有两种人，一种是自己人，一种是不相干的人。能被他纳入到他的世界的，他绝对护短偏心不讲任何道理。不被他纳入到他的世界的，他一向果敢、狠辣、冷酷、残暴、嗜血。而现在，他的世界里就只有苏落，旁人皆是浮云。

柳若华诚惶诚恐地低下头，手却握成拳。是的，没错！这个阴冷淡漠得如同地狱中走出来的修罗，他绝对是晋王殿下。但是，他怎么会……

南宫流云的话很刺耳，若是一般女子早就掩面哭着奔走了，但是柳若华不同，她早就了解南宫流云的冷酷无情，所以即使南宫流云的话再难听，她还是没动。

苏落好整以暇地看着柳若华，眼底倒是闪过一丝佩服。她没想到，一个人的脸皮会这么厚，怎么赶都不走。同时她又有些好奇，南宫流云究竟出色到什么程度，能让这姑娘如此执着？

“吃饱了吗？”南宫流云的声音犹如天籁，像潺潺流水般温暖人心。

“还没。”其实苏落已经吃不下了，但为了看好戏，她就谎称还未吃饱。

南宫流云哪里会不知道她的小心思，骨节分明的手刮向她的琼鼻，眼底是宠溺的笑，“吃不下就别硬撑，想看戏，本王自会叫他们演给你看。”

“不需要。”苏落很干脆地拒绝，一把推开南宫流云。

柳若华几乎被他那一笑晃花了眼。她怎么都没想到，冰冷残酷的晋王殿下竟然会笑，而且笑得这般温情脉脉，笑容中还带了一丝讨好意味。但是，那个该死的女人竟然拒绝，还一把推开晋王殿下？天啊，是她太无知，还是这个世界太疯狂了？竟然有女人会推开晋王殿下？她是疯了吗？

这一刻，柳若华嫉妒得几乎快崩溃了，她一双原本清亮的眼眸此刻盈满了嗜血的嫉妒，带着一股杀意，恶狠狠地瞪着苏落，恨不得将她千刀万剐。

苏落毫不示弱地迎视她的凶狠眼神，嘴角勾出一抹清冷的弧度。

柳若华，你不是很能吗？你不是仗着自己是当朝丞相的女儿，和苏溪一起当以前的苏落是条狗吗？现在呢？很嫉妒是不是？很疯狂是不是？很想杀人是不是？

柳若华紧咬下唇，一字一顿，恶狠狠地问：“你是谁？”

苏落耸肩，如南宫流云一样，同样无视的态度。

柳若华冲上前，一把握住苏落的手，朝她手腕看去。忽然，她瞪大眼睛，目光如尖锐的冰刃，咬牙切齿道：“你是苏落！别否认了，你手腕上的刀伤就是我划的。”

苏落也没否认，淡淡地笑了，“柳三小姐，幸会了。”

“怎么会是你？”柳若华完全没想到，这长得像苏落的贱人竟然真是苏落。

想起刚才晋王殿下对她殷勤讨好，这柳若华几乎当场崩溃。因为太过激动，柳若华紧握苏落的手很用力，力道大得几乎要生生掐断她的手腕。

苏落眸色一暗，余光瞥了南宫流云一眼，忽然闷哼一声。

南宫流云的脸瞬间变得张狂阴戾，锐利的鹰眸喷着浓浓的怒火，也不知他如何出手的，只见一道衣袖残影飞过——

然后，就没有然后了。

因为此时柳若华已经不在二楼的这个包厢了。只见她纤瘦的身子犹如箭羽般射向一楼大厅，重重地滚落在地，摔了个四仰八叉，痛得她几乎昏厥过去。

也不知道南宫流云是不是故意，柳若华的那些同门一个个飞身而上张开双手，却愣是没有一个人接得到。而且，当柳若华摔下去的时候，不偏不倚正好撞到赵公子的尸体上。

柳若华睁开眼，与赵公子死不瞑目而狰狞扭曲的眼神对了个正着。

“啊——”她被吓得一声尖叫，整个人跳起来，不想脚下漫延着鲜血，黏稠而光滑，所以，很不幸的柳若华脚底打滑，倒霉地扑倒在地。而在她倒下去的时候，边上正好立着一柄长剑……

“若华，你怎样？受伤了吗？”三四个少年顿时涌上前众星捧月般团团围住柳若华，一个个都紧张兮兮的。

“我的手……好痛……”柳若华痛得脸色苍白，几乎要昏过去。

“天啊，这手……”柳若华的好友李婉在看到她的手时，双手掩住口鼻，眼底是完全的震惊。

此时，柳若华右手的手腕被齐齐切断，伤口的鲜血不断地喷涌而出，看起来非常吓人。

苏落美眸幽深，眼底闪过一丝兴味，似笑非笑地看了南宫流云一眼，“好凶残哦，齐腕切断，这样会不会太不怜香惜玉了？”

南宫流云是再世诸葛神机妙算吗？柳若华被丢下去后，一切的后续反应竟然全都在他的算计当中。包括她被吓得弹起、跌倒，自己将自己的右手腕砸向冷剑……每一个步骤，都精准无比，几乎算无遗策。

这样的南宫流云，无疑是非常可怕的。选择与他为敌，是最愚昧的。苏落心底闪过一丝隐忧……如若他诚心要得到她，那她该如何自处？

“单纯善良的好丫头不该幸灾乐祸哦。”南宫流云纤白的手指在她右手手腕上摩挲，眼底闪过一丝怜惜，声音邪魅低沉，“还疼吗？”

他的深眸直勾勾地凝视着她，目光透着她难以承载的深意。苏落不敢看他，很快别过脸去，淡淡地说："已经不疼了。"

她想抽回手，南宫流云却一把按住她的手，将她白皙如玉的手紧紧捏在温暖宽厚的大掌中，缓缓地摩挲着，似乎无比珍惜。厚厚的掌心触感，让苏落有一种前所未有的安全感。四周似乎很静，静得全世界就只剩下他们二人。

然而就在此时，包厢的门被一脚踹开。

苏落一看，这几个人不是别人，正是柳若华的同学。她面色不改，不紧不慢地将手从南宫流云手中抽回，若无其事地望向他，却见他面色阴沉。

"是谁伤的若华？还不快滚出——"刘维明大喝一声，然而在他看到南宫流云的时候，喉咙顿时像是被人扼住，眼睛瞪得很大，后半截话就被咽进口中再也发不出声来。

晋、晋王殿下……怎么会是他？

南宫流云慵懒地斜靠在木椅上，脸上浮起一丝玩味，邪魅妖娆地笑着，目光森森阴寒，沁入骨髓，"本王伤的，如何？"

此时的他散发着一种无与伦比的气势，仿若脚踏下便要地动山摇的巨人，那般的不可一世，嚣张狂妄。

刘维明顿时呆住了，他没想到竟然会在这里遇见晋王殿下，而且他刚才还大声辱骂对方，真真是该死！想至此，他额头上布满汗水，一滴滴往下流淌，脸色更是苍白得可怕。

南宫流云睥睨着他，"还有事？"

刘维明脸上挤出笑，眼底闪过一抹惊恐，急切道："没、没事，殿下您慢慢用膳、慢慢用……"在晋王面前，他连大气都不敢出，眼睑垂下，很快就躬身退出了房间，还很好心地将门给关上了。

他身后有不认识晋王殿下的，还想热血地往上冲，却被刘维明死死拉住。

刘维明很清楚，如果真是晋王殿下出手的，那柳若华这只手腕只怕是白白被斩了，就算她父亲亲自出马，这场子也找不回来。再说，得罪了晋王殿下，只断一只手，那还是轻的。柳若华也只能自求多福了。谁叫她得罪谁不好，偏偏去得罪活阎王晋王殿下呢？

眼见刘维明恭敬地退出去，苏落眼底有些惊讶。她知道晋王殿下的名声很大，貌似很骇人，却不想竟然骇人到这种地步。对方被切了手腕，连大气都不敢出，哪里还敢兴师问罪？

南宫流云的名声有这么恐怖？苏落单手支着光洁的尖细下巴，好奇地上上下下仔仔细细地打量着南宫流云，好像是第一次认识他似的。

"就这么想看我？要不要更深入地看？"南宫流云笑得很欠扁，他拉住苏落的手往胸口衣襟里钻。

不像，一点都不骇人。苏落摇头。

“傻了？”南宫流云玩味地摸摸她脑袋。他知道她在想什么。他柔情的一面只在她面前表现，所以她想象不到自己在别人面前凶残的那一面罢了。

“到底哪一面是真正的你呢？”苏落脸上带着微笑，清新秀丽。

“你喜欢哪一面？”南宫流云粉红色薄唇有些玩味地上扬，眼底的认真一闪而过，快得让人捕捉不到。

这个问题可不好回答，不管回答哪一面，都饱含了喜欢的意思。南宫流云这只狡猾的老狐狸，竟然在文字上设下陷阱给她跳。苏落双眸似水，带着淡淡的冰冷，似乎能看透一切。她望着窗外的天空，淡淡一笑，“不知道，不过我知道，我最喜欢我自己。”

“丫头，我也最喜欢你呢。”南宫流云凤眸微眯，眼睛像海水一样清润，半真半假地笑道。

“那你岂不是很亏？”苏落的话，暗含双重意思。

“本王从不做亏本生意。”南宫流云笑得像只修行千年的狡猾狐狸，凤眸微眯，整个人看起来懒洋洋的，“不信？那我们来打个赌如何？”

“不赌！”一定又是胜者为王败者暖床那套，苏落才不上当呢。

正在这时，楼下大堂传来一阵喧闹争吵的声音。

无数的士兵将整座酒楼团团围住，密密麻麻，水泄不通，就连一只苍蝇都飞不出去。

赵郡守在得知丧子的消息后，整个人几乎都要崩溃了，他背上长枪，跨上马背，飞速朝酒楼赶来。

就在刘维明他们商量着离开的时候，赵郡守带来的人马刚好将他们团团堵在了门口。

双方对峙，谁也不让谁。

柳若华党称赵公子死有余辜，赵郡守则一心为子报仇。

赵郡守一意孤行，今日必须要取柳若华的项上人头，即便她爹是丞相也改变不了赵郡守的初衷。但是刘维明他们又岂会答应？他们个个都是朝中大族，每个人家里的长辈官职拉出来都比赵郡守大。于是，双方就又开始打起来。

赵郡守可不是他那个窝囊废儿子可比的，人家堂堂五阶武者，鬼马枪出神入化，鲜有人能敌。最后，以柳若华党惨败结束。

赵郡守长枪搁在柳若华脖子上，枪尖寒光闪闪，杀气腾腾。

赵郡守面容阴沉得犹如地狱来的恶魔，脸上罩着浓浓的杀气，冰冷地说：“自尽，或者被杀，选一样。”

此时柳若华手腕上的鲜血已经止住，脸色苍白如纸，连站都站不住了，可是，她却一点都不惊慌，冷笑道：“你一个小小的郡守也敢威胁本小姐？信不信要不了多久，本小姐就能让你锒铛入狱！”

赵郡守脸色阴沉，整个人显得冰冷阴戾，“自尽，还是被杀？”

他的眼神很恐怖，犹如炼狱场浴血奋战而出的魔鬼，冰冷得没有一丝感情。

赵郡守一生醉心于修炼，对他的儿子疏于管教，这才导致了这场悲剧，所以他自责，但护短的他也绝不会放过杀他儿子的仇人。即便她是女人，即便她是当朝柳丞相的女儿！

柳若华见赵郡守脸上的腾腾杀意，心底闪过一丝害怕，但她强自镇定，冷冷一笑，“你想杀我，可问过晋王殿下没有？”

晋王殿下？陷入疯狂境地的赵郡守脸上浮起一丝惊骇。晋王殿下在武者的心目中绝对是震撼的存在。大陆有史以来天赋第二，才十八岁就已经晋级到六阶，听说已经到了六阶巅峰，距离七阶也仅仅是一道门槛了。

这样的天才谁不膜拜？谁敢与他为敌？

“晋王殿下？”赵郡守皱眉，重复一句。难道是他那不成器的儿子得罪了晋王殿下，这才导致被杀？

“就是晋王殿下！”到了这个时候，柳若华已经顾不了那么多了，她镇定道，“晋王殿下和我们都是要进落日山脉的，他现在就在楼上，不信你去看看。”

不得不说柳若华也有动脑子的时候。

她这句话拆开来每个字都是真的，但合在一起就给人造成一种错觉，一种晋王殿下与他们是一伙的这种错觉。柳若华就是要借晋王这张虎皮，使得赵郡守不得不放下仇恨让她离开。因为她很清楚晋王殿下在武者心目中的地位。

果然，赵郡守的神色似有一丝松动。

柳若华瞥了二楼紧闭的门窗，再接再厉哄骗道：“如果你杀了我，晋王殿下不会放过你的！你还不知道吧，我爹爹已经和陛下暗中有了默契，不久的将来，我就是晋王妃。哼，你敢杀我？”

此话一出，众人哗然。

围观群众一个个皱眉。他们可不希望晋王殿下娶这样一个脑残又跋扈而且还断手的女人。

赵郡守的眉头皱得更紧了，搁在柳若华项上的长枪有一丝轻微的颤抖。

苏落懒洋洋地斜靠在椅上，一双清明的眸子直勾勾地望着南宫流云，微微挑起眉梢。

她略带嘲讽地说道："哟，晋王殿下，轮到您英雄救美的时候了，您怎么还不快去解救您未来的王妃？再不去美人就身首异处了哦。"

南宫流云却一把将苏落拉进怀中，嘴角扬起一抹邪佞的弧度，炽热的气息喷在她耳畔，"怎么，吃醋了？"

"我苏落吃糖吃盐就是不吃醋。"苏落似笑非笑，眼神一如既往的淡漠无比，"倒是晋王殿下，您真的不去？"

"去，怎么不去？"南宫流云拉着苏落起来，"再不去，本王未来的王妃就生气了。"

走在南宫流云身侧的苏落没看到，此时的南宫流云薄唇邪佞凉薄地勾起，一双美目妖冶逼人，仿佛沁着浓浓的肃杀之气。

两个人一左一右，不紧不慢地自楼梯而下。

楼梯口原本围满了人，但是此刻，他们却自动地让出一条路来。

南宫流云旁若无人地牵着苏落，一步一步踏着木梯，神态悠闲惬意，两旁围观的人群在他们眼中不过是一颗颗大白菜。

"晋王殿下！"柳若华看到晋王下来，眼底闪过一丝复杂，里面包含惊喜、期待、忐忑不安等各种情绪，不过她最后的目光却很坚定。因为她没有说谎，她爹爹确实说过将她许配给晋王殿下这句话，而且陛下似乎也首肯了。

赵郡守看着晋王殿下一步一步走下来。

虽然没亲眼见过，但是他确定，眼前这出色的少年，绝对就是传说中的晋王殿下。

此时的晋王殿下宛若深渊的藏龙，深藏不露，而一出必是惊天动地。

赵郡守眉宇紧蹙。他必须为唯一的儿子报仇，但又不想得罪晋王殿下。

"晋王殿下可是来劝和的？"赵郡守冷着脸，目光如电，死死盯着南宫流云。

"本王没别的意思。"南宫流云笑着说，"不过，睁大你的眼睛瞧清楚了，这位才是本王未来的王妃。长长脑子，别什么人说都信，被人坑蒙拐骗了也不知道。"

南宫流云此话一出，众人又是一阵哗然。

赵郡守更是神色一松。

晋王殿下这句话还真是绝，一下子将柳若华推向地狱的深渊。

"晋王殿下！"柳若华急得眼泪直流，"您不能这么做，您不能……求求您救救若华，求求您了……"

现在，只有晋王殿下能够救她了，但是很明显，晋王殿下一向都不仁慈宽厚，反而以冰冷残酷著称。

南宫流云唇角邪佞地勾起，语气轻柔却带着浓浓的肃杀之气，"以后别乱说话，否则本王未来的王妃会不高兴的，后果很严重呢。"

苏落朝天翻了个白眼。这个男人，不占她便宜会死吗？

柳若华却似乎一下想明白了重点，她忽然一下子跪下去，朝苏落猛地磕头，“苏四小姐，苏落，以前是我对不起你，我给你磕头，求求你救救我吧，求求你了。”

她堂堂丞相府嫡女，何曾受过这样的委屈？这真是虎落平阳被犬欺，等她回到帝都，到时候绝对不会放过这些人！柳若华在心中暗暗记恨。

但是，苏落是什么人？别人念小学的时候，她就已经动手杀人了。杀手出身的人最硬的是什么？心肠。此时的苏落一脸安闲，一袭翩翩白裙将她衬托得淡雅如仙。她只是很抱歉地笑了笑，什么也没说，就被南宫流云拉着走了。

“等等！”柳若华眼见苏落要走，神色蓦然一僵，心中闪过一丝惊恐，她忽然冲着苏落的背影大声喊道。

苏落停住脚步，却没有回头。

“我告诉你一个秘密，你救我一命。”柳若华的语气依旧高高在上。

“不需要。”苏落淡淡一笑，继而又要迈步。

“是关于你的身世！”柳若华冷冷一笑，“难道你就不想知道你自己的身世吗？你觉得苏将军真的是你亲生父亲吗？你觉得苏家真的是你的根吗？告诉你，不是！”

苏落美目冷冽，嘴唇淡红，微微勾起一抹冷笑。她上辈子和这辈子最讨厌的就是被人威胁。

“谢谢你的提醒，不过就算你死了，苏家的人还没死绝呢，我自然会问他们去。”苏落面上不动声色，心中却闪过一丝狐疑。

“哼，这世上除了我，没人会告诉你。苏家人根本就不知道。”柳若华一脸笃定的神色。

苏落微微蹙眉。她想起原主在苏府的遭遇，那根本就是非人的生活。苏挽也是庶出，她的天赋也不行，但是她与自己的待遇却全然相反。难道，她的身世真的另有乾坤？

南宫流云一步一步朝柳若华走去，星眸里闪着诡谲阴沉的光芒，寒冷得没有任何温度。

“好。”他红唇妖娆，邪佞地冷冷勾起，冰凉无情，“现在，你可以说了。”

没人知道柳若华附在南宫流云耳边说了什么，因为南宫流云的脸色从始至终都淡漠冰冷，只有苏落，她在他眼中捕捉到一闪而逝的讶异。

一世项城

第六章 落日山脉

落日山脉极其浩大，群山连绵，古木参天，各种珍禽异兽时常出没。

山脉足足有一个行省那么大，在靠近中央深处，更有数不清的珍稀药草。

魔兽都有地域意识，越是实力强大的魔兽，越是占据山脉内的中央位置，所以能进入的人极少，千万年累计下来，珍贵药草数不胜数。

南宫流云带着苏落从东边的小道进入。

“还要多久才能见到铁甲脊背龙？”苏落额前几缕细碎的刘海微微弯曲，衬着一双晶莹如玉的大眼睛，说不出的水灵动人。

进入山脉已经两天了，但是这两天他们遇到的不是魔兽兔就是魔兽獐子，这表明他们还在外围打转。

“铁甲脊背龙在森林中央，至少还需要四五天才能到。”南宫流云宠溺地摸摸她的头，一双美眸隐藏着丝丝柔情，“怎么，这就累了？”

他身着一袭宽大的白色绣袍，袍子上绣着淡雅的月华暗纹。

离得近，苏落能够闻到他身上淡淡的琼花香气，一种暖夏的温润味道，煞是好闻。

“倒不是。”苏落不无遗憾地指着周围的药材，“瞧，百年灵芝、百年人参到处可见，可是都带不走，多遗憾啊。要是有空间的话，这些珍贵药材我肯定全部卷走。”

“这些药效太差。”南宫流云摇头，嫌弃地说，“等进入中央森林你就知道了，到时候保管让你采到尽兴。”

“对了，后面那些人一直跟着我们，没关系吗？”苏落美目流转。

前两天南宫流云救下柳若华后，那支小队就紧紧跟在他们身后进了落日山脉。他们不远不近地跟着，也没上前来打招呼。

苏落眼底闪过一丝狐疑。

也不知道这次南宫流云是怎么想的，竟然默许让他们跟在后面，虽然离了有一百米左右的距离。但是，以南宫流云的性格，他不应该是一副厌烦的表情然后将那些人赶走的吗？

“就算是废物，也有点用处的，所以要物尽其用，不要随便浪费了。”这是南宫流云的回答。

只是，这回答让苏落更费解了。

看着眼前这丫头百思不得其解的样子，南宫流云觉得她可爱极了。

南宫流云神秘一笑，宠溺地摸摸她脑袋，“很快你就知道了。”他的声音温润慵懒，好听至极。

森林里古木参天，草木葱茏。隔着好远就能听到震耳欲聋的魔兽咆哮声。

让苏落有些疑惑的是，南宫流云并不是直线往里走，而是在兜兜转转地绕圈子，似乎在找寻什么东西。

“害怕吗？”南宫流云的语气带了一丝温和的味道。

苏落虽然天赋惊人，但她现在毕竟还是没有任何灵力的普通人，在这魔兽横行的原始丛林中，谁也不知道会遇见什么事。

苏落浅浅一笑，“有什么好怕的？难道你觉得我没有丝毫自保的能力？”

她现在确实没有任何灵力，但前世十几年的魔鬼训练和杀手生涯可不是白经历的。那种杀戮嗜血的本能练就了一颗无所畏惧的坚韧心脏。

忽然，南宫流云眼底泛着一抹笑意，他一把拉住苏落，将她推至自己身后，脚步停在原地不动。

他漂亮的玉手握着苏落的手，目光慵懒且邪魅地看着前方。

忽然，他勾起一抹邪恶的笑，缓缓说了两个字：“来了。”

什么来了？苏落心内好奇，从他挺拔的后背钻出，随着他的目光朝前方望去。

只见一百米开外，盘旋着一条巨大的蟒蛇。

蟒蛇足足有十几米长，腰身水桶般粗，七彩斑斓，血盆大口，吐着芯子，看起来凶狠而狰狞。

“蛮荒蛇，四阶魔兽，攻击力强悍，含有剧毒。”南宫流云朱唇轻启，详细向苏落介绍。若是旁人，他自然不会多说一个字。

“咝咝咝——”大蟒蛇口中吐着猩红的蛇芯子，口中喷出一团浓浓的绿色雾气。

此时，一条经过的梅花鹿一时不察沾染到雾气，然后浑身抽搐，身子就如同被腐蚀一样，以肉眼可见的速度迅速腐烂，最后倒下去的时候，就只剩下一具白色骨架了。

地上那浓绿如墨的汁液冒着小小的气泡，空气中有一股浓重的腥臭味。

梅花鹿从健全到被腐蚀成白骨，整个过程，绝对不会超过十分钟。

“好烈的毒。”苏落忽然有一种毛骨悚然的感觉。

这毒绝对比最浓烈的硫酸还要恐怖，不过这蛇毒还真是居家旅行毁尸灭迹的好东西。

苏落扪心自问，如果她碰到大蟒蛇，要想打败它，几乎不可能。当然，如果她拼着同归于尽的想法，也不是没有一战之力。

此时，这条大蟒蛇给她上了生动的一课。

蛮荒蛇的存在告诉她，进了落日山脉后想要平平安安、完好无损地走出去，绝非易事，在森林里要步步小心、时时警惕。

南宫流云笑道：“丫头，舍本逐末了，这蛮荒蛇最有用的不是毒。”

“难道是它的内丹？”不都说蛇的内丹可解百毒吗？

南宫流云朱唇勾起，眼底流光溢彩，他神秘地笑了，“很快你就知道了。”

最爱卖关子的人就是他了，苏落有些郁闷地嘟起红唇。之前柳若华跟他说的关于她身世的事，他竟然瞒得死死的，根本不和她透露半句。

此时，蛮荒蛇已经发现了他们的踪迹，口中吐着蛇芯子，蜿蜒地爬过来，面容狰狞，凶相毕露。让苏落惊奇的是，它竟然、竟然完全无视她和南宫流云，直接越过他们，朝后面挪动而去。这让期待南宫流云和蛮荒蛇大战一场的苏落有些失落了……

那里是柳若华的队伍。可是为什么？难道蛮荒蛇也知道柳若华的心比较黑？但论起心黑，又有谁能比得过南宫流云？

南宫流云如水晶石般澄亮耀眼的眼瞳显得极其的魅惑人心，他拍拍苏落的脑袋，眼底闪过一丝邪佞的诡笑，“好好看戏，绝对精彩，包卿满意。”

是吗？那可要好好看看了。苏落双手环胸，淡定自若地站在南宫流云身侧，眼底是玩味的笑。

柳若华他们看到蛮荒蛇时，眼底闪过一抹狂喜。他们这次来落日山脉，任务物品之一就是蛮荒蛇的内丹。所以，在进入落日山脉的时候，他们就花费了很大一笔钱买了红心花带着，红心花是最能吸引到蛮荒蛇的。

他们不知道的是，这也是南宫流云一直让他们跟着的原因。因为南宫流云知道自己未必运气好到会碰到蛮荒蛇，但柳若华这支队伍带了红心花，就一定能碰到。蛮荒蛇的内丹能解百毒，特别是森林中的瘴气，所以南宫流云必须为苏落准备好。

柳若华他们这支队伍一共有六个人，两女四男，修为在二阶和三阶之间。六个人联合起来攻击蛮荒蛇。一时间，水箭、火球、风刃……无数的攻击力都集中到蛮荒蛇身上。

蛮荒蛇蛇芯子吐出，墨绿色迷雾四处弥漫，阵阵腥臭的气味蔓延开来。它的速度并不快，脸上似乎狰狞着笑，一副气定神闲的蛇样。

双方实力相当，久攻不下，谁也奈何不了谁，一时间难分胜负。

忽然，蛮荒蛇头顶上的蛇冠在阳光下闪闪发光，似乎闪过五彩的光芒，亮晶晶的，却给人一种毛骨悚然的惊惧感。

“不好！”刘维明铁青着脸，大喝一声，“这蛮荒蛇快要晋阶了，大家快加把劲打死它，不然等它晋到五阶，我们就只有死路一条！”

蛮荒蛇非常记仇，只要攻击过它，除非将它杀死，否则它会一直追杀到底。而五阶的蛮荒蛇与四阶相比，实力完全是一个天上一个地下，相差很大。四阶的蛮荒蛇他们还能抵抗，但是五阶，就只有被凌虐的份。

然而，他的发现还是迟了一步。只见蛮荒蛇全身似乎笼罩在金色的光芒中，墨绿色的浓雾和腥臭气味四处弥漫。它头上的冠似乎在一瞬间就蜕化成了玉角。那玉角非常耀眼，在阳光下熠熠生辉，不断有光华流动，像闪电劈过一般。

“天，这条蛮荒蛇竟然还会雷系法术！”刘维明脸色苍白，他觉得自己快要疯了。

雷系是所有元素中攻击力最强大的，也是最稀少的，而魔兽中修炼雷系元素的就更少了。谁会想到，他们的一个任务物品会妖孽到这个地步。

“滋滋滋——”蛮荒蛇头顶玉角闪过一丝雷电的光芒。

刘维明大喊一声：“撤，快撤！”

然而，已经来不及了。只见蛮荒蛇头顶的玉角攻击力强劲，简直是指哪儿打哪儿。且玉角所指之处，都会发出一道闪电火蛇，速度快得惊人。

此时，它的玉角就像机关枪，砰砰砰扫射着子弹，火花飞溅，龙蛇飞舞，战况非常激烈。

刘维明最先被击中，只见他瞬间像被定住一样，全身僵硬如钢铁，头发焦黑，根根竖起，看起来非常狼狈。

第二个被击中的不是别人，正是柳若华。因为她之前受过伤，身上的血迹还未干透，所以非常吸引蛮荒蛇的注意力。

很快，这一支队伍都被蛮荒蛇给拿下了。

蛮荒蛇并不急于杀死这些人，它狰狞地笑着，眼神幽冷冰寒地盯着他们。

一双冰眸看得这支队伍每个人都毛骨悚然，浑身瑟瑟发抖，心中惊恐万分。

“队、队长，快想办法啊。”

“队长，救命啊。”

一时间，几乎所有的人都催促刘维明，毕竟他还跟晋王殿下搭过话，由他出面最合适。

刘维明心里也急得很，看着不远处看戏的两个人，眼底闪过一丝复杂。他知道，以晋王殿下冷漠的性格，他绝对有可能看着他们被蛮荒蛇吞噬，然后潇洒地转身而去。怜悯、同情、仁慈……这些美德不会出现在他身上。

此时，蛮荒蛇吐着猩红的蛇芯子，在刘维明颈项边嗅来嗅去。刘维明脚底发软，他焦急地大喊："晋王殿下，救命啊。求求您了，您再不出手，我们就死定了。"

南宫流云慵懒地斜倚在古树旁，凤眸微眯，嘴角扬起一抹邪笑，朱红的唇散发着莹润的光泽，人却沉默着不说话。

见晋王殿下没有丝毫出手的意思，刘维明他们几个都急了。性命只有一条，死了就什么都没了，他们一个个都是天之骄子，怎么可能这么无能地死去？于是，一个个朝南宫流云大喊着救命。

"啊！"人群中忽然爆发出一声惨烈的叫声。原来是队伍中的一位少年，他的整条右腿被蛮荒蛇一口吞掉。

顿时，他的另外半条腿鲜血如泉水般涌出，痛得他满地打滚。而且，蛮荒蛇牙齿含有剧毒，具有强烈的腐蚀性。只见在地上打滚的少年自右腿而上，鲜血上冒着无数个小小的泡沫，自下而上蔓延开来。

全身被腐蚀的痛，应该比凌迟而死也相差不远。只见那少年满地打滚，大声嘶喊，最后他实在受不了，掏出匕首直直刺入自己心脏。

看着那翻倒在地，失去呼吸不久之后就变成白骨架的少年，想起刚才他还鲜活地在他们人群中，一时间，刘维明他们都有一种兔死狐悲的感觉。

即便如此，南宫流云仍然不动于色。似乎他对死去的那个少年，没有一丝怜悯。

直到这一刻，刘维明他们才真正认识到，晋王殿下是如何的冷血无情。亏他们一开始跟在晋王殿下身后，还期望遇到危险的时候，能得到他一臂之力的相助。

天真，他们简直是太天真了。期待那两个冷血的人有一颗怜悯的心，刘维明他们确实太天真了。

南宫流云那表情高深莫测，没人能猜到他心里在想什么。倒是身为他同类的苏落明白了他的意思。她美眸灵动流转，眼底闪过一丝兴味。

"报价吧，都说说自己的性命值多少银子。"苏落的眼神淡淡的。

果然，最懂他的人还是他的落丫头呢。

"呃……"刘维明完全没想到，原来晋王殿下之所以不出手，是在等他们自己报价，这也太……

"想要性命的话就快报吧，不然的话，蛮荒蛇下一口要咬的就不知道是谁了。"苏落美眸微眯，眼底是说不出的狡诈。

同时她心中暗暗腹诽：南宫流云也真是的，他分明就是看中了蛮荒蛇头顶上那只玉角，不管如何他都是要杀死蛮荒蛇的，但是他却非要这些人花钱买命。更何况，这蛮荒蛇还是靠刘维明他们吸引过来的呢。南宫流云还真是雁过拔毛，算计到底啊。他说自己从不做亏本生意，这点倒确实如此。

“我名下有五间商铺，我可以全部贡献出来……”

“我用两个带花园的宅院换……”

“我、我有一千两……”柳若华见蛮荒蛇围着她打转，战战兢兢地大声尖叫。

“原来你的命就值一千两啊，还挺贱的嘛。”苏落双手环胸，似笑非笑，说出口的话却一语双关。

“一、一万两！啊，我的脚……”柳若华被吓得大哭起来。

南宫流云不知道是对这一万两满意，还是觉得柳若华留着还有点用，总之，就在蛮荒蛇欲咬掉柳若华大腿的时候，他出手了。

只见南宫流云周身亮起一道金色的光芒，然后迅速蔓延到他的手掌心，最后沿着他的手指飞射出去。

金芒似剑。

嗤的一声响，金芒狠狠刺向蛮荒蛇心脏。透心而过，在它的心脏留下一个碗口大的伤口。

之前刘维明他们一拥而上各显神通，各种火球、水箭、风刃术砸上去，却破不了蛮荒蛇的防御，也没有给它的表皮造成一丝伤害，然而南宫流云却只这么随意挥出一道金色剑芒，便如刀切豆腐般直直刺入蛮荒蛇的心脏最中央，透背而过。

蛮荒蛇痛苦地长嚎一声，然后庞大的蛇身重重跌倒在地，发出一阵巨大的声响，溅起一地尘土。倒地的时候，它还死不瞑目地睁着眼睛，蛇头看起来狰狞而恐怖。

一、一招？就仅仅用一招，而且还只是轻轻地挥一挥衣袖？

刘维明、柳若华等人睁大眼睛，死死瞪着南宫流云，嘴角大张，一句话也说不出来。

他们都知道南宫流云很强大，但却没想到竟然强大到这种地步。

他们合六人之力却伤不了蛮荒蛇分毫，然而南宫流云仅挥挥手，就将蛮荒蛇给杀死了。

所有人都崇拜地望着南宫流云，柳若华和另外一位姑娘李婉，望着南宫流云的时候，眼底更是多了几分痴迷。

“割下来。”南宫流云眉目如画，淡声吩咐。

危机解除，大家都松了口气。

刘维明擦了把额头的冷汗，乐颠颠地跑上前去，小心翼翼地切下玉角，恭敬地双手递给南宫流云，忽地，他又有些犹豫，“殿下您、您要这只玉角？”对于晋王殿下这种程度的高手来说，这只玉角并不算很有用吧？

南宫流云抬眸瞥了他一眼，眼里透着浓浓的冷意。忽然，鲜红似血的朱唇勾出一抹邪魅妖娆的冷笑。

刘维明胸口像是被巨石堵住，沉闷得几乎透不过气来。他浑身瑟缩，捂住胸口，一句话也说不出口了。

南宫流云淡淡瞥他一眼，便将玉角递给苏落，挑眉轻挑，带着无边的宠溺，笑得温情脉脉，“还挺好看，拿去随便玩吧。”

“不要。”苏落一双清明的眸子淡淡看着他，却很干脆地拒绝，“无功不受禄。”

不要？刘维明等人心中几乎在泣血。

这位姑娘是不是吓傻了？这可是蛮荒蛇的玉角啊。无数人为了得到它而拼尽性命，她竟然说不要？还真是人比人气死人。

晋王殿下怎么偏偏对她这么好？柳若华咬着下唇，几乎要将牙龈咬碎，她嫉妒得简直快要疯掉了。

南宫流云却依然满眼宠溺的笑，轻轻地揉揉她的脑袋，“不要的话就丢掉算了，又不是什么值钱玩意儿。”

丢、丢掉？一瞬间，几乎所有的视线都集中到苏落那只托着玉角的白皙手掌上，那眼底分明就是在期待她赶紧扔。

苏落见他们几乎要流口水的急切模样，心中暗觉好笑，口中却道：“既然如此……那好吧，我就先帮你保管着，什么时候你想起来了再还你。”

南宫流云不置可否。

而此话一出，刘维明等人的失望可想而知了。

南宫流云神情淡漠疏离，冷然睨向刘维明，“内丹。”

刘维明面上如常，心中却暗暗叫苦。

以晋王殿下这样的实力，他还会在乎一枚蛮荒蛇的内丹？他原本想趁乱取走内丹的，因为这是他们的任务物品。但晋王殿下点名了，他怎么敢贪墨？挖出内丹，洗干净后放进白玉盒子里，刘维明这才恭敬地递给南宫流云。

刘维明壮着胆子，鼓起勇气，弱弱地问：“殿下，这内丹……您可要卖？”

然而，让他们嫉妒的是，南宫流云又是直接将玉盒丢给了苏落。不言不语，却给了最好的回答。

“可是、可是那是我们的任务物品，而且蛮荒蛇也是我们引来的。”柳若华愤愤不平，大声嚷嚷。她觉得太不公平了，苏落都没动手，在那里站着看戏，最后的战利品却全都跑到她怀中去，这叫她如何咽得下这口气？

“不公平？”南宫流云红唇邪魅地轻轻勾起，一双星眸蕴着浓浓的肃杀，冰冷地睨向她，“公平是什么东西？”

他宠他家小落落，还需要别人说三道四？这些人是不是活得不耐烦了求解决啊？

刘维明狠狠瞪了柳若华一眼，厉声喝道：“瞎说什么？如果不是晋王殿下出手，我们早就全军覆没了，你还想白拿战利品？”

苏落暗忖：这刘维明倒也不笨，审时度势，说话还留有余地。他不想白拿，那是要用条件来换咯？苏落摇晃着玉盒里的内丹，似笑非笑，内中含义不言而喻。

刘维明谄笑着问：“苏姑娘，这内丹我们确实有非要不可的原因，不知道您愿不愿意割爱？”

然而，还未等苏落说话，南宫流云却直接拿过玉盒，挑出那枚晶莹剔透的内丹放入自己口中。

“呃……”一时间，大家都看不懂晋王殿下的意图。

然而下一刻，南宫流云强而有力的手掌一把扣住苏落的后脑勺，另一只手搂住她的纤腰，倾身朝苏落覆盖而下。

“唔——”苏落被吻住，一种电击似的酥麻感，席卷全身。

周围一片寂静无声，只有林中徐徐风声，以及远处的虎啸龙吟。

柳若华几乎将牙龈咬碎。李婉的眼神几乎要将苏落射穿。

晋王殿下……怎么可以！

晋王殿下是那样的高贵无比，宛若九重天的神祇，苏落这个小贱人怎么配得上他！

所有人都难以置信地睁大眼睛。

而此时的南宫流云却忘情地吻住苏落，辗转缠绵。那颗蛮荒蛇的内丹被他送入苏落口中。苏落被呛得直咳嗽，慌乱地推开南宫流云。南宫流云没有动，赏心悦目地看着略带惊慌的苏落，嘴角勾起一抹玩味的笑意。

苏落恶狠狠地瞪向南宫流云，只是那带着雾气的美眸却让人见之犹怜。南宫流云邪恶地抚向自己的唇畔，意犹未尽地摩挲。苏落提起裙子，重重地踩他一脚。

南宫流云大声告饶，笑声朗朗。

苏落闻言，更是恼羞成怒。

“落丫头，这次你可误会本王了。”南宫流云赶紧举手投降，卖乖道，“蛮荒蛇的内丹药性太烈，唯有这个方法才能让你不受任何伤害。”

似乎有点道理。苏落美眸流动，威胁地挑眉，“这次就放过你，下次注意了。”

两个人之间似乎剑拔弩张，但在别人看来却是在打情骂俏，暧昧非常。

刘维明万分失望地望着苏落。内丹已经被她吞掉，是再也拿不回来了。

其实他哪里知道，南宫流云从一开始就算计着蛮荒蛇的内丹，不然以他的性格怎么可能会让这些人跟在后面走？所以说，到最后不管如何，这枚内丹总归是要送到苏落口中的。

就在此时，遥远的天际，传来阵阵悠扬的仙乐。

十几名少女如藕般纤长白皙的玉手挽着花篮，分成两排，翩然踏空飞来。

一阵清浅的微风拂过，一片片嫣红的雪樱随风飘下，纷纷扬扬洒落，晶莹如雪，唯美而瑰丽。

她们每一位都白衣素裙，姿态翩然，容貌虽然谈不上绝美，但个个纤瘦素净，清丽出尘，全身似乎不沾染一点尘世的俗气，翩然若仙，不食人间烟火。

她们十指纤纤，腰肢纤细，足下轻盈翩跹，像是凌波仙子，又如起舞的精灵，美丽不可方物。

在她们的中间，有一顶精美奢华到让人窒息的轿子，由四名姑娘抬着翩然而至。

不多时，这顶轿子轻飘飘地落下，稳稳当当停在南宫流云面前。

好大的排场，好强的气势，只不知轿子中的人，是何方神圣。苏落心中暗自好奇。

她抬眸去看南宫流云，见此刻的他嘴角微微勾起，似乎眼角眉梢都带着笑意。

苏落可以肯定的是，此人是南宫流云旧识，而且他还很高兴见到对方。苏落眼眸微微眯起，面上不动声色，心里对轿子中的人更有兴趣了。

轿子停落，一只纤细白皙的手将轿帘掀开。里面缓缓步出一位妙龄仙子。

只见她一身白衣，圣洁如雪，临风而立，裙裾翩然，素色织锦纱裙逶迤拖地，像不食人间烟火的仙子，却又艳光四射，光彩照人。长发直垂至脚踝，青丝随风舞动。浓密睫毛微翘，眼眸似迷蒙着水雾，清澈安然，颈项纤秀，肤如凝脂。

这是一个美到极致的女子，如空谷幽兰，仿佛她就是这天地灵秀，集万物精华于一身，似乎所有人在她面前都要自惭形秽。

此刻，她盈盈而立，唇若含丹，素净绝美的容颜含着一丝浅笑，默默地看着南宫流云。

南宫流云漆黑如墨的幽深美眸中笑意盎然。

“你怎么来了？”南宫流云眸中透着浅浅的关切。

“你不也来了吗？”她笑起来很好看，睫毛轻眨，美眸水雾朦胧，我见犹怜。

二人言笑晏晏，似乎自成一个世界，而旁人都是多余的。

柳若华站在苏落身边，此时她脸上的嘲讽是那么的明显，她凶残地嘲讽：“你真以为晋王殿下喜欢你吗？也不看看自己配不配。”

苏落深黑色的眼眸在阳光的照耀下反射出清冷而华丽的色泽，她似笑非笑地看了她一眼，“多管闲事的下场可不太美妙哦。”边说，她的视线边落到柳若华那齐腕而断包裹着纱布的右手。

柳若华眼底是满满的愤恨毒辣，不过很快，她便阴冷一笑，“看见没？他们两人才是天造地设的一对，你，不过是脚底下的烂泥巴，给晋王殿下提鞋都不配！”

“是吗？”苏落懒懒地笑了。

她什么时候说过她喜欢他们口中神祇般高贵的晋王殿下了？世人总是那么好笑。你不在意的东西，别人硬是觉得你非常在意，还反过来嘲笑你不被在意。

“睁大你的眼睛看清楚，那位就是瑶池宫的少宫主，人称瑶池仙子，无论是天赋、武功还是家世，都不是你一个废物能比的。你还不知道吧？他们两个就是世人眼中天造地设的一对璧人，没有比他们更般配的了。”柳若华眼底是浓浓的狠毒和幸灾乐祸的讥讽。她得不到，苏落这块烂泥巴更加别想得到。

“是吗？”苏落神色淡淡，似乎不以为意。她淡淡地打量不远处那对传说中的神仙眷侣。

他们两个对面而立，犹如一幅精美画卷。南宫流云凤眸微眯，红唇妖娆，一头青丝倾泻而下，整个人慵懒至极，又透着淡淡的邪魅妖冶。一袭暗纹锦裳，锦袍下摆被风吹起，翩翩飞舞。瑶池仙子面容似精雕细琢，唇色亮泽通透，颈项纤秀，冰肤莹彻，一袭翩翩素裙将她衬托得淡雅如仙，不食人间烟火般超凡脱俗。一个俊逸非凡，一个倾国倾城；一个邪魅，一个出尘。

柳若华虽然讨厌，但她说的话却不假，南宫流云和瑶池仙子果然是天造地设的一对璧人。

苏落双手抱臂，美眸微眯，就那么淡淡地伫立在原地，静静地看着他们。

南宫流云似忽然想到什么，回眸对苏落招手。

苏落细眉微挑，似笑非笑地回望。他这是什么意思？招之即来挥之即去？她苏落在他眼中就这样被轻视？

那位瑶池仙子笑吟吟地望过来，柳眉似一弯新月。美得惊天动地，简直让人窒息，让人自惭形秽，让人忍不住惶恐低头。

苏落唇角微扬，毫不示弱地迎视。她那双美眸清澈动人，似乎能看透一切。论气势，她苏落十几年腥风血雨里走出来，又会畏惧谁？

两人静静对视。一时间，四周寂静无声，场面似乎有一点尴尬。

然而就在此时，突生变故。

山脉深处忽然传来一阵极其尖锐的鸟鸣声，像是金石刺穿天空，让人闻之耳膜生疼，嗡嗡作响，心脏强烈跳动，血脉贲张，几欲昏厥过去。

在这一刻，所有人都大吃一惊，全都向着声音传来的方向望去。

远处似乎有神秘的力量在流转，大地上空光华闪耀。忽然，一道火红色的闪电划过天际，一闪而逝。然后，大片大片的火光冲天，犹如烈焰般似乎将整块天空都笼罩了，炽烈无比。

“凤凰，浴火凤凰！”不知是谁指着天际一闪而逝的残影，激动地大声尖叫。

“龙，竟然还有神龙！”又有人跟着激动地大喊。

凤凰和龙族在这块大陆上几乎已经消失了，谁会想到，就在这一天，在落日山脉，竟会同时出现它们的身影？

苏落以为所谓的屠龙，不过是铁甲脊背龙，这种龙跟传说中的神龙根本是完全不同的两种概念。

凤凰和神龙的现世让大家很激动，但是眼下的情况却非常不妙。

因为两只神兽浴血对战，可苦了下方落日山脉里的魔兽。此时，几乎所有的魔兽都开始往外狂奔，企图远离那两只战斗的神兽，免遭池鱼之殃。

一时间，无数魔兽如汹涌的潮水般往外涌来，如万马奔腾，气势汹汹，无可抵挡。

“情况不太妙。”南宫流云一双妖冶的紫眸蕴着浓浓的寒意。

“确实，魔兽潮要来了。”瑶池仙子淡淡地说了句。

“魔兽潮！”余下的人一个个神色大变，满眼惊恐。

他们虽然没有经历过魔兽潮，但是很早就被师长耳提面命过魔兽潮是如何的恐怖。但凡发生魔兽潮，在场的武者几乎是九死一生，但同时，这又是百年难得一见的奇遇。

魔兽潮的发生，必然是因为有绝世宝物出土。

那两只几乎绝迹的神兽互斗，极有可能就是争夺天材地宝。

“中央森林……”瑶池仙子神情淡漠，美目流转却欲言又止，她偏头，与南宫流云交换了一个眼神。

南宫流云一双妖冶眼眸看着苏落，眼眸深处的璀璨光华有一瞬间的暗淡。

每次魔兽潮，虽然危险，但也是一次难得的机遇。如果是以往，他自然会前去探险，但是现在他身边跟着毫无灵力的苏落，他能保证自己全身而退，却不敢确定她会毫发无伤。

苏落面色安闲，美眸清澈似能看清一切，她淡淡地看了他一眼，“你去吧，不要管我。”说完这句话，忽然，她心底闪过一丝落寞的情绪。

柳若华虽然讨厌，但是她说的话却没错，以她现在的实力，她连站在他身边的资格都没有。他和瑶池仙子才是一个世界的人，他们实力相当，身世匹配，而她，在他们面前似乎渺小得忽略不计，只能仰视着他们。这种感觉真是非常不爽呢！

南宫流云清明俊雅的眼眸闪过一丝怜惜，他摸摸她的小脑袋，“我怎么会不管你呢？真是孩子话。”言罢，他转头对瑶池仙子妖娆而笑，“小心些，宝物怎么也比不上性命重要。”语气温和轻柔，完全不同于对别人的冰冷残酷。

“多谢提醒。”瑶池仙子淡淡一笑，似清风徐过，波澜不惊，喜怒不变。

她的目光落到苏落脸上，轻飘飘的，清淡如水，却让苏落瞬间有一种如寒芒在刺、脊背发寒的悚然感觉？

这个女人……真的如她所表现出来的那样清淡如水、无悲无喜、超凡脱俗吗？苏落心底闪过一丝狐疑，有一种不好的预感。她不敢说自己的第六感一定准确，但这些年以来从未出错。

无数的魔兽飞奔而来，气势汹涌，杀气腾腾。

两只脚根本跑不过四条腿的魔兽，而且就算跑到外面，也不一定安全。南宫流云眸底蕴含着浓浓的寒意，抱起苏落，旋身飞到不远处的一座小树屋上。

柳若华他们也纷纷仿效南宫流云，手脚并用，飞快往千年古树上攀爬，紧紧抱住树枝，期待能够躲过这次魔兽潮。

瑶池仙子回身朝南宫流云遥遥一望，看到他抱着苏落的身影，清雅明丽的美眸似蒙了一层水雾，谁也看不清那漆黑如墨的眼眸深处蕴含的意思。她面上无波，红唇漾开一抹弧痕，勾起一抹淡淡的笑意，玉臂挽着的淡粉色烟纱流水般甩过，顿时轻纱飞舞。

瑶池仙子飞旋而去，婉约优雅，仪态大方。她身边的十几位侍女神色如寒冰笼罩，目光冰冷地射向苏落，随后也跟着飞走。

苏落细眉微蹙。直觉告诉她，这位瑶池仙子笑得有些……神秘。

果然，就在她飞了没多远，天空中无数的秃鹫将她们团团围住。秃鹫王似乎盯上了瑶池仙子，招招狠厉，凶狠残忍。

秃鹫王，七阶魔兽，而且是飞行类魔兽，比同阶陆地魔兽更难对付。

此时，瑶池仙子的情况看起来非常凶险。秃鹫王一直紧追着她，紧咬不放，眼看着瑶池仙子就要命丧秃鹫王鹰爪之下。

第七章 可爱灵宠

南宫流云星眸里漾着复杂的光芒，神色忽明忽暗，高深莫测。忽然，他一把搂住苏落，在她光洁如玉的额头上重重落了一吻，神情凝重如凝结冰霜，对苏落道：“乖，就在这儿等我。哪儿都不要去。”

话音未落，不等苏落回答，他的身子已经飞离半空，快如闪电般朝瑶池仙子所在地赶去。

“南宫流云，口口声声说喜欢我，可到底，在你心中，还是她重要啊。”

苏落嘴角漾起一抹淡淡的苦笑，连她自己都不知道，这苦笑中竟混杂着一抹涩意。现在苏落终于明白，为何瑶池仙子之前会笑得那般含义丰富了。

这个女人，容貌武功都是上上之选，城府心计又深，再加上不凡的家世……老天还真是厚待她，给了她得天独厚的优势。果然，这样的人才是南宫流云的绝配嘛，她苏落，一个大将军府不受宠的废柴庶女，又算得了什么？

苏落冷冷一笑，将负面情绪撇开，开始打量起小树屋来。小树屋很干净，大概有十平方米的空间，里面除了地上放置的一张席子，什么东西都没有。

苏落静静地坐在小树屋里，或许是孤单使人寂寞，此时的她心中有种浓浓的挫败感。

在前世的世界，她是金牌杀手，有一种超然于众人的地位，绝大多数人对她来说，都只是一个符号。而在这里，她只是普通人中的一员，她可以凭借前世的身手打败一阶的苏挽，但是如果跟二阶的苏溪真正对战，她就未必赢得过了。更何况是瑶池仙子那样的强者。

是的，瑶池仙子一直对她笑，神色平淡无波，但是从她的笑容中，苏落很明显读出了一种情绪——不屑。似乎只要她稍微动动手指头，就能摁死自己的那种轻视。这样的感觉，让苏落非常不爽，她心中燃起了熊熊斗志。

她苏落不是废柴，相反，她还是三系元素的超级天才，只要给她机会，她将来的成就不会比任何人差。

苏落握拳。这一次，她必须要找到龙之血，将空间打开，这样她的木火双系才不会被死死压制，她才有机会开始修炼。不然的话，就算她天赋再好那也无用。现在的她就如同天下首富，手中拥有金山银山，却找不到钥匙打不开门，只能在门外望洋兴叹。

时间一点一滴渐渐流逝，但是南宫流云却一直都没有回来。也不知道魔兽是不是都跑光了，此时四周非常寂静，静得诡异而阴森，似乎暴风雨来临前的安静。

忽然，暴风起。狂风呼啸，吹得整个大地都在震颤，小树屋在风中摇摇欲坠。苏落趴到窗口处往外望去。她看到不远处一道乌黑如墨的龙卷风飞速朝她所在的地方呼啸而来。它犹如张开血盆大口的巨兽，咆哮着，张牙舞爪，似乎整个天地都任由它为所欲为，无人可阻止。

龙卷风呼啸而过，小木屋摇摇欲坠，苏落紧紧抓住柱子才没有被掀飞。忽然，她感觉到脚下一阵地动山摇，她从小小的窗户往外看，不由得有些傻眼了。她发现她整个人，哦，应该说整个小树屋竟然离地而起！

很快，小树屋就脱离了那株千年古树，被龙卷风连根拔起，卷起飞在半空中。不过还算幸运的是，小树屋竟然没有分崩离析。

苏落的脸色有些发白。她目测此时距离地面大概有百米左右，这高度若是摔下去，她真的会粉身碎骨，连渣渣都不剩。她又还没修炼飞行术，掉下去就只有一个死字。

苏落懊恼地抓头。该死的南宫流云，就知道关心他的瑶池仙子，将她随便留在原地。还有该死的龙卷风，怎么偏偏将她所在的小木屋卷飞？那边上明明还有别的小树屋嘛。

龙卷风外围狂风咆哮，风眼中却风平浪静。苏落坐在小树屋中飘飘荡荡，犹如坐在热气球上一样。此时若是有人看到，必然惊愕得下巴掉一地。天上飞屋子……这也算有史以来第一次吧？

就在苏落紧张兮兮的时候，忽然，一个小小的球状体被丢进小木屋中，跌倒在地面，滚了几下，最后停落在苏落脚边。

这个球状物体……

苏落细细打量，心中闪过一丝疑惑，这似乎是一枚蛋，而且还是枚不小的蛋。

难道在天空中飞，还能捡到蛋？莫非鸟妈妈还能边飞边产蛋？苏落额际冒出三条黑线。

停止胡思乱想，苏落的注意力全都集中在这颗蛋上了。这颗蛋足足有一个足球大小，外壳白亮亮的，偶尔，上面还有一道流光划过，透着一股浓浓的神秘气息。

忽然，这颗蛋发出一道窸窸窣窣的声音，好像里面的小东西要破壳而出了。苏落顿时傻眼了。不会吧，这颗蛋不会这么巧，就在空中这么孵化出来吧？然而，似乎是回应她的吃惊，这颗蛋忽然裂开一道细缝，然后细缝越来越大，最后传来砰砰砰的清脆声。

苏落凝神屏息，睁大眼睛看着眼前的奇观。只见在那碎裂的蛋壳处，一个小小的脑袋顶着破碎蛋壳缓缓钻出来，憨憨地、萌萌地转悠着小脑袋。

这是什么生物？苏落还真是从未见过。不过这小东西看起来还挺萌人的。圆圆的小脑袋，虎头虎脑的，十分可爱，双眼犹如刚出生的婴儿般紧紧闭着，嘴角还吐着一个个泡泡。它似乎有些郁闷，因为它除了脑袋以外，身体的其余部位还都在蛋壳里。

只见它闭着眼睛，红润润的小嘴看起来小小的，但是啃起东西来却飞快。就像在啃大饼似的，它先将靠近嘴边的蛋壳啃掉，然后慢慢地向周边蔓延。直到它将整个蛋壳吃完，才用鼻子嗅来嗅去，似乎在找寻什么东西。在整个过程中，它一直闭着眼睛，看起来憨态可掬。

苏落心中好奇，这刚破蛋而出的小东西在找什么呢？

正在她好奇的时候，小东西迈着那双小细腿摇摇晃晃地挪到苏落脚边，伸出两只小爪子揪住苏落的衣角，小身子颤颤巍巍地往她怀里爬……

在这个过程中，苏落一直僵硬着身子，极度无语地瞪着这个小家伙。

此时，这小家伙圆滚滚的小身子已经仰躺在她怀里，小肚子一挺一挺地呼吸着，闭着眼睛打起小呼噜。它的两只小爪子还牢牢揪住苏落的衣角，怎么抠也抠不下来。

这、这小家伙也太旁若无人、太自来熟了吧？难道它以为自己是它妈？

苏落脑门上唰唰唰冒出三条黑线，冷汗直往下掉。她盯着这个自来熟的小家伙，上上下下仔仔细细地打量。

话说，这个小家伙到底是什么物种呢？说它是小狗吧，长得是有点像，但是它不长毛。说它是小龙吧，可它偏偏长得圆滚滚、呆萌呆萌的，完全不像神龙那样张牙舞爪、狰狞恐怖。

最重要的是，刚才那颗蛋，究竟是怎么滚进来的？人为，还是天意？还有她的小木屋，在龙卷风呼啸之际，怎么会保持得完好无损？这简直令人难以置信。

正在苏落百思不得其解的时候，小木屋忽然一阵抖动，晃得她天旋地转，最后她只感觉到整个小木屋正呈垂直线朝下掉。

“倒霉！”苏落心中暗骂一句，她紧紧抓住小木屋。耳边的风呼呼作响。现在这情形简直比电梯坠落还恐怖。她苏落好不容易重生一次，不会就这么殒命在这个时代吧？

不过幸运的是，这次小木屋跌落下来的时候，竟然又刚巧砸落在一株千年古树上。繁茂的枝桠抵挡了下坠的趋势，所以跌下去的时候，小木屋虽然被震得粉碎，但是苏落却早已先一步抱着小家伙翻滚出来。

苏落的身手非常灵活，她将小家伙往怀里一揣，双手抓住树枝，轻飘飘地飘荡了过去，身手轻盈灵活。由于她躲得快，所以小木屋被震碎掉落的木头对她没有造成丝毫伤害。但是，这并不代表她已经安全，很显然还有另外的危险在等着她。

此时，就在距离苏落不远处，竟然在进行着极为惨烈的战斗。

一只是长得跟小家伙极为相像的生物，应该就是之前柳若华他们口中的神龙。而另外一只，则是浑身燃烧着熊熊烈火的凤凰鸟。两只魔兽战斗在一起，现在几乎是两败俱伤了。

龙？苏落脑中忽然一亮，狠狠地拍了一下自己的脑袋。她千辛万苦来到这落日山脉，排除万难，为的是什么？那就是龙之血啊。既然刚才战斗的那只是龙，那么……苏落的视线落到在她怀中睡得憨态可掬貌似很舒服的小家伙身上。

这家伙应该也是龙吧？对的，没错，这绝对是龙，之前那颗足球大的蛋，绝对就是龙蛋！神龙血她搞不到，但是小神龙……现在就在她手里啊。

嘿嘿，苏落嘴角勾起一抹邪恶笑意。这还真是踏破铁鞋无觅处，得来全不费工夫。

她发现自己的运气还真是好到逆天了，没想到小龙蛋那么正好地跌落到自己面前，而且还自动孵化出来，更难得的是，它自动自发地往自己怀里爬。苏落得意地笑起来，纤细的手指戳戳怀里的小神龙。小神龙嘴角吐着泡泡，呼哧呼哧酣睡得正熟，完全不知道已经有人打上了它的主意。

如果龙妈妈知道苏落有这样的想法，只怕要气得吐血了。她的小龙好不容易要孵化的时候，竟然遇到凤凰寻仇，没办法，她只能随机选了个地方将小龙蛋存放起来。但她又怎么会想到，那间随意选择的小木屋里竟然藏了个人，而且那么刚巧，她最需要的就是龙之血呢？她这叫什么？这叫自动送上门求虐。

苏落从靴子里摸出一柄匕首，匕首寒光闪闪，发出幽冷光芒。然而，就在苏落寻思着该从何处下手之际，小神龙居然醒了。它睁开水蒙蒙的眼睛，小爪子揉揉惺忪的睡眼，小脸上尽是迷茫。这虎头虎脑的小样子要多萌人就有多萌人，看得苏落坚硬似铁的心都要软化了。

忽然，小萌龙瞪着圆圆的眼睛，一瞬不瞬地望着苏落。苏落也无语地望着它。

看到苏落，小神龙似乎很兴奋，小小的嘴张开，口中发出一声悦耳的龙吟，“嗡——”

龙吟声在苏落耳边响起，震得她脑门生疼，头痛欲裂。而且就是这声龙吟，坏事儿了。

龙妈妈正跟火凤凰打得战况激烈，它抽空回头一看，发现自家的小宝贝竟然躺在一个渺小人类的怀里，而那个人类竟然还拿着一把匕首在比画着！这还得了？

龙妈妈一声嘹亮刺耳的龙吟，音量勃发，直透云霄。按照它的想法，最好直接一道龙息将苏落给焚烧殆尽，化成一股轻烟飘走。

但苏落很好运的地方在于，她的手中抓着最有利的龙质，所以龙妈妈的远程攻击完全发挥不出来，简直是投鼠忌器。

此时，苏落看到一只体形庞大的神龙朝她扑来，那威严的龙威震得她心脏剧烈跳动。她眼底闪过一丝骇意，来不及多想，她抱起小萌龙转身就跑。

若是被龙妈妈追上，她的龙之血就泡汤了。而且，她的性命绝对会消失在暴怒龙妈妈的飞爪之下。

神龙阵阵龙吟，震得苏落鲜血上涌，那龙威犹如千军万马奔腾，震耳欲聋。

神龙在追杀苏落的时候，它身后的火凤凰也没放过它。也正是有了火凤凰的干扰，所以苏落还有一丝逃跑的机会。

只见一道道火焰划破长空，万道惊雷在天穹响起，毁灭的力量蕴含着无尽的杀机。

苏落边跑边抽空回头看。只见龙头狰狞，一对龙眼透着两道血光，足球大的鳞片寒光闪闪，似乎每一片都蕴含着无尽的力量。

“天哪！”眼见神龙距离她越来越近，苏落脸色微变，暗叫一声。

此时，神龙早已暴怒，若是被它抓住，下场绝对会很悲惨。苏落加快脚步，脚下生风，连冲带跳，头也不回地往前冲。

苏落心中那个郁闷啊。以她的速度，肯定半道上就会被它追上，怎么办?

同时，怀里的小家伙也不安分，它似乎觉得在玩游戏，探出圆圆的小脑袋与它那位龙妈妈此起彼伏地发出龙吟。

苏落郁闷个半死，她半是威胁半是恐吓地拍它脑袋，“不许叫！”

小萌龙似乎不明白苏落话中的意思，眼底尽是迷惘，但是见苏落面容凶狠，便弱弱地缩了缩脖子，默默地将小脑袋缩回她怀中。可是，过不了多久，它故态复萌，小脑袋又会探出来。

“不许闹，回去！”苏落弹弹它的脑袋。于是，它又很听话地乖乖缩回苏落怀中。

于是，每次它探出来，苏落就将它弹回去。探出来，又弹回去。如此一来，小萌龙还以为苏落在跟它玩游戏，咯咯咯地笑，玩得那叫一个乐此不疲。后来苏落懒得戳它，它还不干了，自己在那里嗷呜嗷呜地叫，小脸上还出现那种小委屈的表情，泪眼汪汪的。

苏落脑门上的三条黑线又浮现了。她不就是想要点龙之血吗，容易吗她？前有小萌龙捣乱，后有大神龙紧追不舍……

神龙速度如疾驰的闪电，所到之处，所有的草木都倒向两旁，为它开路。久追不上，神龙气得双眼暴红，可是她怕伤到小神龙，也不敢喷龙息。巨大的龙尾像一条横扫过来的粗大铁链，当场将它周身几十米范围内的林木扫断。乱叶纷飞，尘土飞扬。

苏落虽然没被龙尾扫中，但却被击飞而来的碎木段击中。碎木段狠狠撞向她后背，她只觉得脊背几乎要被击裂，胸口犹如压了一块巨石，沉闷得几乎无法呼吸。忽然，她喉咙一甜，一道鲜血毫无预兆地喷出。

“噗——”苏落脚底打晃，几乎站立不住。

就在此时，一股莫大的危机感袭上心头。身后的神龙竟然在酝酿龙息，一道炫目的光芒闪过，像利剑般射向苏落。

苏落顿时脸色大变。她竭尽全力往斜刺里冲，速度快得只留下一道残影。那道激烈的光芒直接将前方百米范围内的树木化为灰烬，泥土也化为粉末。

苏落险险躲开这一杀招，心中却冒起一股寒气，额头上布满了冷汗。她已经快要筋疲力尽了，不过幸运的是，此时的神龙被火凤凰追上。于是这两只神兽仇家又开始互斗，这让苏落有了一点可乘之机。

如果神龙没有后顾之忧的话，苏落根本不是它的对手，只怕她没跑出几百米就被神龙一爪子拍死了。不过苏落一向是那么得幸运女神眷顾。

这只神龙背后跟了个大仇家火凤凰，而且这只火凤凰还心胸狭窄乘人之危，所以神龙对苏落只能恨得咬牙切齿却无可奈何。

所以，每当龙神快要杀死苏落的时候，跟在后面的火凤凰就要出来捣乱，这样的情形一次次重复，气得神龙几乎要吐血了。

不过现在，苏落也有一种吐血的冲动了。

完蛋了！苏落看到前方光秃秃的悬崖峭壁时，顿时有种欲哭无泪的感觉。

此时前方三面都是悬崖，而后面龙妈妈紧追不舍，她现在根本就是无路可逃了。

怎么办？难道束手就擒？不行，就算她现在将小萌龙还回去，神龙也绝对不可能放过她。现在还没到绝路，一定还有机会的。

果然，天无绝人之路。

苏落眼尖地看到一条笔直垂下的碧绿蔓藤。她拉了拉，发现这条蔓藤似乎经常被人使用，牢固程度不需要担心。

天不亡我！苏落顿时心中大喜。她将小萌龙揣入怀中，然后利落地用双手抓着蔓藤，手脚并用，速度非常的快，不到一刻钟，她已经爬上了高高的悬崖。

悬崖上方是一方平整的草地，风吹过，一片整齐地波动，如碧波荡漾，令人心旷神怡。

站在悬崖上远眺，苏落清楚地看到不远处神龙与火凤凰战斗正酣。

一片片火海无尽蔓延，火光冲天，岩浆沸腾。

好，很好，非常好！错过这个时机，自己就再没机会了。

苏落心中大喜，她将小萌龙抱出来，另一只手探入怀中，预备拿那只玉盒子。她从苏家盗来的天灵水，还有南宫流云给的空间草都放在玉盒子里。

因为玉盒子能保鲜、冷藏，即便空间草放了几十年，还是跟刚摘下来的一样鲜嫩。

可就在此时，苏落眼底闪过一丝错愕。

玉盒子呢？她的玉盒子呢？苏落顿时一脸疑惑不解。她明明记得很清楚，之前独自待在小树屋的时候，她还亲手将玉盒子拿出来看过的，怎么就不见了呢？难道是掉落古树的时候，丢了？不会啊，明明将小萌龙揣进怀里的时候，玉盒子还搁在自己怀中的啊，可是，怎么忽然间就不见了呢？难道掉地上了？苏落低头四处找了找，最后几乎趴在地上将泥土刨翻了，却还是没有玉盒的踪影。

这可真是……捡了芝麻丢了西瓜！

苏落简直欲哭无泪了。明明龙之血就在自己面前，可是空间草和天灵水竟然不见了，还有比这更糟糕的事情吗？

就在苏落郁闷得团团转的时候，小萌龙一直仰着小脸双眼迷茫，呆呆地望着苏落，细细的小爪子揪住苏落的裤管，一双小短腿随着苏落不断地打转，嘴里似乎咀嚼着东西……

苏落脑中灵光一闪，她忽然想起之前小萌龙吃蛋壳的情节……

不会那么倒霉吧？苏落心中浮现一种很不好的预感，她一把拎起小萌龙，纤细手指上下掰开它小小的龙嘴。

看清楚之后，苏落额上暴起青筋。这一瞬间，她掐死小萌龙的心都有了。

她看到了什么？她竟然在小萌龙口中发现还未吞咽下去的玉盒碎末。

这只小东西！它、它竟然将小玉盒给吃进去了！苏落有种将它按在腿上打屁屁的冲动。

自顾气了好一会儿，苏落这才郁闷地瞪着小萌龙，企图用眼神杀死它。然而，小萌龙却完全无所觉，脑袋一晃一晃的，睡眼惺忪地打着瞌睡，嘴角还吐着蓝色的小泡泡。

苏落心中那个气啊，她嗖一声摸出那柄随身匕首，照着小萌龙的小身子四下比画着，恶狠狠地道："天灵水和空间草刚吞下去，应该还没消化完吧？"

小萌龙睁开迷蒙的眼睛，脸上是没睡醒的呆滞，只见它小嘴凑上去，然后——

咯嘣一声脆响。

苏落再次错愕了。她死死盯着自己那防身匕首，再次有抓狂的暴躁。

这柄匕首南宫流云还说是用上品精铁打造，吹发可断，锋利异常，竟然、竟然被这小家伙当午餐给一口啃掉了。

小萌龙此刻咯嘣咯嘣吃得可香了，就像在吃饼干一样，脆生生、香甜甜的。

苏落额际冒出三条黑线。她觉得自己若是再跟小萌龙待下去，要么她被小呆龙逼疯掉，要么小呆龙被她切割掉，只有这两条路可走了。

她这是拐了什么啊？原以为是宝，却没想到抱了只小祖宗回来！亏她之前还觉得自己被幸运女神附体，但是这一刻，她只觉得自己是衰神的杀父仇人。

怎么可能这样啊？空间草和天灵水不见了，她这空间岂不是再也打不开了？

小萌龙似乎能感觉到苏落的烦躁，它歪着小小的脑袋。

苏落烦躁地走来走去，它摇摇晃晃着小腿，跟在苏落后面歪歪斜斜地跟来跟去，那场面若是让外人看到，是何等啼笑皆非。最后，苏落蹲下身子，拎起小呆龙与她对视，恶狠狠地说："小家伙，你说我是把你清炖呢，还是红烧呢，还是爆炒呢？"

小呆龙完全没有身为食物的自觉。它偏着头，那双水汪汪的琥珀色大眼睛，傻傻地望着苏落，眼底尽是迷茫和疑惑。

"不会说话是吧？那我就当你默认咯？"苏落阴恻恻地笑着，拿着断了一截的匕首在它的小爪上比画着。

她想明白了，空间草既然南宫流云能得到一株，那么肯定还有第二株。至于天灵水，既然苏家之前拥有，那么世上肯定还有，只要她花时间找就肯定能找得到。只是这龙之血，若不是机缘巧合，却是非常难得的。更何况，这还是神龙血脉，比什么脊背铁甲龙可要好多了。

然而，看着眼前的小呆龙，苏落却有些发愁。这刚孵出来的小东西瘦瘦弱弱，细胳膊细腿的，她该如何下手呢？她没有要杀死它的意思，只是想取它一点点血而已。她担心自己一刀下去，小萌龙会不会一命呜呼了？

就在苏落犹豫不定的时候，忽然，小萌龙凑近她，闭着眼睛憨憨地在她怀中嗅来嗅去，犹如猪崽崽寻奶喝一样。苏落顿时无语了。她一把扯出这小家伙，郁闷地瞪眼，"我可不是你龙妈妈，不要乱拱来拱去的。"

小呆龙迷蒙地睁开眼，傻傻地看着苏落，忽然，它张着小嘴，一声清悦的龙吟轻啸出声。

毫无防备的苏落被震得耳膜生疼，胸口气血翻涌，差点又是一口鲜血吐出来。

然而，还未等苏落反应过来，小呆龙忽然张嘴一口朝她的手腕咬去。

"啊！"一阵剧烈的疼痛，让苏落差点蹦跳起来。

虽然它刚孵化出来，但龙种就是龙种，天赋超级强大，它的乳牙尖锐刚硬，苏落的手腕顿时被咬破，鲜血狂涌而出。

她发现，再跟小呆龙待下去，她早晚会吐血，不是被气得吐血，就是被震得吐血，或是被咬得大出血而死。

苏落怒视着小呆龙，而小呆龙却用那双水汪汪的眼睛可怜兮兮地回视她，而且两只爪子握成拳放在下巴下卖萌。

看着小呆龙这可怜模样，苏落一口气憋在胸口发不出来。

就在此时，忽然，一道浓郁的金色光芒笼罩着小呆龙，只见从小呆龙的口中飞出一小团血，这血中有苏落的鲜血，也有小呆龙自己的。

那个小血团竟然诡异地形成一个奇怪的图案，散发着浓郁的黑色神秘的气息。

苏落震惊地看着这一幕，根本无法反应过来。

“这、这难道是……”前段日子她将大陆通史和常识书翻了个遍，所以心中隐隐有了一丝猜测。

只见那血团很快就一分为二，一半飞进苏落体内，另外一半则飞到小萌龙体内。

就在苏落愣神的时候，她的头忽然一阵尖锐的痛，然后脑海中如潮水般涌入很多东西。

小萌龙这是与她缔结契约了？而且还是平等契约。

“小萌龙，你叫什么？”苏落感觉到自己与小萌龙有了一丝灵魂上的联系，似乎能跟它进行精神上的交流。

“么、么……”幼龙口齿不清晰。

“么么？这是什么名字？算了，往后我就叫你萌萌吧，好不好？”苏落纤细的手指揉揉小萌龙圆乎乎的小脑袋。

“吱吱。”小萌龙似乎很高兴，笑得眼睛眯成一条线。

凭空收服一只小神龙，这让苏落有种天上掉馅饼的幸福感。很显然幸运女神还是站她这边的。

忽然，苏落只觉得眼前一花，一闪身，她已经进入了一个完全陌生的地方。

苏落抱着小萌龙，好奇地四处打量。难道，莫非……这就是她的空间？不过这个空间可真小，只有十平方米大小，而且里面除了一口灵泉，竟然什么都没有？

更加让苏落失落的是，小萌龙可以以实体进入，而她却只能以灵魂的状态进入。这让她多少有些郁闷。因为这就表明，她这个空间跟传说中的随身空间不一样嘛。

传说中的随身空间，主人是可以实体进去的，如此一来，有人追杀的话就可以随时躲进空间中，那可是居家旅行杀人越货最好的宝贝。

苏落之所以敢劫持小萌龙，很大一部分原因就是她笃定到时候有了空间，神龙要追杀她，她也可以躲进空间中，到时候安全就有保障了。但是现在看来，要从长计议了。

苏落静静地打量着这个来之不易的空间。此时，小萌龙已经迈着小短腿，整个身子都趴在灵泉边上，小脑袋凑近去，使了劲地喝泉水。

泉眼不过木桶般大小，泉水清澈见底，还散发着一股淡淡的清香。苏落也喝了一口灵泉，顿时觉得似乎身体里的污秽都被洗涤一空，神清气爽。

可是，不对啊……

苏落忽然有种感觉，这灵泉，跟她自苏府偷盗出来的天灵水，竟然是一样的。而且，似乎还更好喝呢——她曾经小小地尝过一点点天灵水，所以此时一喝就察觉出来了。

苏落忽然有一种无语凝噎的感觉。之前为了那天灵水，她千辛万苦去偷盗，被她那便宜老爹追得满府乱窜，却没想到打开空间后这天灵水不是论瓶装的，而是整整的一口灵泉啊！

幸运女神也太眷顾她了吧？

就在苏落自恋的时候，忽然，她有一种很不好的预感，她感觉到一种腾腾的杀气由远及近。出了空间抬头一看，果然那神龙又追来了。

眼下，它一口龙息迎面喷来。苏落被吓得脸色剧变，转身就跑，犹如狡兔般跑得飞快。

或许是喝了空间灵泉的缘故，苏落感觉自己简直是身轻如燕，速度比之前要快了一大截。而且之前她被震得口吐鲜血，跑得筋疲力尽，喝了一口灵泉后，这些症状竟然全都消失了。

跑跑跑。

苏落跑到另一端，沿着断崖抓住藤蔓就往另一边悬崖荡过去。

神龙在她后面紧追不舍。

它一口龙息喷过去，半边悬崖顿时坍塌下来，无数的乱石砸向苏落。

苏落犹如灵活的蛟龙，左蹿右跳，不断地闪避。

被追得惊险万分的时候，苏落忽然灵光一闪，狠狠一拍自己脑袋。

她的空间已经打开了，小萌龙的血对她已经没有用了，她正好可以将小萌龙还回去啊。她怎么就这么笨呢？竟然没想到这样。

苏落的想法很丰满，但是现实却很骨感。

之前，她跑出来的时候，小萌龙被她丢在空间中，此时苏落可以清晰地看到，小萌龙正撅着小小的屁屁，整个人趴在泉口，对着灵泉咕噜噜地喝着，而灵泉水则以肉眼可见的速度消失……

苏落心中那叫一个肉痛啊。

她急忙在脑海中召唤小萌龙："小萌萌，乖啦，乖啦，快点出来哦。"

"……"小萌龙继续喝水中。

"你家主人我快要被你龙妈妈给一掌拍死了，还不快点出来！"苏落一边左躲右避着，一边焦急召唤。

"……"小萌龙两只小爪子紧紧扣住灵泉边上的泥土，继续低头喝水。

苏落额头上顿时暴起三根青筋。

这不听话的小家伙，等她逃过这一劫，看她怎么打它小屁屁。

这一路上，苏落被神龙追得几乎不辨方向，四处乱窜，最后就连她自己都不知道跑到哪里去了。

忽然，苏落感觉到前方有人，而且还是她熟悉的人。

只见苏落眼底闪过一丝狡黠邪恶的光芒，接着，她毫无愧疚感地将神龙往那边引去。

祸水东引，这一招，苏落用得非常熟练。

很快，苏落便看到了一支五人小队。这支队伍不是别人，正是柳若华所在的队伍。

柳若华回头看到苏落一身是血狼狈不堪的样子，显然非常高兴。她上上下下打量着苏落，最后放肆地笑起来，“苏落，竟然是你？这才分开多久啊，你就这么狼狈了？”

苏落漫不经心地看了她一眼，淡淡说了一句：“你就不狼狈？”

此时的柳若华一身衣裙肮脏而破烂，脸上被树枝刮出了道道伤痕，血迹斑斑，看起来也很狼狈——她脸上的伤应该是被那场龙卷风给伤的吧。

刘维明看了苏落一眼，眸中闪过一抹复杂的神色，但他却笑得很热情，“苏姑娘，晋王殿下怎么没跟你一起？”

苏落缓缓叹了口气，“晋王殿下有事离开了，不过他很快会回来的，你们有事要找他？”

此时，柳若华却哈哈大笑，笑得癫狂而嘲讽，她指着苏落，一边笑一边说：“你少往自己脸上贴金了你！以为我们不知道吗？晋王殿下早追着瑶池仙子走了，把你抛下了，你到现在还不明白吗，你只是晋王殿下的一个玩物，随时都可以弃之不顾的棋子。”

“你胡说什么？”苏落佯怒，恨恨地瞪向她。

“我胡说？哈哈哈，笑死我了，真是笑死我了。”柳若华笑得眼泪都出来了。她心中的疯狂嫉妒因为苏落被抛弃的遭遇，全都消除了。

只听她冷笑着嘲讽，“不然你告诉我，晋王殿下是不是去找瑶池仙子了？”

苏落的笑容有些冷。柳若华猜得一点没错，南宫流云难道不是去找瑶池仙子了吗？他丢下自己，将自己独自留在小树屋里，可不就是为了去找瑶池仙子吗？

见苏落脸上流露出复杂的情绪，柳若华简直高兴到极点，她捂着肚子哈哈大笑，笑得几乎喘不过气来，“苏落啊苏落，我还以为你有多厉害，晋王殿下有多疼你呢，没想到你受宠也不过只这两日罢了。哈哈哈……”

苏落只静静地看着她笑，眼底泛起一抹幽光，她的脸上却看不出情绪起伏。

柳若华笑够了，朝刘维明道：“蛮荒蛇的内丹还在她身上，难道我们不该拿回来吗？”

刘维明微微皱眉，脸上闪过一丝犹豫，半晌他才缓缓说道：“不是已经被她吞进去了？”

柳若华用一副看白痴的眼神看刘维明，“你傻啊，蛮荒蛇的内丹哪有那么容易消化？说不定现在还完好无损地在她肠胃里呢。不确定的话，剖开她肚子不就知道了吗？”

刘维明有些犹豫，毕竟之前晋王殿下对苏落表现出很在乎的样子。

柳若华却嗤笑一声，“你没看到吗？晋王殿下已经抛弃她了，要不然的话，晋王殿下怎么会跟随瑶池仙子而去？难道你觉得这贱人比得上瑶池仙子吗？要你选的话，你会选瑶池仙子还是选她这个废物？难道你觉得晋王殿下的眼光比不上你吗？”

柳若华步步引诱，层层深入。

刘维明的眼神开始变得可怕，整个人隐隐散发着一股危险的致命气息。

他知道柳若华为报私仇而蛊惑他，但是他却无法拒绝。因为那颗蛮荒蛇的内丹对他而言，真的很重要。只要拿到那颗内丹，他就有机会成为蓝海大师的入门弟子，那么往后他的修炼路途将会一帆风顺，反之则艰难重重。

刘维明脸上缓缓地浮起了一丝笑容，冰冷却危险至极。

他藏在衣袖中的匕首忽然一动。

苏落心底闪过一丝冷笑：一群蠢货！

“你们想干吗？”苏落故意急得大叫，“晋王殿下如果知道你们杀了我，绝对不会放过你们的。”

“扯虎皮扬大旗！”柳若华阴恻恻、冷森森地笑道，“晋王殿下？先不说晋王殿下还会不会为你报仇，就算他为你报仇，可这落日山脉最多的就是魔兽，当魔兽将你的骨头都啃掉时，不知道晋王殿下还认不认得出来哪块骨头是你苏落的呢。”

“你们……”苏落话音未落，只觉得一道阴森的人影已经站到她身后，那柄森冷的匕首朝她咽喉抹去。

刺客！没想到刘维明竟然和她一样，也精通刺客之术。苏落脸上浮现出一抹冰冷却危险至极的笑。

只见苏落脚底一滑，整个人犹如泥鳅般滑开，再一看，她的身影已经在三丈之外了。

刘维明的匕首顿时落了空。他眼底闪过一丝讶异。他能够感觉到，苏落身上没有任何灵力，这足以说明，她只是一个普通得再普通不过的废柴。而他自己已经是三阶法师了，但是他的偷袭竟然没有成功？这让他心里有一股浓浓的挫败感。

苏落嘴角勾起一抹淡到几乎无法看见的笑意。

她冷冷一笑，脚不沾地转身就跑。因为她感觉到神龙已经和火凤凰战斗完了，又开始有空来追杀她了。

“有本事别跑！”柳若华娇喝一声，跟着就追。

“有本事你别追啊。”苏落回头朝她做了个鬼脸。这时候不跑，当她傻的吗？

刘维明眼底闪过一抹杀意。若是刚才没有动手倒也罢了，既然已经动手，就必须要斩草除根。不然的话，要是以后苏落在晋王殿下面前告黑状，那他们几个就没活路走了。

虽然晋王殿下舍下她而走，但谁知道喜怒无常的晋王殿下什么时候又想起她呢？此时，刘维明眸中阴森嗜血，杀意盎然。只见他健步如飞，紧咬着苏落不放，寸步不离地追着她。

而在他之后，那四个人也全都锲而不舍地追着，誓死要将苏落斩于刀下。

眼看着双方的距离越来越近、越来越近……

“咦，不对劲……”刘维明忽然皱眉，他感觉到一股危险的气息从后面传来。

他回头望去，顿时脸色苍白如纸，双腿酥软得几乎站立不住。见他如此，大家都纷纷回头望去——

“天、天啊……那、那是蛇精吧？”

“蛇精你个仙人板板，那是龙，神龙！”

此话一出，全场静默，死一般寂静。

神龙，那可是传说中跺跺脚就能毁去一座城池的神龙大人！这简直太恐怖了。而更恐怖的是，神龙竟然死死追在他们后面，那仇恨暴躁的眼神，就像有夺子之恨一样。

神龙大人怎么会看得上他们，追杀他们呢？此时，他们根本来不及多想，脑子根本也不听使唤了，他们只知道迈开步子跑跑跑。

能够跑多快跑多快。能跑过同伴，自己就多一分生机。但每一个人都狼狈无比。

跑在最前面的苏落却笑得阴险奸诈。既然刘维明和神龙都想杀她，那么，就让他们先自相残杀，等杀出结果了，再来找她PK吧。祸水东引，借刀杀人，这些手段苏落最熟练了。反正刘维明他们心黑狠毒，这件事她做得完全没有一点负罪感。

可怜的刘维明他们还不知道，这神龙是苏落引来的。如果他们知道的话，便会与苏落分开来跑，逃离神龙的威胁。可是，人在危险的时候总有一种惯性，咬紧前面的目标不放。所以，这就注定了他们的悲剧。

而苏落对人性非常了解，她就是笃定刘维明他们会对她动手，也笃定他们不知道神龙是自己引来的，更笃定他们会在逃亡的时候紧跟在自己后面当自己的保护盾。

论心计，论城府，苏落绝对不输任何人。

“噗——”神龙一口龙息喷出，浓黑如墨的烟雾将跑在后面的几个人团团覆盖住。

在神龙眼里，这些和苏落跑在一起的渺小人类就是她的伙伴，全部都该死！它怕杀了苏落伤到小龙，但是这些渺小的蚂蚁却不必顾忌。于是，它的龙息完全没有控制。

“啊——”人群后方传来一道惨烈的叫声。是刘维明队伍中的一名。

这位少年极喜欢柳若华，对她几乎是千依百顺，龙息蔓延过来的最关键时刻，他拉了柳若华一把，但是柳若华却将他往后方一推，她自己则借力逃跑——

这位被龙息卷进去的少年满脸绝望，难以置信地瞪着柳若华越来越远的背影，眼底是满满的惊诧。他怎么都没想到，他拉了柳若华一把，柳若华却顺势将他往后推……他就连死都想不明白，这是为什么。

这原本是六个人的队伍，一开始因为蛮荒蛇而死了一人，现在又被神龙杀死一人，于是，队伍中就只剩下四个人了：队长刘维明、柳若华、李婉，以及另外的一名少年。

神龙越来越近，几乎触手可及。

“啊——”又一道惨烈的叫声。那位少年被神龙一口吞噬，连渣渣都不剩。

苏落连飞带跑，速度飞快，但是她也忍不住心底发寒。眼见着一个个人肉后盾被吞噬，谁知道什么时候会轮到自己。

“我们分开来跑。不然的话，我们全都会死。”刘维明不愧是队长，他静下心来，很快就找出了唯一的解决办法。

神龙只有一只，只要大家四处分散开来，那么其余三个方向的人就极有可能逃脱。

刘维明狠狠地瞪了苏落一眼。他知道，苏落必须得死在这落日山脉，若是被她走出去，天知道晋王殿下知道他们要杀她的消息后，会怎样对付他们。就算死，他们也不想与晋王殿下为敌。所以，最好的办法就是借刀杀人，借神龙的威势将苏落铲除。想至此，刘维明与柳若华、李婉对视一眼，他做了一个手势，于是，三个人分别朝着三个方向飞奔而去。

不得不说，刘维明这个办法真的很不错，他歪打正着，救了自己和柳若华、李婉一命。

眼看着那三人散去，苏落心中一阵失落。唉，人形肉盾果然没了。此时，唯一的希望就寄托在小萌龙身上了。

神龙越追越近，最后，它将苏落堵在一座悬崖下面。三面都是悬崖峭壁，无路可逃。苏落双手举起，转过身，脸上笑得极其谄媚，“嘿嘿，神龙大人，累了吗？要不要休息下？”

神龙一脸狰狞，眼神淡漠而冰冷，没有一丝温度。它打量着苏落，竟然没有发现它的小宝贝，一时之间，它怒了！

“别别别——”苏落急得脸上冒汗，在脑海中不断地呼唤着小萌龙，喊得脑子几乎抽筋了。可是，小萌龙却死死趴在灵泉边上，仰着小脸，一双萌萌的大眼闪着泪花，可怜兮兮地望着苏落，那样子可委屈了。

空间内，灵魂状态的苏落一脸狰狞地瞪它，“再不出去，你家龙妈妈会一口龙息喷死我的。到时候你也没命，大家一起玩完！”

她就想不明白了，明明那边是它的亲生母亲吧，它却非巴着自己不放。难道真的是自家的不如别人家的香？怪不得有些小孩自家有山珍海味却非赖在别人家吃糠咽菜呢。

小萌龙继续用可怜巴巴的眼神望着苏落。苏落故作凶残模样，单手拎起小萌龙就要出去。

小萌龙两只爪子死死扒着灵泉边沿不放，大眼中泪花滚滚，好像苏落就是个拐卖孩子的人贩子！

苏落那个无语啊。这谁家的小破孩啊，快拎回家去吧，她养不起啊！她只是想将它物归原主好不好？搞得好像要抓它上断头台似的。

最后，苏落真的无奈了，因为再不出去，神龙绝对会一口龙息喷死她。于是，她好声好气地用商量的语气，咬着后槽牙，温柔和煦地道："要不，主人我拿个大水桶给你装满一桶带回去？"

小萌龙摇头，不够喝……

苏落扶额，又谄媚笑道："不如……咱们先给你龙妈咪请个安问个好？毕竟你孵出来后，你妈还没见过你呢。"

小萌龙摇头，会被拎走的。

苏落只觉得眉心一阵阵地抽，最后，她阴恻恻一笑，一把拎起小萌龙，"你以为我就拎不走你吗？哼哼！"在这个随身空间中，她可是老大。

当小萌龙被拎出空间出现在苏落怀里时，神龙正在酝酿它的第二道龙息。

"您啊，赶紧地拿回去吧。"苏落双手捧着小萌龙，急忙忙地送上去。

话说神龙也挺苦的，它千辛万苦生下来又孵化了许久的小萌龙出生后，竟然连家都不想回，害得它这个做妈妈的在后面追，真是丢死人了。

所以，当小萌龙摇摇晃晃、一步三回头地挪到神龙面前时，生气的龙妈妈用它水桶粗的食指一戳它脑袋，于是，小萌龙砰的一声往后栽倒。那样子，滑稽又好笑，苏落几乎要笑出声来了。但是，神龙的眼神却淡漠地扫向苏落，那眼神冷如寒冰。

苏落一下子笑不出来了，似乎有一股寒气从脚底往上爬。神龙眼底蕴含着无尽的杀意，眼神闪现出暴怒的情绪，杀气腾腾，一口龙息就要喷向苏落。

就在此时，小萌龙却抓着神龙的手指顺着它的手臂，摇摇晃晃往上爬，最后，一屁股坐在神龙的鼻子上，将它酝酿出来的龙息驱散干净。

此时，龙神和小萌龙一副舐犊情深的模样，互相亲热着。

苏落心中一动，此时不走，更待何时？若是神龙发现小萌龙与自己缔结了契约，只怕会直接一爪子将自己拍死吧。于是，她蹑手蹑脚地后退几步，然后转身偷偷溜走了。

第八章 险象环生

苏落小心翼翼地在山脉中走着，希望能找到一条出去的路。她现在实力低微，不敢到处乱闯乱撞，所以一路上都很小心。

她这次进山脉的任务已经完成了，虽然过程很惊险，但是运气却非常好，总算有惊无险，不仅打开了空间，还阴差阳错地和一只小神龙签订平等契约。不过可惜的是，小神龙被龙妈妈给抱回家了。

苏落叹了口气，慢慢找寻着出山的道路，却不知道，那边南宫流云找她找得几乎要疯掉了。

南宫流云苍白着脸，死死盯着那株千年古木，紧握的拳头指节泛白。

古木依旧，但树上的木屋却不翼而飞。南宫流云的眸子冰冷而寒戾，如今的表情如凝结的冰霜，目光如暴躁的狂兽，残酷嗜血。

南宫流云只觉得靠近心脏的地方一阵阵绞痛，痛得他几乎窒息。在他身边，立着一位清丽出尘、仿若不食人间烟火的绝色佳人。她一身白衣胜雪，颈项秀美，腰肢纤细，盈盈而立间，裙裾翻飞，似欲羽化登仙而去般。

此人不是别人，正是传说中的瑶池仙子。

瑶池仙子关切地拉住跪地的南宫流云，唇微微轻启，“三师兄，都是瑶瑶不好，累得你受伤，又累得苏姑娘不见踪影……”

南宫流云面色冰冷，没有接话，眸光中是满满的自责。忽然，他扬起一巴掌重重地甩向自己，接着又是一巴掌。他手劲大得吓人，只两巴掌就将自己打得吐血。

“三师兄！”瑶池仙子眼底闪过一丝疼惜，急急拉住他的手，不让他再伤害自己。

“都是我不好！如果不是我丢下她，她也不会……”南宫流云脸上闪过一丝痛苦，声音中似带了一丝哽咽。

到底发生了什么事？落丫头怎么会不见了？都是他的错，他不该一时情急将她丢下，如果不是他丢下她，怎么会发生这种事？南宫流云自责地狠狠挥出一拳头砸向那株千年古树。十人合抱般粗的古树砰然倒地，扬起一片尘土，结束了它的千年生涯。

瑶池仙子眼底闪过一丝复杂的情绪，只见她关切地说：“三师兄，别太着急，谁也不知道苏姑娘身上发生了什么事，说不定她现在正有奇遇呢？”

“你不明白，她身上一点灵力都没有。”南宫流云眼底闪过一抹绝望。他的落丫头完全没有灵力，落单后在这落日山脉如何存活？说不定现在已经……只要一想到这，南宫流云就觉得心脏一阵阵揪痛。

“不行，我要去找她。”南宫流云挣扎着起来，却因力气不足，几欲跌倒。

瑶池仙子见南宫流云身子微微颤抖，几乎连站都站不住，却依旧要去找苏落，眼底的复杂情绪几乎掩盖不住了。她一把拉住摇摇欲坠的南宫流云，美眸灵动，声音清悦，“三师兄，你现在伤成这样，怎么去找？就算找到了她，如果她正遭遇危险，你能救吗？”

瑶池仙子说的话句句在理，无可辩驳。

南宫流云确实受了很重的伤。他为了救瑶池仙子，腹部被秃鹫王的利爪狠狠划过，当场血流如注，好不容易止住血，他就强撑着来找苏落，谁知苏落却不见了。

“三师兄，你现在的当务之急就是将伤养好。”瑶池仙子关切地凝望着他，“相信我好吗？我现在就派人去找，相信很快就会将苏姑娘带回来的。”

南宫流云挣扎着起来，他好不容易止住的伤口又崩裂开来，顿时鲜血如泉水般狂涌而出。

失血过多的他唇色苍白如纸，面色憔悴。他重重握住瑶池仙子的手，虚弱，神色却凝重认真，“必须要找到她！”

“好。”瑶池仙子挤出一抹笑，重重点头。南宫流云没捕捉到她眼底一闪而过的冰寒。

说完这句话，南宫流云就盘膝而坐，运功疗伤。他必须尽快将身子调养好，他的落丫头还在等着他。

瑶池仙子安抚了南宫流云，见他神色凝重地开始疗伤，她如水的美眸中浮现一抹深意，红唇勾起一抹笑意。然后，她转身离开。

悬崖边，雾气氤氲，崖下深不见底。瑶池仙子站在悬崖边上，神色淡漠如冰，长发垂至脚踝，随风舞动。她身后站着四个妙龄女子，为首的一位叫琴宁，是瑶池仙子的左膀右臂。

瑶池仙子嘴角含着一抹浅笑，“都听到三师兄的话了吗？现在你们几个唯一的任务就是找到苏姑娘。”

琴宁欲言又止，细细打量瑶池仙子，口中低低应声，“是。”

“记住了，活要见人，死、要、见、尸。”后面四个字，瑶池仙子一字一顿，缓缓地吐出，只是她的笑容依旧那么温柔。

琴宁自小就跟在瑶池仙子身边，所以，她一下就听出了瑶池仙子话中的意思，眼底闪过一丝诡谲寒意，应声道：“奴婢一定不负少宫主所托，活要见人，死、要、见、尸！”

主仆二人相视一笑，心照不宣。

琴宁领着另外三个人快步离去，心中冷笑不已。癞蛤蟆想吃天鹅肉！一个小小的草包庶女，竟然敢跟少宫主抢男人，这不是自己找死吗？小贱人自己死了倒也罢了，若是没死，呵呵，到时候看她们如何折磨得她生不如死，让她后悔来到这个世界上！

琴宁带着三个人在山脉中飞奔。因为之前神龙追苏落的时候，龙息烧出了一条路，所以线路还算明显。琴宁沿着这条路，不断地往前搜寻。也是她们运气好，很快就碰到了柳若华。

琴宁知道柳若华之前是和苏落一起的，一询问，苏落果然命大，竟然逃过了那场龙卷风！琴宁阴冷诡笑。看来，她们为少宫主立功的时刻来了。

于是，在柳若华的指点下，琴宁顺着苏落之前逃生的线路搜捕而去。

苏落还不知道琴宁带人在追杀她，此刻的她正在火堆旁烤着几只偷来的魔兽蛋。

这一个下午的时间，她不断地被追杀不断地跑，体能消耗非常大，所以她必须先填饱自己的肚子。因为在这落日山脉，谁也不知道下一次饱餐会在什么时候了。

这次进入落日山脉的遭遇让苏落明白，在这个世界上，只有实力是最重要的，所以，她迫切想找个安静的地方开始修炼。

看着萦绕在自己周身的木火双系元素，苏落啃了一口魔兽蛋，心里美滋滋的，打算出去后就找基础的木火元素书来修炼。

忽然，苏落拿着魔兽蛋的手一顿，一种强烈的危机感袭上心头。前世做了一辈子杀手，苏落对这种杀气最敏感，也绝对不会出错。这不是魔兽发出的杀气，而是人！

苏落看着还在烤的另外几颗蛋，想都不想直接将它们抓起来丢进空间里，自己则一头扎进树林中，溜得飞快。她足足奔行了两个时辰，最后，躲在一片悬崖峭壁后面。此时，天色已经渐渐黑下来，月影朦胧。

苏落将呼吸调节到最低，心脏的跳动也放缓，整个人隐藏在黑暗中，似乎与黑夜峭壁融为一体。

就在此时，忽然由远而近飞来一个妙龄女子，只见她白衣胜雪，面容素净，一身淡蓝色翠烟裙，身上自有一股超凡脱俗的气质。

苏落认出来，她不是别人，正是瑶池仙子身边的侍女之一。

她的记忆力一向很好，但凡她见过的人，就算隔了几年，她还是可以一眼认出来，更何况是在半天前就见到的人。

“苏落，我知道你在那里，出来吧，不要躲了。”这位叫翠羽的姑娘声音阴冷，在黑暗中，给人一种阴恻恻的感觉。

苏落心中冷笑。既然知道她在哪里，为什么还要四处张望，这叫知道她在哪里？真当她是初出茅庐什么都不懂的废柴丫头？只是，苏落心中奇怪，这位侍女为什么会来找她，而且她身上还带着浓浓的杀意。难道……

苏落想到了一种可能性。那样冰清玉洁，似乎不染世俗尘埃的女子，竟然也会派手下来杀她？虽然不合理，但也不是不可能。

柯南说得好，排除一切不可能，剩下的再不可能也是真相。看来瑶池仙子……也不过如此嘛。原以为她是怎样的气质高洁，怎样的超凡脱俗，怎样的不食人间烟火，却原来也是一个会因为男人而疯狂的女人罢了。苏落心中冷笑。

她现在必须拿下这丫头来证实自己的猜测，来确定自己的敌人究竟是谁。她苏落从来都不是坐以待毙的人，别人想杀她，就要付出生命的代价。

苏落一动不动地潜伏在峭壁下方，等待着翠羽的靠近。

忽然，黑暗中，一道银芒亮起，苏落闪身来到翠羽身后，断了半截的匕首朝她脖子狠狠划过。动作干净利索，残忍嗜血，绝不拖泥带水。

翠羽不愧是二阶武者，她意识到危险的来临，往左边一侧身。然而，她最终还是慢了一步。就在她避开咽喉的匕首时，苏落像是早已料到了她的举动，匕首早早等候在那里，当翠羽的身子侧过来的时候，正好自己撞到匕首上。

扑哧一声轻响，一道鲜血如泉水般涌出。

“啊——”翠羽当场没死，痛得在地上打滚。怪只怪苏落这匕首只剩下半截，另外半截被小萌龙给啃掉了，所以不够锋利，没有一瞬间将她刺死。

苏落冷冷地看着在地上痛苦打滚的翠羽，淡声问：“为什么要追杀我？”

“你，必须得死！”翠羽面目狰狞，神色扭曲，却依旧倔强而高傲地扬着下巴。

“告诉我真相，我给你个痛快，你觉得这个交易怎么样？”苏落蹲下身子，似笑非笑地望着她，用打着商量的语气。

翠羽却冷冷别过脸去，不将她的威胁放在眼里。此刻在她眼中，苏落依旧是蚂蚁，她绝不会承认她比自己强。

“很有骨气嘛。”苏落拔下那柄断了半截沾满鲜血的匕首，笑容如和煦暖风，看不出半点生气的迹象，“你也看到了，我这匕首很钝的，一次是杀不死人的哦。”

“哼。”翠羽硬气哼声。

“很好，我很欣赏你的骨气，希望你还能继续保持下去。”苏落脸上是淡淡的诡笑。她笑得轻松自在，匕首却毫不留情地朝翠羽的手指剁去。

一根手指硬生生被剁下来。

“啊——”翠羽痛得眼泪鼻涕一并流出来，几乎要痛死过去。

不等翠羽说话，第二根手指又被剁飞。

第三根……

“我说、我说！”翠羽眼底闪过一丝骇异。

她不明白，就连她这种习武之人都做不来这样残忍的事，为什么苏落却做得那么熟练？甚至她的脸上还带着那么温柔的笑。好像剁掉的不是手指，而是白萝卜。

这个人简直是魔鬼！

“其实你不用着急的，这还没剁完呢。”苏落比画着她的手，似乎还有些意犹未尽。

翠羽忍痛大声说：“是少宫主要我们来杀你的。冤有头债有主，你有本事就去找少宫主报仇！”

“她为什么要杀我？”果然是瑶池仙子要杀她。

翠羽像看白痴一样瞪着苏落，“难道你不明白吗？我们少宫主自小就对晋王殿下一往情深。他们从小一起长大，情分不比别人。在所有人眼中，少宫主和晋王殿下是一对璧人，而你，晋王殿下竟然吻了你，所以，你不可饶恕。”

“就因为他吻了我，所以你们的瑶池仙子便要杀我？”苏落冷笑。她的猜测果然没错。

“是！因为晋王殿下从来不许旁人靠近，能靠近他的，只有我们少宫主。现在却又多了一个你，所以，你必须死！”

“原来如此。”苏落眼底闪过一丝寒意，嘴角勾起一抹淡到几乎无法看见的笑意。

什么狗屁仙子，什么超凡脱俗，什么不食人间烟火？全是狗屁！

可笑南宫流云，他自诩聪明绝顶，却看不清他身边的女人竟如此蛇蝎心肠。

“南宫流云呢？他现在怎么样了？”苏落晶莹如玉的大眼睛闪过一抹深意，嘴角挂着淡淡的讽刺。

“晋王殿下和我们少宫主在一起。”这是实话，没有说完整的实话。

苏落点点头。

南宫流云，当你看到被连窝端走的小树屋时，会不会心生愧疚？当你知道我生死不明时，会不会着急？为什么来找我的不是你？有了你的瑶池仙子，我就真的无所谓了？

如此想想，之前你说的那些信誓旦旦的话，当真是可笑至极。果然是靠山山倒，靠人人跑。人嘛，还是只有自己最靠得住。

苏落双眸似水，却带着淡淡的冰冷，“说吧，你们瑶池仙子派了多少人来杀我？”

既然已经派出来，那就说明她要斩草除根了，看来自己这次真的是险象环生，危险至极了。

苏落都不知道自己这是怎么了。难道是人品太差？这才半天时间，她竟然已经受到三起追杀了。她都觉得自己应该去庙里烧烧香、拜拜佛、去去霉气了，简直是太倒霉了。

但是，翠羽这次却冷着脸，偏过头去。

“不说吗？很好，相当得好。”苏落眼底浮现阴森的冷笑。

她现在心情正抑郁呢，就有人不要命地送上来给她发泄，当真是好极了。只见她连个提示都没有，直接一刀下去。

“啊，我的手……”翠羽看到自己的左手腕整个被切断，鲜血如注，狂喷而出。

“你……”

话音未落，苏落又是一刀剁下。

“啊……”

翠羽另外一只手也被切下，鲜血同样狂涌。

“我说、我说！”翠羽痛得几乎欲死去，脸色苍白如纸，冷汗如雨水般落下。

“其实你还可以再等等的。”苏落笑得如和煦暖风，但在翠羽看来却似来自修罗场的恶魔，阴森可怕。

“除了我之外，还有三个人。”翠羽痛得喘着粗气，死死瞪着苏落，眼底尽是狠辣恶毒的诅咒，“她们每个人实力都比我强，她们一定会为我报仇。”

“是吗？那就走着瞧吧。”苏落站起身，居高临下，淡淡地看着她，“看在你和盘托出的分上，我给你个机会，自己了结吧。”

“不……”翠羽绝望地摇头，直到临死的前一刻，她才意识到自己是真的要永远离开这个世界了。以后，再也没有呼吸，再也闻不到空气，再睁不开眼……蓝天白云，什么都看不到了。

“让我动手的话，我怕自己忍不住会将你身上的肉一片片切下来。”苏落淡淡地看着自己的手，笑道，“我现在还没杀过人呢，别因为你而脏了手。”

“你……”翠羽气得要死，但是，她想想苏落的狠辣手段，她闭了闭眼，狠狠一头撞到不远处的悬崖上。

砰的一声响，她脑浆迸裂，顿时死得不能再死了。

“是你自己撞死的，我可没动手杀人哦。”苏落笑得露出雪白牙齿。

然后，她开始快速打扫痕迹。足足耗费了半个时辰，她才将一切痕迹抹去，然后向深山里前进。

她知道瑶池仙子要杀她，她只有三条路可走。

一条是避开瑶池仙子找到南宫流云。瑶池仙子绝对不敢当着南宫流云的面杀她，但是这条路要操作起来难度很大，而且她现在也不想见到他。

第二条路，就是躲进深山老林中，让对方永远找不到。

至于第三条路，就是将瑶池仙子派来的人全部杀死。但是这一条，对于现在的苏落来说，太不现实了。

大山巍峨，连绵不绝。

苏落不断地往深山密林里钻，一路上她都小心地抹去痕迹，希望不被对方发现。走了大约有一个时辰，忽然，危险感袭上心头，苏落顿时有种脊背发寒的感觉。她知道，她被人跟踪了。而这次的人，如翠羽所言，武功比她要高得多。

苏落躲在幽深的古木后面，冷冷地往前方望去。那是一个穿淡黄色裙衫的女子，她的气息比翠羽要强，应该是三阶武者。

苏落能够杀死翠羽，靠的是偷袭，但是现在这个人已经是三阶了，这下子难办了。苏落让自己与黑夜融为一体，尽量减少存在感。

忽然，这位叫鹅黄的姑娘冷冷一笑，接着就朝苏落迎面袭击而来。

竟然被发现了！

那一剑蕴含的力道绝不是现在的她能够破解的。苏落就地翻滚，避开那致命袭击，然后撒开腿就朝前方飞奔而去。她知道，若是当面战斗，此人随随便便就能杀死她，如今的她只有躲避了。

苏落见到丛林里的藤蔓，心中一喜，她掀开藤蔓进入一个隐秘山洞。山洞很狭小，只有不到一平方米的空间，苏落后背紧贴在洞壁，她屏住呼吸，将自己的心脏跳动压制到最低，犹如冷血动物冬眠一样。

透过藤蔓，苏落瞳孔微缩，同时心中愤怒无比：瑶池仙子，要男人不会自己争取吗？杀她一个外人算什么本事！

苏落的拳头紧握，眼底闪过一抹怒意。她发誓，等她的实力提高后，绝对会好好回敬她。但是现在，苏落只能将怒火隐忍。

然而，她隐忍得太迟了。

因为她心绪激动，所以被那鹅黄姑娘搜寻到了一丝异样。眼看着她提剑欲杀过来，苏落就地打滚，离开这个小洞往外匍匐而去，惊险万分地逃过这次追杀。

好景不长，很快在半道上，苏落又察觉到自己被鹅黄锁定。

真真是阴魂不散！苏落整个人躲进一片汪洋沼泽中，整个人埋进淤泥里，身上都是枯烂的树叶，只有一双眼睛露出地面。她屏住呼吸，希望这次能逃过一劫。然而，这位鹅黄姑娘站在沼泽边上，脸上是久追不上的薄怒。

每当她就快追上苏落时，却总是一个不小心就让她跑掉了，这让鹅黄非常不高兴。就好像现在，眼见着锁定她了，她又似乎整个人消失一样无影无踪。

鹅黄发泄般一剑剑射向沼泽，剑芒闪着金色闪电，激得一片片烂泥纷飞。这剑芒中蕴含着灵力，招招致命。

“嗤——”一道金色的光芒擦过苏落右臂。她感觉到一股剧烈的疼痛传来，痛得她脸上冷汗直流。在这一瞬间，她几乎以为自己的右臂被斩断了。

足足过了一个时辰，鹅黄的疯狂报复才终于停止。苏落咬牙自沼泽中爬出来，右手臂鲜血淋漓，痛得她几乎要昏过去。瑶池仙子，很好，这个仇我苏落记下了！

苏落拖着疲惫的身子，找了一处溪水，将伤口清洗干净。还有身上满是烂泥的衣服也一并清洗了。

因为失血过多，苏落有一种头晕眼花的感觉，她心中暗暗叫苦。她现在根本就跑不动，如此下去，她早晚会被鹅黄追到。

忽然，她灵光一闪，想起自己还有个宝贝空间。

空间里虽然什么都没，但还有灵泉，这可是疗伤圣品。

苏落自空间中取出一捧水全都喝进去。灵泉犹如琼浆玉液一般，香醇浓郁，清气袭人。苏落神志复苏，不再昏昏沉沉。

之后，苏落又取了一捧水洒在伤口上，血慢慢止住了。

苏落终于松了口气，总算绝处逢生，没有在这里倒下。然而，她这口气还未松开，却忽然感觉到一道危险气息来自身后。

苏落就地打滚，避开那杀气腾腾的一剑。

此人不是鹅黄，却是嫩绿，同样是来追杀苏落的四人中的一个。

“臭丫头，原来你躲在这里，害得老娘一阵好找。看剑！”嫩绿二话不说，直接就一剑朝苏落刺来。

长剑化作无数道白光，铺天盖地朝苏落射来。

一时间，狂风大作，日月无光。

苏落根本无从抵抗，她只能靠速度闪避。然而，她此刻身受重伤，又兼失血过多，身手已经没有之前灵活。

“嗤——”闪避不及，苏落被一道剑芒刺中，那剧烈的疼痛几乎让她当场昏厥，而且，刚才好不容易止住血的伤口再次崩裂。

痛，铺天盖地而来。苏落咬着牙。她不能倒下，若是现在倒下，那就必死无疑！

前方是悬崖峭壁，崖底幽深，周围浓雾重重。

苏落眼底闪过一丝狠厉。就算要死，她也要拉一个垫背的。

于是，苏落倒下了……她虚弱地倒在地上，一动不动，犹如死去一般，身上没有一丝生机。

嫩绿眼底闪过一丝冷笑，走到她身边，蹲下身子阴冷一笑，“小贱人，竟敢勾引晋王殿下，死一百次都不够！你放心地去吧，晋王殿下自有我们少宫主照顾。”说着，她一把提起苏落的“尸体”，随后朝悬崖扔去。

琴宁姐姐说过了，毁尸还要灭迹呢。

然而，变故在这一刻突生。

等她拉起苏落“尸体”时，苏落嘴角扬起一抹冰冷残酷的笑。

她旋身揪住嫩绿的衣袖，整个人倒趴在嫩绿肩上，倒着身子，头朝下，那柄匕首狠狠刺向嫩绿后背心。

“啊……”嫩绿发出一声惨叫。她心中怒到极致，忍住剧痛，用力将苏落往悬崖下方甩去。

然而，苏落却像黏在她身上的牛皮糖，怎么也甩不开。

同时，苏落还不断地用匕首刺她。不过一瞬间，嫩绿身上就多了无数道伤痕。但是嫩绿也没有让苏落好过，她最后重重一掌袭向苏落。

胸口中掌，苏落只觉得喉咙一甜，一股鲜血狂喷而出。

此时，两人都在悬崖边，山风凛冽呼啸，吹得两个伤痕累累的人摇摇欲坠。

嫩绿冷笑数声，她一脚踹向苏落。这一脚蕴含了她全部力道，她算好了这一脚足够将苏落踹入悬崖下方，来个毁尸灭迹。

然而就在这紧要关头，苏落却一把抱住嫩绿那只踹出去的脚。

因为重力的关系，两个人双双朝悬崖下方坠落。在坠落的瞬间，苏落用力一扯，使得她自己在上而嫩绿在下。

嫩绿气得想仿效，却被苏落一脚狠狠踹下去。

嫩绿心中那叫一个气啊，她发誓，如果有下辈子，一定将苏落碎尸万段！

然而，她来不及多想，两人已经坠落深渊。

“噗——”双双落水，水花飞溅，震耳欲聋，一时间两人全都昏了过去。

两具身体被无情的溪水冲撞，不知流向何方。

不知过了多久，苏落薄如蝉翼的睫毛微微颤抖，她缓缓睁开眼，看着头顶的岩石。

四周光线很暗，她被溪水冲到了岸边。

苏落发现自己全身都痛，痛得好像整具身体被撕得四分五裂，痛得几乎麻木了。她从空间中取了一捧水，艰难地喝下去，过了好一会儿，才慢慢恢复过来。

她踉跄着站起身，狐疑地打量着周围。

这里是一个月牙形的山洞，一个被荒废多年的山洞。

苏落虚弱不堪，仍咬着牙站起来，摇摇晃晃地往里面走。她扶着墙壁，艰难地往里走了上百米的距离，却依旧没有走到尽头。

这条甬道漆黑幽暗，似乎通向无边地狱，目力所及全是黑暗。但不知为何，似乎有一股神秘的力量召唤着她，不断地引诱着她往里边走去。

又走了大概三百米，苏落不禁倒吸一口冷气。这条甬道的尽头到底在哪里？难道真的没有尽头？

还真就不信了。苏落的好胜心被激起。她拖着疲惫的身子一步一步朝里面挪着，足足走了有一千米的距离，忽然，苏落耳尖地听到潺潺溪水的声音。

当苏落走到发出声音的地方时，她不由得睁大眼睛，细细看着眼前的景象。这一刻，她几乎以为自己眼花了。

黑色甬道的尽头，竟然是一个很大的圆形空间，足足有篮球场那么大。最中间的地方摆着一个紫色鼎炉，在它周围是一圈工作台，工作台上稀稀落落摆放着一些晶石和草药。离工作台的不远处，则放着一个书架，上面零星放着几本书。

这些都不是苏落惊讶的原因，她惊讶的是，在工作台周围竟然歪倒着七八具尸体，每一具尸体都已经风干，似乎死去很多年了。很显然，这些人生前进行过很激烈的打斗。

正在苏落皱眉时，忽然，她感觉到身后有危险，苏落就地一滚闪避过去。

“没想到你的命这么大，这样都摔不死你！”嫩绿扶着墙角，阴恻恻地笑着，眼底闪着浓浓的杀意。如果说一开始她是奉命要杀苏落，那么现在，她是恨不得将苏落碎尸万段。

“你不也没死？”苏落笑得云淡风轻，心中却有一丝顾忌。

对方是三阶武者，而她却没有一丝灵力，现在两个人全都受了伤，但看嫩绿刚才的袭击，她的伤势比自己要轻多了。

嫩绿正想趁势追杀苏落，忽然，她的视线朝里面看去。这一看，她顿时惊讶地张大嘴巴，继而脸上是狂喜的神色。她激动地快步走进去，难以置信地看着洞内的一切，口中喃喃自语：“这、这不会是真的吧？竟然是紫火药鼎？真的是紫火药鼎？”

“什么是紫火药鼎？”苏落好奇地问。

此时，嫩绿已经将苏落当成死人了，所以也不预备瞒她。现在的她急需发泄心中的狂喜，不然她会憋疯的。

“说你是废物吧还不信，连紫火药鼎都没听说过。紫火药鼎可是天下炼药师追求的顶级神器，用了这药鼎，炼药的成功率会提升整整一倍！算了，跟你说简直是对牛弹琴，你连炼药师是什么都不知道吧？”

面对嫩绿的鄙夷，苏落却在心中冷笑：不好意思，我还真就是木火双系，预备级炼药师是也。

此时，嫩绿惊奇地望着紫火药鼎，脸上闪着神奇的光芒，喃喃自语：“传说当年的紫火老人归隐，难道最后竟是死在这里？”

“紫火老人？”苏落又问，“这又是谁？”

嫩绿翻了下白眼，“你连紫火老人都没听说过？他老人家可是大陆上唯一一位宗师级炼药师，天下多少名门世族都跟在他老人家后面巴结。你竟然连紫火老人都没听说过，当真是无可救药，我跟你没话讲。”

苏落知道，大陆上的炼药师分为初级炼药师、中级炼药师、高级炼药师、超级炼药师，以及宗师级炼药师。炼药师等级分明，想要晋级非常困难。

不过，因为炼药师稀少的缘故，每一位炼药师都是非常珍贵的。

苏府里的那位不过是初级炼药师，但是他的存在，却可保苏府几十年屹立不倒。

没想到紫火老人竟然是传说中的宗师级炼药师，真是难以想象。

“哇！”徘徊在书架前方的嫩绿忽然大声尖叫，“上古丹方！竟然还有《无名丹方》！天啊，发了，这次发达了。”

《无名丹方》是紫火老人的手迹，记录他一生在丹药方面的认识和经验，里面还有很多失传已久的上古丹方。包括紫火药鼎，这些都是炼药师梦寐以求的宝贝。

大陆上无数的高手为了讨好炼药师而在找寻这本《无名丹方》，但是，就算翻遍了整块大陆，却没人找得到。没想到，这次追杀苏落，她竟然歪打正着，找到了《无名丹方》，还有紫火药鼎。

一时间，嫩绿喜得几乎发疯了。她伸手就要去拿那本《无名丹方》，不过很快，她就收回手。因为地上东歪西倒的尸体告诉她，紫火老人绝对是用毒高手，他老人家的东西，不是任何人可以染指的。

“你，过来！”嫩绿一把长剑架到苏落颈项上，用看死人的目光冰冷地看着她。

“你想杀人灭口？”

“杀人灭口？”嫩绿哈哈大笑起来，“确实需要杀人灭口，不然的话，若是这里的事从你口中传出去半句，都会给我们瑶池宫带来天大的麻烦，所以，你必须得死。”

“是吗？”苏落淡淡一笑。刚好，她也打着同样的主意呢。

“但是现在你还不能死。”嫩绿用长剑逼迫苏落，喝道，“将那本《无名丹方》拿过来。”这里的东西嫩绿都想占为己有，但是她却连碰都不敢碰。

这分明是拿她当白老鼠！苏落心底闪过一丝冷意。她的视线落到地上的尸体上，那具尸体上插着一柄匕首。匕首泛着幽冷的光芒。

“好。”苏落没有拒绝，她一步一步走上去，脸上带着无害的笑容。

“快拿起来！”嫩绿冷喝一声。

她要用苏落来试毒，试试这本《无名丹方》上究竟有没有毒。

现在这重要时刻她绝对不能死。发现了紫火老人的洞穴，这样的功劳谁能比得上？有了这样的功劳，往后就连琴宁那个贱人都要在自己之下。或者，她拿了这些东西远走高飞，这也是个不错的主意。嫩绿脑中思绪快速闪过。

苏落看着嫩绿变幻不定的神色，眼底闪过一丝冷笑。没见过世面的蠢货。

但是苏落的脸上却不动声色，她的手在碰触到那本书的时候，口中默念：“收。”忽然，那本书瞬间就消失在书架上。

“咦，怎么回事？书呢？”苏落故作惊讶，惊慌失措地大叫起来。

嫩绿一脸难以置信的表情。她刚才盯得很紧，视线根本就没有离开过苏落的手，但是她却眼睁睁地看着那本书一闪就不见影了。

到底发生了什么事？好端端的书怎么会不见呢？这还真是见鬼了！

嫩绿可以确定，在那样短的时间内，苏落根本没有机会做手脚。可惜她无论怎么猜都猜不到苏落竟然会是空间法师，身上带着一个随身空间。所以，她的第一个反应就是蹿到书架前方不断地找寻。

此时，苏落低下身，装作找寻，将那柄匕首悄然拔出来。看着将注意力全都集中在搜寻《无名丹方》上的嫩绿，她的嘴角勾起一抹邪肆冰冷的诡笑。

说时迟，那时快，只见苏落手一扬，那把匕首就已经到了她袖中。嫩绿的全部心神都放在找《无名丹方》上，完全没有注意到苏落的异样。

“到底在哪里呢？怎么就是找不到呢？”苏落面带疑惑地说着，身子却悄无声息地靠近嫩绿。

“难道是……”嫩绿皱眉，正要转身，却忽然感到眼前一阵阴影，她下意识地用手格挡，然而，悲剧的是，她的右手被齐腕切掉。

“啊……”看着地上掉落的半截手腕，嫩绿这才意识到发生了什么事，她痛得大叫起来。

苏落对这样的结果不甚满意。原本她设计得好好的，直接从后背心刺入，以她的手速和精准度，嫩绿绝没有逃掉的机会，谁知最后关头竟然让她逃掉一劫。

如果此时嫩绿转身就跑，那么她虽然掉了一只手腕，但性命却是无忧的。可惜，如今的她已经恨死了苏落，恨不得将她千刀万剐方解心头之恨。于是她想也不想，忍着剧痛捡起和手腕一起掉落的长剑，直接致命一招攻击苏落。

苏落眼底闪过一抹冷笑。她从空间中拿出一本书直接朝嫩绿抛去，脸上带笑，“接住了哦，可别再丢了。”

“《无名丹方》？”嫩绿睁大眼睛，惊诧地看着那凭空在苏落手中冒出的《无名丹方》，一时间有点愣神。

可就是这短短的一瞬间，对于苏落来说，已经足够了！早在她丢出《无名丹方》的时候，她就已经幽灵般移到嫩绿的身后，就在她愣神的瞬间，苏落犹如来自地狱的恶魔，手中那柄最新缴获的匕首对着嫩绿的脖子一划，顿时，鲜血如泉涌！

嫩绿眼睁睁地看着手中的那本《无名丹方》，心中气得快要爆炸了。但是，她只能瞪着苏落，“空、空间……法师……”然后，她非常不甘心地往后栽倒，眼睛睁得浑圆而狰狞。

苏落从她手中将那本《无名丹方》收回，拍拍上面的灰尘，笑眯眯地说：“没错，本姑娘就是空间法师，可惜你到死才知道，太、迟、了！”

此时，苏落无比感谢这个空间。虽然一开始她觉得是鸡肋，但是现在嘛，她已经慢慢发现它的绝妙之处了。

灭掉了这位嫩绿姑娘之后，苏落便开始扫荡此地的宝贝。她站在书架边上研究，书架上全都是各种高级药剂书，很多她都看不懂。不过这没关系，拿回去慢慢研究嘛。她直接将整个书架都收进空间去。

之后，苏落托着下巴，围着紫火药鼎转着圈圈。她一边上上下下地打量，一边不解地思考着：这药鼎也没什么奇妙之处嘛，怎么会这么重呢?

是的，刚才苏落已经试验过了。她想将药鼎挪动，却发现无论她如何用力，都不能动其分毫，似乎药鼎就长在地上。

要想带走药鼎，对别人来说困难重重，可谁叫她有一个杀人越货居家旅行的最大外挂呢。苏落将手放置在紫火药鼎边缘，口中低低一声：“收。”于是，重约万斤的紫火药鼎凭空消失在原地。

苏落感应了一下空间，有些发愁了。她发现她搜刮了一圈之后，那小小的十来平方米的空间竟然被填得满满的，几乎没有落脚的地方了。

这可如何是好？墙角还有一堆黑乎乎的石头，也不知道是什么东西，有什么用。既然装不下，那就弃掉吧，等待以后有缘再过来。苏落在心中暗道。

于是，苏落只弯腰捡了几块，打算拿出去找人瞅瞅。毕竟这是紫火老人留下的，他老人家留下的东西，怎么可能会简单!

刚放进去三块石头，忽然，苏落只觉得脑袋一阵眩晕，一股莫名其妙的刺痛让她几乎站不住脚。不过这种刺痛来得快去得也快，几乎只是眨眼间就消失了。

苏落此时再检查空间，忽然，她的嘴巴张成O型。

竟然，这样也可以？苏落发现她的空间竟然变大了，虽然变化不是很明显，但是在角落竟然延伸出一平方米的空间。

这样的发现真是让苏落欣喜若狂。空间竟然还会变大？她的视线落到眼前这堆黑乎乎的石头上。刚才放进去药鼎、书籍等物件时空间都没变化，倒是放进去那三块黑色小石头后，空间就发生了显著变化。

这些石头难道还能促进空间变大升级？不管是不是，试试就知道了。苏落捡起一块黑石头丢进去，一块、两块、三块……

“嗡——”

忽然，苏落感觉到脑袋一疼，痛得她直冒冷汗。不过，等她再睁开眼时，发现空间果然又大了一平方米！

竟然是真的！这个发现让苏落彻底放下心来。她毫不犹豫地将地上剩余的十来块黑石头全都一股脑扫进空间去，将地上的存货一扫而空。于是，空间又足足扩张了五平方米左右。

苏落心中暗喜。看来有机会她还要去找找这些黑石头。

此时，苏落却还不知道，这些黑石头里面究竟蕴含着怎样的能量，也不知道这些石头为她将来的修炼带来了多大的便捷。

就在苏落欲要转身离开的时候，却发现门口多了一个人，那个人正抱剑斜倚在门框上，嘴角带着冷笑，眼神冰冷如毒蛇，一瞬不瞬地盯着她。

苏落心中一跳，暗道一声糟糕。刚才她毫无顾忌地扫荡屋里的宝贝，莫不是都被对方看进眼里了？对方的出现她竟然毫无所觉，这已经足以说明武功比她高上许多。

“苏落，你这条贱命还真大！”鹅黄手持宝剑，冷笑连连地靠近苏落。

鹅黄自从追丢了苏落后，就一直沿途寻找，后来在悬崖边找到打斗的痕迹，她二话不说扯了根藤蔓就溜下来，如此一路找寻，竟然在这里发现了别有洞天。

然而，最重要的发现却是在苏落身上。鹅黄怎么都没想到，传说中的废柴草包竟然是几乎在大陆上绝迹的空间法师。而且，她的空间竟然还不小。

虽然说炼药师也很稀少，但是比起几乎绝迹的空间法师来说，那又算得了什么？

若是空间法师的事传出去，想必整块大陆都将为之轰动吧？

没想到啊，真是没想到，这个臭丫头竟然就是空间法师。本来还想杀她的呢，但是现在却不能杀了。相信小姐会很高兴将苏落这小贱人献给宫主大人的，到时候，控制她心神后，她就只能为瑶池宫卖命了！

鹅黄越想越美，她阴恻恻地笑着，一步一步靠近苏落，手中挥舞着长剑，剑尖直挺挺地指着她，“小贱人，这回看你往哪跑。”

此时的苏落心中真是憋屈到死。万里长征，二万五千里都过来了，眼看着就要到了，却在最后关头被敌军拦截。这还真是螳螂捕蝉，黄雀在后，而自己偏偏是可恶的螳螂。

南宫流云曾千叮咛万嘱咐，要她小心谨慎，不要将自己是空间法师的事透露出去，不然的话会有性命之忧。现在，她最大的底牌被瑶池仙子的侍女发现了，若是传扬出去……

苏落眼眸微眯，心底闪过一抹杀意。不过，她脸上却不动声色，眸光冷漠地扫了鹅黄一眼，“如果我不走呢？”

“你觉得，你还有选择的余地？”鹅黄居高临下，鄙夷地斜睨苏落。此刻的她犹如高高在上的女王大人，而苏落只是任由她踩踏的蚂蚁。只是，当她眼角的余光看到地上死不瞑目的嫩绿时，她眼底闪过一抹惊骇。

嫩绿竟然被杀死了？嫩绿和她自小一起长大，一起习武练功，她的武功鹅黄很清楚，她怎么都没想到，嫩绿最后竟然死在苏落这个草包手上。

“看来，我还真是小看了你这个贱人啊！”鹅黄斜睨着眼睛看向苏落，咬牙切齿，怒意迸发。她恨不得一剑了结了苏落，可惜现在她却不能杀，因为现在的苏落可是大陆上几乎绝迹了的空间法师，而且还是毫无自保之力的空间法师。

鹅黄暗想，若是将苏落放到拍卖场拍卖，凭着这小贱人的天赋和容貌，应该能拍出一个前所未有的天价吧？还真是笔让人不得不心动的财富呢。

苏落看看鹅黄阴晴不定的脸，又转头看着地上倒着的嫩绿尸体，脸上浮现一抹苦笑。怎么偏偏就被看到了呢，这样的话，鹅黄肯定会提高警惕，自己之前的小手段就不能用了呢。她双手高举做投降状。

鹅黄因为有嫩绿的前车之鉴，所以这次她变得很谨慎。她取出一条殷红似血的绳索，将苏落双手反绑在后，绑得严严实实的。

“老实点，别想逃！”鹅黄厉声警告。

苏落只稍稍动了动，鹅黄那柄森冷长剑就切进她脖子上，一丝细细的血痕缓缓渗出。

苏落知道，如果反抗，以她杀了对方两人的分上，对方绝对有可能将她断手断脚。她可不想那样的悲剧发生在自己身上。那么，唯今之计只有静观其变。

被鹅黄推在前面慢慢地走着，苏落脑中思绪如电，快速闪过一条条计策，她寻找着一切可以脱身之法。她被捆绑在后背的双手努力地挣脱，却悲哀地发现红色绳索竟然越挣越紧，紧得几乎陷进肉里去。苏落倒吸一口冷气，顿时放弃这个方法。

“嗤——”鹅黄冷笑数声，“你以为那是普通绳子？真是可笑。那是捆灵索，没有灵力的普通人想解开？做梦吧。”

灵力吗？自从空间禁锢被打开后，她苏落就已经不是一点灵力都没有的废柴了。然而，鹅黄再次开口打破了苏落的美梦，“就算你有灵力，不懂得方法，那也是徒劳无功！”

苏落顿时郁卒了。好吧，这条法子又不能用了。

走着走着，忽然，苏落假装脚下踉跄跌倒在地，后背靠近墙壁。电光石火间，她从空间中掏出那柄新得的匕首去割，却悲哀地发现，竟然割不断！

鹅黄冷笑地看着她，“别想了，你逃不掉的。乖乖地跟我去瑶池宫吧。”

“既然知道我是空间法师，你还用这种方法请？就不怕我在你们主子面前告黑状？”苏落试图用言语转移她的注意力。

“告黑状？还真以为自己是个人物呢。”鹅黄笑得很讽刺，斜睨着苏落，一脸鄙夷，“难道你不知道有一种法术叫控心术？它能直接控制人的心神，让人变得如同行尸走肉。你觉得到了瑶池宫后，你还有得选？”

控心术？如行尸走肉？苏落心底闪过一丝惊悸。

苏落面色上装得很委屈落寞，心中却暗暗打定主意。这瑶池仙子的侍女必须要在见到瑶池仙子之前截杀！绝对不能让她将自己的秘密泄露出去，不然往后的日子就没法安生了。

幽长的通道总会走完，绵长的暗河也已走过，可苏落绞尽脑汁都没想出脱困之法，她不由得暗中着急。

却说瑶池仙子那边。南宫流云身边此刻站了一位身影颀长的黑衣人，他全身笼罩在黑袍中，笔挺直立，给人一种阴冷肃杀的感觉。

南宫流云收招，目光邪魅且暴戾，透着冰冷威严的光芒，“到齐了？”

“是。”黑影显得非常恭敬，“虎狼军团三千儿郎全部聚集，等候王爷吩咐。”

“全力搜查落日山脉，务必要找到她！”南宫流云脸色有些苍白，浑身上下罩着一股肃然的杀气，“找不到人，你们也不用回来见本王了！”

“是！”黑影挺拔的身板一弯，恭敬拜过后转身。他手一扬，顿时，三千名笼罩在黑袍中的人影以十人为一队，四处分散，朝四面八方搜索而去。

站在不远处的瑶池仙子拳头紧握，看着南宫流云欲言又止，平静无波的脸上有一丝难掩的愤怒。这样一支强力的队伍开进森林……希望琴宁早早将那小贱人杀死并毁尸灭迹，不然事情只怕要糟。

更让瑶池仙子不忿的是，这支虎狼军团可是南宫花费无数心血暗中训练出来，是他的秘密部队，是他手中最大的王牌之一。她没想到南宫流云会为了苏落而暴露这支部队。

这足以说明，苏落在他心目中的地位。这一发现，让瑶池仙子几乎咬碎牙龈。

“三师兄，何必如此兴师动众呢？说不定琴宁已经找到苏落了呢，毕竟虎狼军团可是你五年的心血啊。”瑶池仙子展颜一笑，笑容如暖夏的清风。

南宫流云脸色苍白却坚定，“若是虎狼军团能换来落丫头的平安，别说一支，就是倾其全部，又有什么不舍得的？”只要他的落丫头平安，不管怎样的代价，他都付得起。

瑶池仙子脸上的温和笑容几乎保持不下去了，僵硬地挤在嘴角。

南宫流云却没有再看她，闭目开始运功疗伤。他必须尽快恢复实力，他的落丫头还在等他呢。

此刻，苏落尚不知道南宫流云已经派了人来找寻她。

被鹅黄押着走，一路上苏落尽量拖延时间，但该面对的始终还是得面对。眼看着再过半个时辰就要到那株千年古树的位置了，苏落心中越发焦急。

她猜到瑶池仙子就在那株千年古树那里，等落到她手中后，自己所面对的就不是现在这局面了，到时候想要脱困就更难了。

忽然，在一处山顶时，鹅黄停住脚步。她目光冰冷森寒地看着苏落，冷笑道：“鬼丫头，眼睛滴溜溜地转，还想跑呢？”

苏落脸上笑眯眯的，不客气地回敬，“没听说过吗？不想逃跑的逃犯不是好逃犯。”

“哦？那可真要让你失望了。”鹅黄拿起刀背自顾自比画着。

“你想干吗？”苏落心中隐隐有一种不太好的预感。

“你不是想接近营地的时候叫得满地皆知，然后引来晋王殿下的注意吗？你说，我怎么可能会给你这样的机会呢？”鹅黄笑得很奸诈，“所以啊，苏姑娘，我就辛苦点背你过去吧。”

“喂，我很重的。”苏落急了。

“没关系，我背得动。”鹅黄阴恻恻地诡笑着。

话音刚落，鹅黄的刀背就毫无预兆地砍向苏落后颈。

若是被拍昏，她就真成了砧板上的鱼肉，任人宰割了。苏落心中大急，却没有任何办法。

此刻，她双手被不知什么材质的红绳束缚着，稍微动一动就越缩越紧，现在已经勒进肉里去了，再动下去估计整只手都要被切断。

苏落心中焦急万分，却一点办法都没有。

然而，幸运女神始终是站在苏落这边的。她虽然让苏落历经重重劫难，被无数人追杀，却总会在最后关头给她带来惊喜，就如同现在。

就在鹅黄举着刀背砍向苏落后颈的关键时刻，忽然，鹅黄的身后出现一道庞大的虚影。

一阵黑色旋风刮来，顿时风沙走石，尘土漫天，一片肃杀之气迅速朝四周蔓延。

不祥的预感，让苏落转身就跑。

“还想跑！”鹅黄冷笑数声，举着长剑就往苏落后背刺去。

苏落心中大急。

鹅黄也就罢了，神龙大人怎么又来凑热闹，她不是已经将它家宝贝儿子还回去了吗？这还真是屋漏偏逢连夜雨，倒霉事都让她给碰上了。苏落心中那叫一个憋屈啊。

鹅黄的剑狠厉刺去，然而，在离苏落还有三寸距离的时候却顿住了。剑尖就那么定格在半空中，再也无法前进半寸。而且，这辈子她永远都无法再刺进半寸。

因为此刻她的身子似乎被点住，全身僵硬如铁，就好像冰雕般立着，她牙关不住地颤抖，额上冷汗淋漓，似乎在忍耐着极大的痛苦。

只听见砰的一声巨响。

苏落整个身子往前奋力扑去，护住头部，牢牢趴在地面上。

直到响声结束后，她才摇摇晃晃站起来往后看。这一看，就连见过无数血腥场面的她都忍不住咋舌。

此时的鹅黄竟然全身爆炸开，鲜血四溅，身上的肉都已经被烧焦，就连骨架都几乎成了粉末，地上鲜血淋漓，斑斑驳驳，看得人几乎吐出来。

第九章 心灰意冷

苏落转身就想跑，然而神龙却已经出现在她面前。

对上神龙那双冰冷得犹如远古深潭的眼眸，苏落心中不禁打了个冷战，一股从未有过的寒意从脚底慢慢爬升，流窜向四肢百骸。

刚才鹅黄的自体爆炸分明就是神龙的手笔。它老人家只挥挥手，鹅黄就爆炸得尸骨无存，想想自己一开始竟然拐走它家宝贝儿子……苏落觉得自己额头布满冷汗。

忽然，眼前那庞大的神龙摇身一变，再次出现在苏落面前的，竟然是一个美到极致的美男子！

一双美目狭长且深邃，精致的脸庞如同雕刻般完美分明。一头银发倾泻而下，随风肆意轻舞，如诗如画。他负手而立，宽大的金边黑袍拖垂，尊贵耀眼，仿佛是君临天下的王者，傲然俯视着脚下的万里疆域。

那双深眸森冷、肃穆，浑身散发着厉杀决断的存在感。一张高贵端严的脸上清清楚楚写着四个字：唯我独尊。这、这个人……难道就是之前一路追杀她的神龙大人？竟、竟然不是龙妈妈，而是龙爹爹？

苏落发现自己的喉咙像是被人掐住，一句话也说不出来。

“渺小的人类。”神龙大人凤眸微眯，眼眸深处闪过一道凌厉的杀气。

苏落一直留意着神龙大人的眼睛，见状几乎不经大脑思考地迅速以一个标准姿势卧倒，滚进旁边的大坑。闷响声里，杀气自头顶席卷而过。再露出半个脑袋，不期然间对上神龙大人那双冰冷的眼眸。

一招过，竟然还是活口，神龙大人皱眉表示不满，“无耻的人类，竟敢盗走吾儿！”

现在没有小呆龙在手，神龙大人挥挥手就能灭了自己。苏落想到这，顿时郁闷了。

苏落看了眼身旁连尸体都不剩的鹅黄，咽咽口水，换上一脸谄媚的笑，星星眼仰望大神，信誓旦旦握拳，“神龙大人，那是误会，绝对是误会，绝对不是真相。我绝对没有盗走小神龙大人的意思。”坚决不能承认，承认的后果只有一个字：死！

撒谎的最高境界不是骗过对方，而是连自己都要骗过。苏落握拳，向着这个高深的境界进发。神龙大人低眸，不屑地扫她一眼，“给尔机会解释。”

接下来的话，关乎生死一线，苏落赶紧颠倒黑白地讲了一遍，大意是为了让神龙专心对付凤凰，她为了保护小神龙大人才将它抱走，末了，苏落表忠心道：“小神龙大人最后不是一根汗毛都没少地还您了哪。”

神龙大人冰冷的眼眸睥睨她一眼，“卑劣的人类，竟敢和吾儿缔结平等契约。”

神龙尊贵无比，人类渺小卑劣，两者竟然缔结平等契约，神龙大人如何咽得下这口气？

此时，神龙大人交负在身后的衣袖内有个小小的东西耸动着小脑袋，似乎欲爬出来，但是被神龙大人一拍，它又晕头转向地跌倒在衣袖中。

苏落心中那个泪啊。如果她说出是小神龙主动缔结契约，相信神龙大人绝对会一巴掌拍死她。虽然，神龙大人未必就不知道这真相。

苏落抹泪，唯今之计只能转移神龙大人的注意力了。

她指着鹅黄那支离破碎的碎尸，一脸的义愤填膺，“神龙大人啊，这无耻之徒之前见过我抱着小神龙，想要逼我交出，竟将我捆绑成如今这模样，后来我说小神龙归还您了，她竟欲杀我泄愤，幸好遇到神龙大人。神龙大人您如谪仙降临，神威浩荡，龙姿威武……神龙大人救命之恩，我……吾铭记于心，虽万死不能报也！”

神龙大人嗯了一声，抬着下巴，皱眉，“花言巧语的人类。”

苏落默。您也知道是花言巧语，可还不是听得很欢？

神龙大人看看那破碎的尸体，又看看苏落瘦弱的身子，眉头又皱，“无能的人类，连小小的蝼蚁都敢欺上头。”

苏落叹息。在人类面前，龙族还真是拥有天生的优越感。

龙族繁衍极慢，但是每只小龙孵化出来后都天赋惊人，就算不修炼混吃混睡地长大，也可比肩站在人类巅峰的至高强者。

不过，神龙大人口中的蝼蚁指的是鹅黄吧？苏落为自己辩解，“那是之前我的灵力被禁锢，当然打不过她，等日后我修习了法术，自然远胜于她！”

倏然间，一只修长的手放到苏落头顶。

这是要拍死她？

苏落正茫然间，忽然脑子一阵阵地抽疼。只一会儿的工夫，神龙大人就抽回手，勉强表示满意，“龙之戒竟认你这等浅薄残废的人类为主。浪费了。”

浅不浅薄先不说，但是残废……苏落抽抽嘴角。

好吧，这是强者为尊的世界，拳头硬的人说什么就是什么吧。

正在她郁闷至极时，她只觉得束缚自己的捆灵索一松，再抬头，那捆灵索在神龙大人手中变成一团粉末。

不愧是威武强大的神龙大人啊！苏落正感慨着，忽然间，一道黑影朝自己怀里飞来，她下意识便接住。

“嗷呜嗷呜。”小萌龙仰着一张萌萌的小脸，水润润的大眼睛委委屈屈地望着苏落。

这是……苏落被神龙大人的手笔弄糊涂了。他家宝贝小龙干吗要丢给她啊，不是好不容易才追回去的吗？

“收好。”神龙大人皱眉，随之又嫌弃般丢给她一块玉简。

“这是什么？”苏落仔细地打量那块羊脂玉，美眸灵转，甚是不解。

神龙大人有这么好？竟然送东西给她？

“无知的人类。”神龙大人低眉表示不满，双手交负在后，难得说了句长话，“玉简中有吾凝聚而成的神力虚影，小萌若遇凶险，捏碎后吾之神力虚影自当现身相助。”

神龙大人的神力虚影？既然他老人家这般自信，那应该是非常厉害的吧？那往后……

“此玉简只能用一次。”神龙大人抬眸，淡漠地瞥她一眼，“里面有套大虚空掌印，能否学全，就看你自身造化。”

苏落傻眼。换言之，若是她在大虚空掌印没学完之前就捏碎了这唯一一次救命的玉简，那往后大虚空掌印就没得学了？还真是让人纠结的选择。

看着苏落抓耳搔腮的纠结模样，神龙大人甚为满意，以绝对的身高优势俯视她，淡漠道：“若吾儿有闪失，你，必死。”

神龙大人恨铁不成钢地瞪了小萌龙一眼，而小萌龙则闪着水汪汪的大眼睛，一双爪子死死揪住苏落的衣袖不放。

未等苏落回话，神龙大人用力揉揉小萌龙的脑袋，决然甩袖，颀长的身影消失无踪。

在神龙大人消失后，只见小萌龙身上一道金色光芒闪过，再看时，小萌龙竟然大变身了。

原本张牙舞爪的幼龙变成了可爱的小狗，身上还有白绒绒的毛皮。

这变身将苏落给看傻眼了。小龙，竟然能变成小狗？

不过如此一来倒也好。苏落原本还担心带着小龙回到人类社会后，以她的实力保护不住它，现在神龙大人将它变成了小狗，这下给她减去了无数麻烦。看来神龙大人虽然冷漠无情，但考虑问题还是很细致全面的。

“吱吱吱。”小萌龙朝苏落的怀里拱来拱去，犹如小猪崽一样。

“你这只烫手山芋，唉……”苏落瞪着眼前这只小东西，用纤细的手指戳戳它脑袋。

想起神龙大人的警告，苏落就想吐血。现在她的性命可是与小萌龙紧密联系在一起，若是小萌龙出事，她则必死。

夜色渐渐破晓，淡青色的天空镶嵌着几颗残星，大地朦朦胧胧的，如同笼罩着银灰色的轻纱。

苏落发觉经过一夜追杀，自己全身疲劳，肚子咕噜噜地叫着，饿得几乎前胸贴后背了。

她将小萌龙放在地上，让它自己跑去玩耍。她自己则从空间中取出昨天吃剩下的魔兽蛋，挖了坑埋在地下，用慢火细细烤着。

做完了这些事，她才有空去看小萌龙。

在看到小萌龙的举动后，苏落又有种扶额的冲动。这小家伙玩什么不好，竟然学人家去扑蝶！扑蝶就扑蝶吧，它还偏偏与众不同。

它摇摇晃晃着小细腿在后面追着，眼看着蝴蝶要逃出视线之外了，一口火属性的龙息喷出去，顿时，可怜的蝴蝶化为青烟飞走了。而小家伙却还不知道发生了什么事。

它东张西望地在找那只已经被它的龙息化为青烟的蝴蝶，找得快绝望了还是找不到，于是，它张着那双水汪汪可怜兮兮的大眼睛，歪歪斜斜、跌跌撞撞地跑到苏落怀里诉苦。

苏落已经连数落它的力气都没有了，只伸出两根手指，无力地戳戳它脑袋，只有三个字，“小笨蛋！”

不都说小龙孵化出来后都会有传承记忆，聪明睿智得很吗？怎么她这只契约小神龙就像没断奶的无知婴儿，总是做些让人啼笑皆非的事呢？

苏落心中暗道：不会是因为这小家伙智力严重低下，所以它龙爹爹才会慷慨地将它抛给自己吧？

小家伙完全不知道它家主人脑中的怀疑，此刻，它一爪子挖出一颗魔兽蛋，那魔兽蛋比它脑袋还要大，但是它却张开大口，一口一个给吞了。

等苏落发现的时候，已经太迟了……

“我、的、早、餐！”苏落额上三根青筋暴起。

“呜呜。”小萌龙一双大眼睛迷茫困惑地望着苏落，小舌头还舔舔嘴角，在苏落脑海中与她抱怨，“饿，吃。”

苏落想起神龙大人的嘱咐，顿觉心中有种罪恶感。

毕竟神龙大人还送了她一块玉简当小家伙的抚养经费，她怎么能饿着他儿子呢？

苏落很快就打了一只兔子回来，剥洗干净后，在兔子腹部放入紫草等香料，又在外皮少少地抹上一层孜然，最后串上树枝开始烤。

她一边烤火一边吩咐小萌龙：“乖乖等着，很快就可以吃了哦。”

“嗷呜嗷呜。”小萌萌很人性化地坐在苏落怀中，两只小爪子放在下颌上，闻着烤肉清香，听着那嗞嗞的爆响声，一双星星眼里满是期待希冀。

“嗯，就快好了。”苏落望着油滋滋的烤兔，心情甚好。

“嗷呜嗷呜。”小萌萌嘴角挂着一条银色涎水。好香，好想吃……

忽然，小萌萌觉得鼻子有些痒，越来越痒……

“哈欠——”一道龙息毫无预兆地喷出来。

这团三昧真火射向香味四溢的烤兔子，那只焦黄油亮的烤兔子一瞬间就变成了一团黑乌乌的东西。

插兔子的树枝断裂，啪的一声响，这团黑乎乎的东西顿时摔成粉末，散落在地面。

“……”苏落手暴青筋。

“……”小萌萌一脸呆滞状。

没等苏落发挥身为主人的威严，小萌萌就已经嗷呜嗷呜地跌落地面，可怜兮兮地看着化成粉末的“兔子”，双眸带泪，泪眼迷蒙，它回过头，很委屈很无辜地控诉。

苏落无语，怎么好像做错事的是她？

思想间，忽然，她感觉到一抹属于人类的危险气息，她抱起小萌萌转身欲走，却发现太迟了。不知何时起，她的周身竟出现一支十人的队伍，他们将她团团围住。

这支队伍里的人都笼罩在黑色斗篷里，看不清眉目，但却透着残酷嗜血的冷漠气息。

难道又是瑶池仙子派人来截杀她？

抱着小萌萌，苏落心中暗暗叫苦。之前那几个人分开来，她还能跟对方斗智斗勇逐个击破，但现在突然一拥而上十来个人，她双拳难敌四脚啊。

忽然，其中为首那人发出一道低沉阴冷的声音，“阁下可是苏落苏姑娘？”

苏落更是怀疑这些人是瑶池仙子派来的了。能够派出这样的队伍，她得罪的大人物中，除了瑶池仙子，还会有谁？

可以否认吗？很显然不能。

因为为首那人竟然自怀中取出一幅画卷，一眼苏落一眼画卷地对照着，最后，他收起画卷放入怀中，一双阴沉沉的眼毫无温度地射向苏落，“跟我们走。”

难道不是当场格杀吗？苏落心中暗自警惕。按理来说，鹅黄已经死了，瑶池宫的人不知道她身上的秘密，不应该留她活口啊。

难道，不是瑶池仙子派来的人？那又会是谁？

苏落心中暗自戒备，淡淡地问：“谁派你们来的？”竟然还揣有画卷。

“无可奉告。”为首之人冷漠得如同地狱来的修罗，似常年生活在黑暗阴影中的人，给人一种阴暗嗜血的感觉。

别人或许会对这种人心生惧意，但前世的苏落就是活在黑暗世界的金牌杀手，所以她对这种感觉很熟悉，也感觉很亲切。

“好，我跟你们走。”既然反抗无果，那就只能跟他们走了。

苏落神色淡淡，却放心了不少。

对方一行十人将她围在中间，是在监视的同时也在保护她。她在他们身上虽然感觉到嗜血冷意，但那是他们久居黑暗中的气息，并不是针对她的杀意。

此时，隐藏在一棵古树后的琴宁气得几乎吐血。

她找寻着苏落，但很不幸的是，她一路寻来，只找到翠羽和鹅黄的尸体，想必嫩绿也凶多吉少。而苏落竟然安全无虞，还有闲情逸致烤兔子！这一发现让琴宁几乎咬碎银牙。

琴宁虽然不知道那十名黑袍人是晋王殿下的秘密部队，但她有预感，若是苏落被他们带走，到时候如果泄露少宫主欲杀她的事，绝对会影响他们之间的感情和信任。

所以，这一次，苏落必须要死！

琴宁隐藏在枝叶繁茂的古树上，长臂拉着一把弯弓，锋利的箭羽在黑夜中发出幽暗的光芒。只听见嗖的一声响，一道箭矢流星般朝苏落咽喉破风而来。

琴宁嘴角噙着一抹残酷的冷笑，眼底闪着恶毒狠辣的光芒，手中不停止，嗖嗖嗖不断地放着冷箭。

“小心！”护卫苏落的一群人中，那位黑袍首领发现空气中的异样，他大叫一声小心，然后迎面挡在苏落面前。

琴宁的拿手武器就是弓箭。她一手弓箭得自神箭手吴昊大人真传，狠辣刚劲。

若是当面打斗，琴宁或许会输，但论起放冷箭，她绝对有自傲的资本。

嗖嗖嗖，九星连射，九支箭矢闪着幽暗杀气。

十名黑袍人将苏落团团围在中间，手中的武器舞得虎虎生风，密不透风，将她保护得天衣无缝。

这些人……苏落眸中闪过一丝疑惑。看他们的步伐阵势，分明是以保护她为主，即使豁出性命也要护她周全的意思。但为什么呢？谁会为了保护她宁肯牺牲这些实力不弱的杀手？苏落心中闪过重重疑惑。

黑袍人之前找到苏落时，就朝天空发射出蓝色焰火。

信号声响起的时候，南宫流云正行功至最紧要关头，可他竟然强行收功，蓦然睁开眼眸。

他的贴身护卫凌风立在他不远处，双手抱剑在胸，目光警惕地注意四周。

南宫流云倏然站起身，鹰眸犀利地睨向凌风，眸底闪过一抹狂喜，“找到人了？”

凌风担忧地望着南宫流云，“殿下请放心，第十一组发回信号，表示已经找到苏小姐了，而且苏小姐安然无恙，似乎并未受伤。”

南宫流云红唇似血，瑰丽邪佞，此时他大笑起来，“好，很好！我就知道落丫头不会有事……咳咳咳……”

他大声咳嗽，继而捂住胸口，将翻涌的气血强行压住，才又坚决道：“前面带路！”

凌风神色担忧地望向南宫流云的伤口，迟疑道：“主子，现在第十一组的人正保护着苏小姐往这里走，而且其余的人也都朝他们那边靠拢，要不……”

南宫流云怒气冷凝，俊脸罩着浓浓的寒冰，冷冷盯着他，“带路！”

“可是……”凌风见自家殿下强行收功似伤了内腑，实在不宜移动，再说苏小姐又不是找不到，只是正在往这回的路上……凌风想不通。

南宫流云眸中透着浓浓的肃杀之气，浑身上下笼罩着一层与世隔绝的凝结冰霜。

衣袖扬起，一道凌厉掌风过处，凌风的身子陡然往后倒飞出去，等他挣扎着爬起跪下时，一道鲜血顺着嘴角往下流。

“带路！”南宫流云身上透着浓浓的冷意。

凌风捂住撕裂般疼痛的胸口，无奈却郑重地点头，踉跄着爬起来，率先往前走。

“三师兄……”瑶池仙子足下轻盈翩跹，像凌波仙子般飘到南宫流云身边。

她盈盈而立，素净绝美的容颜凝着一抹担忧，宛若蝶翼的睫毛微卷，美眸水雾朦胧，我见犹怜地默默望着南宫流云。

南宫流云红唇邪魅地轻轻勾起，明亮深邃得像水晶般的深眸闪着睥睨万物的神采，“落落找着了，我现在就去带她回来。”

瑶池仙子藏在衣袖中的手紧握成拳，脸上的完美笑容几乎保持不住。

他宁愿伤害自己修为，也要强行收功去找她！他宁愿伤害跟在他身边十几年的护卫，也要去找她！

“三师兄，苏姑娘若是知道你现在的情况，定然不会怪你的，还是留下养伤……”

然而，瑶池仙子话音未落，南宫却一把将她推开，踉跄着大步离去，只留下五个字，“等我们回来。”

等我们回来，而不是等我回来。在他身后，瑶池仙子一双纤细的手青筋突暴，那张绝美无双的脸狰狞而扭曲，眼底闪着恶毒的疯狂。

那个小贱人为什么还没死？竟然还被虎狼军团的人找到了！

不食人间烟火的瑶池仙子，现在却狠狠一掌拍向身旁的千年古树，古树顿时化为粉末。

琴宁到底是怎么办事的，连一个没有丝毫灵力的废物都杀不了。真是废物，全都是废物！不行，绝对不能让三师兄先一步找到她。

瑶池仙子眼底闪过一丝恶毒的光芒，她长袖舞动，朝那个方向飞旋而去。

却说南宫流云。

当他再次看到苏落的身影那一瞬间，几乎经历了从天堂到地狱的转变。

他的落丫头是真的没事，全须全尾地站在那儿。他先是狂喜，但几乎在同时，他的心又跌落到地狱里去。

因为隔得远远的，他就看到一支蕴含着无尽天地霸道之力的箭矢破空而出，朝苏落的心脏狠狠射去。

箭矢来势汹汹，精准无比，无可抵挡。射箭之人至少也有五阶以上的实力。

这一瞬间，南宫流云一颗心似乎要跳出嗓子眼了。

他的双眼犹如烧红的烙铁一般，两侧的太阳穴剧烈跳动，脸色阴霾得几乎到了吃人的边缘。

只是他离得远，根本远水救不了近火！不过幸好，最后紧急关头有黑袍杀手看到，毫不犹豫地毅然挺身挡在苏落面前！

南宫流云这才松了口气，却骤然发现那支箭矢中蕴含了某种天地之力。

他有种很不好的预感。

果然，那支箭矢竟然穿越黑袍杀手的身体，又继续朝苏落心脏射去，更诡异的是，那速度和力道几乎不见减弱。

南宫流云面部肌肉上下起伏得厉害，阴沉得可怕。

苏落被黑袍人遮挡住视线，后又离得近，所以没发现，待发现时却已经躲闪不及。箭矢划出尖锐的破风声，朝苏落心脏狠狠刺去。

然而，就在离苏落心脏尚有三寸远之际，忽然，形势发生了谁也猜想不到的巨大逆转。

就在所有人都预见苏落的悲剧时，就在瑶池仙子眼底闪过疯狂恶毒的光芒时，只见原本坐在苏落肩头玩手指的那只雪白纯毛小奶狗随意伸出一只小爪子，居然、居然轻而易举地、稳稳地抓住那支诡异莫变的箭矢！

要知道这支箭矢可是蕴含了天地之道，其中的力量在破体而出时速度依旧不减，就连苏落都避无可避，可是，这样的箭矢竟然被一只小狗给抓住了？而且还抓得那么轻松、随意，似乎真的只是随手一抓。

这究竟是怎么个情况？

在场几乎所有人都难以置信地瞪大眼睛，一个个呆若木鸡，傻乎乎地、一瞬不瞬地盯着小萌萌看。

而此刻的小萌龙，它的举动可谓跌破了一堆人的下巴。

只见它迷蒙着一双大眼睛，乖巧地坐在苏落肩膀上，两只小腿盘起来，两只爪子上下抓住箭矢，像是啃甘蔗一样咯嘣咯嘣，一口一口啃着那支箭矢，似乎美味得不得了。

一时间，大家都蒙了，也傻眼了。

那支箭矢可是上古精玄铁制作而成，属于上品兵器，坚硬无比，普通的刀剑根本无法伤其分毫。但是，那只小狗……它居然一口一口将之啃掉，而且还啃得兴致勃勃，似乎是天下最美味的食物。

此时，大家除了难以置信之外，就只剩下无语了。

那是什么牙齿，还咬得咯嘣咯嘣脆响？他们看着都替它牙酸。

小萌萌似乎才注意到自己成了所有人的焦点，它拿着啃得只剩下半截的箭矢，嘴里还留着一口精铁没吞下，就那么呆愣愣地回视众人。

忽然，它似回过神来，一把丢掉箭矢，很娇羞地直接扑倒在苏落怀里，两只小爪子捂着小脸，很羞涩地扭来扭去。

苏落嘴角抽抽，额上挂下三条黑线。

她很有种揪住它耳朵教训的冲动。拜托，霸气呢？传说中龙族的霸气侧漏呢？

虽然你龙爹爹把你的外形变成小狗，但内芯还是龙好不好？而且还是龙族中最尊贵伟大的神龙血脉！这么娇羞是要闹哪样啊？很给你们龙族丢脸有没有？

苏落很无语地拍拍在她怀里拱来拱去的小东西。她怎么突然有种做人妈咪的感觉呢？这究竟是要闹哪样？

就在苏落和小萌萌较劲的时候，南宫流云已经迈着大步走到苏落面前。

此时的他一袭锦袍，一张如刀刻出来的容颜刚棱冷硬。乌晶色的冰瞳透着淡淡的寒光，脸色阴霾，冷傲孤清却又盛气凌人。

苏落看着南宫流云，嘴角缓缓勾扬起一抹浅浅却讽刺的笑，毅然转身就走。

然，不等苏落离开一步，南宫流云身形一闪，快如闪电，一下子扣住她的手腕。

他的手冷若寒冰。

苏落开始剧烈挣扎起来。

只是任由她如何挣扎，南宫流云的手却如铁钳一般，坚如磐石，根本无法撼动分毫。

南宫流云只是盯着苏落，一寸寸地看着，一个个毛孔地看，看得那样认真。

苏落回视，望进那如深潭般的美眸，那眼底的深邃复杂，她不懂，也不想懂。

忽然，他的目光陡然间变得凌厉，像蕴藏着千年不化的冰雪，盯着她，怒道："这一天一夜你到底跑哪里去了？不是告诉过你不要走不要离去，留在原地等我吗？"

这一天一夜，不断地被追杀，不断地逃亡，几次险象环生，几次面临生死，苏落情绪从未低落过，但是面对南宫流云的连番质问，靠近心脏处最柔软的地方忽然闪过一抹抽痛。

隐隐的、缓缓的、淡淡的疼。

苏落古井无波的深眸回望南宫流云，就那么浅浅淡淡地看着他，嘴角扯起一抹云淡风轻的笑，淡淡吐出两个字，"放手。"

南宫流云紧扣苏落的手，非但没有松懈，反而越发勒紧。漆黑如墨的深眸里除了咄咄逼人的冷冽气势，还有苏落读不透的那抹微微悸动。

最终，还是苏落先败下阵来，她鼻翼微微一动，深深地提上一口气，漆黑的深眸一瞬不瞬地凝视着南宫流云，"晋王殿下，很抱歉让您觉得麻烦了，不过您放心，往后苏落不会再给您添麻烦了。"

苏落努力克制情绪的起伏，语气淡定无波，美眸中是浅浅的讽刺笑意。

口口声声说对她好，可遇到他的青梅竹马还不是直接将她丢弃？

再美的承诺，也终究不过如此。

苏落啊苏落，你到底在伤感什么？上辈子还没被云起伤透吗？竟还天真地希冀有人会全心全意对你好？太可笑了！

南宫流云静静地凝视着苏落，看出她刻意的疏远，脸色阴郁得可怕，似乎隐忍着一股无形的怒气，然而，再看到她那似哭似笑的自嘲伤感，他朱唇动了动，眼眸幽深得可怕。

最终，他喉结动了下，深眸看着苏落，皱眉，"怎么这么不让人省心？如果你出事了，本王如何跟你们苏府交代？"

苏落杵在原地，周身透着凉意。

她抬眸斜睨南宫流云，笑容清冷，暗含讥讽，"晋王殿下难道不了解苏府的情况？若我出事，岂不更称了某些人的意？他们感谢您都来不及呢，又岂会怪您？"

南宫流云深深地凝望着苏落，嘴唇微微翕动，四周是无声的压抑的凝重的空气。

忽然，南宫流云长臂一捞，将苏落重重拉往怀中。他的手臂强而有力，胸膛坚硬温暖，他勒得很紧，苏落几乎肺部的空气都被挤出，差点窒息。

他的动作是狂野的、霸道的、强势的、不容拒绝的。突如其来的紧抱打了苏落一个措手不及，待她回过神来之际，已经被禁锢在他怀中，一动不能动。

他抱得很紧很紧，颀长的身板微微有一丝轻颤，似乎是绝世宝贝失而复得后难以抑制的激动。但是，可能吗？苏落嘴角扬起一抹淡淡的讽刺。她想推开，却发现自己的力量在他面前几乎是蚍蜉撼大树，纹丝不动。

南宫流云欺身而上开始吻她。苏落心中忽然涌起一股愤怒的火焰。她奋力偏过脸，他的唇擦过她的面颊。

南宫流云有些恼怒地再次啃上她的唇，带着惩罚性的霸道强势。灵活的舌硬生生地撬开她的贝齿，探入其中，在她口中攻城略地，肆意蹂躏。

众目睽睽之下，这样的亲吻，让苏落难受极了。他们是什么关系？凭什么他就可以对她为所欲为？她重重一脚踩上南宫流云脚背。

南宫流云闷哼一声，但是他的手臂却更加用力，唇上带着宣泄的啃咬，忘情地吻着她。

苏落怒了，她反抗地咬向他。他的唇上流下一道鲜红血迹。黏稠的鲜血从他那性感薄唇落到她的唇瓣。她品尝到了他鲜血中饱含的火辣情欲和难以言喻的深情。

他们微微分开。他幽深的凤眸危险地眯起，凝视着她。她睁大双眸，毫不示弱地迎上他深眸里的清冷残酷。四目对望，彼此无声无息地沉默着。

忽然，他犹如高空俯冲而下的雄鹰，强势而霸道地扣住她后脑勺，另一只修长有力的手抬起她下颌，俯下身，狠狠地吻上她。炙热的舌头侵入她口中，疯狂肆虐，那抹血液在彼此的口腔中混合蔓延。南宫流云仿佛想要用鲜血来证明自己的存在，而这一举动似乎带着某种宣誓和主权。

当嘴唇得到释放，极度缺氧的苏落大口大口地喘息着，她的面颊绯红，只觉得呼吸的空气都带着滚烫的热度，异常灼热。

南宫流云纤细骨感的手抬着苏落洁白如玉的下巴，深眸迷离中带了一丝低沉，“落丫头，别试图离开本王，那样的后果你承受不起。”

苏落嘴角漾起一抹浅淡笑意，“离开？请问晋王殿下，我们在一起过吗？”

她的深眸倔强而决绝，似乎刚才彼此那忘情的亲吻根本不曾发生过。

南宫流云面色阴霾，眼眸咄咄逼人，似乎要把她吞掉似的。他用力抓紧苏落的手，而苏落却神色微变。

疼！

“你受伤了？”南宫流云寒星般的眸闪过一丝疼惜，他赶紧松开苏落。

此时，南宫流云这才注意到，苏落的一双手似被强行勒过，布着几条血痕，深得似乎嵌入肉中，还有她身上脸上也有一道道的擦痕。

这些伤足以说明，这一天一夜，苏落过得很狼狈。

“是谁？”南宫流云一双冰眸残酷噬人，眼里透着浓浓的怒火。

这些伤很明显是人为，而不是魔兽所为。他脸上的怒气越来越重，散发着浓浓杀气，整个人登时暴戾嗜血起来，如同暗夜妖娆冷血的修罗。

他那么生气，是真的在关心她吗？苏落美眸中水光潋滟，灵动转过。

要不要赌一赌？

"是……"苏落正想说出真相，却见瑶池仙子悄无声息地出现在南宫流云身后。

她依旧美得那么倾国倾城。一身素衣白裙，圣洁如雪，裙裾翩然，后摆素色织锦纱裙几乎垂地，细长的手臂轻挽柔软细纱，长发直垂至脚踝，青丝随风舞动，似乎即将乘风而去。

她盈盈而立，眼眸似迷蒙着水雾，清澈安然地望着苏落，抿着浅浅的笑容。看起来似乎很友好。

她望着苏落，笑意盎然，声音清悦，却对南宫流云道："三师兄，苏姑娘受伤未愈，还是先放开她，让我来照顾吧。"

南宫流云星眸里蕴含着淡淡柔情，颔首道："瑶瑶说得对，是本王太着急了。"

他话虽如此，但握住苏落的手却不松开，他的眸光泽透亮，透着阴冷的锋芒，勾起的红唇如同赤红的血色蔷薇，杀气甚浓。

瑶池仙子目若寒星地盯着对面那紧握在一起的手，迷离的美眸中有一抹寒光一闪而过。

她素净绝美的容颜绽放一抹浅笑，"对了，苏姑娘这一路上可有看到我那几位侍女？"

苏落笑望着她，眼底是毫不掩饰的嘲讽。

瑶池仙子这一招先声夺人用得可真妙，直接让自己处于两难境地。若是她承认见过那几位侍女，那么，现在的她们在哪里？为什么不同苏落一起出现？若是她不承认见过，那么，当有充足的证据证明那几位侍女是她所杀时，到时候她又如何自辩？

一句话，犹如将苏落架在火上烤，而做尽恶事的瑶池仙子却悠闲地在边上饮茶观赏。

苏落心中暗生警惕，眼前这位瑶池仙子的心计城府绝非一般人可比，不然，南宫流云又怎么会如此信任她，对她非同一般？

据翠羽说，瑶池仙子一共派出四位侍女，前面三位都死在苏落面前，至于最后一位，应该就是射箭之人吧，也不知道她如何了……

然而，还未等苏落回答，一道黑袍身影出现在南宫面前，毕恭毕敬地禀报："回主人，在不远处的山坳里找到一位嫌疑人，他身上背负着这张长弓。"黑袍杀手垂眸而立，恭敬地双手捧着一张长弓递上。

那是一张做工精致的上品弯弓，弓上泛着淡淡的光泽，一看就价值不菲。

“押上来！”南宫流云浑身上下透着浓浓的威严，深眸怒气勃发，泛起妖邪般的光芒，整个人看起来诡异嗜血，凶残而冷冽。

待看到躺在地上双眸紧闭的人时，苏落的眼眸微微一皱。

这个人竟然是刘维明！

怎么会是他？苏落似笑非笑地望向瑶池仙子，而对方则回以她一记浅淡而温婉的笑意。

似乎，追杀她这件事，瑶池仙子完全不知情，也根本没有做过。

“死了？”南宫流云眼里透着浓浓杀意。

“是，找到的时候就已经是一具尸体。”黑袍人恭敬道。

南宫流云摸着长弓上面的痕迹，可以确定，凶手确实是用这张弓杀的人，但是……

“他的杀人动机是什么？”南宫流云整个人杀气腾腾。

琴宁悄无声息地出现在瑶池仙子身边，忽然插口道：“奴婢曾听柳姑娘说过，他们曾追杀过苏姑娘。苏姑娘，这是真的吗？”

言下之意，刘维明的杀人动机就只有苏落知道了？

苏落看着琴宁，嘴角勾起一抹冷笑。瑶池仙子身边的侍女也不是简单货色呢。

“他们追杀你？”南宫流云深眸越来越阴鸷，整个人看起孤傲张狂，透着浓浓的王者之气。

苏落笑得落寞而无奈，“追杀我的人可不止他们一伙。”此时的苏落一语双关，她抬眸，似笑非笑地看着瑶池仙子，视线落到她那只白皙的手上。

那最后一支箭矢，带着惊天动地的力量，那只漂亮无瑕的手上真的一点痕迹都不曾留下吗？

这一天一夜，她可谓是险象环生，若不是有幸运女神站在她这边，她早死十万八千次了。

今日追杀之仇，来日她苏落绝对十倍回报！

此时，瑶池仙子脸上是温软和煦的笑意，笑得平静安详，无波无澜，似乎真是不食人间烟火的仙子。

南宫流云漂亮的眼睛冷戾狂野，目光深邃地看向苏落，一字一顿问：“追杀你的人，还有谁？”

看着他气势汹汹咄咄逼人的样子，苏落唇边勾起一抹笑。南宫流云，这可是你逼问的，不是我主动告状的。

“如果我说，其中还有瑶池仙子的人，你信吗？”苏落用轻松调侃的语气，似笑非笑地凝望着他，眼底却极速闪过一抹认真和谨慎。

若是南宫流云相信，她决定不再隐瞒他，将所有的一切都和盘托出。告诉他，他的瑶池仙子是如何的蛇蝎歹毒。若是南宫流云不信……苏落落寞地苦笑起来。

南宫流云鹰眸里的寒光一闪而过，他揉揉她的脑袋，那双丹凤眼更是销魂且邪魅地看向她，宠溺地说："不许开玩笑，对本王要说实话。"

一瞬间，苏落的心顿时坠到低谷，冷到冰点。

果然，还是她期待过多了。短短几日的相处，又怎抵得上从小一起长大的相互信任？

瑶池仙子笑容温婉地看着她，那双晶莹如玉的美眸深处是得意和张扬。

苏落似乎听见她在说：就算我瑶池仙子派人去暗杀你又如何？南宫流云不信，他根本不信！

是啊，他不信。

苏落嘴角扬起一抹淡淡的讽刺，她用力推开南宫流云，声音很轻很淡，"我累了，想休息。"此时，说再多又有何用？反正他对瑶池仙子深信不疑。

南宫流云见她情绪不佳，以为她这一天一夜累着了，便顺着她的意，温和道："好，我们就地休息一晚，明日再去做任务。"

"不必了。"苏落冷声拒绝。

他所谓的任务就是屠铁甲脊背龙，但现在她的空间已经打开了，不需要再去屠龙了。

"相信本王，本王一定会查出凶手！"南宫流云望着她决然离去的背影，剑眉深沉，语气坚定得似乎在宣誓。

苏落嘴角扬起一抹淡淡的苦涩。查出凶手吗？都跟你说了，你不信，还要怎样追查凶手？

她顿住脚步，回眸浅浅一笑，笑容如三月烟花，绚烂而寂寥，清清淡淡地说："是吗？那先谢谢您了啊。"

南宫流云看着她决绝离去的背影，脸上阴晴不定，忽明忽暗。

"三师兄……"瑶池仙子的美眸微微一动，她略带迟疑地凝望着南宫流云，"你相信我吗？"

南宫流云一双漂亮的星眸犀利地射向她，身上的寒意和肃杀那么浓重，半晌，嘴角漾起一抹璀璨却凉薄的笑意，只说了句："回去吧。"话音未落，他转身就走。

"三师兄……"瑶池仙子咬着下唇，拉住南宫流云的宽大衣摆，泪眼迷蒙，姿容楚楚可怜。

南宫流云的手覆盖在她白皙的纤纤素手上，用力甩开。他头也不回地大步离开，背影是那么的决绝。

瑶池仙子藏在衣袖中的手青筋暴起，一双美目深邃而恶毒，眼底闪过狠辣的杀意。

“少宫主，要不要奴婢晚上去……”琴宁悄然靠近瑶池仙子，压低声线，做了一个抹脖子的手势。

瑶池仙子双眼如涌动的岩浆喷薄而出，直接一巴掌甩过去，“最好的时机都被你浪费了，回去自己到惩恶堂领罚吧。”

这一巴掌蕴含了某种天地之力，重得直接将琴宁拍飞，跌倒在地，直接昏过去了。

瑶池仙子甩袖，杀气凛然地离开。当晚，她就带着一群人离去，走得干干净净，就好像从未来过一般。那群黑袍人也消失得干干净净，不留一丝痕迹。

第十章 表明心迹

在回去的马车上，多了一个人，那就是凌风。他是南宫流云的隐卫，平日里都在暗中保护他。

龙鳞马跑得飞快。苏落坐在车厢内，背对着南宫流云闭目养神。这是一种主动回避的姿势。此刻的她看起来神色淡淡的，似乎天边的云彩，远不可及。

南宫流云的眼神渐渐深邃，脸色渐渐阴霾下来。

苏落正欲起身，眼前忽然有大片的阴影笼罩住她。她下意识地睁大眼睛。还没等她看清楚，冷不防被南宫流云禁锢在怀里。他修长的手指滑过她的脸，停留在她唇间。她的唇形非常漂亮，浅浅的颜色，润泽而饱满，让人想到“适合接吻”这句话。

南宫流云修长骨感的手指抬起她光洁尖细的下巴，四目相对，他深黑色的瞳孔高深莫测。忽然，他俯下身，漂亮完美的薄唇轻轻吸吻她淡色的唇。但是，苏落却坚定地将他推开了。

“还在怪本王？”南宫流云低声开口，灼热地凝望着她。

苏落沉默不语。

“气本王那日将你一个人丢下？”南宫流云声音清冷。

苏落继续沉默。

车内一阵沉寂。

似乎过了半晌，南宫流云才道：“我和她从小一起长大，她曾救过本王的命，有些事你不懂，也不会明白……”

苏落睁开眼眸，淡淡地瞥了他一眼，忽然，嘴角勾起一抹嘲讽的冷笑，反问道：

“是啊，我怎么能怪你呢？”

南宫流云被噎住，眼底闪过一抹惊愕与复杂，瞬即恢复如常，定定地望着苏落。

苏落似笑非笑地挑眉，“我有什么资格责怪你呢？就像你说的，你们从小一起长大，青梅竹马，互相信任，互相救过彼此的命，我们不过萍水相逢，短短几日的交情，所以，我怎么能怪你呢？”

一瞬间，南宫流云的脸色变得异常难看，十指紧紧攥到一起，整个人怒气腾腾。

“难道我说错了吗？”苏落漫不经心地看着他，嘴角扬起一抹清淡的笑，似乎很无所谓的样子，“你们是青梅竹马的关系，而我们不过点头之交，孰轻孰重一目了然，你选择救她有什么错？若我是你，我也会选择救她啊。”

“点头之交？”南宫流云凤眸微眯，脸色越来越阴鸷，隐隐还有抹深沉的痛。

他脸上的怒气越来越重。

“或者，连点头之交都不算？”苏落似乎以激怒他为乐。

南宫流云怒火中烧，阴沉着脸，修长的手指掐着她的脖子，笑容却柔情似水，“苏落，信不信本王弄死你？”

这样的他犹如撒旦附身，令人心生惧意，但是苏落知道她不能低头，一旦低头就是无尽深渊的沦陷，完全失去自我。她倔强地迎视他的目光，嘴角扯起一抹浅淡如花的笑，“就因为我拒绝你，所以你就要弄死我？传说中的晋王殿下也不外如此嘛。”

“落落，你别试图挑战本王的底线啊。”南宫流云屈膝半跪，温柔地、一瞬不瞬地凝视着她，“那样的后果，你承受不起的。”

“是吗？怎样的后果？我倒想试试呢。”面对柔情似水中暗藏凶狠的南宫流云，苏落心中闪过一丝惧意，不过她还是毫不犹豫地反击回去。

“苏落，难道你不知道，本王既然已经决定了晋王妃是你，就绝对不会再放你走了？”南宫流云似在宣誓，笑容艳丽，声音轻缓如羽毛拂过，“所以，不要试图拒绝，或是逃跑，那样会受伤的呢。”

“呵呵，真是好笑。”苏落凝视着他，似乎想知道他会如何让她受伤。

南宫流云的权威受到挑衅，他笑得艳丽无双。他是至纯的黑，从遇到她的那一刻起，就不曾打算放走她，这是一种执念。

他有执念，亦有将之执行的强大资本。他甚至开始考虑，为了将她留在身边，是折断她的翅膀好呢，还是携手她飞得更高才好？

抉择无果。

只见那张颠倒众生的俊颜上前，快如闪电，凶狠地咬住她的唇。此时的南宫流云犹如神魔附体，粗狂暴戾。他激烈地挑开她的贝齿，暴烈地在她唇齿间攻城略地，掀起惊涛骇浪般的激情。

“唔——”苏落一时不察被侵犯，待她回过神时，却发现后脑被扣住，身子被覆住，她几乎一动不能动。

太过分了！凭什么他就可以对她为所欲为？明明抛下她的是他，明明选择相信他的青梅竹马了，现在，他又凭什么来对她表现得深情款款，还非逼得她接受不可？

苏落要是普通女子倒也罢了，可她偏偏不是。在前一世，她可是有名的金牌杀手，常年与黑暗打交道，委屈受气对她来说根本不可能存在！心底闪过一丝怒意，她抡起拳头，凝聚全身的力道，重重一拳砸向南宫流云的胸前！

这一拳，蕴含了她全部的力量。南宫流云闷哼一声，倏然间松手。

苏落一脸气愤，也没仔细看他，狠狠将他推开，转身掀开车帘，怒气冲冲地跳下马车。

回帝都的路上又不是只有他这一辆马车，就算事实如此，她苏落单凭双脚也能自己走回去，决计不会再麻烦他。

苏落气呼呼地掉头就走，完全没有发现南宫流云此刻的异样。

被推开后撞到车壁的南宫流云脸色苍白如纸，右手按住胸口位置，修长润泽的手指抑制不住地颤抖……

“落落……”他掀开门帘，疾呼出声。

苏落头也不回，背影冷然而决绝。

忽然，她听到身后传来一道重物落地的声音，还有凌风焦急的喊叫声。

苏落定住脚步，想了想，最终还是回眸望去。这一看，让她深深皱起眉头。

她竟然看到宛若神明的南宫流云整个人狼狈不堪地滚落地面！他胸口的白色锦袍上染满鲜血，原本挺拔的身子此刻看起来羸弱不堪，似乎琉璃般一碰就碎。原就殷红的嘴唇沾染鲜血，邪魅妖娆。此刻的他勉强撑起身子，紧盯着苏落。

南宫流云，他这是怎么了……怎么突然间变得这般虚弱？苏落不明白地看着自己的一双手掌。她现在应该还没有一掌打到南宫流云吐血的力量吧？

忽然，南宫流云整个人似乎被鬼神附体，脸上冷汗淋漓，脸色瞬间变得苍白。

他全身开始颤抖，鲜红的朱唇一瞬间变得紫青，他紧咬牙关，似乎身体中有一股强大到他无法抑制的力量要喷薄而出。

“不好！殿下这是要走火入魔了啊。”身为晋王殿下的贴身侍卫，凌风被吓得手脚发软。

晋王殿下是他们所有人的信仰，他在，虎狼军团在，他死，则虎狼军团灭。所以，晋王殿下绝对不能有事。

凌风脸色一会儿苍白一会儿又铁青，他回眸狠狠瞪向苏落，厉声道：“殿下快要走火入魔了，还不快来帮忙！”

这个女人，她竟然将殿下打到走火入魔。此时凌风恨不得一掌拍死苏落。

苏落眼底闪过一丝迷茫。她怎么可能有力气打得南宫流云走火入魔？南宫流云是怎样的实力，她又是怎样的实力？这个人真是胡说八道！

见苏落犹自不信，凌风几乎被气死了，他冲苏落大声嚷嚷："殿下为了救你，强行发出信号召唤虎狼军团前来，以至于身体受损！殿下为了早点见到你，原本可以突破晋阶他却强行收功，以至于五脏六腑几乎移位！更何况殿下与秃鹫王一战，内伤重到几乎不治！"

凌风双眸赤红，几乎要将苏落活吞下去，他指着苏落大声咆哮："殿下为了不让你担心，一直都装没事人一样。可是你呢，你竟然还下得了那么重的手。真不知道殿下为什么会喜欢你这样恶毒的女人！"

苏落被凌风指责得几乎蒙了。她呆呆地望着凌风，脑海中不断循环着他说的每一句话、每一个字。

南宫流云在那一战中竟然身受重伤，而且为了救她还一再受伤？怎么会这样？

凌风赤红着眼，恨恨地瞪了苏落一眼，抬手擦掉眼眶中溢出的液体。

"唔——"南宫流云抑制不住，一口鲜血狂喷而出。

苏落被吓得呆住了。而后她快步上前，单膝跪倒在他面前，眼底闪过前所未有的慌乱。

"怎么办？现在该怎么办？"苏落看着南宫流云的胸口，那里鲜血快速地浸透白色暗纹锦袍。

他浅色薄唇上，猩红的液体滴落，一滴一滴，接二连三。胸膛的位置，黏稠的血液弥漫。而他却浑然不觉有多痛，笑意挂在嘴边，眼底是一片深不见底的黑色，整个人透露出浓浓的自弃和自我毁灭的悲哀气息。

这样的他，让苏落惊惧，却也心悸。

苏落的眼眶渐渐湿润了……

怎么会这样？她不想的，她没有想过会伤他这么重，她只是气急了才会挥出那一拳，真的不知道他竟然伤得这么重。

苏落眼眶湿润，不住地摇头，她想告诉他，她不是故意的，她只是一时气急才会口不择言，才会动手，以后她不敢了。

南宫流云仍然单膝半跪在苏落面前，他握紧了她的手，因为竭力隐忍痛楚，所以白皙润泽的手背青筋凸暴，隐隐颤抖。

南宫流云浑然不觉得现在他的样子有多吓人，他凝望着苏落，没有温度地笑起来，仿佛下一秒整个世界在他面前崩塌他也不会皱一下眉。

他定定地、轻柔地看着她，"现在是你最后的机会了。落落，如果你现在留下来，往后就走不了了呢。”

苏落只是摇头。她想说抱歉，想说对不起，可是喉咙像是被手掐住，怎么都发不出声音。

“现在你可出气了？”南宫流云的笑容很淡，犹如天边的云彩，遥不可及。

不等苏落回答，南宫流云便又给了她一句，“如果你心中还有气……我可以再给你一次机会。”自他的衣袖中，陡然亮出一把匕首，他硬塞到苏落手中，定定地看着她。

凌风顿时吓得魂飞魄散。

“殿下！”那柄匕首吹发可断，而且含有剧毒，只稍稍碰触肌肤，全身都会腐烂，无药可救。

“谁准你说话的？滚！”南宫流云对旁人一向肆无忌惮、阴晴不定。

一瞬间，空气顿时凝固。

对晋王殿下，凌风早已习惯了遵从，他的每一个字、每句话、每个动作，早已让他们形成了反射弧。遵从他、服从他，仿佛已经成了一种本能，一种铭刻在骨血中的烙印。反抗晋王殿下，是需要莫大的勇气的。

凌风咬了咬唇，气愤地闭嘴站在一旁。自古红颜多祸水。古人诚不欺我。凌风赤红着眼，双手紧握成拳，冰冷无情地瞪着苏落。

南宫流云将匕首塞到苏落手中，笑得云淡风轻却妖冶逼人，指着自己胸膛，柔声哄她：“来，刺这里，刺下去就解气了，乖。”他的脸色平静得没有一点温度，动手强硬地扣住苏落的手，让她毫无反抗余地。

苏落又怕又气，失声大叫：“南宫流云，够了！真的够了！”

南宫流云死死握住她的手，嘴角勾起妖冶魅惑的笑。他不容她拒绝，握住她拿着匕首的那只手腕，刀尖对准自己心脏最中央。

“你知道的，我南宫流云做事，从来没人敢置喙半句，也从来不在乎别人意见。但是，你苏落，是例外。”南宫拽住她的手，眼底冰寒，“你可以报复的，来吧，来出气吧。”

南宫流云漆黑的眼眸看着她，深深望进她眼底，借她的手，将刀尖对准自己心脏部位，最致命的脉门。他紧紧抓着她的手，平静得没有表情，只有步步进逼，强迫她杀他。

苏落一再摇头，奋力想将他的手掰开，她口中只喃喃说着对不起，对不起我不是这样的意思，我不是存心伤你的。

但是南宫流云置若罔闻，他眼里明明在笑，表情却显得淡漠无比。此时的他宛若黑夜中的鹰，冷傲孤清却又盛气逼人。他摸摸苏落的脸，唤她的名字：“落落，对你，我是真心的……”话音未落，他眼底闪过一丝狠意，重重按下她的手朝自己胸口刺去。

苏落的眼泪唰的一下涌出来。

这个人简直是恶魔！对别人狠也就算了，他对自己竟也如此狠心。

在最后关头，苏落用尽全力将匕首刺偏，刺向他的肩窝锁骨处，险险避过致命的心脏位置。

看着他虚脱得近乎窒息，却依旧一瞬不瞬地看着她笑。

苏落握紧拳头，瞬间明白了。

南宫流云他在用生命来算计她，步步紧逼，时时设陷！

他在赌！他在赌她会在最后关头避开要害，他在赌她苏落舍不得他死，他在赌她苏落对他并非没有一丝情意。

这样的男人，有心计、城府、谋略，还有强大的实力和雄厚的资本，像这样的男人，若是给某个女子机会，她便再也逃不掉了。

他说她是例外。难道这么多年，他就只给过自己机会吗？苏落脑海中忽然飘过那个清淡如风、素净绝美的倾国女子。难道，他不曾给过瑶池仙子机会？

“你还是没有原谅我啊，丫头。”南宫流云低笑着看着她，见她神色间变幻不定，他的目光温柔，妖冶逼人，“还不够吗？那再来？嗯？”

“南宫流云，你别疯了。”苏落神色复杂地瞪着他，如果不是看在他虚弱苍白的分上，她绝对会一巴掌挥过去。他凭什么用自己的生命来逼迫她？

如果可以，她当真想转身就走，丢下这个不将他自己性命放在眼里的男人，任由他自生自灭癫狂毁灭去。但是不能，因为她背负着害他走火入魔的责任。

“原谅我了吗？”南宫流云喘着气，俊颜上虚汗淋漓。

“我……”苏落冷冷地瞪向他，余光扫过那饮血的匕首，血色在阳光下发出诡异阴冷的光芒，心中一悸，鬼使神差地朝他吼叫：“原谅了，我原谅你了！”

她知道，如果她敢说“我从未责怪过你”这句话，那么，下一刻不是他掐死她，就是逼她掐死他。因为这两句话，饱含的意思截然不同。这个男人，对细节的考究，简直到了吹毛求疵的地步。

“那……就……好……”南宫流云苍白的笑容中闪过一丝满意。他似乎硬撑着，直到这一刻松懈下来，顿时栽倒在地。

“南宫流云！”苏落急忙抱住他，火急火燎地大叫。

倒在她怀中的南宫流云脸上布满冷汗，嘴唇乌紫，全身像在冷水里浸透过一样，几乎能抹下一层水来。苏落能够清晰地感觉到，即使他已经昏迷，但是浑身仍然不住地颤抖，抑制不住地颤抖。

刚才，他就在这种情况下，强撑着，逼她去杀他！

苏落不怕遇到凶残之人，但是对自己都能凶残到这种地步的人，她怕！

“都是因为你。如果不是你，殿下也不会这样！”凌风见到南宫流云晕倒，赶紧跑到他身边，一把抢过南宫流云的身体，一边仰头朝苏落大吼。

苏落被他吼得气血翻涌，几乎一口鲜血翻涌而出。

她咬紧牙关，才勉强将咽喉中的腥甜咽下去，冷声对凌风道："现在你吼我也没用，最重要的是想办法救他。我对这些不熟，现在全靠你了。"

凌风双目赤红，犹如被困的凶兽，死死瞪了苏落一眼，抱着南宫流云的身子就上了龙鳞马，他坐在车辕上扬起马鞭就要走。

想了想，他终究还是冷着脸朝苏落嘶吼："时间紧迫，还不快上马车！"

以他的本意，自然是将苏落丢下，丢得越远越好，但凌风不是傻子，他深切地了解到苏落在南宫流云心目中的特殊地位，那是连瑶池仙子都比不上的。

如若殿下醒来看不到苏落这妖孽，又要死要活怎么办?

此时，凌风的恶劣态度对于苏落来说完全忽略不计，她只担心南宫流云，若是他因为她而出事，她这辈子都会自责难过。所以，苏落二话不说跳上马车，朝凌风道："还不快走！"

龙鳞马似乎也感觉到了主人的生命气息虚弱，它暴躁地嘶吼，撒开四蹄，狂奔起来。此时，龙鳞马的速度简直可以用飞速来形容。

马车内，苏落紧紧抱着南宫流云逐渐僵硬的身子，心中实在是后悔万分。如果、如果她没有打上那一拳，是不是结果就会不一样了?

南宫流云，你可千万不要有事……一颗泪，悄无声息滴下，滚落到南宫流云染血的面容上，在他脸上晕染出一条清晰的水痕。

不到一个时辰，龙鳞马在一处奢华大气的庄园门口停下。凌风疾速跳下马车。

看到龙鳞马，庄园内早有管家激动地跑出来。

管家大约有五十多岁，双眸精亮有神，身板挺直有力，一看就是习武之人，而且武功还不弱。他看到凌风，神色间闪过一丝激动，"可是殿下过来了？"

凌风焦急地大喊："殿下受伤了，还不快过来帮忙！"

很显然，这座奢侈华丽的大庄园乃是南宫流云私有。

徐管家闻言，脸上顿时闪过一丝惊骇。晋王殿下受伤了？晋王殿下竟然会受伤？以晋王殿下的武功怎么可能会受伤？徐管家简直觉得此事太过荒谬。

然而，当他看到凌风急匆匆地抱着全身染血的晋王殿下从龙鳞马上跳下来时，他觉得自己的心脏都要停止跳动了。

"殿、殿下这是怎么了？到底是谁！"徐管家眼底闪过一丝惊怒。

凌风恨恨地瞪了苏落一眼，却缄默不语，迈开大步朝里面迅速飞奔而去。

苏落的身上染满了南宫流云的血迹，此刻的她看起来有些狼狈，她淡定地朝徐管家颔首，"快去请最好的大夫过来，晋王殿下似乎走火入魔了。"

徐管家看到苏落，饶是他一向以镇定自诩，也忍不住惊愕地瞪大双眼。

跟在殿下身边的人都知道，殿下有深度洁癖，他周身三尺范围之内任何人都不许靠近，特别是女人！

这辆龙鳞马车，除了凌风能驾之外，任何人都不允许进入。

但是他刚才在掀开门帘时，分明看到殿下倒在她怀中……殿下竟然允许这位姑娘接近他？坐连瑶池仙子都不被允许的龙鳞马车？

顿时，徐管家看苏落的眼神就不一样了，不再是对外人的深度戒备，甚至，他此刻的眼神还带了一丝恭敬谦卑。

“姑娘怎么称呼？”

“苏。”苏落淡淡回道。

“苏姑娘，劳烦您进屋照顾殿下，凌风粗手粗脚的未必能照顾好，老奴这就请炼药师去！”徐管家朝苏落郑重点头，继而迈开大步，转头离去。

练功走火入魔，一般的大夫就算能妙手回春，那也决计没办法，只能去找炼药师。

这南明府中，就居住着一名高级炼药师。

在大陆上，高级炼药师是非常稀少的，何况在东陵国境内，更何况在这小小的南明府中。

徐管家知道，那位传说中的高级炼药师性情孤僻高傲，喜怒不定，几乎已经到了令人深恶痛绝的地步。

想要请他出山除非有天材至宝，珍贵稀少的上古丹方，否则要打动他，难，非常难。

如果报出晋王殿下名号的话……不妥不妥，他连皇帝的面子都不买，未必会买晋王殿下的面子。更何况，外面要杀晋王殿下的人那么多，要是将殿下受伤的事泄露出去，那就不妙了。

若是在京城，晋王府中珍奇宝贝无数，但是在这南明府，能拿得出手的可不多啊。

徐管家心中焦急而忐忑，却只能从库房中挑选出最珍贵的礼物，带着人急匆匆地朝药师府而去。

苏落快步尾随凌风朝内飞奔而去，速度快得惊人。

她到的时候，看到厢房外面齐刷刷立着两排庄园内的护卫，每个人的动作神情都那么一致，冷淡、严肃、威严，气势慑人，压迫感十足。

苏落被拦在门外。

凌风朝外大喝一声：“让她滚进来！”

凌风虽然焦急万分，却还没急坏脑子，虽然他很不愿意苏落再接近自家主子，但事实却摆明了，有她在殿下才会撑下去。

真是让人抓狂的发现。凌风郁闷地挠头发。

苏落完全不知道凌风的纠结，她进去的时候，发现凌风已经将南宫流云安置到床上。

病床上的南宫流云双目紧闭。

睁眼的他目光犀利深邃，稳重冷然，此刻双眸紧闭，仍然给人一种不寒而栗的强势感觉。

红唇妖娆，眉目如画，倨傲有力的下巴如雕刻过那般精美。一袭白衣染上滚烫鲜血，脸颊处、脖颈上都是斑驳血迹，妖邪且阴魅。

此时的他，虽然孱弱苍白，但那股强大霸气却依旧外泄。

“你来！”凌风手里拿着一块绞好的锦帕，带着一丝怒气，将其丢给苏落。

晋王殿下有深度洁癖，即使他在殿下身边跟随了十几年，也必须在他周身保持三尺范围之外。刚才抱殿下进来，那是情急之下，不得已而为之。

但是，苏落这妖孽不同，想必殿下巴不得她亲近吧。凌风恨恨想道。

苏落拿着柔软干净的锦帕，慢慢走到南宫流云身边，坐在床沿，静静地凝视着他。

一向矜贵冷傲的晋王殿下如今看起来却是那么狼狈，让人不由得心就放软了，渐渐生出一抹怜惜。

她冰凉如玉的纤细手指拨开他额前几根发丝，柔软的锦帕一寸寸细细擦拭过他的肌肤。

只是，他依旧昏迷不醒，他全身僵硬如铁，如坠冰窖，瑟瑟发抖，冷得似乎生命随时都会消失。

“炼药师怎么还没来？殿下快撑不下去了。”凌风急得双目赤红，他朝苏落硬声道：“照顾好殿下，我去去就来。”

话音未落，不等苏落回话，他的身影在原地凭空消失。

凌风是高手，而且是仅次于南宫流云的那种高手。苏落在心中暗道。

忽然，她只觉得手一紧，再低头，却发现南宫流云那只手紧紧攥住她。

他胸前那一汪艳丽的血非常刺目，刺得她双眸生疼，刺得她眼眶湿润。

他捏紧苏落的右手，力大得简直想掐断她的手腕。

痛，真的很痛。苏落咬紧下唇，生疼的滋味让苏落觉得自己会被他捏爆血管。低头，她看见手腕处的血色迅速褪去，肌肤泛白，南宫流云掐紧的手指几乎陷进肉里去。

苏落痛得几乎麻木。但是，她紧闭了嘴巴，一句话也不敢说，更不敢提醒他放手。

苏落明白，他现在很痛。

这个男人痛得昏厥过去后，仍然在痛。

他现在所承受的痛是她的千倍万倍，而造成这一切的始作俑者是她，她凭什么在他面前喊疼？如果这样能够减轻她的负罪感的话，她希望这样的痛能来得更猛烈些。洁白皓腕被捏得几乎骨头碎裂，苏落疼得浑身哆嗦，但是她却一动不动，另一只手平稳地、缓慢地，一下一下、一寸一寸地擦拭着他脸上那淋漓的冷汗。

他牙关紧咬，下唇咬出鲜血，缓缓流淌而下。

苏落心中闪过一抹痛惜，那么好看的薄唇，破坏掉真是可惜了……苏落想也不想，伸出手指撑在他牙关处。

痛……一瞬间，苏落柳眉紧蹙，身形却似被定住，一动不动。

直到此刻，她才深切意识到他痛得有多深。

凌风进来的时候，看到的就是这样一幅岁月静好的画面。

他看着苏落那只被捏得泛白、近乎碎裂的手腕，以及另外一只被咬得鲜血淋漓的手，他的深沉眼眸闪过一丝惊诧，继而是了然。

从这日之后，他虽然依旧对苏落横挑眉毛竖挑眼，但却没有了一开始的恶意和挑衅，这是后话。

当凌风退出去的时候，他看到许三匆忙而来，他的身后跟着一位眉发皆白的老者，老者身后跟着一位拎着药箱的小童。

凌风眼底闪过一丝寒意，他一把揪住许三的衣领，“姓冷的呢？”

高级炼药师冷焰，不是去请的他吗？怎么来的人不是他？

许三满脸苍白，心酸而无奈，“徐管家还守在冷大师府里，冷大师根本连人都不见。徐管家无奈，只能让我们将左药师先请来。”

左药师是中级炼药师，比之冷焰差了一截，但现在只能先请他过来看看了，徐管家那边还在想法子。

左药师进去后，把脉后又仔仔细细地检查了一遍，他皱眉对凌风和苏落道：“太严重了，老夫没有丝毫把握，还是得请冷药师过来瞧瞧才行啊。”

“若是能请到他，还需要请你？”凌风一点面子都不给，直接大怒。晋王殿下的伤让他几乎失去理智，犹如咆哮的困兽，随时准备扑向敌人。

左药师也很无奈，谁叫他实力不够呢。

苏落看着床上不断颤抖的南宫流云，皱眉问道：“不知道要如何才能请得到那冷药师？”

“难，极难。”左药师叹息一声，“除非送的宝贝合乎冷药师的心意，否则，以冷药师那种孤僻高傲之人是决计不会出手救人的。”

“就算是当今陛下下圣旨都不行？”苏落蹙眉。炼药师的地位有高到这种程度？

“是，就连陛下下圣旨也请不动他。毕竟，冷药师现如今是东陵国仅存的三个高级炼药师之一。”左药师抚着胡须，满眼都是羡慕。

因为炼药师无比稀少，所以皇室对炼药师极其看重，给予的自由度也非常高。可以说，若是炼药师想为帝国服务，报上名去，高官厚禄，金山银山，美女封地，只要提的要求没威胁到帝国安危，那简直是要什么有什么。由此可见，炼药师在大陆上的地位是何等超然。

苏落站起身来，默默地看了南宫流云一眼，转头对凌风道："看来我要亲自去冷府一趟了，这里就拜托你了。"

凌风眉头紧蹙，"徐管家都请不来，你又有什么办法？还是我去！"他转身欲走。文请请不来，不还有武请吗？别人怕得罪他冷焰，他凌风可不怕。

苏落却拦住他，神色淡定，语气更是坚定，"相信我，只有我才能请得到他。"说完，她对左药师道："还望左药师前面带路。时间紧迫，左药师请吧。"

左药师也实在好奇这小姑娘究竟有什么法子，竟如此信心满满地夸下海口称能够请冷药师前来，所以，他一口答应。

凌风虽然不太赞同，却也没有阻止苏落，毕竟这也是一层希望。若是最后苏落还是请不来，那他就豁出性命去，就算绑架也要将冷焰绑回来。管他是什么劳什子的高级炼药师呢。

冷府地处城西僻静所在，这里临近南山，人烟稀少，环境清幽雅致。

下了马车，看到眼前场景时，苏落不由微微皱眉。

冷府门口有一块宽阔的空地，但是如今空地上却跪了许多人，黑压压一片，粗粗数过去，竟有上百人之多。

更让人惊奇的是，这么多人跪在地上却没有发出一丝响声，一个个就如同庙里的雕塑一般，一动不动，一声不吭，跟木桩似的。

此时，朱红色的大门咿呀一声打开，从门内走出一位身着锦袍，一看就是养尊处优的白净中年人，只见他负手在后，傲慢地慢慢踱步而出，挑剔的目光审视着跪着的人群。

每当他走过一人面前，那人就会极其恭敬而卑微地双手高举手中托盘，那红漆托盘里安放的就是他们自身带来的珍贵礼物。

有的是难得的药材，有的是医术手稿，有的是朱玉晶石。唯一相同的是，那些东西全都不是凡品。

但是，这位冷管家的目光跟他的姓氏一样冷，傲慢又挑剔，直直走过三排，还没有看中任何一样东西。

他走过之处，那些人都难掩眼底的失望之色。冷管家没表示满意，就说明他们没机会了……

冷管家一边慢悠悠地踱步，一边漫不经心地冷笑，"垃圾，全都是垃圾！你们敢拿这些垃圾来糊弄我们家主人？呵呵，告诉你们，没戏。赶紧的，都滚吧。"说完，冷管家一甩袖就欲进去。

忽然，斜刺里突然出现一道身影，一位年纪不过五六岁扎着两根小辫子的丫头一把抱住冷管家的大腿哭喊：“冷管家，求求您了，求求您给点药吧，我娘快要病死了……呜呜，求求您了……”

小姑娘的话似乎引起了一片共鸣，接连不断的哭喊声响起。

哭声此起彼伏，一声比一声凄惨。但是，冷管家的脸依旧如他的姓氏那般冷。他一把扯过小姑娘，犹如丢弃破布般将她随手丢到一边，还嫌脏似的拍拍裤管，冷着声音哼道：“想求药？除非拿出我们家主子看得上的宝贝来。想要我们家主人施医赠药？做白日梦去吧。”说完，他冷傲地甩袖就走。

苏落眉宇微皱。有怎样的主子就有怎样的奴才，这位冷管家言行举止如此趾高气扬，想必冷药师也非常难缠了。

不过，任你是高级炼药师又怎样，难道还高得过传说中的紫火老人？他老人家花费毕生心血而著的《无名丹方》可是在自己手中，还有那名扬天下的紫火药鼎，你冷药师可有？

苏落挑眉示意左药师。

左药师眼底闪过一抹苦笑。炼药师之间等级森严，他这位中级炼药师在别人面前还可以抖擞抖擞，但在高级炼药师面前却只能低眉顺眼。

人人都知道，这位冷管家从小陪着冷药师一起长大，两人成了莫逆之交，冷药师一心钻研医术，所有的琐事都交由冷管家打理，所以，从来都只有冷管家在别人面前傲慢，却没人敢在他面前傲慢。就连他左某人，遇见冷管家，那也是直不起腰的。

左药师堆起笑容，叫住正欲进去的冷管家。

冷管家回头看到左药师，微微蹙眉，神色间也不甚恭敬，“左药师，你怎么又来了？我家主人可没空指点你那些乱七八糟的疑惑。”说完，冷管家没有停留地走进门内，示意随从闭门。

苏落嘴角扬起一抹嘲讽的冷笑。高级炼药师就那么了不起吗？他家的一位管家就可以对中级炼药师吆五喝六？还敢当着他的面闭门，完全不将对方放在眼里？

再看左药师，只见他抚着几根山羊须，脸上无悲无喜，似乎对眼前的场景早有预料，对冷管家的态度也没有一点排斥。

阎王好见，小鬼难缠，难怪就连徐管家都请不来冷药师。

苏落冷冷一笑，一把摁住即将关闭的门扉，坚定的声音中带了一丝冷意，“且慢！”

竟然还有人胆大包天地阻止？冷管家觉得很不可思议，他露出一张尖嘴猴腮的脸，一双精明而傲慢的小眼睛阴冷地瞪着苏落，高傲地扬着下颔，斜睨苏落，“哪里跑来的黄毛丫头，活得不耐烦了？”

好粗俗无礼的管家！

即便他再蛮不讲理，还是有无数人跪着求他收下他们千挑万选倾家荡产买来的礼物。事实再一次在苏落面前证明，大陆上炼药师是何等令人尊崇的职业。

苏落似笑非笑地挑眉，“请问徐管家在吗？”

徐管家？冷管家脸上闪过一丝复杂的光芒。徐管家身份神秘，不是他能随便得罪的。他瞪了苏落一眼，转身走了，不过还是留下一句话，“放他们进来。”

不过是一个管家而已，竟骄傲到这种程度……苏落摇摇头，她不会刻意与这种人计较，但若是犯在她手里，那就自求多福吧。

有小厮带路，苏落很快便与徐管家会合。

徐管家的遭遇虽然不像跪在门口那样狼狈，但也好不到哪里去。

冷管家将徐管家安置在厢房内，有丫鬟小厮在一旁等着听候差遣，饿了桌上有点心，渴了有茶水，不冷不热，基本礼节尽到，但就是不让徐管家见冷药师。

徐管家满脸焦急，“我们能忍但主人不能忍。不行，我亲自找冷药师去！我就不信，凭主人的威望，他冷焰还敢说出一个不字！”虽然那庄园是虎狼军团的一个秘密根据地，但为了殿下，这样的风险值得冒。

苏落皱眉，这是预备要将南宫流云的身份告知冷药师了？苏落一把将他拦住，淡声道：“事情还没到那地步。这样吧，先让我试试。”

苏落这一路上的所见所闻，她已经将冷焰的性子摸得差不多了，只见她抬手召唤小厮前来，只淡声吩咐：“笔墨纸砚伺候。”

小厮虽然不解，却还是很快将苏落需要的东西备齐。

坐在桌案前，苏落手执狼毫笔，脑中似乎在思索。但其实，她的灵魂早已经跑到空间里去了。

她记得当时在山洞里，除了拿到紫火老人的《无名丹方》之外，另外还有十几页纸色泛黄的短笺，上面密密麻麻都是字。当时苏落因为时间紧迫，没有仔细瞧，只隐约觉得那是上古丹方。

刚才听左药师说起，要想打动冷焰药师，除非拿上古丹方来。所以，苏落一下子就想起被她遗落在空间角落的那一沓泛黄的纸张。

苏落拿起来细细翻阅。果然，每一张纸都是一个药方，而且上面明明白白写明是上古丹方。

虽然苏落没有见识过别的上古丹方是什么样子，但是，紫火老人的名号却是信誉保证。能让紫火老人珍而重之，与他的《无名丹方》摆在一起的，就绝对不会是假货。

苏落随手抽了一张出来，定眼一看，那是一张生肌丹的方子。

生肌丹，顾名思义就是“肌肤再生”的意思。若是有人断手断脚，有了生肌丹后，就有可能恢复如初。

这张上古丹方早已在大陆上失传，谁也不曾预料到，会经由苏落的手再次传出去。

苏落仔细看着这张上古丹方。

这上面不仅详细列明了所需的材料，而且就连每一步骤、每一细节，会出现的每一个问题以及疑难解答全都记录得清清楚楚。而且，要炼制生肌丹，必须是高级炼药师及以上。

苏落距离高级炼药师还有好远的路要走，所以，她对这张丹方也没有那么看重。

当然，若是这张丹方还打动不了冷药师的话，苏落会考虑将紫火药鼎献出去，毕竟对于她来说，紫火药鼎不过是死物，而南宫流云却是她不可推卸的责任。

苏落虽然知道上古丹方很珍贵，但后来的事实证明，她还是过度低估了其价值……

苏落选定这张生肌丹方，记下上面的文字后，便退出空间回到现实中。因为她只是灵魂进入，所以哪怕是当着所有人的面，也没人看出其中的破绽。

苏落手执狼毫笔，在澄心堂纸上挥洒自如，写到三分之一的时候，她嘴角扬起一抹奸诈狡黠的笑容。她收住笔，拿起那张墨迹未干的澄心堂纸，对着它吹了几口气，很快便将墨迹吹干了。

苏落叫住一位路过的小厮，道："将这个给你们冷药师送去。"

小厮皱眉。

平常也总有客人想面见冷药师，会暗中将名帖通过他们这些下人传递给冷药师，但是据他所知，这些人从未成功过，而且这其中还要担很大的风险。所以小厮想也不想便拒绝了。

苏落却笑得神秘莫测，"别急着拒绝啊，你可知道，你这一辈子的飞黄腾达可就落在这上面了。"说这话的同时，苏落塞到小厮衣袖中的还有一块重重的银锭子。糖衣炮弹，不论古今都适用。

小厮也算胆大，他想也不想便点头，掩住衣袖快步离去。

看着他离去时的背影，苏落笑得有些不怀好意。

在这一过程当中，徐管家一直都疑惑不解地看着苏落，直到此时，他才狐疑地询问："苏姑娘，你就这么有把握？"那纸上究竟写了什么？徐管家很是好奇。

苏落泰然自若地端起茶杯，浅浅饮了一口，搁下后，嘴角扯起一抹弧度，笑道："不是我有把握，而是那张丹方有把握。徐管家可知道，冷药师最中意的宝贝是什么吗？"

徐管家一本正经地说："这不难猜，肯定是上古丹方了。"但凡是炼药师，没有一个不对上古丹方有着强烈的渴求。

只是，上古丹方毕竟在大陆上失传已久，就算不曾遗失的那部分，也都掌握在世家或隐世大族手中，普通的炼药师手中几乎是没有的。

苏落抿唇而笑，笑得高深莫测。

第十一章 投人所好

正在徐管家犹疑不定之际，忽然，外面传来一道急促的脚步声，之后，厢房的门被疾速推开。

来的不是别人，正是之前各种瞧苏落不顺眼的冷管家。

只见他阴沉着一张脸，高傲又挑剔地扫了苏落一眼，居高临下问：“你可是呈了一张字条给我家主人？”

苏落目光淡定地扫向他，不否认，也不承认。

冷管家冷笑得阴森莫测，“没想到你这丫头竟然还有这样的心计。告诉你，你很幸运，我家主人已经答应见你了，跟我走吧。”

冷管家对苏落的态度是不屑外加鄙夷的。

徐管家虽然生气冷管家的态度，但是知道冷药师答应要见苏落后，他眼角眉梢都是喜色，因为这代表着冷药师极有可能会亲自出手相救。

然而，苏落的表现却让他大跌眼镜。

只见苏落面色无波，冰色琉璃般的美眸漠然地看了冷管家一眼，转身朝徐管家淡然道：“我们来了也有些时候了，也不知道家中病人如何了，先回去看看吧。”说完，她不紧不慢地转身就走，步伐异常坚定，背影非常决绝。

冷管家也同样没有想到，苏落竟然会走。而且她说走就走，干脆利落，没有一丝拖泥带水。一时间，他有些愣住了。来求医的哪一个不是卑躬屈膝、战战兢兢的，这臭丫头竟然如此不识好歹！

冷管家阴沉着脸，朝苏落冷笑，大声威胁道：“只要出了这个门，你就别奢望我家主人会再出手医治。你可想好了。”

这样的威胁，百试百灵。但是这一次，却例外了。

只见苏落身形顿了顿，回眸朝他展颜一笑，笑容妩媚动人，“冷管家，很期待与你再次相见。”话音刚落，苏落神色淡淡地转身，坚定地往外走去。

其实徐管家非常想将苏落揪住，拎着她去见冷药师，但是不知为何，这样平静无波的苏落，竟然给他一种强烈的威慑感，让他有种臣服、不敢反抗的敬畏。

冷管家冷哼一声，暗骂了一句：“不识好歹的臭丫头，有种出了这门就别哭着求着进来。”

骂完后，他一边往炼药房而去，一边思索着如何在主人面前狠狠告那臭丫头一状。

苏落走出门口，见徐管家欲言又止的模样，她笑了笑，“行了，别紧张，我们就在这儿等冷药师。”

等冷药师？亏苏姑娘说得出来。冷药师是谁想见就能见的吗？更何况还要他亲自出来。

据说冷药师已经十年不曾踏出这片庄园半步了好不好？徐管家很想朝苏落咆哮，但是看着她那娇滴滴的样子，他又实在不忍心。

好不容易得来的机会就这样被浪费掉了。徐管家气呼呼地别过脸去。

苏落唇边勾起轻浅的弧度，眼底闪过一丝笑意。

她心中是极有把握的。

既然高傲的冷管家能亲自出面来请她，那么，就足以证明那张生肌丹方已经落到冷药师手中了。

既然那半张上古丹方已经落到冷药师手中，以冷药师的眼光，她又何必再担忧对方不识货呢？

现如今是卖方市场，她苏落才是老大，任凭他冷药师如何蛮横，又能拿她如何？还不是得来求她？

苏落嘴角勾起一抹残酷而冰冷的笑意。她很期待冷管家即将面对的暴风雨呢。

却说冷管家被苏落拒绝后，大步走向炼丹房，然而还没等他敲门求见，那扇总是在闭合的门扉却猛然打开，露出一张神色焦灼的脸。

这是一位大约四五十岁的中年男人。只见他身形清瘦，头发眉毛乱糟糟的，不修边幅的样子，身上的白色衣袍也是脏污得东一块西一块，看起来有些狼狈。

不等冷药师开口，冷管家就先告上状了，“主人，那臭丫头太不识好歹，小的奉您的命令去请，谁知她竟然站起来转身就走。真真是可恶至极！”

冷药师眼眸闪过一丝厉色，一把揪住冷管家的衣领，咬牙切齿，“你说什么？”

冷管家以为冷药师因为自尊受到挑衅所以怒气值满溢，便大着胆子无中生有告黑状，“那臭丫头还说、还说您没什么了不起的，不见也罢，简直没将您放在眼底。”

“真是可恶！”冷药师大骂出声。

冷管家心中一喜，然而，还未等他的笑意传递到眼底，却见冷药师一把将他掷在地上，恨恨地说：“一定是你这臭奴才傲慢无礼怠慢了她！哼，若是那姑娘不见了，看我怎么收拾你！”说完，冷药师还不解气地踹了冷管家的脸一脚，然后穿着那件脏污的工作服飞奔而出。

冷管家抱着被踹得七荤八素的脑袋，抑郁得快疯了。

他到现在还想不明白，为何一张小小的纸有那么大的魅力，竟然让他家主人弃炼制了七七四十九天的丹药于不顾，直接就跑掉了。

不过冷管家能够坐在这个位置多年，毕竟不是傻子，他跌跌撞撞地爬起来，追着冷药师的身影，也往大门口跑来。

冷药师飞奔到门口，看到门口黑压压的一片人，却不知道哪位是写出上古丹方的姑娘。

而门口那片黑压压的人都不曾见过冷药师的真面目，所以也没认出来眼前这脏污狼狈的老头就是他们哭着求着要见之人。

刚好这时候冷管家也出来了，他大步朝苏落走去，神色间已经完全变了，不再是趾高气扬，而是换了一副卑躬屈膝的态度。他谄笑着拦在苏落面前，“这位姑娘请留步，我家主人亲自来了，您看……”

苏落平静地瞥了他一眼，顺着他的视线朝那个方向望过去。

“生肌丹方……”冷药师一脸激动兴奋的模样，开口就欲询问。

苏落淡笑着递去一张澄心堂纸。

苏落之前将生肌丹方分成三部分，第一部分已经到了冷药师手中。此刻，她递出的是第二部分。

苏落从容不迫地看着冷药师。她就不信，这样还诱惑不了他。

果然，如苏落所想，冷焰这个人纯粹就是药痴，他不修边幅，不拘小节，整个身心都投入到炼药事业，为之奋斗终生。其余的东西在他眼中，那都是狗屎。

“我想请冷药师去救一个人，不知道冷药师可否移步？”苏落见几乎将整张脸都埋进澄心堂纸里的冷药师，淡淡一笑。

“那最后的方子……”冷药师神色间难掩激动。

“若是能治好病人，最后的方子自然双手奉上。”苏落笑看着他，“不过，如果冷药师没有把握的话，那就当我没说过这番话吧。”说完，苏落转身就走。

“行，老夫跟你去救人！”冷药师被那三分之二的上古丹方吊得欲仙欲死，心痒得不得了，恨不得能拿到全部，然后深入研究它个七天七夜。

“冷药师果然是识货之人，不像有些人，呵呵。”苏落似笑非笑地扫了一眼冷管家。

此时的冷管家脸上有一道清晰的鞋印，很显然被人踩过。

冷药师冷冷瞪他一眼，“回来再收拾你！”说完，他率先爬上马车，一个劲地催促苏落，“赶紧的，快上车，还等什么？”

很显然，苏落那三分之二的上古丹方成功吊起他的兴趣，吊得他差点抓耳挠腮，恨不得立刻治好了病人，拿到全部丹方才好。

南宫流云，等我，我一定会让人治好你的！苏落暗暗握拳。

马车上，冷药师不断地询问苏落，试图从她口中得到一些关于上古丹方的信息，但是苏落却总能避重就轻转移话题。

常年沉浸在炼药中的冷药师如何是她的敌手？最终只能败下阵来。

马车的速度非常快。过了大约半个时辰，一行人就回到庄园。

凌风看到苏落竟然真的能将冷药师请来，眼中闪过一丝惊诧，不过他很快回过神来，一把拉住冷药师，强行将他架到南宫流云面前，急声道：“快，给我们主子看看！”

冷药师正欲发作，但见苏落晃晃那张薄薄的澄心堂纸，便双眼放光，顿时将情绪压下，凝神屏息地把脉。大约过了半个时辰后，冷药师这才睁开眼。

苏落从一开始就将眼眸胶着到他脸上，不放过他脸上任何一丝异样。

见他睁眼，苏落赶紧上前几步，“冷药师，怎样？严重吗？”

冷药师眉宇紧蹙，脸上浮现凝重之色，半晌，他才瞥了苏落一眼，“五脏六腑几乎移位，内脏频频出血，经脉紊乱在体内四处游走，想上上不去，想下下不来，不严重吗？”

竟然如此严重！苏落神色依旧，心中却泛起一丝无措。

冷药师的话和凌风之前的话相互印证，天衣无缝。原来，凌风说的那些话都是真的。南宫流云竟然真的为了她强行收功，又强行压制晋阶，以至于原本就受损的身子更加严重。而她，竟然狠狠给了他一拳，在他虚弱不堪的身上雪上加霜，以至于到了现如今这般田地。

苏落握紧身侧的拳头，神色凝重，她一瞬不瞬地盯着冷药师，“您说，要如何才能治好？”

冷药师想了许久，才缓缓道：“要治好他，很难，非常难。”

“您说！”苏落和凌风异口同声。

只是，能让冷药师说出“很难，非常难”这五个字……苏落和凌风都有些打鼓，那该难到什么程度？

冷药师摸着光洁的下巴，沉吟半晌，才缓缓道：“需要晶石，大量的绿阶晶石，当然能在绿阶以上则更好了，三天之内，你们可能办到？”

“绿阶晶石？或者以上？”苏落还没听懂这几个字的含义，凌风却惊讶地大吼一声。

“是，必须绿阶晶石，否则难以疏通脉络，就算以后治好了，晋王殿下也只能停留在六阶，往后漫长的岁月中，再如何修炼都无法晋阶半寸。”冷药师神色冷凝，一字一顿说得详细。

他把脉的时候发现对方竟然有六阶的实力，再略一想就能想到，整个帝国能这么年轻就晋级到六阶，而且几乎已经进入七阶的，就唯有晋王殿下了。

发现这个事实，冷药师再镇定也不免有些打鼓。晋王殿下是帝国的希望，他不治也就罢了，若是将他治出个好歹来，那就麻烦了。

凌风眉头紧拧，焦急地在房间里走来走去，“到哪里去找绿阶晶石？而且还需要大量！”

“确实很难。”冷药师跟着皱眉。

苏落完全一副云里雾里的迷茫状，她悄然走到一边问徐管家：“绿阶晶石是什么？”

竟然有人没听说过绿阶晶石？徐管家大惊，错愕地望着苏落。

“怎么，不知道很奇怪吗？”

徐管家先是点头，又是摇头，继而轻咳一声对苏落道：“众所周知，要想快速提升修为有两种方式，一种是潜心修炼，还有一种是吸收晶石修炼。而第一种人往往是没有晶石，所以必须靠自己修炼，可见对于修炼者来说，晶石非常重要。”

还有这种事？苏落皱眉不语。

也难怪了，以前的她是传说中的废柴，自然对修炼之道一无所知。

徐管家又道：“晶石根据品质据说又分为七种，跟天赋灵力一样，分为赤、橙、黄、绿、青、蓝、紫七种。但是大陆上的晶石极少，而且大多数都是赤橙黄三种，绿阶的极少，至于后面的青蓝紫三种则更是稀少无比。”

所以，想要在极短的时间内找到绿阶晶石，是极难的一件事了？

“皇宫的大内库房里应该有，但这里距离帝都极远，就算是坐龙鳞马时间上也是来不及啊。”徐管家急得在房内团团转。

苏落心中也是着急。

这什么晶石到底是什么玩意儿啊。别说让她找，就是见她也不曾见过啊。

凌风倏然站起身，直接就往外跑，只留下一道声音，“我去找！”

凌风拿着晋王的令牌去了城里守备处，将库存翻了个底朝天，几乎将郡守大人急出毛病，这才凑到三颗绿阶晶石。

赤橙黄三色晶石倒是不少，但是这些对于普通人来说是修炼至宝，于南宫流云这种六阶高手来说，已经没什么用了。

凌风紧接着又跑了趟佣兵公会，发布了收购绿阶晶石的任务：一颗绿阶晶石可兑换十万金币！

这样的兑换比例，可算是极高的，所以整个城里都热闹起来，无数的人开始传递消息。

最后，凌风押着一车的石头回到庄园内。

苏落出来的时候，正好看到凌风抬着一筐足足有上千斤重的石头，步履匆匆地进来。

“快，每个人一筐原石，若有人切出绿阶晶石，奖励万两金币！”凌风豪气十足。

一声令下，顿时，庄园内的下属都沸腾了。

人不为财天诛地灭。更何况，这笔财还发得名正言顺。

“这些石头？”苏落的视线落到这些石头上时，不由得有些愣神。她怎么觉得这些黑乎乎的石头这么眼熟，似乎在哪里见到过？

“这些就是出晶石的原石。”凌风淡声解释道，“原石非常奇怪，再强大的武者也不可能一眼看到原石的内里。这些原石里面，有的只是石头，有的会切出赤色晶石，有的会切出橙色晶石，还有黄色晶石和绿色晶石，没有切出来之前谁也说不准。”

苏落的视线紧紧盯着这些黑乎乎的石头，脑中忽然闪过一道灵光，“这些就是晶石的原石？”

“是，都是从附近的晶石矿区专门拣表现最好的拉来。只是，想要切出绿色晶石，很难。”凌风的眉宇始终皱着，他的注意力集中在场上切石头的人群，目光如鹰隼般，一瞬不瞬地盯着。

如凌风和冷药师所言，绿色晶石真的非常稀少，上万颗橙色晶石也未必能出一颗绿色晶石。这批原石全都是质量和表现最好的，但是经过一个下午的切割，总共切出了五百颗赤色晶石、一百颗橙色晶石、五颗黄色晶石，至于绿色晶石，却连影子都没见着。

看到成果后，凌风的面色非常难看。

“再去拉一批原料过来。我就不信，一颗绿色晶石都找不到！”凌风大声下令。他急得手心都是汗，心中是极怕的。

苏落问冷药师道：“到底要多少颗绿色晶石才足够？”

冷药师想了想，说："多多益善，但最少也要五十颗绿色晶石。"

"五十颗？"苏落郁闷了。凌风翻遍了整座郡城，到现在手里也不过才三颗绿色晶石，冷药师一开口就要五十颗！这难度也太大了吧？

冷药师却道："其实也不一定要绿色晶石，如果有青色晶石的话，十颗就够了；蓝色晶石的话，两颗就够了。如果有紫色晶石，别说一颗了，就是一点点碎末，里面蕴含的灵力那也够了。"

苏落抑郁了。绿色晶石都那么难得了，更何况几乎整块大陆都以稀少著称的青色、蓝色和紫色晶石？这根本不可能啊。

看着凌风自己跑去切石，苏落忽然脑中灵光一动。

她怎么忘记了？她的空间中就有几十颗黑乎乎的原石啊。当初在紫火老人的洞穴处，差点将它们弃之不要了，后来因为它们能扩展空间，她才将它们全部扫荡的。

苏落找了个僻静所在，意念一动，灵魂进了空间。

空间中依旧显得有些挤，但是在拥挤的空间中，苏落看到了什么？

她竟然看到她的契约灵宠，本体为龙却被它爹变成狗的小萌萌童鞋，它竟然很人性化地盘腿坐在地上，在它面前是一堆小山一样的原石，而此刻的它，竟然双手捧着一块原石，它……

苏落以为自己眼花了，但揉揉眼，眼前的情景依旧不变。

她那可爱萌人到爆的小灵宠竟然像剥香蕉一样在撕原石。

是的，哪怕是凌风那样的高手，他也只能用专门的切割机去切割原石，因为原石非常坚硬，即便是高手也难以将其摧毁。

但是，可爱的小萌萌它竟然像剥香蕉橘子一样，一瓣一瓣地掰开，然后将剥出的晶石塞进自己口中，咯嘣咯嘣地咬着倍儿香！

等等！

她看到了什么？

苏落只觉得眼前一道绿光闪过，这种熟悉的绿色她才在不久前见过。

这一定不是真的！

凌风疯了似的全城搜索要找绿色晶石，结果，小灵宠竟然当绿色晶石是零食给吞了？

它随手剥出来的竟然是绿色晶石？

苏落顿时有种迎风泪流满面的感觉。运气这东西，真他娘的太重要了！这就是人品啊。

苏落冲上去，一把拎起小灵宠，笑得邪恶而狡黠，"打劫了！要命的话，赶紧将吞下去的东西乖乖吐出来。"

小萌龙湿漉漉的大眼眸可怜兮兮地望着苏落，两只爪子死命捂住小嘴，怎么都不肯松口。

看着这样的眼睛，苏落心都软了。

“好吧好吧，那颗就当是你的工钱了，但是其余的这些可不许再偷吃了。”

苏落看着散落一地的原石废料，心中那叫一个隐隐作痛啊。她直接敲了小萌龙一脑袋，“你这败家子啊。”

那不是瓜子豆子，而是绿色晶石好不好？凌风挂出来十万金币换一颗的绿色晶石啊。

小萌龙完全不明白自家主子为何一脸肉痛的表情，它咯嘣咯嘣地咀嚼着美食，蹦蹦跳跳的似乎很欢快。

苏落一把将它拎到怀里，让它盘腿坐在自己身前。

看着面前成堆的原石，苏落想试试自己的手气，于是，千挑万选选了其中一块递给小萌龙。这娃能手动处理，速度比切割器快多了，免费的劳动力不用那就是资源浪费，可耻啊。

小萌龙很有作为免费劳动力的自觉，它接过那块香瓜般大小的原石，忽然，它转头用那双清澈如水的大眼睛好奇地看着苏落，似乎有些不明白苏落为什么会挑这块。

苏落摸摸它的脑袋，催促道：“这块肯定能出绿色晶石的。好了，快别磨蹭了，就跟你掰橘子似的掰开就行了。”

小萌龙虽然依旧疑惑不解，但是对于主人的命令，它坚决执行。

苏落凝神屏息，眼睛瞪得浑圆，她一瞬不瞬地盯着小萌龙手中的原石。只见那略带褐色的原石外皮一瓣一瓣被剥开，慢慢地，里面的晶石露出来。

黄色？

苏落不信，她一把抢过来，仔仔细细地看过，发现那竟然真的是黄色晶石！

黄色虽然不错，但是对南宫流云无用处。苏落有些郁闷地将黄色晶石丢到一旁，又东挑西选半天，选了一块斑驳条纹的灰色原石，郑重地递给小萌龙。

“来，乖哦，小爪子争气点，剥个绿色晶石出来。”苏落哄着小萌萌，似乎能不能出绿，就看小爪子的运气似的。

可怜的小萌萌无意识间就被压了重担。

它接过原石，忽然又抬起它那双湿漉漉的大眼睛，眼底的清澈水波能将苏落的人影映出来。它不解地看看原石，又看看苏落。

“这孩子在纠结什么呢？快剥啊。”苏落拍拍它的小脑袋。

小萌龙像看白痴一样地瞥了苏落一眼，低下头毅然决然地开始剥那块苏落挑中的原石。

剥开后，一看那颜色，苏落顿时垮下脸来。她的运气果然不好！这次竟然比第一次还不如。第一次好歹剥出来一块黄色晶石吧，这次竟然连黄色都没有，而是橙色晶石。

苏落有些烦恼地揉揉太阳穴，好不容易打起精神，“我就不信自己的运气会越来越差！来，将这块给剥了。”

苏落这次没有千挑万选了，她直接捡起距离她最近的那块大约有西瓜般大的原石，气势十足地递给小萌龙。

既然是拼运气，那就不需要挑选了。运气来了，就算闭上眼睛都能挑中好的；运气没有，就算手里就是一块紫色晶石也会被别人骗走。

这一次，小萌龙依旧用那双黝黑的大眼睛看着苏落，只是这一次，它眼中的同情之色更为明显，明显得苏落差点就能看出来了。

结果，剥出来一看，苏落几乎要给跪了！

她今天这算什么鸟运气啊？简直是厄运附体呢。竟然一次比一次差！

第一块原石好歹能剥出黄色晶石，第二块原石剥出橙色原石，这第三块……竟然是赤色！还那么大一块赤色，简直让她欲哭无泪。

苏落想，如果她再选一块，会不会直接里面什么都没有了？她扶额，郁闷地坐在原地，有气无力地看着自己一双霉运附体的爪子。

小萌龙迷茫地看着精神萎靡不振的主人，歪着小脑袋思考了一会儿，它觉得自己帮不上忙，于是便很乖地坐到原石堆上剥石头玩。那样子，就如同小孩子玩泥巴一样，看着就令人心软。

苏落正郁闷着，忽然，一块泛着绿意的东西出现在她面前，她下意识地抬眸望去，竟然看到一块绿色晶石，而且这块晶石竟然足足有拳头般大小！

苏落有些呆愣地看着这块绿色晶石，然后顺着视线往上看，看到一双毛茸茸的小爪子，再之后是小萌龙那张可爱的小脸。

好吧，苏落嫉妒。为什么她挑选了半天都挑不到一颗绿色晶石，但是小萌龙随手一抓就是一颗？而且还是这么大颗？

不过能找到就好！苏落兴奋地揉揉小萌龙的脑袋，心情顿时雨过天晴，“快，再帮主人找几颗出来。”

苏落觉得自己运气太差了，于是她干脆不动手，直接让小萌龙出手去挑选了。

让她高兴又抑郁的是，小萌龙的运气简直太好了。都不能用运气好来形容它，应该说运气爆棚了。

第一颗剥出来，绿色晶石！

第二颗剥出来，绿色晶石！

第三颗剥出来，竟然还是绿色晶石！

这这这……这到底是什么运气啊？简直刺激得苏落泪流满面、双眼通红啊。

忽然，苏落脑中闪过一道灵光，她忽然意识到她之前错过了什么。

刚才小萌龙那双疑惑又不忍的眼神中分明带了同情！它那是在同情自己啊。这说明了什么？这说明了它在拿起原石的时候就已经知道了里面有没有晶石，而且是什么颜色的晶石。所以，它才会用不解不忍又同情的眼神看自己。

被这个小家伙同情，苏落又想落泪了。

是不是如此，还得证明，不过要证明这个，其实很简单。

苏落笑眯眯地将小萌龙抱到原石堆面前，诱哄地说：“乖，给主人我找颗青色的原石出来，好不好？”

青色？小萌龙有些为难地皱皱小鼻子，不过它还是严格执行主人发布的命令，一双瘦小的爪子似乎蕴含了千斤之力，一块块地丢开放在上层的原石，直接挖到下面去。

最后，它精准地抓住一块不足拳头般大小的原石递给苏落。

“这里面的就是青色晶石？”苏落半信半疑，掂量着这块原石。

“呃。”小萌龙咬字不清，但是很坚定地点头。它现在还不能说话，只能用这种方式沟通。

“行，那就剥开来看看吧。”苏落又将原石递回去。

小萌龙很听话地接过去，迅速将原石剥开，然后炫耀般将里面的晶石递给苏落。

它一脸求表扬的可爱模样，小尾巴高高竖起，围着苏落不断地打转。

青色的，竟然真的是青色的！苏落看着手中这块荧光朦胧的青色石头，既欣喜又惊讶，随后又是兴奋。

欣喜的是，冷药师说过，只要十颗青色原石，南宫流云的伤就能救。惊讶的是，小萌龙竟然能透过表面看到内里。兴奋的是，往后她可以去参加赌石，将好的晶石通过低价全都赌回来。

不过，眼前最重要的就是救南宫流云。

于是，基于她是小黑手的缘故，苏落连碰都不敢碰那些原石，她让小萌龙将所有的原石都剥出来。

毕竟，它的速度比切割器好用多了，不用就是浪费。

也不知道小萌龙的爪子是什么材质，大概是跟它的牙齿一个类型的吧。所以说，龙族天生有优势，即使外形变成小狗狗，那牙齿爪子也非常人能比。

就在苏落胡思乱想的时候，小萌龙已经将所有的原石都剥出来了。

因为这一批原石是从紫火老人的洞穴里扒拉出来的，所以出晶石的概率非常高。

大约三十多块石头，除了一开始被小萌龙当零食吃掉和被苏落的小黑手摸过的几块，其余的竟然都出了，而且最差的都是黄色晶石。

其中，黄色晶石十块，绿色晶石五块，就连青色晶石都有三块，最后竟然还剥出一块蓝色晶石。这概率，简直快要逆天了。

按照五倍的价值来说。一块蓝色晶石相当于二十五块绿色晶石。一块青色晶石相当于五块绿色晶石。所以，苏落手中总计有四十五块绿色晶石了。

凌风之前拉来的那些原石，据说是矿区里表现最好的，但那么多的原石，就连一块绿色晶石都没出，而自己这几十块原石竟然就出了这么多！

苏落强烈怀疑，当年的紫火老人是否也跟小萌龙一样，能够一眼看穿原石内里的情况。否则，根本无法解释啊。

不过，也幸好她当初将这些石头丢到空间中，不然的话，南宫流云的伤还不知道该怎么办才好呢。

苏落安抚了小萌龙后，便出了空间。

她来到空旷的练功区。这里之前是练功区，现在却成了切割原石的场地。

现场气氛很热烈，大家都沉浸在切割石头的热情当中。

就连徐管家都亲自下场切割。但是他的运气显然不够好，苏落见他一连切割了三四块，里面全都空空如也，就连晶石的毛也没见着。

徐管家见到苏落来，不免长吁短叹道：“这一下午，晶石倒是切出来几颗，但是绿色晶石的毛边儿都没见着，凌风都急得快发疯了。”

“竟然一颗都没有？”苏落惊讶地瞪眼。

这一下午，金币如流水般撒出去，竟然一颗绿色晶石都没找到？

该说凌风的运气太差，还是绿色晶石真的举世难寻？

原石没有切出绿色晶石，但是佣兵公会那边却有消息，凌风花费了二十万金币才将那两块绿色晶石买到手。

他看着手中仅有的五块绿色晶石，气得几乎要抓狂了，焦躁地在房内走来走去。

花费所有的人力物力，这才不过五块……冷药师的要求可是五十块！这怎么够呢？就连零头都不够。

苏落看着凌风几欲崩溃的样子，紧了紧拳头，想走上前去，却最终还是止住脚步。

通过这一地的碎废料，她深刻地明白那些晶石所代表的价值，虽然只有少少的几颗，但那是完全能够比拟金山银山的存在。然而，她要通过什么方式将晶石拿出来，却又能干净地将自己择出去呢？这是一个难题。

苏落忽然脑中灵光一闪。

凌风不是在佣兵公会发布了任务吗？那她是不是可以将晶石放到佣兵公会去？到时候她可是能得到好大一笔金币呢。

不过再仔细一推敲，不行。

先不说佣兵公会若是将她泄露出去会如何，单说那几百万的金币她就运不走。

虽然有空间，但空间也不是万能的，现在里面就已经很挤了，根本就放不下。

那要如何将晶石送给凌风呢？苏落有些烦恼地抱着小萌萌在庭院里转悠着。

旁人是找不到晶石而烦恼，她是晶石太多了而烦恼。若是让人知道，别人真真是要被她气到吐血了。

苏落想了想，终究没有想出万全之策，她就干脆破罐子破摔，将晶石装进棉布袋里，一股脑递给急得双目赤红的凌风，“给，拿去吧。”

“什么？”凌风眉宇紧蹙，神情不悦，“干吗给我一袋子？苏大小姐，我现在没空跟你玩！”说着，凌风就将那袋子给扔回来了，动作粗暴无礼。

吓，他发布任务十万金币也不过买一颗，现在却将整袋子往外扔？

苏落傻眼了，她上上下下左左右右地打量着这头蠢驴，一本正经地问：“真不要？”

“别闹了！有空就去佣兵公会转转，说不定能瞎猫碰上死耗子，买回来绿色晶石。”凌风不耐烦地挥手，一副要她一边儿待着去的样子。

凌风啊凌风，你说你主子怎么就养了你这样的蠢货，送上门的不要，非要掏巨资买？姑娘我真不是故意要赚你们家殿下的银子，实在是你这孩子太不识抬举了。苏落心中暗道。

“佣兵公会？对了，你发布的那个收购绿色晶石的任务还算数吗？十万金币一颗绿色晶石的任务。”苏落再一次确认。

有便宜不占王八蛋，南宫流云，要怪就怪你养了只笨蛋下属吧。

“自然，绝对算数！只要你能拿出绿色晶石来，等额的金币绝对双手奉上。”凌风轻蔑地扫了苏落一眼，“你能拿出来一颗吗？若是你能，我凌风往后做牛做马给你当奴才！”

因为迟迟找不到绿色晶石，所以凌风一贯冰冷的性格现在却显得很暴躁。

六阶实力的凌风收来当奴才？好主意！

“大丈夫一言既出驷马难追的哦。”苏落阴恻恻地笑了。

“行啊，谁反悔谁是小狗。”

苏落眼底闪过一抹奸诈笑意，她笑吟吟地打开棉布袋子，慢悠悠地摸出一块绿色晶石，在凌风面前得意地晃来晃去，“瞧瞧，好漂亮的绿色晶石呢，有人竟然说不要。”

那一抹青翠欲滴的绿，绿得几乎晃人眼。

凌风错愕地盯着苏落手中那块晶莹剔透的绿色晶石，下一刻，眼底闪过一抹狂喜，他一把就将绿色晶石抢过去了，喜不自禁道：“竟然真的是绿色晶石！”

“是吧，你自己都承认了吧？我说凌风奴才，现在该给主人我端茶倒水了吗？”苏落优哉游哉地坐在庭院石凳上，一脸奸计得逞般的笑。

凌风一直对她鼻子不是鼻子眼睛不是眼睛的，现在好嘛，被他自己的话给套住了。

凌风冰冷的脸闪过一丝窘意，但冷情之人不愧脸皮厚，他自动过滤苏落的话，朝她大声道：“就一颗吗？还有没有？哪里捡到的？”

苏落把玩着那只棉布袋子，不说话，只笑着。

凌风自是聪明人，他一把抢过那只棉布袋子，径直打开往里面看。

这一眼，顿时让他真傻住了！

第十二章 追杀不断

怎、怎么可能！这只普通的棉布袋子中，怎么可能会装了价值连城的晶石？

不只是绿色晶石，竟然还有青色晶石？不不不，那一抹湛蓝色……不会是蓝色晶石吧？

凌风觉得自己整个大脑都快死机了，他傻傻地站着，傻傻地盯着那些绝世稀少的晶石，再傻傻地抬头瞪着苏落。

那么冷清冰寒的人，连话都讲不利索了，“这、这都、都是哪、哪儿来的？”

由此，足以见其激动到什么地步了。

苏落很随意地挥挥手，淡定自若地瞥了他一眼，仿若毫不在意的样子，“不就几颗破石头吗？瞧你，都激动成什么样儿了？”

“破、破石头？”凌风第一反应就是剖开这苏家四小姐的脑袋看看，她脑子到底是什么构造，竟然说这些晶石是破石头！

“难道不是吗？”苏落笑得很欠扁，典型的得了便宜还卖乖的德行。

“你可知道，这里的晶石加起来，足以买下一座城池！”凌风激动地朝她大声嚷嚷，“你可知道，殿下为了找寻一颗蓝色晶石，花费了怎样的人力物力，却依旧不得，你竟然说它是破石头！你可知道，就这么一颗蓝色晶石，足以引起许多门派争斗？你可知道……”

“停——”苏落做了个暂停的手势，“我什么都不知道，唯一知道的是，如果你再这么大声嚷嚷，这些晶石就未必保得住了。”

顿时，凌风的激动戛然而止。

他深吸一口气，平复过度激动的情绪，然后颤抖着手，一颗一颗数着棉布袋里的晶石。

足足数了十次，他才最终确认，“一颗蓝色晶石，相当于二十五颗绿色晶石；三颗青色晶石，相当于十五颗绿色晶石；另外还有五颗绿色晶石……”

这也太巧了吧？加上他手中花费巨资买来的五颗，竟然正好就是五十颗绿色晶石？

正在此时，徐管家疾步而来，他脸上带着罕见的笑意，对着凌风兴奋道：“好消息！大好消息！佣兵公会传来消息，说有位顾客手中有不少的绿色晶石，但是价格要比你之前给出的翻上一倍。”

“这也算好消息？”苏落摸着小萌萌柔软的纯白毛皮，浅笑吟吟。

“只要能救殿下，金币不是问题！”徐管家也是被下午切割晶石却一颗无所获的事实给逼急了，恨不得拿金山银山去换取绿色晶石。

凌风眼底闪过一丝厌恶情绪，“之前一颗不卖，现在还坐地起价？徐管家，去将那任务撤了。”

“这……”徐管家急了。

“放心吧，绿色晶石已经找全了。”苏落笑着说。至于她从哪里得到的，凌风却不敢逼问她的，最多等南宫流云醒来跟他交代就是了。

房内。

冷药师看到那一大袋子的晶石，早已心惊不已，当他看到那颗散发出湛蓝色光芒的蓝色晶石时，一双眼睛几乎被吸进去了，久久拔不出来。

冷静自持的冷药师，高高在上的冷药师，他居然和凌风一样，结结巴巴起来，“真、真是蓝色晶石？”

他这辈子也只从旁人手中看到过一回而已，连摸的资格都没有。

瞬间，他激动了，兴奋了，他觉得他来这一趟简直太值了。

那蓝色晶石散发出浓郁的天地灵力，纯净、剔透，似乎灵魂都被洗涤干净的感觉。

蓝色晶石啊……这怎么可能呢？竟然真的能够在短短的一天时间内收集到这么多晶石，而且里边竟然还有举世难求的蓝色晶石，真真是太不可思议了。

这一刻，冷药师觉得晋王殿下的实力更是达到了高深莫测的程度。

苏落见冷药师的眼睛几乎都被蓝色晶石吸引得拔不开了，便好奇地问道：“冷药师，蓝色晶石能代替绿色晶石吗？不会有什么问题吧？”

“有问题，当然有问题！”思路被打乱，要是换作平时，冷药师早已叫嚣起来，但是现在他却大气都不敢出，生怕亵渎了那颗纯净的蓝色晶石。

“有什么问题？”苏落和凌风都急了。

“当然有问题了。这么好的一颗蓝色晶石放进去，到时候炼制出来的溶化丹药效那几乎是翻倍的。”冷药师笑呵呵地摸着几根山羊须，笑得好不得意，“老夫这辈子还没得到过这么好的材料，这次一定要炼制出一颗举世无双的溶化丹来。”

这老家伙，说话还真够让人心惊肉跳的。苏落和凌风都松了一口气。

如此看来，南宫流云是有救了吧？

“那您还不快去炼制？”苏落赶紧催促。早点将南宫流云救醒，她的愧疚也早一点消除。

“好好好，老夫这就去、这就去！”冷药师的心情不是一个好字能形容的。

这次炼制药丸，除了能够帮晋王殿下之外，对他自己也有莫大的好处。他被困在高级炼药师这么多年，唯一欠缺的就是契机，而现在，契机就摆在他面前，他又岂会放弃？就算现在苏落不让他炼制，他也会哭着喊着求着让他炼制呢。

所以，当苏落看着冷药师那难以抑制的激动之情时，很腹黑的她忽然开口道：“慢着。”

冷药师虽然回头，但是却死死抱着那袋稀有晶石，一副防范苏落跑来抢的架势。

苏落心中暗觉好笑。不怕你稀罕，就怕你不稀罕。要是您老人家不稀罕，我又能拿什么资本来跟您谈条件？

苏落假意伸手要将棉布袋夺回，但冷药师的速度却奇快无比，也不知道他脚下踏着什么妙步，斜刺里滑溜出去，苏落连他的衣角都没碰到。

“冷药师，那可是我的晶石！”苏落佯怒叫嚷道，脸上的表情要多肉痛有多肉痛。

“你想怎么样？”冷药师下意识地脱口而出，殊不知他这一问就泄露了他的底气不足。

常年沉浸炼药事业的冷药师哪里是苏落的对手？

只见苏落慢悠悠地瞥他一眼，手里抱着小萌萌，慢条斯理地抚着它的毛皮，口中不紧不慢地说：“我现在忽然改变主意了，那块蓝色晶石我要自己留着。”

“不行！”冷药师斩钉截铁地拒绝，“蓝色晶石不能还你。”

“凭什么啊？那是我的，再说我有用处啊。”苏落表示她很烦恼，“这颗蓝色晶石对我以后的修为提升可有帮助了。”

有便宜不占王八蛋，她才不会放过这次难得的机会呢。对方可是冷焰冷药师，整个帝国仅存的三个高级炼药师之一。不敲诈点真货出来，她好意思说自己见过冷药师吗？

“提升修为用丹药也可以！你要什么丹药老夫都可以换给你。不、不用换了，老夫直接给你。说吧，你要哪些丹药？”冷药师不愧是一根筋，直接跳进苏落的陷阱中。

坐地起价的苏落一点都不手软，她很为难地看了冷药师半天，才慢条斯理道：“您觉得哪些丹药能匹配得上这颗蓝色晶石呢？您觉得您该为这颗蓝色晶石出怎样的价码呢？您这么大方的高级炼药师应该不会占小辈的便宜的，哦？”

一旁的凌风嘴角抽抽。不愧是晋王殿下看中的女人，简直跟他一样腹黑奸诈狡猾。他很想提醒冷药师，那颗蓝色晶石是给晋王殿下用的，他冷药师都还没收加工费呢。

但是凌风还是不如苏落了解冷药师。在冷药师的世界里，这颗蓝色晶石可是决定他能否晋阶到超级炼药师的存在，对于他这种药痴来说，金钱或者丹药根本无法与之比拟。

更何况，对于冷药师来说，他别的东西或许没有，但是丹药却是最多的。

冷药师想了想，才很不好意思道：“要不，老夫炼制的所有丹药，都分给你一半？”在冷药师看来，他是占了苏落很大便宜的。

毕竟，当年的那颗蓝色晶石他只有远观的资格，而现在，这颗蓝色晶石就揣在他怀里。

所有丹药的一半？即便是苏落，都被震得有些回不过神来。

不愧是冷药师出手，果然是大手笔，果然是败家子啊。

“一半啊……”苏落深谙讨价还价之道，她沉吟半许，既不答应又不否决，还给了对方足够想象的空间。

像冷药师这种常年沉浸在研究事业中的人，最大的缺点就是口拙和一根筋，冷药师又是其中最典型的一位。他见苏落犹豫，不免急了，忙不迭道：“一半不行的话，那三分之二！老夫将这些年炼制出来的丹药，三分之二都给你，如何？！”

好一个财大气粗的冷药师！这阔绰的豪迈气势，差点连苏落都噎住了。

但苏落是谁啊，典型的得了便宜还卖乖的坏姑娘。只见她面露为难之色，犹豫不定地看看凌风，又看看冷药师，似乎依旧难以下定论。

凌风直接偏过脸去。他实在不忍心看德高望重的冷药师被个小丫头耍得团团转了。

冷药师神色凝重，一本正经地瞪着苏落，两只手死死抱着那装晶石的袋子，一副敢抢就跟你急的模样。

“那……好吧，既然是冷药师开口，怎么都要给您面子的，就这样说定了。”苏落犹豫半晌，这才答应了。

她才不会告诉冷药师，其实她本来就是想敲诈一点迷药、毒药、春药之类的药丸，可谁让冷药师那么实诚呢，她要是不趁机敲一笔，都觉得对不起天赐良机。

有便宜不占天打雷劈的。

此时冷药师明显松了口气，他摸摸额上本就不存在的冷汗，一时间，他觉得这丫头比最深奥的丹方还难对付。

当下，冷药师回府后开始炼制溶化丹。

经过三日的炼制，冷药师亲自捧着精致的小锦盒过来了。

同时，他的马车里还有一个十厘米见方的木盒子。

他将木盒子递给苏落，“老夫这么多年来的珍藏几乎都在这里了，快拿去吧。”

多年的珍藏一时间全赠出去，冷药师很有些舍不得，但是看他的神情却非常愉悦，莫非这老头竟真成超级炼药师了？

苏落一问，冷药师得意地摸着下巴的几根山羊须，乐呵呵地直笑。

苏落心里明白了，这老头肯定是晋级了，否则才不会这么大方呢，不过当她看向那盒子……

“这就是您所谓的三分之二？这么少？”苏落有些傻眼了。

怎么跟她想象中的不一样呢？三分之二啊，怎么着也要以箱来论的吧？就这么一小盒子？

冷药师像看白痴一样瞪了苏落一眼，吹胡子瞪眼，怒斥道：“你这丫头，你以为老夫炼制的是什么？是那些下三烂的迷药、毒药、春药吗？”

苏落顿时有种想哭的冲动。

谁知冷药师还得意扬扬道：“老夫炼制的都是独门秘方。看到老夫府邸门口跪着的那些人了吗？这里的每一颗都能让他们恨不得将心掏出来给你！你这不识好歹的丫头竟然还敢嫌弃。”

“可是……”她要那些心干吗？

她府里乱七八糟一堆事儿，她要迷药、毒药、春药自卫去的啊。

“你不要这些丹药？那你要什么？”冷药师很是不解。世人不都渴求这些丹药求得快疯了吗？

苏落很实诚地将心里话给说了。

结果，冷药师怒了，眼睛瞪得老大，用几乎要吃人的架势，气呼呼道：“老夫岂会炼制那些初级炼药师才会炼制的下三烂的药？你也太看不起老夫了。你可知道，这里的每一颗丹药，都可以换回一车你想要的药丸！”

面对冷药师那副你丫不识货的眼神，苏落深深地自卑了。原来这里的每一颗药丸都能换一车的迷药，她果然是不识货。

冷药师哼一声，甩袖进了内室。

苏落找了个无人的角落，谨慎地将那一小盒子药丸收进空间去。

冷药师出品，必非凡品。在她没有晋级到高级炼药师之前，这一盒子的丹药对她来说还是很有用处的。

内室，南宫流云静静躺在床上，一头乌黑的发泼墨般地散在脑后，胸口位置的锦袍上赫然有一摊乌红的鲜血，却仍旧掩盖不住他的光彩。

因为痛，即使昏迷着，他的脸色依旧阴沉得像淤积了三千年的寒冰，双手紧握成拳头，青筋凸暴。

即使病痛，他仍旧是全身上下散发着杀伐果决的霸气。

“将这瓶药剂给他喂下去。”冷药师检查过南宫流云的伤势后，对苏落颔首道。

在冷药师的示意下，苏落扶起南宫流云，让他冰冷僵硬的身子靠在自己身上，艰难地将那碗黑乎乎的药喂入他口中。

药刚入口的时候，南宫流云并无特殊反应。

过了大约半个时辰，药开始在南宫流云身上产生效果。

“将他衣服解开。”冷药师大声吩咐。

苏落解开他的紫色腰带，将他白色的暗纹软袍拉开，露出他精壮有力泛着淡淡光泽的胸膛。

他的胸膛上面有大滴大滴的冷汗流下。

此时，他呼吸急促，瓷白如玉的胸膛一起一伏，显得十足的狂野和性感，看得苏落咽了咽口水。

没想到剥开衣服，这副身材还真是十足的魅惑，几乎完美到极点。

宽肩窄臀，完美的黄金倒三角比例，肌肤纹理细致，线条分明，精壮有力，而且没有一丝赘肉，健美中混合着狂野邪魅，似乎看一眼就会让人想入非非。

只见他周身光华流转，如漫天星辰闪耀，耀眼得几乎让人挪不开眼。

苏落不解地望向冷药师，冷药师颔首道：“不愧是资质绝佳的晋王殿下，即使在昏迷之中，但靠着自己经脉的流转依旧能够晋级到七阶。”

这就晋级到七阶了？苏落一双美眸流转，眼底闪过一抹不可思议的神采。

忽然，冷药师暗道一声：“不好！”

苏落紧张地朝南宫流云望去。

只见他原本洁白如玉的肌肤竟然爬满了黑色雾气，雾气越来越多，几乎将他整个人都笼罩进去。

与此同时，冷药师的神色倏然间大变。

刹那间，光华冲天，撕裂了黑雾，漫天星辰之光洒落下来，在南宫流云周身呈弧形朝四面扩散。

地面剧烈震动，似乎从远古传来猛烈低吼，像是有什么东西在觉醒。光华冲天而出，朝四周射去，带着黑暗的毁灭力量，似乎能吞噬一切。

离南宫流云最近的冷药师骤然间被震得昏厥，瞬间失去知觉。

苏落无处可逃，就在这关键时刻，小萌龙口中发出一道尖锐的龙吟，一道金色光芒将苏落覆盖住，险险躲过这次袭击。

但是外面的人却没那么幸运。光华过处，惨叫声传来，顿时血雨纷飞，血雾蔓延。

一时间，那股毁天灭地的黑暗力量，引起一阵强烈的地动山摇，整座庄园几乎在瞬间被摧毁。只听见房屋建筑哗啦啦作响，摇摇欲坠。

很快，整座庄园犹如被轰炸机蹂躏过一般，毁灭得彻底。

几乎所有人都被震昏过去。

但是此刻的南宫流云却已然盘腿而起，面如秋月，双手交合在胸前，做着一个非常诡异的手势。

苏落揉揉眼，她几乎以为自己看错了。

四周化为一片废墟。

然而在这片废墟中央，南宫流云盘腿而坐，全身笼罩着神秘的黑暗气息，高深莫测，神秘诡异。

微风扬起他一头泼墨似的乌黑青丝，刹那间风华绝代，同时又如君临天下的王者，让人有一种臣服跪拜的敬畏感。

更让人难以置信的是，他的身后竟然出现一道神秘虚影，似龙非龙，似凤非凤，恐怖、诡异，透着浓浓的肃杀与阴戾，有一种强大到毁天灭地、睥睨天下的霸气！

那、那究竟是什么东西？怎么会在南宫流云身后显出虚影？那五十颗绿色晶石究竟刺激了南宫流云什么？

南宫流云的血脉……他真的仅仅是帝国的皇子殿下那么简单？

苏落目光深邃，一瞬不瞬地望着南宫流云那神情肃穆、俊逸神秘的面容，心中思绪万千，满满的都是疑问。

此时的南宫流云摇摇欲坠，几乎要跌落地面。

还未等苏落反应过来，已经有一道快如闪电的身影朝南宫流云飞射而去，接住他倒地的身子。

“殿下！”凌风急得大声呼唤。

此时的南宫流云双眸紧闭，气息微弱，肩上披着流光溢彩飘逸的青丝，极其的魅惑人心，有一种病态到极致的阴柔邪魅之美。

换苏落扶住南宫流云后，凌风飞奔而走，很快他就扯着冷药师的肩头将他强行拉过来，一把推到南宫流云面前，“快给殿下看看！”

冷药师被那束光华击昏在地，还没等他睡个好觉就被凌风摇醒，没给他一点清醒的时间，就被扯来这儿了。

此时，冷药师面目青肿，额头上血迹斑驳，很显然被东西砸伤了。

凌风没有给他任何喘息的时间，直接将他揪到南宫流云面前，“快点，快给殿下仔细瞧瞧！”

冷药师无奈瞪他。秀才遇到兵，有理也说不清，这种武人只会用蛮力说话。

冷药师虽然傲气，但是在凌风这等高手面前，也傲不起来啊。更何况，他也十分好奇晋王殿下身上究竟发生了什么玄奥之事，怎么会全身弥漫黑色雾气？而且晋级到七阶，也没听说别人会引发强大气流，将周身建筑物全都震成粉末的。

然而，当冷药师给南宫流云搭脉检查的时候，他的眉宇却微微蹙起，神色似乎十分不解。

“怎么回事？”见他终于检查完了，凌风一脸紧张地问。他一瞬不瞬地盯着冷药师，生怕错过他脸上的一丝神色。

“奇怪啊，奇怪得很啊。”冷药师摸着几根山羊须，脸上是想不通的迷茫，“不该是这样的啊，怎么会变成这样呢？”

“不该是哪样？现在又变成了什么样？”苏落言简意赅却抓住了重点。

冷药师皱眉道：“晋王殿下身上的力量满溢得似乎要喷薄而出，不该如此虚弱才是。”

他没说出口的是，晋王殿下已经进入七阶，而且他的七阶似乎比旁人的七阶要厉害很多……实在是让人匪夷所思。

“那有什么问题吗？”凌风凶狠地瞪着冷药师。

“暂时没有问题，至于以后……老夫也说不好。”冷药师神色复杂地打量着南宫流云，一双眼睛精光闪闪，似乎很想将他剖开研究一下。

好在他还算认清事实，知道眼前之人不是旁人，而是独一无二的晋王殿下，所以他只能叹气地将蠢蠢欲动的想法压住，连提都不敢提。

既然暂时没有问题，那就不必太过忧虑。苏落放下心来，抬眸望向凌风，“这里的情况，你得出门处理一下。”

这么大的动静，郡守大人不可能不知，他绝对会以最快的速度派军队过来。

凌风看看遍地狼藉的四周，确实不适合殿下疗伤，点头道：“确实如此。如今殿下还虚弱得很，没必要见那些外人。”

凌风小心翼翼地将南宫流云扶到龙鳞马车上，又让苏落跟着坐上去，然后他亲自驾车离开。

晋王殿下手下产业众多，仅仅这一座城池，就有不下于三处的庄园。

大约过了一炷香的时间，龙鳞马在一处温泉山庄院门口停下。

容华山庄，依山而建，院落幽静。山庄内有一个湖泊，虽然很小，但看起来清澈见底。

岸边爬满了常青藤，郁郁苍苍，非常鲜活亮眼。湖畔有一座阁楼临水而建，掩映在百年古树之间，被雾气遮掩，若隐若现。

苏落跟在凌风身后进去。奇怪的是，一路上竟然连一个人影都碰不到。推开那若隐若现的阁楼之门，展现在苏落眼前的是一处宽阔的内室。

偌大的内室中，热气氤氲，里外两边被白玉象牙屏风隔开。绕到屏风后面，苏落不免有些惊诧，她心中暗赞：不愧是南宫流云，好大的手笔，好奢侈的享受！

那近百平方米的浴池竟然全是用白玉铺就。这池水是一眼温泉引进来的，冒着汩汩热气，诱人下水潜游。那一步步朝下的台阶，用的竟然是稀世少有的羊脂白玉！

苏落暗自咋舌。在她以前的那个世界，一块小小的羊脂玉就价值成千上亿，但是在这里，南宫流云竟然拿它铺台阶用脚踩踏。他那是什么脚啊？实在是太、太奢侈了！

凌风将南宫流云放到温泉池边上，转头对上苏落，面色严肃，一本正经道：“殿下就交给你照顾了。”说完，他冷冷瞪了苏落一眼，转身就走。

苏落正想答应，脑门猛然一跳，咦，不对！

要是别的地方还好，但这里是哪里啊？温泉池啊，孤男寡女共处一室啊，这不对劲啊。

苏落大声朝他喊：“凌风你给我站住！你这是要上哪儿去？”

好歹凌风得留下吧？不然……苏落看看闭着双眸的南宫流云。虽然他气息微弱看起来很无害，但她依然有种不敢与他共处一室的想法。

凌风身子顿住，他神色复杂地看了南宫流云一眼，转眸对上苏落时却语气冰冷，不容拒绝。他咄咄逼人地问：“苏四小姐，请问殿下之所以来这落日山脉，是不是因为你？”

“……”苏落不得不承认，还真是如此。

“殿下是不是因为你才强行收功，让伤势更严重？”凌风气势逼人。

“……”苏落无法辩驳，很显然这是事实。

“殿下原本的伤势已经控制住，是不是你一拳过去，将殿下打得吐血？！”凌风步步紧逼，恨不得一口将苏落吞了。

“……”苏落额上青筋跳动。事实确实如此，但是……

“刚才在殿下昏倒之际，留在他身边的你，苏四小姐，是不是连扶都没扶殿下一下？”凌风气势汹汹。

“……”苏落心中那叫一个憋屈啊。她又不是不扶，只是被南宫流云身后的虚影刺激得回不过神好不好？

怎么听凌风这么一抱怨，就连她自己都觉得自己十恶不赦该立即推下十八层地狱？而南宫流云的形象就变得舍己为人那样高大？

就在苏落纠结的时候，凌风望着她，眼底闪过一抹同情，他又默默望了一眼状似虚弱无害的自家殿下，嘴角抽抽，镇定地转身出去，还很好心地随手将厚重的玄铁门关上。

“喂……”眼看着玄铁门被关上，苏落顿时欲哭无泪。

这下好了，偌大的宫殿，帷幔翻飞，华丽奢侈的白玉温泉池，池水波光粼粼，清澈见底。热气氤氲，暧昧的因子似乎在空气中蔓延。

苏落迟疑地立在当地，没有转身。

忽然，苏落听到一个重物落地的声音，她猛地转过身，却没有发现南宫流云的身影，只看到不断冒着气泡波光涟漪的温泉水面。

“不是吧。”苏落急忙朝南宫流云所在的地方飞奔而去。

池水清澈见底，所以她一眼就看到沉到水底似乎沉睡过去的南宫流云……

他滚到温泉池里去了？苏落想也不想，扯下外袍，姿态优美地跃进温泉池中，奋力朝南宫流云所在的位置游去。

很快找到他，苏落想将他拖出水面。

南宫流云什么时候竟变得这么重？苏落心中暗暗叫苦。

潜在水底的她拖着南宫流云欲往上浮，却悲哀地发现，此时的他竟然重逾千斤，任凭她如何用力都扯不动分毫。而且更让人心惊的是，他在水底憋气憋得脸色发紫，似乎下一刻就要窒息而亡。

这个男人，好好的怎么就滚进来了呢？

苏落心中那叫一个郁闷！今天怎么尽出邪门事儿？先是南宫流云身后的诡异虚影，再是好好的庄园被毁于一旦，然后是这具重逾千斤的身体，真是处处透着诡异。

苏落觉得她真该找个时间去庙里拜拜了。

不过眼下，总不能眼睁睁地看着南宫流云憋气憋死吧？

苏落虽然憋屈得要死，但是想了想，最终还是闭上眼，恶狠狠地主动送上香唇帮南宫流云渡气。

清澈的温泉水底，白玉铺就的玉壁之上，一对缱绻仙姿的男女双唇紧贴。

闭上眼的苏落没有发现，近在咫尺的南宫流云眉梢挑起，闪过一道兴味的笑意。

他，分明早已苏醒！他，分明是故意跌落温泉池！他，分明是算准了苏落会救他！

但是苏落不知道，此时的她一边腹诽一边给他渡气。

就在苏落渡气圆满欲离开他时，电光石火间，他竟然换被动为主动，强势攫住她的双唇，灵活而炽热的舌头在她口中攻城略地。

澎湃的情焰在两人唇舌间回荡，他忘情地吻着她，大手往下滑去，解开她松泛的腰带，爱抚着她光滑如丝、洁净如雪的肌肤。

她的双唇，因强烈的吸吮而越发的饱满诱人。她的身体，酥软到无骨，毫无招架之力。

忽然，苏落感觉到不对劲，她骤然醒悟过来。南宫流云……他竟然没昏！

此刻她才明白过来自己似乎被人耍了！她那么关心他，为了救他主动帮他渡气，他竟然骗她！真是良心被狗吃了，好心没好报，恩将仇报！

苏落气愤地用力推开南宫流云，气呼呼地浮出水面，直接就往岸上走去。

池底下，南宫流云叹息一声。他的落丫头还真不好骗呢。

“落丫头。”南宫流云浮出水面叫住怒气冲冲的苏落。他的声音犹如天籁，低沉魅惑，却带了一丝无奈。

苏落身形微微一顿，却依旧大步离去。

“就这么想逃离本王？”南宫流云声音中带了一抹淡淡的自弃和自嘲，黯然神伤，犹如被抛弃的小狗。

苏落身形顿住，只留给他一个冷漠的背影。明明是他作弄她，为什么搞得好像她才是十恶不赦的那一个？

“乖，过来。”见她终于止住离去的步伐，南宫流云心情转好，他浅浅一笑，朝她招手。

但苏落只是冷哼一声，倔强得依旧背影决绝地朝向他。

南宫流云见诱拐不成，又换了一种语气，声音邪魅低沉，黯然神伤道：“本王觉得睡了好久好久，还以为永远都醒不过来了呢，以为永远都见不到落丫头了呢，你就不想看看本王醒过来的样子吗？”

他的语气可怜兮兮的，犹如被主人抛弃的小狗，在请求主人的一丝垂怜。

苏落顿时被气得想笑。

拜托，你是传说中睥睨天下的晋王殿下好不好？堂堂的七阶强者好不好？怎么可以这么软绵绵地求她？怎么可以无耻地对她卖萌？

但该死的，当听到那句永远都醒不来的话时，苏落只觉得最靠近心脏深处的位置忽然一阵揪痛。

想起这几天在他身边照顾他，为他担惊受怕，为那一拳愧疚自责得不行，苏落忽然觉得眼眶酸酸的，有一种前所未有的委屈。

他怎么可以这样作弄她？

但是，习惯深藏在黑暗中的苏落又岂会将自己软弱的一面展现在别人面前？只见她平复情绪后，慢悠悠地转身，神色平静无波。

她一步一步走近他，最后蹲在他身边，嘴角扬起一抹嘲讽般的冷笑，“晋王殿下好兴致啊，拿自己的生命来开玩笑，很好玩是吧？”她笑得阴恻恻的，阴森恐怖。

此时的南宫流云背靠在白玉台阶上，半个身体浸泡在水中，一头乌黑如墨的发披散在身后，那象牙白的精致肌肤上，水珠颗颗滑落，雾气氤氲中，极度诱人。

南宫流云故作委屈，“若是不然，落丫头可会理本王？”

苏落咬牙切齿，恨不得将他剥皮抽筋，“你什么时候醒的？”

她早该想到，凌风怎会那么八卦，非逼得她留下来照顾南宫流云？如果不是有南宫流云的命令，他怎敢？他岂敢？

南宫流云知道瞒不过这聪明的丫头，试图转移话题，“太聪明的丫头不可爱呢，落丫头，帮本王沐浴可好？”

“你什么时候见本姑娘可爱过？”苏落阴冷一笑。

还可爱？帮他沐浴？要不要拿刀帮他搓澡啊？亏他有脸说！

他果然在之前那破败的庄园里时就醒了，故意示弱来骗她。

“这样就可爱多了嘛。”话音刚落，南宫流云的手陡然一紧，下一刻，苏落所立的那块台阶倏然碎裂，躲闪不及的苏落整个人悬空，然后扑通一声栽倒在温泉池中。

那么刚巧地，双腿夹住南宫流云精瘦的腰际，与他四目相对。

这样的姿势，这样的环境，若是外人进来，又岂能不想入非非？

“嘴硬心软的丫头，你瞧，你的身体可不会说谎，都对本王投怀送抱了呢。”南宫流云嘴角邪佞地勾起，笑得可恶至极。

这个南宫流云！苏落咬着后槽牙。她觉得和这个男人一起，她不是被他气死，就是被他气死。总而言之，都是被他气死。

南宫流云妖娆的脸此时被水蒸得红润莹亮，他邪魅一笑，“乖落落，你在气什么呢？难道本王有说错吗？”

“放开我。”苏落咬牙平复激动的情绪，漠然开口。

“是你自己投怀送抱的，不放。”南宫流云扬着下巴，一本正经道。他非但不放，反而越抱越紧。

苏落从空间中抖出一柄雪白森冷的匕首，抵着他象牙白肌肤的胸膛，冷冷一笑，“别动手动脚的，嗯？”

“那本王动口总行吧？”南宫流云眨着无辜的美眸，征询她的同意。

一个第一次见面就跟她打赌胜者为王败者暖床的人，他所谓的动口绝对不是字面上的意思。苏落面色一沉，阴恻恻道：“别以为我不敢动手。本姑娘既然能打得你吐血，也不会不敢下这手！”

谁知道，南宫流云却笑了，笑得那么魅惑众生。那唇边的笑，让他整个人都妖娆起来，美得让人移不开目光。

南宫流云完全不在意抵着胸膛的那柄森冷匕首，他伸出葱白纤细的手，挑起苏落被热水浸湿的墨发，邪气地道：“好可爱的落丫头，本王越来越喜欢你了，怎么办？再也不舍得放手了呢。”

南宫流云毫不在意那尖锐的抵着他胸膛的匕首，似乎那一用力就能刺穿他心脏的匕首根本就是纸糊的。

只见他缓缓地俯下身，缓缓地靠近苏落。两人四目相对，鼻尖对鼻尖，红唇对红唇，近得能闻到彼此呼出的热气。暧昧的因子在空气中凝固。

“住手！”苏落心底闪过一丝无措。

该死！她怎么忘记了？这个男人对别人狠，对自己更狠。他之前能逼她拿匕首刺他，就足以说明这一点了，可恨她竟然忘记了，竟然傻得拿匕首威胁他，真是该死！

南宫流云嘴角依然是那抹漫不经心的笑容，他低下头，与苏落的距离越来越近……看着她懊恼的眼神，他邪魅地一笑，继而重新攫住她的呼吸。

这个该死的男人！此时的苏落真是给自己套了一个牢笼。

她真能狠得下心刺下去？显然是不可能的，所以，手中的匕首悄然落地。

南宫流云放开她，笑得邪肆妖娆。

余光看到那沉到水底的匕首，南宫流云显然心情极好，整个人显得神采奕奕，似乎获得了巨大的满足，连周围的气氛都变得光亮起来。

他发现他找到了苏落的软肋。他的落丫头真的好可爱。

忽然，南宫流云眼底闪过一丝阴寒暴戾。

苏落不知道的是，此时，就在外面那棵千年古树上，一支尖锐的箭羽正瞄准她的要害部位。

那是一名高手，全身笼罩在黑色夜行衣中，就连头发都没有露出一丝。他躲在繁茂的树枝间，用绿叶掩盖自己的身形，一动不动，犹如潜伏的毒蛇，随时等候喷出毒液置人于死地。忽然，他手一松，箭羽破空而出，杀气腾腾地朝苏落射去。

那一箭，因为隔着窗棂，苏落一开始完全没有发觉，就算发觉，以她的身手也躲无可躲。

因为射箭之人武功奇高，绝对在六阶之上，完全不是她能够抵挡的。

出于对危险防备的本能，苏落身子微微一颤，本能地想躲。就在此时，南宫流云却低头再次攫住她的红唇，将她整个人包裹在怀中，护得严丝合缝，密不透风。

那支亮着银光的箭矢破窗而入，夹带雷霆万钧之势，杀气腾腾。

若南宫流云没有晋级到七阶，这支箭羽要么他用身体去挡，要么让苏落死，只有这两种选择。敌方这是在逼南宫流云选择，看他是要自己的性命，还是要救一个废柴草包女人！

很显然，敌方算准南宫流云最爱的是自己的性命，很显然，对方是要苏落眼睁睁地看清楚南宫流云对她的残酷。

射箭之人算无遗策，将所有的情况都算计在内，此时，黑色面罩下的他阴冷地扬起一道诡笑，似乎胜利在望。

但是，事实却让他皱眉了。因为他没有想到的是，在这么短的时间内，身负重伤的南宫流云会晋级到七阶。

只见南宫流云激起一池水花，白色的水花在空中化为一条蛟龙，无声怒吼着，将箭矢吞噬其中。

疾如迅风，快若闪电。

而且，南宫流云在反击的时候，他依旧忘情地吻着苏落，身形稳如磐石，没有一丝一毫的颤动。

所以，即使周身杀气凛然，一个不小心就会殒命的情况下，被保护在他怀中，被吻得迷乱的苏落，被遮住眼的苏落，她虽然有异样的感觉，却完全不知真相。

直到战况平息，南宫流云才缓缓放开她，看着她娇喘连连地大口吸气，他邪魅而笑，“喜欢本王吻你吗？”

苏落气得无语，最后只瞪他一眼，捡起匕首就想走，身形却忽然间顿住了。温泉池里什么时候竟多了一些粉末？而且看材质，竟然是玄铁所制？依稀还能看出它的原形是箭矢。

苏落的视线向窗棂处望去。那里，有一个指头般大小的洞口，切口不大不小，正好容一支箭矢射入。苏落转眸，定定凝望南宫流云，神色肃穆冷凝，却一句话都不说。

南宫流云从温泉池里站起来，修长养眼的身躯完全暴露在苏落面前。

漆黑如墨又略显凌乱的长发披在宽阔的肩膀上，水滴滚滚滴落，殷红的茱萸点缀在白瓷般的胸膛上，宽肩窄臀，线条完美，一双腿修长笔直，诱人犯罪。

那绝世无双的脸上是魅惑天成的笑，美眸漆黑如深潭，在望进苏落眼底时，那一汪难以言喻的温柔十分醉人。他抚着她瓷白无瑕的面容，声音魅惑低沉，带着一丝玩味的邪笑，“本王的身子，你还满意吗？”

转移话题！

苏落嘴角扬起一抹意味分明的浅笑，轻轻推开他的碰触，“与我何干？”

南宫流云神色略沉，眼底带着一股铁血残酷的味道，“落丫头在生什么气呢？本王给你做主，嗯？”

简直虚伪！

苏落眼底闪过一抹嘲讽意味的冷笑。

他明知道对方是冲着她来的，却还在她面前弄虚作假，试图混淆视听，真当她是傻子吗？真当她看不到窗口上那箭矢是冲她而来吗？真当她是什么都不明白的废柴草包吗？

他在保护谁？他在维护谁？真当她什么都不知道吗？

“南宫流云，我现在不会追究，因为我还没有那个能力，但是，你也别欺人太甚！”苏落不想与他纠缠这个问题。

他可以不分对错地维护那个人，但是，别在她面前装出一副深情款款的样子来诱惑她。

南宫流云的脸上瞬间布满阴霾，那眼底藏着的冷酷和肃杀，掩盖不了一闪而逝的疼惜。他的落丫头，怎么就不能稍稍笨一些？

“落落，你相信我吗？”温温柔柔的话，残酷中却带着难以言喻的希冀。

他凝望着她，欲言又止。他知道，眼前这傲然独立的女子，她坚强、孤傲、爱恨分明、铁血不留情面，她聪明、睿智、观察入微、小心谨慎。她的一双眼太亮，亮得几乎能直视人心，所有的秘密在她面前几乎都是不存在的。

苏落看着南宫流云，他那清亮的双眼透露出的信息太多太多，多得让她几乎难以承受。

他对瑶池仙子那般宠溺，是真的爱她，还是别有隐情？

每个人都有权选择守护自己的秘密。他不说，她不问。

苏落眼底有一抹一闪而过的骄傲，“想让我信你？继续努力吧。”

闻言，南宫流云顿时一愣，之后忽然仰天大笑，神色愉悦至极，“好、好，本王绝对会努力的，你就等着吧。”

发生了刚才那件事之后，他的落丫头没有一口回绝，这就极好极好了。

在温泉山庄休整了十来日之后，他们便开始往帝都而去。

第十三章 回到帝都

帝都。

苏落因为南宫流云的事耽搁了时日，所以她还未回来的时候，柳若华却早已归来。她的队伍全军覆没，就连她也断了一只手臂，这让柳丞相格外愤怒。

柳若华跟她父亲禀明一切，告知晋王殿下的所为后，柳丞相的神色颇为难看，他眼底忽明忽暗，阴晴不定。最后，他只淡声吩咐道：“晋王殿下行事诡辩莫测，他出手相助是情分，不出手是本分，就算拿到陛下面前也是这样的理。算了，你回府就好，往后在家好好待着，少出去惹事。”

当柳丞相的目光落到柳若华那截断臂时，眼底闪过一抹铁血残酷的冷意。断臂之后，还能奢望将她嫁入皇室吗？这个女儿……他已经放弃了。

在府中，没有了前途的柳若华过着以往被她欺负的那些庶妹般的生活，这样的日子让她如被万虫啃咬，食不知味。她原本就难平的心越发涌动起来。

她想起站在晋王殿下身边的苏落，一股因嫉恨而生的愤怒朝四肢百骸蔓延。

苏落，我没有好日子过，你也别想好过！要下地狱，大家一起下吧！

当日，柳若华就约了苏溪，想当面告知她苏落与晋土殿下之事。但是苏溪因为学院里的事被派出去历练，所以来到酒楼的人是苏挽，苏家三小姐。

柳若华也不拐弯抹角，单刀直入，“苏挽，你们家苏落回来没有？”

苏挽觉得很奇怪，苏落明明就被禁足在府邸，足不出户，哪里有什么回来不回来的？

提起苏落，苏挽就恨得咬牙切齿。

上次明明是她伤了自己，结果父亲大人也不为自己做主，竟然罚自己和她一起关禁闭。若不是这几日自己表现好，难保不会关满三个月。

只见苏挽冷冷一笑，“柳小姐这话当真好笑，我家四妹妹因为行为不端，被父亲大人罚了闭门思过，没三五个月是不可能出来的，又哪里来的回来没有？”

柳若华闻言，顿时怔愣住。忽然，她眸底精光闪闪，激动地抓住苏挽的手，大声急问道：“你说的可是真的？苏落真的被苏大将军关禁闭了？”

见柳若华激动地站起身来，几乎全身都抑制不住地颤抖，苏挽觉得奇怪极了，一时之间没有回话。

柳若华急得跺脚，“快说啊，苏落真的被苏大将军关禁闭了？这是真的？”

“自然是真的，而且已经有一月之久了。”苏挽皱眉，不解地看着柳若华，看着她那只断了一截的手腕，眼底闪过一丝鄙夷和厌恶。

然而，柳若华却哈哈大笑起来，笑得几乎流出了眼泪，还激动地不断地拍着桌子。

此人莫不是疯魔了吧？苏挽有些厌弃地看着她状似疯癫的模样，心中暗道。

平日里柳若华高贵优雅，尊贵至极，但这次见面，她怎么就变化那么大？有种从云端跌落泥堆的感觉。

“苏落，你死定了、你死定了！”柳若华状若疯癫，激动地流出了眼泪。

苏挽神色一动。她也非常期待苏落倒霉。如果柳若华能将苏落灭掉，她自然举双手赞成。

于是，她急问道：“怎么回事？你倒是说啊。”

柳若华眼底闪着恶毒的光芒，她紧盯着苏挽，一字一顿道：“苏落根本就不在你们府里闭门思过，她，去落日山脉了。”

“不可能！”苏挽想也不想就否决，“苏落是天生废物，她怎么可能会去落日山脉，你肯定认错人了。”

“是真的！那人绝对是苏落，我绝对没有认错！”柳若华激动得几乎手舞足蹈起来，她狰狞地瞪着苏挽，“她是和晋王殿下一起去的，这一点，绝对不会有错。”

“不可能！她根本不认识晋王殿下，怎么可能会跟晋王殿下一起去？而且晋王殿下是什么人，他怎么可能会跟苏落一起？你将天上的谪仙和地上的烂泥巴拉到一起相提并论，是何居心啊你？”简直太荒谬了。苏挽不顾淑女形象，也拍着桌子，大声否定。

“我就知道你不信，但事实就是事实，苏落就是和晋王殿下去了落日山脉。而且，嘿嘿，你真以为她是废柴吗？”柳若华笑得阴狠毒辣。

虽然一开始她也觉得苏落是草包废物，但是当他们想杀苏落灭口，一群人在她后面追杀，她却跑得比兔子还快，就连刘维明都追不到她，这样的苏落会是废物？

这个扮猪吃老虎的臭丫头，大家都被她骗了。

但因为事关晋王殿下，又会扯出瑶池仙子，所以柳若华知道分寸，没有乱说。

苏挽拳头紧握，在房内焦急地走来走去，过了好一会儿，她停下来，坚定地望着柳若华，“你确定你在落日山脉见到的那个人就是苏落？不会搞错？”

“绝对不会！她的手腕曾经被我伤过，伤疤都还在呢，而且晋王殿下明明白白地喊她落丫头，她自己也承认了她就是苏落！所以，绝对不会有错！”柳若华说得斩钉截铁，坚定无比。

晋王殿下……苏挽眼底闪过一丝狰狞恶毒的杀意。那个贱丫头虽然被退婚，却引起太子的注意，现在又被传和晋王殿下搭上关系？好，很好，看来她要送苏落一份厚礼了。

“而且，你们家的四小姐还得罪了瑶池仙子，你们可要小心了，若是瑶池宫不肯罢休，你们苏府就等着覆灭吧。”

“瑶池仙子？”苏落竟会得罪那不食人间烟火神仙般的仙子？

“瑶池仙子和晋王殿下是一对神仙眷侣，苏落横插一杠，如果是你，难道你不气？”柳若华似真似假地诱导苏挽。

如若是真的，那苏落真是死定了！瑶池宫那堪比帝国般的存在，她竟然敢得罪！

“很好，非常感谢你告知这个消息，如果有后续，我自会告知你。”苏挽撩起裙子，急急忙忙就离去了。

如若是真的，这次，一定要让父亲大人将她逐出家门。

看着苏挽离去时那迫不及待的背影，柳若华笑得恶毒无比。

苏落啊苏落，喜欢本小姐送你的礼物吗？苏大将军要是知道你偷偷溜出去，又得罪了瑶池宫的瑶池仙子，嘿嘿……

苏挽也是聪明的，她对柳若华的话半信半疑，决定自己先过去探查一下，等得到确切的消息后再请她父亲过去见证。所以，她带着丫鬟，慢悠悠地朝苏落的破败院子逛去。

绿萝正坐在院子里，一边晒太阳，一边做着针线活儿，她要争取在小姐回来前做出一套新裙衫，到时候给小姐一个惊喜。

唉，小姐一去就是一个月，杳无音信，也不知道去了哪里。她有时候都会偷偷地想，小姐是不是偷着跑路了？

忽然，门口传来砰砰砰的敲门声。

绿萝一惊，粗粗的长针整个刺进肉里，痛得她差点惊叫出声。她紧张不安地看着那被敲得摇摇欲坠的门扉，心中犹如小鹿在撞，急得不知道该如何才好。

这一个月来，这扇门还从未被敲过，就连送饭的也都是将饭菜搁置在墙垣边上的小洞口，让她自己去拿。

大将军不是说要小姐禁闭三个月吗？怎么这么快……这是发生了什么事？要是被发

现小姐不在院内，到时候……这样的结果太可怕了。

绿萝被吓得脸色苍白，身子不断地颤抖，几乎要窒息了。

到底开还是不开？

绿萝焦急地盯着那扇被震得灰尘扑簌簌往下掉的门，盼着对方没有得到回应自动离去，但是她却失望了。随着敲门声越久，里面却久久没有回应，苏挽原本半信半疑的心，现在也已经信了八成。

若是不心虚，干吗不敢开门？

苏挽的嘴角勾起一抹阴冷的笑意，朝她的贴身奴婢吩咐道：“敲门，大力地砸，就算砸坏了，自有本小姐担着！”

苏挽在府里极少有嚣张的时候，但是在苏落这个院子，她从来都是肆无忌惮的。

就在绿萝急得团团转，期盼着她家小姐从天而降的当口，只听得砰的一声，那扇本就不牢固的门轰然倒塌。

门口出现苏挽那张笑得不怀好意的脸。

苏挽慢悠悠地进来，四下打量着，没有看到苏落的身影，她心中已经有了确定的答案。

以苏落最近的性格来看，她也不是好欺负的，但是门被敲碎了她都没出来，那么唯一的可能性就是，她根本就不在！

苏挽慢条斯理地打量着身体不断颤抖的绿萝，似笑非笑地问：“绿萝丫头，你在怕什么呢？本小姐长得有那么恐怖吗？”

“没、没！三小姐长得貌美如花，天下少有，绝对是美人中的美人！”绿萝一本正经地夸奖，心中却暗暗叫苦：三小姐这是怎么了，怎么还不走啊。

苏挽笑眯眯地看着她，阴冷一笑，“既然如此，你怎么看都不敢看本小姐呢？莫非，你做了什么亏心事？”

绿萝被吓得脸色苍白，她哆哆嗦嗦干笑道：“三小姐真爱开玩笑，奴婢、奴婢会做什么亏心事啊？没有，绝对没有！”

绿萝很显然不精于演戏，她干巴巴的语气和表情，更加泄露了她的心虚和底气不足。

苏挽更加得意了，只见她冷笑连连，“没有吗？那么，你家小姐呢？她也没做亏心事？”

绿萝心中暗暗叫苦。三小姐这次莫不是有备而来？她这话分明就是挑事儿啊。

“四小姐自然也没有！”绿萝神色一本正经，语气斩钉截铁，末了还郑重点头。

“叫你家小姐出来吧，我们姐妹俩叙叙旧，说不定她哄得本小姐开心了，本小姐大发慈悲与父亲大人说说，就放你们出来了呢。”苏挽阴恻恻地步步紧逼。

绿萝心中那叫一个苦啊！要是自家小姐能出来早就出来了，何必看你三小姐在这儿耀武扬威？小姐啊小姐，您要再不出来，往后就没机会出来了，也没机会看到我绿萝丫头了……

苏挽毒辣的目光扫了绿萝一眼，脚下不停留，慢悠悠地走着，四处打量着，走着走着，最后走到内室。

绿萝心中急得不行，身子也微微颤抖。她死定了，今日说不定就会被杖毙了……

绿萝额上的汗珠不断往下滴落，前胸后背都被冷汗浸透了。

苏挽笑得张扬而得意，她纤细葱白的手将内室门扉推开——

绿萝闭上双眼，一副等死的模样。

时间似乎在这一刻凝固。

偌大的内室，陈旧残破，家具少到一目了然，目力所及，根本没有一丝苏落的身影。

好，很好，苏落这小贱人竟然真的不在！

这一刻，苏挽似乎全身的阴霾散去，犹如晴空万里的明朗，她转头，笑眯眯地望着绿萝，笑容阴森冷血，似乎一柄利剑刺向绿萝心脏。

“哈哈哈哈哈，好，很好！”苏挽什么话也没说，转身离去。

苏落在被关禁闭之际竟然敢跷家出走，只这项罪名就足以将她扫地出门。

如此一对应，柳若华的话倒有八分可信。

那么，再加上她得罪瑶池仙子的罪名……呵呵，苏落啊苏落，等你回来后，就等着父亲大人绑你去瑶池宫谢罪吧。

“父亲大人，四妹真的不见了，听说丢脸都丢到外面去了，咱们却什么都不知道。”苏挽兴冲冲地跑到苏大将军的书房，掩饰住眼底的激动，她尽量用平静的语气说道。

苏大将军手中的毛笔一顿，他抬眸，锐利的眼眸如电般朝苏挽射去，声音严厉，“胡说八道什么呢。”

“父亲大人，是真的！苏落那小贱……父亲大人，您以为四妹妹依旧被关禁闭，却不知她早已跷家出走，听说在外面乱来，将瑶池仙子都得罪了呢。”

为了引诱苏子安亲自过去查看，苏挽将瑶池仙子这重磅炸弹都放出来了。

苏子安眼神一变。

瑶池仙子是谁他自然知道。她背后所代表的势力他更是比任何人都要清楚。

苏落竟然得罪了瑶池仙子，这话从何说来？

不过，空穴来风，未必无因，若是真无此事，旁人为何会如此传她？

苏子安丢开笔，站起身来，“此话当真？”此时，他已经半信半疑了。

“自然是真！父亲大人，女儿听到这个消息的时候，早先也不相信的，但是女儿为了家族安危和声誉，特地去了四妹妹的院子，女儿可以保证，四妹妹真的不在！”苏挽恨不得赌咒发誓。

只要能将苏子安请过去，让他亲眼见到苏落不在，到时候就算苏落没有得罪瑶池仙子，这罪名也已经安到她身上了。

苏子安神色微变，想了想，郑重道："既如此，便去瞧瞧吧。"

因为牵扯到瑶池宫，苏子安心中有些不安。

瑶池宫在整个帝国那就是超然的存在，因为瑶池宫那位常年闭关的前任宫主大人，他是十阶强者，放眼整个世界，十阶强者屈指可数。可以说，他是东陵国的定海神针，有他在，东陵便无灭国之危。如此的地位，谁人不对瑶池宫诚惶诚恐？谁敢得罪瑶池宫最得宠的瑶池仙子？那不是找死吗？

若是苏落真敢得罪瑶池仙子，那么，苏子安的第一选择绝对是将苏落绑起来，亲自押送到瑶池宫，将她送给对方，任由瑶池宫处置，他非但不会难过，还会鼓掌称好。

苏子安快步朝苏落的院落而去。

跟在他身后的苏挽心底激动连连，眼底是怎么都掩饰不住的兴奋。

"父亲，进去吧，四妹妹真的不在里面。"看到苏子安神色不定地站在门口，苏挽劝道。

"嗯。"苏子安撩起袍子，步伐稳健地径自而入。

他神情肃穆、冷厉，晦暗不明。

绿萝紧张地迎出来，看到苏子安，她赶紧跪下给苏大将军行礼。

苏子安冷冷瞥了一眼跪在地上的绿萝，双手负在背后，神态倨傲，"四小姐呢？还在屋里？"

绿萝战战兢兢地不敢抬头，声音细弱，"在、在，小姐在屋里呢。"

苏挽嗤笑出声，"死到临头还敢狡辩，四妹妹明明就不在屋内，你这贱丫头竟然还敢信口雌黄，不想活了？"

绿萝浑身颤抖，却坚定地坚持己见，"小姐真的在屋里，这是千真万确的，小姐这些日子一步都没出过院门，在内室抄写《金刚经》给老爷祈福呢，三小姐怎可如此诬蔑四小姐？"

"嗤——"苏挽冷笑数声，她简直懒得跟这丫头废话。

"父亲大人，四妹妹在不在，又岂能听信一个丫头的话？所谓耳听为虚眼见为实，我们进去看一看，不就真相大白了吗？"苏挽说着就欲推开内室之门。

此时，绿萝却抬眸，神色间带了一丝委屈，哭着抱怨："三小姐，按理说做奴婢的不能说您什么，但奴婢还是斗胆替四小姐问一句，三小姐，您这是何居心哪？"

"你这臭丫头在说什么？居然敢这么对主子说话，不想活了是不是？"苏挽觉得不可思议，一向畏畏缩缩的绿萝竟然敢跟她当面锣对面鼓敲开了。

“三小姐，方才您撬门进来，将院子的门都给毁了，现在又带着老爷气势汹汹地过来，这是为何啊？四小姐到底得罪了您什么，您要这样对她？”绿萝眼眶通红，泪水滴滴滚落。

“你这丫头简直胡说八道！”眼见着胜利在望，却被这丫头推三阻四。苏挽的目光如利剑般射向绿萝。她下定决心，等处置了苏落后，这丫头也决计不能留。

难道这丫头以为拖延时间苏落就会回来？别做梦了。

“三小姐，四小姐已经很可怜了，您为什么还要血口喷人，横加诬蔑呢，这对您又有什么好处呢？您放过四小姐好不好？”绿萝抬眸，双眸含泪，却坚定而决然地瞪着苏挽。

“果然是四妹妹教出来的丫头，一样的蛮横粗俗无礼。”若是放在以往，苏挽当然是下命令让人将绿萝往死里打板子，但是现在因为苏子安在，她不能暴露她的本性。

所以，她冷冷一笑，“说本小姐横加诬蔑？呵呵，绿萝丫头，若是你家小姐真在屋里，本小姐给她磕头倒茶赔罪！”

话音未落，她的手已经触及内室的门。

门，重重被推开。

苏挽满脸自信地跟在苏子安后面进去，她脸上洋溢着胜利的笑容，因为今日过后，大将军府里不会有苏落这个人存在，这个人，将成为历史。

然而，当看清内室的情况时，苏挽那绚烂的笑容顿时凝固在嘴角，僵硬得差点抽筋。

她像看鬼一样看着那坐在书桌前，姿势端正，悬手握笔，认真写字的苏落，她觉得脑中轰的一声，化为一片空白。

真是见鬼了！

这怎么可能？！

苏落她、她怎么会在？

而且，果然如绿萝所说，她正端坐在书桌前，一笔一画认真端正地抄着《金刚经》，桌边放着一沓纸，那精美工整的小篆，一看就知道花费了不少精力。

明明、明明一刻钟之前，苏落还不在的……

苏挽顿时呆住了，她觉得此刻的自己蠢得简直像头猪，还是最笨最蠢的猪……

苏落抬眸看到他们，搁下手中的笔，盈盈起身。

此刻的她全身只着了件白色素衣，素衣下摆均有点点红梅，样式特别，虽然素净，却不失婉约大方。

目光清浅淡然，眉宇间散发出的安闲与静谧，给人一种澄静的感觉。

苏子安的脸色一瞬间变得很难看，他阴冷的目光扫了苏挽一眼，转头对苏落皱眉，开口道：“这几日，你都不曾出去？”

苏落神情自若，不愠不火地与之对视，神色颇为不解，“爹爹不是下令将女儿禁足吗？女儿又能上哪儿去？”

简简单单一句话，噎得苏子安神色一变。

这个女儿，话语也平常，却怎么感觉犀利如刀锋，而且次次都直中要害，噎得人无话可说呢？

苏子安觉得有点尴尬了。

此时的苏挽陷入两难境地。

私心里，她是相信柳若华的，因为她没有必要欺骗自己。而且她之前也不知道苏落被禁足，所以她的话还是具有一定的真实性的。但是事实上，她又不得不怀疑，之前在院子里找不到苏落，是不是她和柳若华布局陷害她，让她跳进陷阱中？

所以，此时的苏挽神色变幻不定，忽明忽暗，一时难以下定决心。

苏子安原本还想这个女儿会出来救场，却没想到苏挽竟然这么没用，他轻咳一声，故意皱眉，瞪着苏落，“你真没出去？”

“女儿这些日子一直在抄《金刚经》，每一页都花费无数心血，就算能出门，女儿也没时间啊。”苏落表示很无辜，她黝黑的双眸泛着淡淡水雾，委屈地望着她的便宜老爹。

果然，苏子安还是最吃这一套，他神色缓和下来，又追问一句：“那瑶池仙子呢，你真的不曾得罪过她？”

苏落故作天真地问：“瑶池仙子？她到帝都来了吗？好可惜哦，女儿一直被关在院子里，一步都走不出去，不然还可以偷偷跑去见一见呢，听说瑶池仙子可美了呢。”

“咳咳咳。”苏子安觉得面色有些发红。

苏落明明连瑶池仙子的面都没见过，又谈何得罪于她？再说，瑶池仙子远在落霞峰，与这里相距十万八千里，苏落又岂会在短短时间内跑到她面前，还得罪她？

真是荒谬！

看这些的《金刚经》，没有一两个月的工夫，哪里抄写得出来？瞧这丫头，都有些瘦了呢。

自己也真是糊涂了，竟然听信苏挽的一面之言，就怒气冲冲地找来逼问苏落。一想到这，苏子安对苏落产生了一丝愧疚，对苏挽是前所未有的厌恶。这个苏挽，最近这段日子是越来越不像话了，看来让她提早出院子，是个错误的决定。

“既如此……”

苏子安正想将这场面圆过去，就当此事不曾发生过，然而，苏挽哪里会放过苏落，“父亲，空穴来风未必无因啊。女儿实话实说，将这消息告诉女儿的不是别人，正是柳丞相家的三小姐柳若华，是她亲口告诉女儿，她在落日山脉碰到过四妹妹！”

想来想去，苏挽最终还是选择相信柳若华，她坚信，苏落绝对是运气好，在她去找苏子安的这小段时间内跑回来，假装在房内抄写《金刚经》。

苏落嘴角扬起一抹冰冷的杀意。

柳若华，原来你还没死呢？回到京城后竟然还敢说三道四？看来上次没弄死你，真是太便宜你了。

苏子安此时信任的天平已经倒向了苏落，只见他怒气冲冲地瞪向苏挽，重重冷哼一声：“荒谬！别人不知道，难道你还不清楚你妹妹的废柴体质？这样的谎话也说得出来。看来那丫鬟说得很对，你就是故意针对你四妹妹。”

苏落的神色也显得非常委屈，双眸水雾朦胧，看起来楚楚可怜，“三姐姐，你为何要如此针对于我？这样对你又有什么好处？你若是说我得罪瑶池仙子，那、那你去将瑶池仙子请来啊，你问问她，我苏落究竟有没有得罪她。不，你该问问瑶池仙子，她到底见没见过我苏落。”

苏落一副完全可以与对方对峙的光明磊落模样。

那是因为苏落清楚，请瑶池仙子，就凭她苏挽，怎么可能？

苏挽被气得几乎翻白眼，“瑶池仙子是你想见就能见的吗？谁知道她现在在何处？”

苏落一本正经地顺口接道：“既然瑶池仙子不是谁想见就能见的，先不说我被禁足，只说以我的地位和资质，又哪里会见到她，又如何会得罪得了她？”

“你——”苏挽被自己的话给绕进去了，又被苏落逼问得百口莫辩。

是啊，既然瑶池仙子不是谁想见就能见的，那么以苏落的资质和地位，她如何见得到瑶池仙子，又如何得罪了她？苏子安心中越发相信苏落无辜，苏挽在无理取闹了。

幸好苏挽的脑子不笨，她迅速回忆起柳若华的话来，到了这个时候，她也无须再隐瞒了，只见她冷冷一笑，“你自然见不到，但是，有晋王殿下在，自然见得到瑶池仙子！”

“怎么又扯上晋王殿下了？”苏子安眉头紧蹙。先是瑶池仙子，再是晋王殿下，这一尊尊的都是大佛，他小小的大将军府根本得罪不起啊。

“爹爹你问她，你问她是不是和晋王殿下一起去落日山脉了。哼，苏落，你别想抵赖，柳若华可是什么都看见了。”

苏子安神色惊疑不定地望向苏落，虽然很难令人相信，但是，若果真如此的话……

苏落嘴角勾起一抹淡淡的笑意，“晋王殿下？呵呵，三姐姐、父亲大人，晋王殿下是什么人？那是九重天上的谪仙，高贵无比，世人只看一眼都觉得亵渎，你们觉得他会看上我这样的草包废柴？”

虽然苏落说的都是事实，但是苏挽还是坚定地反驳道：“可能、可能晋王殿下忽然心情好呢？”

“好吧，晋王殿下心情好，就当是这样，那么，请问我又如何在一个月的时间来回这里跟落日山脉之间？”

“这……”此时，苏挽也难以自圆其说了，好半晌她才嘴硬道：“晋王殿下可是有龙鳞马的，龙鳞马日行千里，十日之间来回一趟也不在话下。”

“既然三姐姐说到龙鳞马……”苏落冷冷一笑，视线一瞬不瞬地凝望着苏子安，“父亲大人，您想必也听说过龙鳞马，您觉得以龙鳞马那样的神兽，除了晋王殿下外，还会允许旁人靠近？听说当初太子殿下想乘坐一下都被颠下马车差点出事，您觉得您的女儿何德何能可以乘坐龙鳞马车？是气运比太子还尊贵？是武功比太子还高？还是旁的？”

苏落的话句句在理，无可辩驳，根本挑不出一丝错处。除非瑶池仙子站在她面前，戳破她的谎言，否则的话，根本没人相信她苏落会与晋王殿下一起，而且还同乘龙鳞马车。这是想都不敢想的事。

既然乘坐龙鳞马车的假设不存在，那么，苏落到过落日山脉的事自然也是假的。由此可见，说谎的人是苏挽，而不是苏落。

苏子安推测完毕后，目光狠厉地瞪向苏挽，冷锐地丢下一句，“回院子好好反省反省，省得一天到晚出来无中生有、惹是生非！”话音落，苏子安苏大将军甩袖，毅然转身决绝离去。他已经完全信了苏落所言，相信她是无辜的，相信苏挽在无中生有。

苏挽被气得脸色涨红，她纤细的手指指着苏落，面容狰狞而扭曲，“我确实不知道，也想象不出你是如何来回于家里和落日山脉之间，但是，柳若华所述的话，我信！”说完，她转身就走。她一定会找到证据，证明苏落所言全都是狡辩。

但是，苏落却懒洋洋地靠在门框上，双手环胸，嘴角勾起，“三姐姐，你可真健忘啊，这就想走了？”此时的苏落已经不是刚才面对苏子安时那娇弱怯懦的样子。

苏挽顿住，转身回眸瞪她，冷笑道：“怎么，还想留三姐姐我陪你吃晚膳？”她都预备放过苏落这一次了，她竟然还不满意？

“那倒不必。只是方才依稀听三姐姐说，若是我苏落在这里的话，就下跪端茶倒水？”

饭或许可以乱吃，但是话却不能乱说，要为说出口的话负责。

苏挽冷冷一笑，“你听错了，根本没这回事！”说完，她提起裙子疾步就走，生怕走得慢了就会被苏落拉住，逼得给她下跪斟茶赔罪。

苏落看着她落荒而逃的背影，嘴角勾起一抹浅浅的冷笑。

苏挽，你以为这一关就这么好过？你觉得我苏落就是这么好欺负？

苏挽气呼呼地走掉。她在自己房内皱着眉头坐了半天。门外站着她的两个贴身丫鬟，一个夏晴，一个冬雪。她们垂眉低首，偶尔抬眸面面相觑，谁也不敢上前去打搅。苏挽的脾气她们比任何人都要清楚。

苏挽忽地站起来，焦躁而愤怒地在房内走来走去，她握紧拳头，发现自己怎么都忍不下这口气。

凭什么每次受责骂的都是她？上次苏落将自己揍成那样，结果父亲最后只是轻飘飘一句话将她禁足，自己也跟着倒霉。这次也是，明明苏落就是跷家出走，在外面逍遥了大半个月，结果回来非但没被责备，父亲反而责怪自己？

从什么时候起，苏落竟然步步抢先，事事都争她一头？这绝对不可以！苏落这件事，必须要彻查清楚，必须将她逐出家门，否则，往后她在府里还有什么地位？

苏挽霍然站起身，气冲冲地就往外而去。

此时，丫鬟腊梅端着一碗莲子羹进来，原本打算让苏挽败败火，但那么巧，她进来的时候苏挽毫无征兆地出去，两个人正好撞到一起。

"啊——"苏挽被烫得尖叫起来，她狠狠一巴掌呼过去，将腊梅打了个原地转圈。

"连你这个贱人都敢欺负我。气死我了。"苏挽气呼呼地踹她一脚，继而转身毫不犹豫地离去。在这些下人面前，苏挽从不掩饰她的骄纵蛮横，只有在苏子安他们面前，她才是那个柔弱无依、善良仁慈的苏挽。

这次，苏挽直接就去了柳丞相府中找柳若华。

柳若华今日心情是真的好。

因为无意中发现了苏落跷家出走的秘密，然后她巧妙地利用苏挽借刀杀人，让她们姐妹俩窝里斗，她则是坐山观虎斗，非常的滋润惬意。

不过她这样子倒是让她身边的下人吓了一跳。因为自从柳若华回到丞相府之后，每日里不是发脾气就是摔东西，唯一没有的就是笑容。

当柳若华看到苏挽的时候，精致的柳眉微微蹙起。

苏挽这是什么表情？难道她没成功？

苏挽劈头就问："你耍我呢？"

柳若华放下吃了一半的糕点，目光中有一丝凝重，"怎么回事？你不是回家告黑状去了吗？"苏挽这气呼呼的样子，让她心中隐隐有一种不太好的预感。

果然，苏挽气呼呼地坐下，倒了一口清茶，一口饮下去，然后再将茶杯重重丢到桌上，整个人仰倒在紫藤椅上。她目光灼灼地盯着柳若华，声音冷硬如冰，"你最好说实话，苏落到底有没有去落日山脉？"

"这我还能骗你不成？千真万确啊。"柳若华想也不想就斩钉截铁道。

"拿你的性命发誓！"苏挽的眼神认真谨慎，一瞬不瞬地盯着柳若华，气势咄咄逼人。

“好，就拿我的性命发誓！在落日山脉，我柳若华确确实实看到苏落和晋王殿下一起，此事千真万确，若有一丝虚假，则让我遭受五雷轰顶！”柳若华神色坚定，举着右手手掌赌咒发誓，虔诚得很。

苏挽原本就信柳若华，现在更是完全信了，她的神色开始和缓，重重叹了口气，“可是，落日山脉离这里隔着千山万水，苏落又是怎样来回的？”

“什么，苏落竟然真的回来了？”柳若华瞪大双眼，几乎难以置信。

“是啊，方才我去找她的时候，她就在！”苏挽没有说出自己今日做下的糗事，她不想自己被多嘲笑一次。

“竟然真的回来了……”柳若华有一种意料之中的惊叹。

果然，她的预感没有错，当初在他们的追杀下苏落没有死，那么，后来的那次，她也没那么容易就被杀死。

在落日山脉时，她最后一次见到苏落是在小队追杀苏落的途中。那时候因为神龙突然出现追杀他们，弄得他们四处分散潜逃。再后来，就是瑶池仙子的贴身侍女找到她，要她带路去找苏落。虽然那名侍女什么都没说，但是凭着女人的直觉，柳若华还是明显感觉到她对苏落的杀意。也正是因为如此，她才会二话不说带着对方去找苏落。她原本以为苏落会死在对方之手，现在看来，苏落的命还真是大，她竟然全须全尾地回来了。

苏挽皱眉道：“你想想，苏落到底是怎么迅速来回的？”

“难道是晋王殿下的龙鳞马？”柳若华有些不敢相信。

“绝对不可能！”苏挽全盘否定，“据说龙鳞马连瑶池仙子都不认可，又怎么可能会认可苏落？要知道，她可是连一阶武者的实力都没有的废柴草包！”

柳若华嘴角噙着一抹嘲讽的笑意，“你们全都被苏落骗过去了。是不是天赋为零的废柴草包我不知道，但是，苏落身手迅捷利落，绝非等闲之辈。当初刘维明出其不备的暗杀都被她躲过去，你觉得她真的是废柴吗？”想了想，柳若华还是将她发现的秘密告诉苏挽。

“你说什么？苏落竟然连刘维明的刺杀都能躲过去？”刘维明可是有三四阶的实力，他全力一击，苏落竟然能躲过去？这、这怎么可能？

不过，如果这假设成立的话……

忽然，苏挽想起当日在荷花水渠边那莫名其妙踹她的那一脚！当日，那一脚将她踹进水渠中，连带着苏溪也一起掉进去，最后又突然失火引来太子等一群人……

这分明就是人为！环环相扣，绝对是人为，否则，再巧的巧合都不会那么巧。难道……这一切都是苏落干的？如果苏落真的在隐藏实力，那么，还真有可能是她做的！

不得不说一句，苏挽姑娘，你真相了。那一记干脆利落的佛山无影脚还真是苏落干的。而且，她干的还不止一回。

苏挽心中是越想越气，越想越恨，恨得她咬牙切齿，几乎想将苏落抽筋剥皮，千刀万剐。

“那现在怎么办？难道就眼睁睁地看着苏落活得滋滋润润的？我们这么憋屈受气？”苏挽特别不服气。要她看着苏落好过，还不如让她去死。

柳若华皱着眉头，思索了半晌，忽然，她脑中灵光一闪，单手打了个响指，“有了！”

“什么？”苏挽凑近去，神情期待而专注。

柳若华眼底蕴满恶毒狠辣的光芒，“此事虽然能重创苏落，但是有损阴德，我怕你不敢做。”

苏挽阴冷笑道：“有损阴德又如何？她苏落做的哪件事不损阴德了？说！”

“那好，附耳过来。”柳若华在苏挽耳边叽里咕噜一阵耳语。

“这……会不会太……”苏挽脸上浮现一抹迟疑的神色，似乎有些犹豫不决。

“妇人之仁！若是你连这都不敢做，那仇你也别想报了。”柳若华冷笑连连，还用上了激将法。

很显然激将法对苏挽非常有用。听了这话之后，苏挽神色严肃，忽然她郑重点头，“好，就按你说的办！”苏落，你不仁我不义，既然你如此对我，就别怪我心狠手辣！

可怜的苏落，完全不知道已经被两个女人惦记上了。

却说苏落的院子里，眼看着苏挽带着一群人浩浩荡荡地离开，绿萝才真正松了一口气。

她激动又辛酸地拉着苏落的衣袖，可怜兮兮地恳求：“小姐，这次真是太惊险了，您来得简直太及时了，要不然后果不堪设想。往后，您还是不要再出去吧？奴婢这心现在还扑通扑通狂跳。”

苏落敲了她额头一记栗暴，慢悠悠笑道：“就你胆小。”

“小姐……”苏落往外走去，绿萝可怜兮兮地跟在她后面哀求着。

“放心吧，你家小姐我暂时还不会出门。”苏落很随意地坐在躺椅上，惬意地眯着眼睛晒太阳。

暂时不会出门，也就是说以后……绿萝皱着小脸，神情颇为无奈，但却拿自家小姐没有任何办法。

自从那次昏迷苏醒后，小姐就像换了一个人似的，变得活泼开朗，自信满满，而且非常有主意。不过这样更好，以往的她们总是被人欺负，但是现在，却总能反欺负回去。

苏落半眯着眼，脑子却止不住回想起当日那支朝她要害射来的冷箭。

是你吗，瑶池仙子？她唇边勾起嘲讽的弧度，眼底泛起一抹复杂的幽光，这证明她在兴奋，找到目标的兴奋。

追杀之仇，一次又一次，她苏落永生不忘！假以时日，她必将百倍奉还。

苏落闭上眼，灵魂却早已跑到空间里去了。最近，她发现空间另有一处奇妙之处，这一发现，简直让她欣喜若狂。

原来她在睡觉的时候，灵魂自动进入空间后就可以修炼武功，她尝试着修炼神龙大人丢给她的那卷《大虚空掌印》，虽然只有短短七日，但是效果喜人。

神龙大人馈赠的，自然不是凡物。虽然只有短短的一卷，而且是入门的初卷，但是这卷《大虚空掌印》却威力惊人，效果显著。

大虚空掌印，顾名思义分为三重境界，分别是：大、虚、空。大，是指结出的手印越来越大，大到无边无际。虚，是指虚影，到了第二重境界后，手印化为虚影，伤人于无形。空，是指重力空间。到了第三重境界后，手印化大化虚，凝成一方重力空间，在这方空间之中，她就是主宰！

而苏落现在……

空间中，苏落看着自己凝聚而成的掌印，额上落下三根黑线，相当无语。因为那所谓的手印，竟然只有小蝌蚪那么大。是的，没错，真的就只有小蝌蚪那么大……

不过比起前几日已经算好的，已经凝聚出来了，前几日那可是连影子都摸不到呢。

而且这练功方法最轻松之处在于，她无论何时何地，就连睡觉的时候，灵魂都可以跑到空间中练习，所以比起别人来说，她在天时地利上都占有绝对优势。

也正是因为她的天赋和精神力都超级强大，所以修炼起来事半功倍。

苏落所不知道的是，大虚空掌印最难之处就在入门。

资质绝伦如同苏落这般，不到七日时间就能踏进门槛，凝聚出实体掌印，虽然小，但毕竟凝聚出来了。资质愚钝之人，就算给他七个月，甚至七年时间，他都未必能够凝聚得出来哪怕瓜子那般大小的手印。

夜，很深。四周万籁俱寂。

夜空似乎被蒙了一层薄薄的灰纱，寂寥的半空中挂着几颗残星，月华清冷，暗淡无光。

苏落躺在床上睡得正酣，她的灵魂也早已跑到空间中修炼大虚空掌印去了。

自从凝聚出那小蝌蚪般大小的虚空手印后，苏落就有种感觉，她似乎已经踏进了一阶武者的阶段，而且距离第二阶似乎也并不遥远了。这一发现顿时让她欣喜若狂。这几日，她做得最多的就是躺在床上睡觉。

绿萝以为自家小姐这趟出去累狠了，所以以睡觉来调理身子。她哪里会想得到，有一种幸运之人，就连睡觉都能自行练功的。她只要苏落乖乖待在院子里不外出便心满意足了，所以也不去劝她，苏落自然乐得轻松自在。

这一晚，苏落一如以往，早早地洗漱完毕之后上床歇息。

第十四章 其人之道

凌晨，黎明前的黑暗。

这一小段时间很奇妙，是一天当中最黑暗的时刻，也是人最累、入眠最深的时刻，一般很难被吵醒。

黑暗中，一道精壮的身影如豺狼般敏捷，悄无声息地靠近苏落所在的院子。

他站在院门口，有些无语地撇嘴。苏大将军府里竟然还有这样破败的房子？墙垣破破烂烂，似乎风一吹就倒，最奇葩的是，竟然不设院门，让他连翻墙都不用，直接就走进去了。

这里真的是苏四小姐的闺房？黑衣人眼底闪过一丝不解。不过有什么关系？只要干完这一票，就有一千枚的金币可以拿了。

他悄无声息地摸进内院，精准无比地朝苏落所在的房间走去。

如果不是有人偷偷告诉他，他又岂能一下子就分辨出哪一间是苏落的房间？

他究竟是谁？深更半夜过来，又是想做什么？

房间内，原本深入睡眠的苏落陡然间睁开眼，黑暗中，一双美眸闪过一道暴戾的光芒。

前世苏落就是绝顶金牌杀手，久居黑暗中的她有着对危险与生俱来的本能和警惕。

黑衣人大概得了某人的暗示，所以行事非常谨慎，并没有将苏落当成一点武功都没有的废柴。只见他无声无息地戳破窗户纸，小心翼翼地朝内室吹迷烟。

苏落嘴角勾起一抹残酷嗜血的冷笑。

迷魂香！竟然对她用了价值百金的迷魂香，还真是看得起她呢。

迷魂香只有炼药师才能炼制，中者浑身酥软，而且迷魂香中还有强烈迷幻的春药成分，中了之后情欲陡升，非常猛烈，必须发生关系后才能解去此药效。

苏落淡淡地微笑着，慢慢走近那根小管，然后凑过去，猛力朝外吹去。

“咳咳咳——”黑衣人哪里会想到里面的苏落竟然是醒着的，而且还将那管子里的迷魂香朝他吹回去？他一时不察倒吸进口中，顿时被呛得剧烈咳嗽起来。也幸好他进来的时候，顺手劈昏了绿萝，所以这丫头没有被惊醒，没有发出惊恐的尖叫声。

趁他病要他命，机不可失时不再来！

苏落也没打开门，她自空间中掏出一根小小的如同线香般粗细的小管，迅速将这根管子戳出窗户纸，朝着那黑衣人猛然吹了过去。

黑衣人的迷魂香不过是初级炼药师所炼制，而苏落的这根迷魂香，可是她缠着冷药师亲手给她炼制的，无色无味，而且药效奇强！

苏落气运丹田，对准小管口，一连吹了三口气。

“咳咳咳、咳咳咳……”黑衣人被突如其来的烟呛得捂住口鼻，不住地咳嗽着，几乎将肺都咳出来了。

苏落阴冷一笑，这时候才打开门，一脚踹过去，将黑衣人踹得扑倒在地。然后蹲下身，利索地一把扯下黑衣人的面罩。此时的他脸色潮红，双目在幽暗中闪着诡异的光芒。很显然，他中了迷魂香的毒。

这张脸很陌生，也很普通，普通得淹没在人群中就很难再找出来了，确实是张做杀手的脸。只可惜，若是之前的苏落，他或许还能赢，但是最近苏落已经差不多二阶了，再加上她前世所拥有的战斗技巧，黑衣人在她面前只有被压制的份。

苏落的眼神深邃得可怕，散发着一股隐隐的危险的致命气息。她阴冷一笑，“说吧，谁派你来的？”深更半夜来她的房间，意欲何为啊这是？

黑衣人面目狰狞，全身迸发出了绿色的光芒，他一掌朝苏落击去。此时的他虽然身中迷魂香，但还没丧失理智，武功还余下三分。

他是堂堂的三阶武者，在组织中也排在前列，不然也不敢接这个任务。不管外人如何评论，苏落始终是苏家四小姐，代表着苏大将军府的脸面。

这一掌虎虎生威，使尽了他全部力气。

他原本以为这一掌就算杀不了对方，也会给对方造成重创。然而，事实却让他惊诧了。

只见苏落侧身避过，与此同时，她的掌心忽然多了一个小小的黑点，这个黑点非常奇怪，似乎有小小的光圈，携带着一丝虚影朝黑衣人脑袋上狠狠砸去。

谁也没想到那小黑点竟然那么硬，只听见一道清脆的撞击声，黑衣人双眼顿时如蚊香状，整个人晃晃悠悠的，似晕非晕。

苏落一看，顿时心中大喜。没想到小黑点竟然如此神奇，看着小小的，威力却一点都不小。而且来无影去无踪，神出鬼没，变幻莫测，简直让敌人防不胜防。

她之所以拿出小黑点来，就是想在实践中测试一下，现在测试的结果她表示非常满意。

苏落心情愉悦地看着黑衣人，手中翻出一把通红的药丸，一颗颗在他面前数着，“我不会杀你，但是让你吃点东西，你看，这是断肠丹，这是五毒散，这是子午锥心丹，这是……”

那些鲜红的丹药全都是慢性毒药，全都是在苏落死缠烂打之下，冷药师无奈之后为她专门做的。

苏落每说一个名称，黑衣人的身子就哆嗦一下。身为杀手，他不怕死，也不怕痛，但他怕不死不活无休止地被折磨，而这些丹药，全都歹毒却不致命，并且无药可救，还会间歇性地毒发。

他非常奇怪，这些药丸每一颗都价值连城，眼前这住在破败院子里的苏四小姐怎么会拥有？只要她卖出去一枚，足以买下一间比苏府还大的宅院。所以，他非常难以理解。

苏落看着他，脸上浮现危险至极的冷笑，“你可以选择不说，不过那样的后果，希望你承受得起。”

她跟冷药师要这些毒药，就是为了碰到今日这般的局面时用来逼供用的，所以颗颗毒药都是精挑细选出来的。她相信，这些丹药对于南宫流云那样意志坚定的高手无效，但是对于绝大部分人来说，绝对百试百灵。

果然，黑衣人狰狞着面容，惊恐地瞪着苏落，一字一顿说道：“你必须得保证，等我说了之后，你绝对不能逼我吃下那些毒药！”

苏落嘴角扬起一抹冷笑。看来那幕后之人也非常一般嘛，请来的所谓高手非但武功一般，而且骨气也弱得很。按道理，他们这些杀手有着严苛的职业道德，就算死，也绝对不能透露顾客的任何一点信息的。这是杀手界的行业规矩。

“你也说了，这些毒药都很贵，你觉得本姑娘是那么浪费的人吗？说吧，究竟是谁雇佣你的？”苏落双手环胸，懒洋洋地斜睨他。

她神情慵懒，似晒着太阳的猫，又似掌控一切的王者。

黑衣人紧咬下唇，犹豫半晌，才终于咬牙切齿说道：“是贵府的三小姐，这次的任务是她发布的！”

三小姐？苏挽？果然是意料之中的人。其实苏落第一个猜到的人就是她，只是还缺少有力的证据罢了。她脸上缓缓地浮起了一丝笑容，“三姐姐？怎么可能是她？简直是胡说八道！”

黑衣人闻言，有些急了，“我这儿有证据！”说着，他自怀中取出一张澄心堂纸，颤抖着递给苏落，“你看，这是贵府三小姐亲笔签字的任务书，不信你自己仔细认认！”

苏落对着微弱的月光扫了一眼。确实，那上面是苏挽的字迹。

“那么，她请你来做什么？杀了我？”苏落慢条斯理地将那张字条收拢在怀里，似笑非笑地看着那不断颤抖的黑衣人。

“不、不是……”黑衣人有些胆怯地别过脸去。

“说实话哦，不然……”苏落拿出一颗火红的断肠丹在他面前晃悠，十足的威胁意味。

黑衣人眼底闪过一丝惊恐，他断断续续地说：“是要杀你，但是、是先奸后杀……而且……”

“而且什么？”苏落神色不变，眼底的眸光却冰冷无比。

“而且……还有让你曝尸荒野，让狼狗啃咬……”黑衣人本不想说，但在苏落那咄咄逼人的威严气势下，他没敢隐瞒，将所有的事都交代得一清二楚。

先奸后杀，再曝尸荒野，被狼狗啃咬？苏挽啊苏挽，原本以为你不过心思恶毒了些，没想到你竟然如此蛇蝎心肠！哪一次不是你先挑事我苏落被动反击？我处处忍让，反倒让你得寸进尺，以为我好欺负吗？

这样毒辣的招数你都使得出来！好，很好，非常好！若是这次不将你连根拔起，他日我苏落在府里哪还有安生日子？只听说千日做贼，没听说过夜夜防贼的。既然你不仁，就别怪我不义了。苏落眼底闪过一抹冰冷刺骨的杀意。这是第一次，她有杀人的冲动。

“你……”黑衣人见苏落神色陡然一变，忽然有一种不好的预感。这是杀手与生俱来的一种直觉，一种准得可怕的直觉。

果然，只见苏落一记手刀猛烈劈下，瞬间将黑衣人劈昏过去。

看着软软倒在地上的黑衣人，苏落嘴角扬起一道残酷嗜血的冷笑。

先奸后杀，曝尸荒野？苏挽，既然这是你定下的游戏规则，那咱们就按照你的游戏步骤来。在此之前，先允许妹妹我送你一份大礼。

月上柳梢，夜凉如水。

这是一个月黑风高适合杀人的好夜晚。

苏落换上一身黑色夜行衣，夹带着黑衣人翻身跃出墙头。她娇小玲珑的身子在茫茫夜色中疾速奔走。

苏府的守卫还算森严，但是苏落所到之处，没有任何一位察觉到她的存在。经过上

她心中暗自苦笑，没想到自己竟然会做这样的梦。但是，随之而来的扯动却让她彻底清醒了。她无比错愕地发现，这不是梦，而是现实！

“啊——”苏挽忽然大声尖叫，猛然朝黑衣人一拳砸过去。

黑衣人一时不察，被砸得头破血流，却也在这一瞬清醒过来。

苏挽和黑衣人面面相觑。

他们并不是第一次见面，所以只一眼就认出了彼此。

“你……”

“你你你、你怎么会在这里？”苏挽双手捂住胸口，想大声哭喊，想仰天长啸，却发现她除了一行清泪，什么都不能做。

此刻的她，惊慌失措，几乎到了崩溃的边缘。

她、她竟然……天啊，谁来告诉她，这究竟是怎么一回事？怎么会这样！

黑衣人脑海中慢慢地回想起昨晚的场景。他接了任务去害苏府四小姐，谁知被她所擒，后来、后来发生了什么事？

就在黑衣人抱着头痛苦地回忆时，苏挽一个巴掌重重甩过去，“你个白痴、浑蛋、流氓！我花钱要你奸污苏落，你怎么找我这来了。都跟你说了是苏四小姐、苏四小姐！”苏挽崩溃得几乎要昏过去了。

黑衣人原本想反驳，但他发现，他还是不要反驳比较好……

门口，大家伙听到苏挽之前那道尖锐的惊叫声，全都被吓得脸色苍白。腊梅更是不断地拍门叫嚷：“小姐、小姐，你怎么样？快出来啊！”

巡逻队的李队长更是不断地用身体撞门。本就不坚固的门发出一道道撞击声，摇摇欲坠，似乎在下一秒就会被撞破。苏挽心中闪过一丝惶恐，她恨不得一把掐死黑衣人，但是现在……

苏挽看着不断蔓延开来的火势，心中闪过一丝惊恐，她大声道：“还不快出去，你快给我滚出去。快跑啊！”若是门被人撞开，看到他们两个现在这样子，那后果……苏挽真是想想都惊恐无比。

“可是……”黑衣人看看自己赤裸的身体上斑驳的指甲刮过的鲜红痕迹，也跟着焦急。

“衣服呢？”苏挽急得大叫，但是任由她如何寻找，就算趴到床底下去，也依然找不到一件衣服。而且，更过分的是，不仅没有衣服，就连棉被床单也没有。

“滚？往哪里滚啊？”黑衣人神色紧张，目光惊慌地四处张望。让他感到绝望的是，房屋内但凡是能遮掩的布帛竟然全都被火烧掉了，就连桌布都不剩！

苏挽也同样很绝望，急得在房间内焦急地走来走去。忽然，她看到那完好的衣柜，顿时朝黑衣人招手，“快、快躲进去！”

黑衣人此时早已惊慌失措，看到有衣柜可躲，想都没想就钻进去了。

此时，院子里围着的人越来越多，最后连苏子安都给惊动了，他冷凝着脸大步踏来，看到吵吵嚷嚷的人群，喝道：“都围着干吗？三小姐呢？”

李队长朝苏子安行礼后，急声道：“三小姐应该还在里面，方才还发出声音的。”

“退开！”苏子安冷喝一声，双手朝门一拍，只用了三分力道，只听见咯嘣咯嘣的声音不绝于耳，然后，烧得通红的门砰的一声被推开了。

门内，苏挽急得差点跳脚。她想大声喝止他们，让他们不要进来，但是转念一想，火势越来越大，自己终归是要出去的……

在听到门扉哗啦啦的声音后，苏挽急得不得了，她来不及想，嗖的一声也蹿到衣柜中，砰的一声将柜门给关上了。

此时的苏挽犯了一个跟当初跳回荷花池同样的错误。她做事往往都会朝后想三五七步，但是她却只能想到眼下的困境，却想象不到第二步、第三步……所以，这就注定了她的悲剧。

门被轰然撞开，因为剧烈震动的关系，屋上那根粗壮的房梁再也承受不住，轰然往下倒塌……牵一发而动全身。

只听见哗啦啦剧烈的响声，火星四射。最后，粗壮的房梁重重砸在那衣柜上，衣柜内的两人被砸得叫苦不迭，晕头转向，只觉得耳朵一阵阵轰鸣。

然而，他们的悲剧这才只是刚开始。

一开始苏挽会选择这个衣柜，很大原因就是这里距离起火点稍远，极难被烧着，但是，被已经着火的房梁砸到之后，火势迅速朝衣柜蔓延而来。躲在里面的苏挽和黑衣人此时还没有发觉，他们还以为安全得很。

苏子安不知道自己推门的力道过重给苏挽带来极大的麻烦，他信步入内，扇着不断朝他聚拢的黑烟，大声疾呼：“挽儿、挽儿，快出来！”

虽然最近苏挽一次次让苏子安失望，但毕竟血浓于水，而且苏挽一直刻意讨好苏子安，所以苏子安对她还有一些父女情分。他怎么能眼睁睁地看着苏挽出事呢？所以，他和李队长等人一起进入内室，每个人都不断地呼唤着苏挽的名字。

屋内的火势现在已经难以控制了，到处都是浓烟。烟熏火燎的，室内温度非常高，站在里面犹如在蒸笼里一样，热得人全身湿透。黑烟熏得眼睛发酸发涩，异常难受。

“挽儿、挽儿！”他不断地呼唤着苏挽的名字，心中却有一丝不安。莫非……挽儿已经出事了？

“三小姐、三小姐，您在哪儿啊？”李队长以及那群手下也全都分散开来，在不大的内室开始地毯式搜索。但是，让他们绝望的是，就在这斗室之内，苏挽竟然凭空消失了？可是，他们很确定苏挽就在这个房间之内，因为一开始他们就听到了她的尖叫声。

“主子，您看，这……”李队长指着软榻上的一片狼藉，神色凝重，疑惑不解。

苏子安顺着他的视线望去，顿时，眼底闪过一丝怒火。那软榻上，鲜红的血液、凌乱的褶皱……明眼人一眼就能看出来是怎么回事！

苏子安面部肌肉抑制不住地跳动，双眼燃烧着熊熊烈火，一双拳头紧握，青筋突突地跳动。不可能！这绝对不可能！他的挽儿绝对不会做出这种败坏门风之事！

此时，衣柜中的苏挽也不好受。随着火势越来越大，屋内的黑烟也越来越浓，空气变得稀薄紧缺。再加上他们还被关在衣柜中，空气更是少得可怜。空气稀薄也就罢了，最可怕的是浓烟，竟然顺着细缝蔓延进来，整个衣柜内全都是浓烟，熏得她几乎透不过气来。

更让苏挽郁闷的是，衣柜的外围竟然着火了，火势猛烈，温度骤升。她忍了又忍，终于忍不住，大声地咳嗽起来。

不等苏子安吩咐，李队长带着手下就朝发出声音的地方飞奔而去，他们动手搬开摆在上面的梁柱，迅速打开衣柜。衣柜刚打开，就见两具白花花的身子就地滚了出来。

“咳咳咳、咳咳咳……”匍匐在地的苏挽乍然呼吸到新鲜空气，死命地深呼吸，结果呛到肺部，咳嗽得越发剧烈。

黑衣人也光着身子仰躺在地上，大口大口地吸着气。此时的他气若游丝，完全没有一代高手的风范。

苏子安等人呆若木鸡地看着眼前这一幕……这是前无古人后无来者的诡异画面。

李队长更是一眼就认出来，那光着身子没有衣物裹身的人，就是三小姐苏挽，绝对没错！

“啊——”苏挽抬起头看到父亲与一众人的身影，惊慌失措之余，下意识地双手环胸，大声尖叫起来。

怎、怎么会有这么多人？而且里面竟然还有她的父亲？她的身子……天啊！此时苏挽恨不得立即昏死过去，当作什么事都没有发生过。

苏子安气得浑身颤抖，拳头紧握，恨不得一拳将这不知廉耻、败坏门风的女儿给打死。

火光映照下，他那张脸忽明忽暗，辨不清情绪。但是，离他近的人能够明显感觉到风雨欲来的血腥气息。

此时，苏子安恨不得一把将苏挽给活活掐死！他宁愿自己从未有过这个丢人现眼的女儿！这要是传出去，往后苏府的脸往哪里搁？但是，当着这么多人的面……

苏子安紧握拳头，脸色铁青一片，最后什么也没说，双眼阴沉地扫了周围人一眼。

被他的目光扫射到，大家一个个噤若寒蝉，敬畏地低眸，连呼吸声都放得很慢。

“今日之事，若是有人胆敢提一句，杀无赦！”苏子安的眼底闪过一抹浓重的杀意。

苏府不是只有苏挽一个未出嫁的姑娘，若是今日之事传出去，另外的几个女儿今后还怎么嫁人？更何况是准备嫁给太子，做太子妃的苏溪？

“处理掉！”苏子安嫌弃又鄙夷地瞪了眼那两具虚弱的身影。话音落，苏子安甩袖离去，脚步毅然决绝。

一直站在他身后的李队长看着倒在地上哭得不能自已的苏挽，神色复杂。苏三小姐高贵优雅，平日里他多有仰慕。现在……他脱下身上的披风，温柔地盖到苏挽白花花的身子上。

苏挽犹如抓到最后一根救命稻草，她哭得凄厉而尖锐，“我是冤枉的，我真的是冤枉的！是苏落，是苏落那贱人害我！是她害我的！”火光中，她的面目狰狞而扭曲，双眸赤红，恶毒狠辣，神情疯狂痴癫，状似疯子般恐怖。

李队长原本的怜惜之心一下子就去了大半，他冷静地说：“三小姐放心，此事将军自有明断。”他抱着被披风包裹严实的苏挽，神色复杂地出去了，冷冷道：“处理掉！”

只见士兵手起刀落，黑衣人顿时身首异处，鲜血狂喷。很快，他的尸首被踢到熊熊烈火之中，之后焚化成灰，就好像从来不曾存在过一样。

李队长身后的队伍也跟在他身后鱼贯而出。

一时间，所有人都走得干干净净。

夜色漆黑如墨。

苏子安坐在书房内，灯火忽明忽暗，映照在他阴霾而狰狞的面容上。

苏夫人端着莲子羹进来，似有若无地叹了口气。

苏夫人头上珠翠满盈，身上绫罗绸缎，乌黑的眼睛大而透亮。岁月几乎没有在她脸上留下痕迹。

“将军，您晚上都没进食，还是多吃些东西吧。”苏夫人声音温柔，悦耳动听。

“不吃，端走。”苏子安皱眉。

“将军可是还在为挽儿的事伤神？”大夫人柔声问道。

“嗯。”苏子安发出一道浓重鼻音。

不管怎么说，那都是他从小看着长大的女儿。当时他愤怒难当，为了苏家门风着想，恨不得将挽儿处死，但是现在仔细想来，这其中尚有许多蹊跷。

苏夫人最善于察言观色，她只一眼就看出了苏子安心中的想法，只见她跟着一叹，神色怅然道：“将军，此事未免过于蹊跷了，说不定、说不定挽儿是被冤枉的呢……”

果然，苏子安双眸圆瞪，“你也如此想？”

“是啊，妾身是越想越不明白，挽儿怎么可能会做出这种事呢？平日里挽儿温柔端庄，知礼节，懂人情，虽是庶出，但人人提起苏家三小姐，无不竖起大拇指称赞几声。

您说，这样的挽儿，又怎么可能做出有辱门风之事呢？”

“你的意思是，此事另有隐情？”苏子安神色微变。他确实怀疑过，不过苦于没有证据。

“是，妾身觉得，挽儿此事……定是有人暗中陷害。”苏夫人眼眸漆黑如墨，深不见底。她的话语句句都平常，但一步一步将苏子安的情绪掌控住，引导到自己所希望的方向去。

苏夫人这么多年能够盛宠不衰，让苏子安对她信任非常，不可能没有过人之处。这种和风细雨中的潜移默化，就是她的厉害之处。

“陷害？”苏子安倏然站起身，他焦躁地在房内走来走去，双手不断地揉搓着，显示出他内心的焦虑和不安。

“是啊，应该是陷害。”苏夫人面容恬淡，微微蹙眉道，“您看，世上哪有那么巧的事？黑衣人那么碰巧地就摸进挽儿的院子？起火了他们两个竟都没发现？火烧光了衣裳被褥，他们还能毫无所觉？这不对劲啊！”

苏子安一拍手掌。

对啊，当时他被气糊涂了，怎么连这么简单的事情都想不明白？就算再如何激情勃发，大火都快烧到屁股了，怎么可能不灭火？怎么可能不早早地跑掉？最后竟然还被困在屋里，等待着他们去捉奸？这根本就不可能啊！

苏子安一双浓眉紧紧蹙着，神色凝重，双眼燃烧着火焰，恨声道：“是谁陷害挽儿的？若是让本将军找出来，定将他碎尸万段！”

盛怒之下，苏子安一掌拍下去，黄花梨木的桌案顿时化为粉末。此时，他的脸色一片阴霾，双眸杀气腾腾。

苏夫人沉思片刻之后，微微皱眉，缓缓道：“挽儿一向规矩守礼，从不与人争执，也从不与人结怨，怎么会有人陷害她呢？”

苏子安却冷冷一笑，“你只知挽儿规矩守礼，却不知道她在人后如何嚣张跋扈，旁人不说，就说她对落儿……”忽然，苏子安神色一变，话语骤然顿住。

苏挽并不是没有树敌，她和苏落明明就有旧怨，而且两人之间关系很紧张。上次挽儿诬蔑落儿，还拉着自己过去查勤，难保落儿不会怀恨在心。

苏子安想到此，脸上神色阴晴不定。他沉浸在自己的世界中，完全没有发现近在咫尺的苏夫人，嘴角一闪而过的那抹了然的笑意。

苏夫人费了不少劲，才让苏子安将嫌疑人定到苏落身上，自然是再接再厉了。

只见她蹙眉，轻声道：“落儿……不应该吧？她们姐妹俩又能有什么仇呢？不是妾身偏心，而是落儿生性怯懦、胆小如鼠，连一点灵力都没有，又怎么可能去陷害挽儿呢？”

苏子安摆摆手。他的夫人就是太善良了，从来不将人往坏处想，她哪里知道人心险恶啊。落儿和挽儿之间早有仇怨，这是他早知道的。至于落儿生性怯懦、胆小如鼠……苏子安脑海中忽然浮现出最近几次见到苏落的场景。

以前的苏落或许真的胆小如鼠、卑微怯懦，但是，那日太子来退婚，她的表现可完全没有自卑怯懦，反而还敢挑衅太子！

再加上最近这次，她被挽儿冤枉后，却能不卑不亢、有理有据地为自己辩驳，言辞犀利，句句占理，就连自己都被她噎住了。

这样的苏落，真是夫人口中那卑微怯懦的苏落吗？除了不会灵力，她那通身的气质，跟之前比起来，简直是焕然一新了。

苏夫人见苏子安眉头紧蹙，心中冷笑，面上却不动声色道："将军，挽儿已经被人陷害成这样了，她的后半生几乎已经被毁了，您不能再将落儿也毁了啊。此事就算是落儿做的，咱们……也当什么都没看到吧。"

夫妻多年，苏夫人完全摸准了苏子安的脉搏。这番话，她就是以退为进。

果然，苏子安没让她失望。

"这怎么行？绝对不行！"苏子安神情冷漠，不容置喙道，"若此事真是苏落所为，那么，她必须为此事付出代价。本将军绝对不会有半分徇私！来人！"苏子安大声咆哮。

守在门口的侍卫迅速进来。

"从黑衣人身上开始查，务必要将此事彻查清楚！"苏子安大声喝道，"不，此事必须得查，不过记住了，要秘密地查，绝对不可大张旗鼓地查。"

"是。"子乌躬身领命而去。

怀疑的因子种下，就等着它生根发芽了。苏夫人看着苏子安那阴郁的表情，她的心情却是大好。

回到正房，苏夫人兴致颇好地多吃了一碗莲子羹。

苏夫人身边的赵嬷嬷谄媚地凑上来，压低声音道："夫人，已经吩咐了下去，他们今晚就会行动。"

苏夫人似笑非笑地道："行了，记住，此事必须小心，绝不可透露半点风声。"

看着赵嬷嬷离去的背影，苏夫人的眼底闪过一抹疯狂的毒辣。

这些庶女，一个一个真是看着就犯恶心。她们的存在，一次又一次地提醒着苏子安对她的不忠。

往日，为了面子她可以容忍她们在她眼皮底下晃悠，但是现在苏挽已经毁了大半，不用理她，她下半辈子都爬不起来了。不过，她的最后价值还是要利用一下的。

现在嘛，就只剩下一个苏落了。想起苏落，苏夫人眼底的恶毒更加浓郁了。

当年那个女人被将军接进府里，日日恩爱，盛宠不衰。如果不是自己最后出手将她

眼放光。闪闪发光的金币，堆满了一个箱子，目测大概有上万枚金币之多。

这地方怎么会有这么多的金币？苏落没有被财富冲昏脑袋，她不断地思索着，总觉得似乎有哪里不对劲。

她谨慎地捻起泥土，放在鼻翼下端仔仔细细地闻过，又拿起那一枚枚金币细细查看过。

泥土没有问题，金币也没有问题……但是，苏落看着那金币后面的年份数字，嘴角却勾起一抹似有若无的冷笑。木箱子很显然是做旧的，但是金币后面的年份……呵呵，竟然是今年刚铸造出来的。这可能吗？在她的院子里，出现一堆来历不明的金币……为的是什么？

是谁在布局？又是谁在设计她？苏落看着这些金币，嘴角勾起一抹危险至极的冷笑。

这些金币，不要白不要。

苏落原本想将金币收进空间中，但是她忽然想起上次被鹅黄追杀的事……空间之事还是小心谨慎为妙，要是不小心被别人知晓，她就没安生日子过了。

于是，苏落故意来回几趟，慢慢地将金币分批搬回到自己院子里。最后，她拿着铲子将小坑填平，恢复成原状。

墙垣后面，一双眼眸默默地注视着苏落，看着她发现金币时那满眼发光的贪财样，看着她一趟趟地将金币分批次搬走……

她的眼底闪过一道毒辣的光芒，嘴角浮起阴冷的诡笑。然后，她转身悄然离去。

只见她的身影迅速闪过，很快便到了一座端庄大气的院落。

这里是苏夫人所居住的正房。

“回禀夫人，四小姐果真将金币都挖回去了，一个金币都没剩下。”神秘姑娘站在苏夫人面前，毕恭毕敬地说道。

“很好，继续监视，绝对不能让她有机会将金币运出去。”苏夫人一双美眸浮现毒辣的阴笑。苏落果然还是上不了台面，只一点点金币就能让她上当。呵呵，苏落啊苏落，这一万金币，你就拿来当陪葬吧，反正，你也活不了多久了。

苏夫人只要一想到等此事了结后，永远都不会再见到这两个庶女，她的心情就特别的好，嘴角漾起一抹愉悦的弧度。

一连过了几天，日子都很平静。

这一日，书房内，苏子安看着手中的调查结果，剑眉深深皱着，脸色显得异常难看。

厚厚的一沓调查报告，上面清清楚楚地写明了，苏挽之事与苏落有着千丝万缕的关系。

害人动机，苏落有。因为苏挽之前针对她，所以她怀恨在心，以至于报复苏挽。而且这调查报告上还附上一个强有力的铁证！

苏落竟然在佣兵公会发布一条任务，这条任务的内容就是让男人去强奸苏府三小姐苏挽！看着落款处那龙飞凤舞的笔迹，苏子安神色陡然间阴云密布。

这是苏落的字迹，绝对没错。原本他也不会认出来，只是上次苏落为他抄写《金刚经》，他看过几眼，发现苏落的字竟然出奇的遒劲，所以对她的字迹有印象。

苏夫人看看苏大将军，又看看白纸黑字的调查报告，她皱眉，柔声道："这调查报告属实吗？妾身觉得落儿就算心肠再坏，也做不出这事儿啊。将军还是不要轻易下决断吧。"

"那是你太善良了，根本就不懂人心险恶啊，夫人。"苏子安安慰了苏夫人后，提起苏落，面色变得铁青，眼底似有两簇火苗跳跃，"这份调查报告为夫亲自派人去查的，怎么可能有假？"

苏夫人面上不动声色，心中却暗自腹诽，冷笑连连。怎么可能不会有假？这份调查报告明明就是她在幕后操纵的。她完全可以证明，这份调查报告绝对是假的。但是，身为幕后操纵的BOSS，苏夫人当然不会蠢得说出来，而且，她还必须添油加醋，让苏子安的怒火更盛。

"可是，落儿她……应该不会吧？"

"哼，来人，去将苏落给本将军绑到大堂去！"苏子安怒道。

此事必须弄清楚，否则留着这样一个心思歹毒的丫头，苏府别想有好日子过！

大堂内，奢侈华丽的太师椅上，苏子安凝眉冷肃，威严地坐在上首。苏夫人慈眉善目地坐在他身旁，精致的脸上浮现一抹淡淡的忧愁和无奈。苏靖宇站在下首，面容平静。

苏落被侍卫带到正堂。

"逆女，还不快跪下！"苏子安冰冷的声音不含一丝温度，眼底似乎隐藏着两簇火苗。

苏落细眉微蹙，中规中矩地行礼，继而扫视了一圈，淡声问道："爹爹摆出这般阵势，又用强势手段请女儿过来，不知道有何教诲？"

苏子安不怒自威，眼神冰冷得没有一丝温度，"臭丫头，你还有什么话说？"

苏落面上不动声色，心中却暗自警惕。能让苏子安气成这样，当真是不容易，只是她还真不知道到底发生了何事。

只见她神色淡然无波，波澜不惊地问："爹爹，你在生气什么？"

做出了这等事后，她竟然还用一种完全不知情的眼神望着自己。苏子安怒声咆哮道：“说！你三姐的事，是不是你干的？”

原来是苏挽的事？苏落心中闪过一丝疑惑。她记得很清楚，当初放火的时候并没有任何的人证物证可以证明是她所为，那么这位便宜老爹如此信誓旦旦地将罪名加诸到自己身上，莫不是在唬她？

苏落闪着一双迷茫的漆黑瞳眸，一脸疑惑不解，“三姐姐的事，怎么会是我干的呢？爹爹，您也未免太看得起我了吧？”

此时她淡然而立，眉宇间看不出一丝心虚和失措，有的只是无辜和迷茫，还有一丝难以置信……她演得恰到好处。

苏子安重重冷哼，他啪的一声将一叠纸张朝苏落劈头盖脸甩过去！

锋利的澄心堂纸，纸边锋利如刀，若不小心，娇嫩的面颊极容易被割伤。

苏落不动声色地避过，泰然自若地捡起散落一地的纸张，一张一张地翻阅着。

那怡然自得的神情，旁若无人地翻着书页……她竟将此地当成书房，而不是审案现场！简直、简直目中无人！

苏子安胸口憋着一口怒气，不上不下，真真将他憋得是脸红脖子粗，一双铜铃般的眼睛死死盯着苏落。

一张一张地看完后，苏落将一沓纸拿在手中，抬眸望向苏子安，眼眸闪耀着一种光芒，“爹爹，你相信这上面的话？”

“哼！”苏子安重哼一声，“你现在还有何话说？！”

他的意思已经表达得非常明显了，他就是相信这份调查报告，而且是十万分的确信。

苏靖宇神色冷淡，阴鸷的目光盯着苏落，脸上是无尽的责备之色，“苏落，你怎么能做出这种心狠手辣之事？就算挽儿再如何不对，她也是你姐姐啊。你这么做，已经将挽儿的下半辈子全部毁掉了，你知不知道？”

苏落的目光淡淡朝苏靖宇射去。

如果他不出声，她都快忘记这位心完全长偏的哥哥了呢。

一旁的苏夫人柔声娇叱：“靖宇，怎么说话的？一切自有你父亲定夺。”苏夫人又忧愁地望着苏落，“落落别怕，此事或许是有人造谣生事，你只要将知道的都说出来，你父亲不会冤枉你的。”

苏落面上无波无澜，心中却暗暗冷笑。

苏夫人一张好会说话的嘴。她虽然表面上呵斥苏靖宇，安抚自己，但字字句句不离她的便宜老爹，故意挑起他本就蓄势待发的怒火。高手，绝对是高手。

苏子安果然如她所料，重重一拍扶手，“苏落，你认不认？！”

若是认下这个罪名，苏落知道，她绝对不会是被赶出苏府这么简单。以苏夫人的手段，怎么可能会让她活着？而且，背着这样的罪名，好听吗？苏落又不是傻子，她自然不会认。

她做这件事的时候就将前因后果步步设想清楚了，她没想到的是，苏夫人会在这里面横插一杠，以至于让简单的事情愣是变得复杂。

不过没关系，她倒是想跟苏夫人好好斗斗，看看她的底细。

“我又没做过，怎么认？认什么？”苏落不卑不亢，神色淡然。

“还死鸭子嘴硬！”苏子安怒极反笑，“好好好，既然你如此嘴硬，那就让人证上来，看你如何狡辩！来人，带莫先生上来！”苏子安目光阴冷地盯着苏落，眼底杀气满得几乎要溢出来。

莫先生大约五十岁左右，一身中等的绸布衫，尖嘴猴腮，一双眼睛滴溜溜地转着。

让这样的人来指证？苏落眼眸闪过一道讥诮的光芒。

“莫先生，当日的事究竟是如何的，你且仔细说来。”苏子安为了揪出苏落这只害群之马，简直有些疯魔了。

莫先生是佣兵公会的执事，在发布追杀任务这方面，是由他统管的。

莫先生目不斜视，恭敬地给苏子安行礼后才朗声道：“回禀将军大人，按照佣兵公会的规矩，是不可以随便透露顾客的资料的，但既然是大将军要彻查，佣兵公会也不能不配合。”

“嗯，你只管说，本将军自然会与你们会长打招呼。”苏子安挥手示意，让他放宽心，只管说。

“是。”莫先生垂眸，毕恭毕敬道，“当日有位姑娘来发布悬赏任务。大将军也知道，佣兵公会什么任务都可以发布的，只看人敢不敢接了。当时那位姑娘的任务一出来，几乎没有人敢接，但最后，被一位极度缺钱的会员接走了。”

“那是什么任务？”苏子安淡声问。

莫先生犹豫了片刻，他偷眼看向苏落，一副想说又不敢说的鬼祟模样，最后，他似乎终于下定了决心，握紧拳头，神色间一片凝重，语气也跟着谨慎起来，“是……玷污苏家三小姐！”

“那位发布任务的姑娘……是谁？”苏子安咬着后槽牙，一字一顿地问着莫先生，一双眼眸利剑般盯着苏落。

他暗自猜想，苏落涉世未深，在这种情况下，就算她再如何会伪装，也必定会惊慌失措，让他失望的是，苏落不仅没有惊慌失措，她的神情一如之前，无波无澜，那双漆黑如墨的眼眸竟然、竟然还闪耀着好奇的光芒。

她在好奇什么？难道不应该忐忑不安吗？苏子安无语了。

苏靖宇和苏夫人心中却暗自警惕。

原本以为苏落这臭丫头很好对付，但现在看来，似乎有点难度呢。

苏落眼眸微眯，心中冷笑连连。

真是难为他们了，为了对付她，竟然演出这样一场精彩的戏码。

只可怜她那便宜老爹，自以为掌控一切，谁知是成为别人手中的刀，被人借刀杀人。他非但不知，还自以为是，当真是可怜。不过可怜之人必有可恨之处！

旁人没注意到，但一向观察入微的苏落却注意到，莫先生在说话的时候，目光偶尔瞥向苏夫人身边的赵嬷嬷，两人之间似乎存在着某种不知名的默契。

到底是什么默契呢……真是让人费解啊。

“莫先生，尽管说，当初那位发布任务的姑娘到底是谁？”苏靖宇见莫先生似乎有些犹豫，顿时神色凛然，义正词严地说道。

莫先生看看苏靖宇，又看看苏子安，不期然间，他与苏落的视线对上。瞬间，他似乎受到惊吓，下意识地避过去。

“是、是……”莫先生一直低着头，不敢抬眸，声音也断断续续的。

“你放心，一切自有本将军给你做主！此事也断断不会传扬出去，对你在佣兵公会里的职务也绝对不会造成任何困扰。”苏子安保证。

他是大将军，久居上位，身上自有一种不怒自威的霸气。

“啪啪啪——”大堂门口忽然传来一道鼓掌的声音，那声音一顿一顿，似乎颇有兴致。

苏子安冷眉竖起，朝外面大声喝道：“谁在外面？”下一句朝守在门边的子息喝道：“怎么回事？不是吩咐了不让任何人进来的？”

此事，不管怎么说都是苏府的家丑，苏子安绝对不会让这件事传扬出去。但是现在，竟然来了外人？

然而，随着一阵脚步声传来，苏子安的神色却微微有些变了。

一群人簇拥着那宛若神明的男子徐徐踏进内堂。他习惯性地站在前方，一双紫眸淡漠无比。只见他身姿优雅，似被一层金光笼罩一般，尊贵非凡，气势凛人。

太子？竟然是太子！他怎么会在这个时候来这里？而且，他的身后还跟了两位妙龄女子。苏子安认出来，其中一位是苏溪，另外一位是……

只见她一袭淡粉色的荷花抹胸，腰系百花曳地裙，轻灵飘动。头发挽成一个复杂出彩的流云髻，胸前几缕青丝荡在白皙无瑕的锁骨处。肤如凝脂，雪白中透着粉红，似乎能拧出水来。只是双眸似水，带着淡淡的冰冷和孤傲。

确实，她也有孤傲的资本。

“清儿，你出来了？”

苏子安还不曾说话，苏夫人已经激动地站起身来，身子有些颤抖，似乎是因为太高兴的缘故。

苏夫人口中的清儿，就是苏清，苏家二小姐，苏溪的嫡亲姐姐。

她因为天赋绝佳，自小就被蓝海大师收为关门弟子，带在身边悉心教诲。半年前，她到了三阶瓶颈之期，便听蓝海大师的话闭关修炼。现在她出来，莫不是……

苏夫人和苏子安都期待满满地凝望着苏清。此时，他们已经完全忘记了苏落的事。跟苏清这天之骄女比起来，苏落算什么呢？

“父亲、母亲。”苏清上前拜见父母。

“清儿，你……”苏子安和苏夫人抿紧下唇，紧张兮兮却满含期待地望着苏清，期待能从她口中得到自己所希冀的信息。

苏清浅浅一笑，微微颔首道：“清儿幸不辱命，这次闭关终于晋级到四阶。”

她的话清清淡淡，却自有一股居高临下的孤傲。确实，能够在她这个年纪就晋级到四阶，前途简直不可估量。要知道，除了晋王殿下那个天赋强大到变态能够在二十岁之前晋级到七阶外，放眼整个东陵国，这个年龄段能够晋级到四阶的，只有屈指可数的几位罢了。

闻言，苏子安顿时大为惊喜。

“好、好好好，简直太好了。我苏子安果真是上辈子积福积德，才盼来这么好的女儿啊。哈哈哈哈哈……”苏子安高兴地大笑，神色间非常得意。

苏夫人更是高兴，她拉着苏清的手不断微笑，点头，赞赏连连。

余光瞥到身边的苏溪，见她娇俏的小脸上红唇嘟起，苏清的目光投向苏子安，笑道：“恭喜父亲母亲双喜临门了。”

“哦，除了你这事儿外，还有别的喜事？”苏子安放柔声音。现在他对苏清简直是心疼到骨头里去了。

“爹爹还不知道吧？溪儿这次的运气更好，她路上有奇遇，现在已经是三阶了。”苏清轻笑道。

“三阶？溪儿，这是真的？”对于此事，最高兴的莫过于苏夫人了。她的儿女个个都很成器，很让她欣慰。

“嗯！”见所有视线都集中到自己身上，苏溪原本骄傲的表情一时间变得有些羞涩，她做淑女状，低低点头。

“好，太好了。简直是太好了。果真是天佑我苏家！”苏子安抑制不住，得意地哈哈大笑起来，“不愧是我苏子安的女儿，太会给老子争脸了。”他偏头对苏夫人柔声笑道：“夫人啊，你生的好女儿啊，个个都成器，本将军欢喜得很。不像那两个庶女，一个比一个废柴无用，惹人厌烦。哈哈，这嫡出和庶出果真是天壤之别！”

苏子安此时完全没有顾虑到苏落的心情，当着所有人的面，毫不掩饰地表示他对另她说的还真没错，发布任务的人可是苏挽哦，至于为什么最后反而会报应在苏挽身上，这个嘛……只能说上天有眼啦。

“好、好，死到临头还敢嘴硬！被指证了，还敢不承认！”苏靖宇气得几乎全身颤抖，似乎怒到极致了，他偏头转向莫先生，“莫先生，佣兵公会发布任务素来有记录在案的吧？”

莫先生叹了口气，点点头，默默地从怀中摸出一本册子，双手高举递给太子殿下。

太子殿下接过来，按照莫先生的提示，手指慢悠悠地翻到指定的某一页。

“竟然还真有。不过这字迹看起来还挺灵秀的，果然人品和字品是不一样啊。”太子将册子丢给苏靖宇，阴笑地盯着苏落。

他望向苏落的视线，犹如在看一只被关在囚笼中即将行刑却无处可逃的囚犯。不用他亲自动手就能处理了这臭丫头出气，倒也不错。

每个人都传阅过后，最后册子落到苏子安手里，他怒气冲冲地将册子掷向苏落，“人证物证俱在，你还有何话说？”

人证自然是莫先生。物证嘛……

苏落似笑非笑地指着那册子，大声念出来：“落款人，苏落……”忽然，她哈哈大笑起来，笑得捧着肚子，几乎喘不过气来。

屋内一众人都无语地看着苏落。苏子安更是眉宇紧蹙，怒喝道：“你笑什么？”

苏子安心中暗道，莫不是这臭丫头自知死罪难逃，竟然被吓疯了？

第十六章 人证物证

苏落好不容易止住笑，她扬着手中的册子，目光一一扫过在场所有人，最后，她的视线与苏子安对上。她眼底的嘲讽意味是那么的明显。

“父亲大人，既然你看过，那么请问这上面落款人是什么名字？”苏落扬眉，不紧不慢地问。似乎这屋内，这些武者故意散发出来的强者威仪没有给她造成哪怕任何一点压力。

“你连自己的名字都不认得了？”苏子安皱眉，“苏落，我警告你，装疯卖傻一点用都没有，你最好适可而止。”

苏落笑着摇头，慢条斯理道：“是，这上面两个字确实是‘苏落’二字。可是，最大的破绽也就在这‘苏落’二字。”

破绽？竟然有破绽？莫先生和苏夫人在此刻都微微皱眉。在他们看来，此事已经准备得万无一失了，怎么会有破绽？

“什么破绽？”苏子安眉头紧蹙。

“很简单的一个推理。这么说吧，父亲大人，如果您去佣兵公会发布一个刺杀别人的任务，您会在落款处写上‘苏子安’三个字吗？”苏落挑眉，似笑非笑地看着他们。

这是一个思维误区。对方想栽赃她，所以故意写上她的名字，以此为证据来证明她就是罪犯，但是却忘记从正常人的心理出发。做坏事，谁敢光明正大地署上真名？更何况是玷污苏家三小姐这种性质极度恶劣的事？

苏子安一下子被问住了。其实苏落说的一点都没错，若是要去做坏事，谁敢光明正大地署名？谁不是偷偷摸摸地去？扪心自问，若是他去发布此等任务，他死都不可能署上真名。如此说来，苏落竟是无辜的？莫不是有人栽赃嫁祸？

苏子安一时间神色阴晴不定、忽明忽暗的，看不出他心中真实的想法。

太子又岂会这么容易就被苏落逃过此劫？只见他阴冷地勾起嘴角，“或者，正因为你有恃无恐，所以正大光明地署上名字呢？”

苏落差点翻白眼。

她的智商有这么低吗？会做这种一串小尾巴的事？她的行事习惯是算计好每一步，部署好所有后，才会行动，才不会像苏挽那么傻呢，破绽多得不行。

不过苏落本也没期望一句话就能将自己择干净。这句话能够让苏子安的心里产生动摇，已经达到了预期的效果了。

“还有……”苏落古井无波的黑眸慢悠悠地扫视四周，最后，视线定格在莫先生身上，声音清冷道：“莫先生，请问，当日去佣兵公会的真是我？你亲眼所见？”

莫先生没想到苏落平淡无波的视线会那样咄咄逼人、气势汹汹，在她的目光注视下，他竟然有一种抑制不住的心虚感。怎么会这样？赵嬷嬷不是说苏府四丫头是草包废柴，非常好对付的吗？

莫先生深吸一口气，压下莫名涌现的恐惧，他抬眸，视线深深地落到苏落身上，淡声道：“苏四小姐，你不要再狡辩了，没用的。”

“那么，也就是承认你亲眼见到我了？”苏落浅浅一笑，一瞬不瞬地盯着他看。

“苏四小姐何必再自取其辱呢？当日若不是亲眼所见，小人又岂敢指证您？”莫先生痛心疾首道。

苏落忽然笑了，笑得美艳不可方物。

“那么，当日你口中的我，是戴着斗篷，还是就这样的真面目？”苏落似笑非笑地问他。

她又没有做过，当然不怕对峙。问得越深入，对方的破绽才会越多。因为做出来的证据，毕竟不是真实的，根本经不起推敲。这也是她在众目睽睽之下一直有恃无恐的原因之一。

戴着斗篷还是真面目？莫先生犹豫了，这个细节倒是没有讨论过。

莫先生的视线偷偷朝赵嬷嬷瞅去，赵嬷嬷站在苏夫人身后，她面上不动声色，却几不可见地微微颔首。

莫先生得到提示后，又做出一副义正词严的表情，“当日苏四小姐没有任何遮掩，直接就来了，不过有拜托小人不能将此事传出去。”

“好，就当我苏落蠢钝如猪，做坏事不知遮掩面目，还大意地落下签名。那么现在我且问你，当日我见你之时，身上抹的是茉莉花香还是芍药花香？”苏落淡淡地笑了。只是，她那一双黑白分明的清澈眼眸深深地注视着莫先生，那眼神看似平静，却气势慑人，让人不敢直视。

茉莉花香还是芍药花香？这个莫先生还真记得，当日来的那位姑娘身上带着似有若无的茉莉花香，那味道久久不散，所以他印象比较深刻。

但是，现在要怎么回答？芍药花香吗？

莫先生无意中抬眸，望进苏落那双似讥似讽的眼神，一下子有些反应不过来了。

尽管他是见过世面的佣兵公会管事，但不知为何，在苏落面前，他内心总会不自觉地散发出一种前所未有的恐慌和畏惧。

明明这丫头不过是草包废柴，可怎么句句都让他难以作答，差点露馅呢？

莫先生擦着额上的冷汗，不知该作何回答。

此时，苏溪气不过，怒视苏落，插上一句，“四妹妹真好笑，就凭你，你买得起胭脂花粉吗？还擦什么香呢，真是可笑！”

此话正好提醒了莫先生，只见他嘴角挤出一缕僵硬的笑容，“苏四小姐的这个问题，小的只怕难以作答了，因为事隔多日，小的真记不清当日四小姐有没有擦香粉了。”

莫先生反应倒是快，没有落入自己的第一个陷阱中。不过，能逃过第一个问题，第二个问题看他还怎么避过去。

苏落漫不经心地瞥了苏溪一眼，又将视线投到莫先生那冷汗涔涔的老脸上。

“五妹说的没错，我一个连香粉都买不起的庶女，又如何有金币去佣兵公会发布任务？哦对了，莫先生，那任务花了不少金币吧？”苏落神色淡定无波，嘴角微微翘起。

自始至终，她都用那种看戏的、带着点戏谑的目光看着周围的一圈人。

此时，周围人脸色也都不好，跟着恍然大悟过来。

确实，看苏落身上那陈旧的衣衫，不施脂粉的素脸，头上更是连一点饰物都不曾佩戴，看上去就是清贫穷酸的样子，又怎么拿得出金币去发布任务？

这不可能吧？

就连太子殿下都有些蹙眉了。

他虽然上次见识了这臭丫头的伶牙俐齿，但却没想到她竟然镇定伶俐到这种程度。

此时场中每个人都比她强，无论拉出哪个人，都能够轻易地一掌将她拍死。就在这样的氛围下，在几乎所有人都敌视她的情况下，她竟然还能侃侃而谈，步步为营，处处设局，镇定自若地为她自己洗刷冤屈。这样的苏落，真的是传说中的废柴草包？

若这样的她是废柴草包，那他们这一大群被她逼得节节后退无力招架的所谓高手，又算什么？太子殿下剑眉微挑，黑眸中闪过沉思……说实话，这样的苏落还真让他有点兴趣了呢。

正在此时，门外忽然传来一道清晰的脚步声。

门口走进来一位俊逸绝伦的红袍少年。

好美的少年郎！苏落倒吸一口冷气。

只见他一袭大红色锦袍，精致到挑不出一丝瑕疵的容颜，一双漆黑清澈的美眸，眉间一点漂亮的奇异印记，更是让他整个人显得神秘俊美。

更奇特的是，他身上似乎有一种像孩子一样出奇纯净的气质。

他一直在笑，从走进来的那一刻起，他嘴角扬起的弧度就没下去过。

在看到那个人的时候，太子剑眉微蹙，眼底闪过一抹晦色，似乎对此人颇为忌惮。

苏子安在见到那少年的时候，面色瞬间变黑，又很快含笑迎了上去。

真正神色大变的是原就冷汗涔涔的莫先生。他望着门口的红袍少年，脚下一滑，双脚酥软无力，直接就跪倒了。

“不知北辰会长大驾光临，本将有失远迎，还望恕罪、恕罪。”苏子安赔着笑，热情地拱手。

北辰影，来自神秘的北辰家族，现在是东陵国佣兵公会会长。

他从来是一副笑眯眯的样子。当然，杀人越狠的时候，他笑得越绚烂。只是，知道他这一优点的人，不是他最亲近的兄弟，就是死不瞑目的无数尸体。

北辰影双手交负在后，淡定地站在大厅内，环视四周一圈后，他似笑非笑地斜睨了苏子安一眼，微微颔首，“苏将军不必多礼。呵呵，你运气当真不错，生了个好女儿，往后飞黄腾达，前途不可限量，恭喜恭喜啊。”话音落，北辰影很看好地拍拍苏子安的肩。

这是上级对下级的姿态。

在帝国中，佣兵公会会长和护国大将军本属同级，没有谁高谁低之说。但是北辰影因为家族的原因，他的地位却高高在上，苏子安虽然心中不忿，却也不敢反抗。因为北辰家族，实在是太神秘、太超然、太高不可攀了……这个姓氏一出现，就是让人绝望的存在。

苏子安以为北辰影指的是太子与苏溪之事，冷肃的面容上浮现一抹笑意，“承蒙太子殿下错爱，这确实是溪儿的福气。”

谁知，北辰影却一贯的快人快语，他皱眉，不悦道：“这有太子什么事？”

“呃？”苏子安愣住了。他之前说自己往后飞黄腾达，难道指的竟不是太子与苏溪的事，那……会是什么？

北辰影安抚地拍拍苏子安的肩膀，“这帝都第一人，你忘记是谁了？”

“晋、晋王殿下？”苏子安下意识地脱口而出，他连话都说得结结巴巴了。

不过说完这句话后，他马上意识到不对劲，因为在这大堂之上，高高坐在上位的正是太子殿下……

太子殿下一直暗中与晋王殿下竞争，虽然外人都知道他怎么都比不上晋王殿下，却没人敢当着他的面明说。一时间，苏子安看到太子殿下那瞬间变黑的面色，悔得肠子都快青了。

苏夫人见气氛不对，忙出来解围，笑容温婉，细声细气，“北辰大人真爱说笑，晋王殿下与我们苏府素无往来，不知道您恭的又是哪门子的喜呢？”

晋王殿下高高在上，那是九重天上的谪仙，非凡人能够亵渎的。苏府一向识时务，知道晋王殿下难以追随，所以在这世俗中，他们只能追随太子殿下的脚步。苏夫人一句话，将晋王殿下与苏府给撇清了。

也因此，太子殿下那黑得如同锅底的脸色也渐渐缓过来，虽然依旧僵硬，却不像一开始那么暴戾了。

然而，北辰影似乎跟太子殿下有仇似的。他从进来到现在，连招呼都没跟太子殿下打过，完全当帝国的太子是隐形人。鉴于北辰影身后神秘又恐怖的家世，太子殿下只能忍气吞声咽下这口气。

北辰影似笑非笑地斜睨了太子一眼，偏头对苏子安笑道：“苏大将军、苏夫人，你们的消息真闭塞啊，难道你们不知道，晋王殿下对贵府的小姐……”目光扫过，见所有人的注意力和好奇心都被他高高吊起，北辰影却又似乎说漏嘴，嘿嘿干笑几声，“呵呵呵，不可说、不可说……天机不可泄露。”他虽然及时打住话头，但前面那半句话的暗示已经足够明显了。

晋王殿下对贵府的小姐……再加上北辰影那左一句恭喜右一句祝贺，这里边意味着什么，想必就连傻子都听得出来了。

难道这是真的吗？苏子安和苏夫人瞬间将心提到嗓子眼了。

如果晋王殿下真的对他们的女儿倾心，那是多大的福气啊？能够拉拢到晋王殿下，这对苏府来说，简直是一步登天！

顿时，苏子安激动了。苏夫人也激动了。于是，他们二人下意识地同时将视线投向一旁的苏清。

苏家嫡出的二小姐，身份尊贵，容颜绝美，更难得的是天赋惊人，修炼速度在整个帝国年轻一代中也是屈指可数的。

更何况，苏清师出蓝海大师。

身为帝国的护国法师，蓝海大师在陛下面前享有很高的话语权。很多事，陛下都会找蓝海大师商量，这次的事，说不准是蓝海大师从中撮合。

基于以上种种，如若晋王殿下真的看上苏家姑娘的话，那么，就非苏清莫属了。

所以，苏子安和苏夫人双双将视线凝聚在苏清脸上，那混合着希冀、期盼、渴望的复杂眼神，简直毫不掩饰。

有了苏子安和苏夫人带头，大家都顺着他们的视线朝苏清望去……

是她吧？应该是她吧？若果真从苏家几位小姐中选，当之无愧的便是这位苏二小姐啊。天啊，那可是晋王殿下！

此时的苏清，在一双双精光闪闪的目光注视下，一贯清冷孤傲的双眸微微下垂，白皙如玉的容颜浮现一抹清晰可见的绯红。

她能够感觉到自己双颊滚烫似火，但是眼角眉梢却是怎么都掩饰不住的喜色。晋王殿下……想起那谪仙般的完美男子，听到他钟情于自己，苏清觉得自己简直快要窒息了，紧张得她连手脚都不知道该怎么摆了。

“你、你们这么看着我干吗？”苏清原想怒斥出声，但是她的声音中竟带了一丝掩饰不住的甜蜜。

“清儿，你、你跟晋王殿下……”苏子安搓着手，紧张而期待地问。

“你们……太可恶了，我不理你们了。”苏清羞涩地撩起裙子，飞速跑出去了。

她没想到，一年前飞渡桥的惊鸿一瞥，晋王殿下竟然会对自己念念不忘，在自己归来的第一天就派人来替他表明心迹……这、这简直是太羞人了！

苏清一边跑，心中一边甜如蜜，嘴角扬起的弧度怎么抚都抚不平。

苏清这一跑，坐实了她与晋王殿下之间的“不清白”。

苏子安和苏夫人都乐见其成，他们眼角也是掩饰不住的笑意。只是太子殿下的脸色却在瞬间又变黑了。

他阴冷的目光扫向苏子安，苏子安顿时面色一僵，强行将脸上的喜气掩饰过去。

当然，在场神色变化的还不止这几个人。其中重点要提的却是这位佣兵公会的会长大人。他傻呆呆地看着苏清羞涩地提裙跑走，又傻呆呆地看着苏子安和苏夫人的喜色连连……他额角抽抽，神色变得懊恼。

他好像……好心办坏事儿了，怎么办？

苏清搞什么啊，这又不关她的事，她羞涩地跑什么跑啊？很容易让人误会的好不好？现在她这一跑，岂不是坐实了南宫和她之间有暧昧？那、那……北辰影忐忑不安地、紧张兮兮地、悄悄地、偷偷地朝苏落瞥去一眼。他有罪啊，实在是没那个勇气去看她的脸色啊。

然而，怎么会……北辰影发现此时的苏落似乎完全不受此事的影响。她淡然地立在那里，神色清淡如风，嘴角噙着一抹浅浅的笑意，漆黑眼眸如古井无波，看不出深浅。

看了这一眼，北辰影更懊悔了。他、他真是嘴贱啊。这下，他是怎么都解释不清了。

根据他多年在女人堆里打滚的经验来看，似苏落这种淡定型的姑娘，心中越是在意，面色就越发淡定。这就如同他自己一样，杀人的时候越兴奋，笑容就越发灿烂嘛。

看着那张从容不迫、冷静自持的容颜，北辰影抚着小心脏，万分哀怨。完了完了完了……她肯定生气了，她肯定会将气撒到南宫身上，南宫肯定会将伤害值转移到自己身上。此时的北辰影郁闷得想撞墙了。

苏落无意间看到这位北辰大人那忽明忽暗、变色如调色盘的面容，不免有些奇怪。

北辰影发现苏落盯着自己看，他暗中朝她眨眼，眼中带话：嫂子哇，误会，纯属误会！南宫心里除了你就没别人了哇！千万莫要误会了。嗷嗷嗷嗷嗷！

然而，不是谁都跟他有默契的。苏落见他那双水光潋滟的美眸冲着自己眨呀眨呀，怎么都停不下来，心中暗自嘀咕：这位北辰大人是眼睛抽搐了吧，或者是脑抽风？

见苏落陷入沉思，北辰影还以为她听懂了自己的意思，在考虑要不要原谅南宫这件事。于是，他又朝苏落眨眼，眼中带话：嫂子哇，都是小的嘴贱，您千万不要虐南宫啊，您一虐他，他就会虐我们的，啊啊啊啊啊。

苏落见这位北辰大人那双美眸又冲着自己眨呀眨呀，怎么都停不下来，不免满腹同情之色：好美的一张脸，怎么就偏偏毁在这双眼睛上呢？真是太遗憾了。

若是北辰影能够听懂苏落的心里话，想必他都会直接气吐血了。所以说，眉目传情什么的，遇到不靠谱的人，真的会很让人呕血。

其实今日这审问大会开得是相当不成功了。先是有太子殿下等人打岔，接着又有北辰影横插一杠，原本好好的审讯会一停再停，横生枝节。

不过，北辰影今日可不是没事来闲逛的，他带着某人的命令来帮苏落，可拉偏帮了呢。

他也不用苏子安请他坐，他自己就泰然自若地走过去，怡然自得地坐到了苏子安的位置上。他的动作是那么的潇洒自如，就仿佛那位置本来就是他的。

这北辰影仗着自己是北辰家族的人，架子比太子还大！

只见他斜倚在紫檀椅上，随意挥手，笑眯眯地转回话题，“苏将军，闲话休提，不是审案吗？继续吧，正好本大人也旁听旁听。”

苏子安心中气恼，面上却不敢发作，他暗暗忍下这口气，脸上挤出一丝笑容，“此事，就到此为止吧……”

“这怎么行？不行，一定要查，而且要彻查！”北辰影不同意了。

他肩负老大的命令而来，如果无功而返，那他的面子往哪里搁啊？

“这……”苏子安想了想，心中不免有些懊恼。

此事大堂内这么多人都知晓了，想要瞒又哪里瞒得住？唯今之计就是将所有罪名都扣在苏落头上，最后自己再来个大义灭亲，或许还能挽回几分颜面。

想至此，苏子安敛容，瞪着苏落，正色道：“事到如今，你竟然还敢狡辩？来人，将她拉出去！”

苏落嘴角噙着一抹似有若无的讥笑。

她能够明显地看出，苏子安这是恼羞成怒了。他想拿她当牺牲品来作为了结，甚至连最后的辩解机会都不给她了。

这样的父亲，简直太可恶。这样的府邸，呼吸着空气都让她觉得恶心。若不是还要在苏府里暗中调查她的身世，她早就挥一挥衣袖离开这个狼窝了。

然而，苏落还未开口，北辰影却皱眉了，他扬手一挥，“慢着！”

动谁不好，偏偏要动南宫心尖尖上的可人儿，都不要命了吧？！

北辰影转头，朝苏子安皱眉道：“苏大将军，这就是你不对了。方才明明苏四小姐说了，她没有金子，如何去佣兵公会发布任务？关于这一点还没查清呢，你怎么就直接将罪名加诸到她身上？这未免太武断了！难道苏将军平日里在军中也是如此审案的吗？”

北辰影不说话则已，一说话就让苏子安瞠目结舌。

此时的他脸上虽然扬着淡淡的笑意，但是谁都看得出来，这位佣兵公会的会长大人，他不高兴了。

北辰影这扣下的罪名实在是太大了，若是坐实了，那可就是丢官弃爵的罪名，苏子安哪里敢接？他只能抹去额上的冷汗，赶紧绽开笑容，干笑道：“北辰大人说笑了，只是这是本将家中之事，所以……”

然而，北辰影似乎跟他较上劲了，只见他冷冷挑眉，“若小小的家事都审理不清，又有何资格掌管帝国兵马？苏大人，您说是吗？”

苏子安眼底闪过一丝恼怒。大家都是平级，若不是给北辰家族面子，老子早就不鸟你了，现在竟然敢来教训老夫！当然，这只是苏子安的心理活动，面容上，他笑得比谁都和善，一个劲地点头，“是是是，北辰大人说得极是。”

北辰影这才放过他，转过头，他笑得近乎讨好地对苏落道：“苏四姑娘，现在你可以为自己申冤辩护了。你放心，只管说来，这内堂里没人敢欺负你。”

不等苏落回话，太子殿下首先不悦了，他冷笑地哼声，“北辰大人可莫要偏心了。”

北辰影笑容满面，随意挥手，“放心，本大人从不公报私仇，也从不恃强凌弱，从不欺压弱女子，想必太子殿下也不屑于做出此等无聊之事吧？”

这三个从不……很显然是当日太子来苏府退亲时，苏落当时在话语中陷害太子所说的话。这三句从不倒没什么，只是那最后未说出口的话……那“不举”二字才是北辰影话中的意思。

“哼！”太子殿下被戳中心事，恼怒地瞪了苏落一眼，冷哼一声别过脸去。

都是这臭丫头，害他成了笑柄，他绝对不会轻易放过她的！

他素来与晋王不和，而北辰影是晋王手下第一爪牙，两人针锋相对已久。只是论起斗嘴，自恃身份的太子又岂是厚脸皮的北辰影的对手？所以，每次太子都只能怒目而视。

苏落有些玩味地瞥了北辰影一眼。北辰影这个人似乎对谁都笑眯眯的，但是笑容却不达眼底，有时候高深莫测得跟老狐狸似的。

不过，他对自己似乎没有恶意，反而还有相帮的意思，这是为何？

然而，有便宜不占王八蛋，苏落才不会放过这么好的机会。

只见苏落朝北辰影盈盈一拜，浅浅笑道："北辰大人您觉得，以我这身打扮，是能发布一起任务的人吗？"

北辰影很有默契地配合，只见他摸着下巴，上上下下地打量了苏落几眼，摇头道："那任务我看了，花费有三千金币呢，把现在的你卖上十回都出不起。"当然，也要看谁敢买啊……北辰影敢拍胸膛保证，谁要是敢买苏落，保证不到一刻钟就有灭族之灾。

谁也没有注意到，北辰影只有在苏落面前才会自称我，在别人面前一直高傲地自称本大人。

两人一唱一和，看样子是要将苏落的罪名给洗清了。

此时，苏靖宇却插话了，"哼，谁知道她是不是在人前装穷？依我看，还是去那偏院搜查一番的好，说不定那屋里就藏着一堆金币呢。"

原来当日那堆来历不明的金币用处竟然是在这啊。苏落心中冷笑连连。

苏落望向他，眼底假装闪过一丝不易察觉的惊慌，"无缘无故就要搜查我的院子？哼，这是什么道理！"

很显然，苏落眼底的惊慌失措和面上的故作镇定正好让苏靖宇捕捉到了，只见他狞笑道："既然你自认清白，为什么怕大家查？哼，你那院子分明就藏着来历不明的赃款！"

"欲加之罪，何患无辞！"苏落据理力争，然而她的身子却似乎因为害怕而微微颤抖。

苏靖宇更加得意了，他朝苏子安郑重行礼，抬头正色道："父亲大人，既然苏落死都不肯承认，那么现在唯一的办法就是搜查她的院子！要不要去搜，还请父亲定夺！"

太子忽然站起身来，声音慵懒地道："坐着久了，出去走走倒也不错。"

这是表示同意了。

苏子安又望向北辰影，谁知一向以与太子作对为己任的北辰大人竟然也伸伸懒腰，"既然太子要走，那本大人就陪你走走呗。"

两位大人物都发话了，苏子安哪里还有拒绝的份？

他阴狠的目光瞪向苏落，冷凝着声音道："好，这就去搜查！等搜查结果出来后，看你如何狡辩！”

“等等……”苏落叫住一群准备移步的贵人，冷笑道，“若是查出来如何？查不出来，又如何？”

想去查黄金？哎哟，真是不好意思得很，那些黄金本姑娘确实挖走了，但现在就堆在本姑娘的空间里，你们想搜？做梦去吧。

一时间，所有的目光都集中到苏子安脸上。

苏子安沉思片刻，面容冷凝，正色道：“若是查到，那么从此以后，你苏落就从苏府除名！若是查不到……”

“若是查不到，在这现场的苏家人，都必须给我苏落斟茶道歉。谁都不许抵赖！”苏落漆黑如墨的美眸扫视周围一圈，眼底弥漫着淡淡嘲讽。

苏子安脚步顿住。他想不到苏落竟然会提出如此大逆不道的要求，正想驳斥，北辰影却似笑非笑地斜他一眼，笑道：“苏四姑娘说得不错，姑娘家的闺房岂是人想进就进、想搜就搜的？还有没有王法了？苏大将军，你觉得呢？”

北辰影虽然一副漫不经心的模样，但他周身散发出来的威压却压得苏子安心头一跳。苏子安嘴角僵硬地扯出一抹笑，“北辰大人所言极是。”

他偏头对苏落冷笑道：“行！就按你说的，若是搜不出来，在场苏家人都给你斟茶道歉，而且赔你万枚金币作为补偿！现在，你还有什么不放心的吗？”

还有万枚金币？那真是再好不过了。苏落对这样的谈判结果表示很满意，“有北辰大人和太子殿下一同作证，苏落放心的。”

言下之意，对她那个便宜老爹，她就不太放心了。

这句话气得苏子安脸色铁青，却不敢当面发作，狠狠甩袖，迈步而去。

一行人来到苏落的偏院。

北辰影看到那破败低矮的墙垣，那墙垣上石灰脱落，露出里面斑驳的黄泥，还有，院门竟然是没有的！

他嘴角带笑，指着那院子道：“苏大将军，没想到啊，贵府竟然还有如此破旧的院子，可是留下来当古董供人参观的？”

苏子安冷眉蹙起，铁青的脸上闪过一丝赧色，闷哼了一声：“北辰大人真爱说笑。”

北辰影那双潋滟水眸却故作认真之色，“啊？难道……这里还真能住人不成？”

苏子安面露尴尬之色，掩饰地用拳头掩住唇畔，咳嗽几声，“到了。”

北辰影有些瞠目结舌地回望苏子安，一双美眸瞪得大大的，难以置信地指着那院子，“这……苏四小姐就住这儿啊？不是吧？”

不得不说，北辰影很有演戏天赋，他那张混合着震惊、惊诧、难以置信的脸，对于苏子安来说，就是最令他尴尬的存在。

苏子安轻咳一声，提袍率先走了进去。

他的动作已经很明显了，明显到若不是顾忌北辰影的家族势力，他会当场翻脸了。

但北辰影是谁？号称帝都第一纨绔子弟的他，哪里是那么好打发的？而且北辰影为了挽回之前在大堂内的失误，他当然要好好奚落苏子安一番，好让某小气男人心尖尖上的某位姑娘出气啦。

于是，只见他特意站在苏子安身边，美眸四处打量院子里的境况，不住地摇头叹息，“真是太让人震惊了，太难以置信了，太难以想象了，太太太过分了啊。堂堂名门世家，堂堂的大将军府，竟然让自家姑娘住这种风一吹就倒的房子，简直、简直就是……凌虐啊，对，凌虐！”

苏子安闻言，只觉得额头青筋突突突地暴起。他放在身侧的手紧握成拳。他现在最想做的事就是一拳将北辰影揍扁了！哪有这样的人啊，到别人家里做客，也不说点好听的，净拣难听的话说。

可怜的苏子安不知道，现在他眼中高高在上的北辰大人以讨好苏落为第一奋斗目标，奚落苏子安是讨好苏落的最佳手段，所以，可怜的苏子安注定是悲剧的。

只见北辰影双手交负在后，慢悠悠地在院子内踱步，一边走一边摇头，食指对苏子安指指点点，面露不满之意，“苏将军啊，不是本大人说你，你呀，这心实在是太偏了，偏得都没边儿了。”

苏子安的脸色越来越黑，黑得如同锅底。他的呼吸变得粗重、绵长，很显然正在竭力压制怒火。

苏夫人心中不悦，但她也知道北辰影不能得罪，所以，她笑容温婉而柔和，轻声细语道：“北辰大人莫要如此说，落儿住这儿，其实有不得已的苦衷的。”

“不得已的苦衷？住这儿？”北辰影笑得颇含深意，“苏夫人，有什么不得已的苦衷呢？”

“这……”苏夫人是随意胡扯的。哪里有什么苦衷？她哪里想得到北辰影竟如此得寸进尺，一时间有些愣住了。

北辰影顿时了然地笑了，他摇头叹息，“唉，苏夫人啊，其实大家都理解的，毕竟苏四小姐不是你亲生的嘛，你将她打发到这下人都不住的地方来任由她自生自灭，这也是情有可原的嘛……”

一席话，顿时让苏夫人的笑容僵硬在嘴角，再也笑不出来了。苏夫人藏在衣袖中的手紧握成拳头，咬着牙，挤出一丝僵硬到极点的笑，“北辰大人……”

“苏夫人其实你不必解释的，毕竟嫡庶有别嘛，是吧？大家都理解的嘛。”见苏夫人脸色黑得跟苏大将军几乎一个模样了，北辰影又加上一句，“但是，不是本大人说你，你心里再如何不愿意，表面上总得做得好看点吧？现在你竟连表面的功夫都不屑去做，亏得皇上还封你一品贤惠夫人呢，啧啧啧。”

也只有北辰影才敢如此肆无忌惮地说话，换了别人，苏大将军早就让人将他乱棒子打死了！

此时，苏大将军和苏夫人都气得不轻，两人竭力忍住才不至于爆发出来，但也差不多了，就差最后一根稻草了。

苏落心中暗暗好奇。这北辰影到底是何方神圣？他说得如此肆无忌惮，苏子安和苏夫人竟然不发作？

不过，更让苏落感到奇怪的是，这人竟然处处都向着她，字字句句都是替她打抱不平，这是为何？而且他每每奚落完苏子安和苏夫人后，还朝自己挤眉弄眼，一副邀功的可爱模样，简直让人忍俊不禁。

这人谁啊？她之前认识吗？苏落摸着下巴，陷入了沉思中。

太子扫了苏子安和苏夫人一眼，又瞪向北辰影，不悦地拂袖道：“就你最啰唆，少说句话没人当你是哑巴。”

北辰影生平最大的爱好之一就是和太子掐架，既然太子主动挑衅，那么他不回击的话，岂不是很没面子？

第十七章 尘埃落定

北辰影嘴角扬起一抹漫不经心的笑，水眸闪烁着讽刺的意味，“太子殿下是不啰唆，但只做不说，缺德事做尽了，小心以后生儿子没那啥哟。”

“你找死！”太子没说话，但他身边的侍卫拔出长剑就刺向北辰影。

然而，那侍卫还未接近北辰影，却见北辰影身后闪出一位黑袍人，双指如铁钳般掐向侍卫的咽喉。

只一瞬间，那侍卫的身体就软倒在地上，双目紧闭，身子僵硬，永远都醒不过来了。

黑袍人又悄无声息地退回到北辰影身后，似乎没有存在感一般。

杀人于无形，杀人如无物……杀人如麻，肆无忌惮，狂放不羁！

北辰影依旧笑得那么纯真善良，神态是那样的怡然自得，似乎地上那人只是睡着了，而不是失去性命。

太子殿下气得脸色涨红，但他有自知之明，他身后的人全加一起都不够黑袍人杀的。

而且，北辰影手段狠辣，他真的会毫无顾忌地杀了他手下的所有人。

苏子安赶紧出来打圆场，说了好些话才让太子下了台阶，挽回一点点的面子。

苏落的视线落到北辰影身上，她对这时而阳光时而如撒旦附体的红袍少年产生了一丝兴趣，她很好奇，接下来他还会做出什么让大家瞠目结舌的事。

“北辰大人，既然是来搜查的，那现在可以开始了吧？”苏子安声音冷淡道。

一再被下面子，即使苏子安再想讨好北辰影，心里也必然不好受。

北辰影那白皙如玉的俊颜浮现一抹笑意，笑容里有一丝神秘色彩，只见他摆摆宽大衣袖，随意道："这里是将军府，什么时候开始搜查自然是苏将军说了算的，怎么能来问本大人呢？"

苏子安差点被气了个倒仰。

这什么人啊。他从进苏府到现在，可有当自己是客人？现在倒好，以客人自居！

苏子安心中气恼，面上却浮现一抹笑容，"那既然如此，便开始吧。"早点将这煞星打发回去，苏府也早点恢复安宁。

苏子安一声令下，一群士兵浩浩荡荡地朝那破败的院落冲去。

苏夫人嘴角浮现一抹似有若无的冷笑。

今日受了好些气，但若是能将苏落一举除掉，这点气又算得了什么？

进去的士兵足足有三十个，将苏落屋内的东西翻箱倒柜，甚至连墙脚都刨了，但是——

很快，士兵们都出来了，为首的那位赵队长脸色显然不太好看，他几步走到苏子安面前，余光却与苏夫人对上，他几不可见地微微摇头。

苏夫人的脸色瞬间变得很难看。

苏子安不知道赵队长与苏夫人的目光交流，他仪态威严，冷着声音道："可搜出来没有？"

赵队长虽然很不想说，却还是摇头，"回禀大将军，房内并无金币。"

"那可有别的值钱宝贝？"苏夫人插了一句。

"没有。"赵队长心里对苏落是有几分同情的。那破房子里，所有值钱东西加一起，也不到十两银子。这还是苏大将军府的小姐呢。

苏夫人神色变得很难看，怎么会这样？明明……苏夫人的视线朝她身后站着的丫鬟剑梅瞥去，那眼中迸出的寒光让剑梅打了个冷战。

"夫人……"

剑梅正想解释，却听苏夫人压低声线，警告一声："闭嘴！"

这里武功修为高过剑梅的不知凡几，她即便再如何压低声音，都难保不会被人听了去……特别是那位神秘莫测却对苏府饱含敌意的北辰影大人。

苏夫人的视线朝北辰影投去，却不料，此刻的北辰影也正好朝她看来。

他的美眸如一泓清泉，清澈见底，此时，这双水眸里面是毫不掩饰的玩味戏谑。

苏夫人心中猛然间一震。他眼底的深意……是什么意思？

那么清那么亮的一双眼，犹如一柄利剑，能将人心刺穿。

第一次，苏夫人竟然有种莫名其妙的惊惧感从脚底慢慢往上爬。

苏子安的神色有些阴晴不定，此时的他懊悔连连，他悔不该听了苏靖宇的话来搜苏落的院子。

现在这里什么都没有，就像狠狠抽了他一巴掌似的。

如若是平时倒也罢了，但是现在，北辰影大人就在此处，而且他这次就像跟来报仇似的，处处揪住小事不放，次次让他难堪……此时的苏子安真是苦不堪言。

或许，就连老天爷也看不过眼了吧。

忽然，在院落中搜查的士兵中，其中一人发出一道轻微的讶异声。

“怎么回事？”苏子安受不了北辰影投在他身上那嘲讽的眼神，疾步走上前去。

“回禀将军，这地下似乎有古怪！”那名圆脸士兵指着地面，一脸肯定道。

苏子安看看地面，又看看那棵大槐树，忽然，他眼底闪过一丝惊喜之色。

一百多年前那场帝都战乱，苏老爷子曾暗中命人在地底下埋下黄金，以防万一，以备不时之需。后来战乱结束后，黄金陆陆续续被挖起来，但总有遗漏的。

大槐树?

对，没错！当年就是以槐树为记号的！

难道……这地底下果然埋有黄金?

苏子安顿时激动了，他大手一挥，大声吩咐：“挖！”

于是，一群士兵挥舞着铲子铁镐沿着那棵几百年的老槐树就往下挖。

很快，事实便让苏子安激动了。

只见那位圆脸士兵大声道：“有东西，这下面有东西！”

“取出来，快快取出来！”苏子安大声道。

而此时，苏夫人脸上却浮现一抹忧虑。不知为何，她总有一种不太好的预感，她总感觉这里有古怪。

因为，根据剑梅的禀报，当时苏落是将所有黄金都搬到屋里去的，这坑里应该没有黄金了。

于是，苏夫人暗中阻止道：“将军，还是、还是小心为上啊。”

苏子安大手一挥，将苏夫人推开，“能有什么事？妇人之仁！”

其实苏子安对苏夫人不是没有怒气的。北辰影有一点说得极对，夫人什么都好，就是心太偏了，她竟然让苏落住了这么多年的破院子，再怎么不喜欢，那也是他苏子安的女儿！

从来不曾怀疑过自家夫人的苏子安，在心中，第一次对苏夫人的信任产生了一丝裂缝。

怀疑的因子种下，至于什么时候生根发芽，那就看旁人如何浇水施肥了，而很显然，苏落就是个中高手。

她看着苏子安与苏夫人的互动，眼眸微眯，眼底浮现一抹玩味的笑。

“将军，挖到东西了。”

“快快呈上来。”苏子安站在坑边，目光焦灼地盯着坑底。

这可是关乎他面子的大事，马虎不得。

不过，当他看到那紫檀木锦盒时，眼底闪过一丝疑惑。

只听说当年老爷子埋了黄金，没听说埋珠宝啊。

苏夫人看到那锦盒时，眸中浮现一抹不安……这锦盒绝对不是她命人埋的，里面到底有什么古怪？

其实苏落的脸上也闪过一丝错愕。

很显然，此事也出乎她的意料。

是，她后来猜出了苏夫人的心思后，确实又埋了些东西，但用的不是这样的锦盒……很显然，她埋的东西被掉包了。

到底是谁？对方又是使的什么计策？要引谁入局？

苏落眼眸危险地眯起，即使心中疑虑重重，但面上却依旧是不动声色的平静。

北辰影看着这样的苏落，黑眸中浮现一抹赞赏之色。

忽然，苏落那双古井无波的黑眸犀利地射向北辰影，与他的视线在空中碰了个正着，吓了北辰影一跳。

不过，北辰影很快回过神来，他冲苏落嘿嘿一笑，那笑容中有一种邀功的意思。

邀功？莫不是，换锦盒的人……是他？

苏落微扯嘴角，似笑非笑地瞥了他一眼。她倒是想瞧瞧，这位北辰大人玩的是什么把戏。

士兵恭敬地捧上锦盒，一时间不知该递给谁。

按说，苏子安身为家主，该呈给他的。但在场的人中，最尊贵的莫过于太子殿下。而最张扬嚣张的，又非北辰影莫属。

太子冷眼瞧了北辰影一眼，双手交负在后，嘴角勾起一抹淡淡的冷笑。

北辰影跟太子是同样的姿势和动作，就连脸上的表情都在学太子，他这一举动，又气得太子差点发作。

苏子安想了想，便道：“呈上来。”

他接过士兵手中的紫檀木锦盒。

一时间，在场所有人的视线都投注到这个紫檀木锦盒上。

锦盒大约有两只成年人的手掌长度，宽有一只手掌的长度，外面雕琢精致，描金画银，一看就知道价值不菲。

难道里面竟真是珠宝？

怀着期待的念头，苏子安的手缓缓打开那密封的锦盒，在看到盒子里的东西的时候，苏子安脸上有一抹疑惑。

里面不是珠宝，而是……一本薄薄的册子。册子是最普通的那种蓝皮封面，封面上也没有书名。

难道是武功秘籍?

苏子安打开册子，才刚翻了一页，他的脸色就倏然间大变。

这一页页，白纸黑字，竟然是……

太子见苏子安神色大变，眼底闪过一丝疑惑，他走上几步站到苏子安身边，侧身望去。然而，苏子安的动作却犹如惊弓之鸟，迅速往后弹去，动作快如闪电。

太子殿下抑郁了。多疑的太子殿下脸色阴骛暗沉，不悦地瞪向苏子安，心中浮现一丝恼怒之色。

这个苏子安简直太大胆了!

苏落也略带好奇地盯着苏子安手里的蓝皮册子看，不过很可惜的是，她距离苏子安的位置较远，看不清楚那上面的字句。

此时，场中最淡定之人，非北辰大人莫属了。他那双潋滟美眸闪着灼灼精光，眸角轻挑，带着一抹意料之中的看戏模样。

不过，他似乎嫌这场戏还不够精彩，只见他朝身侧的黑袍人使了个眼色。黑袍人会意，颌首，继而身子直接消失在原地。

再现身时，他已经距离苏子安只有一臂之远了。黑袍人瘦削如枯柴的手快如闪电，直直朝苏子安咽喉掐去。

苏子安脑海中浮现之前太子侍卫被黑袍人两指掐死的情况，他下意识地，出于本能地一掌就袭向黑袍人。

然而，黑袍人这一招却只是虚招，他意不在杀苏子安，而是抢夺他手中的蓝皮册子。

所以，就在苏子安反击的时候，他侧身避过，两根如铁钳般的手指扣住苏子安的脉门。

苏子安的手顿时没有丝毫力气，手指扣住的蓝皮册子无力滑落。

也不知道黑袍人出于怎样的心理，他单手接住蓝色册子，似乎有意地将蓝皮册子的密封线给捏断了。当然，除了本就授意的北辰影和一直关注黑袍人的苏落，别人都没有注意到。

“快还我！”苏子安顿时大急。

那里面的东西绝对不能让北辰影拿去，不然的话，不仅是他，整个苏府都将死无葬身之地。

黑袍人沉默以对，他静静地站在北辰影身后，全身笼罩在阴影中。

苏子安转头气急败坏地怒视北辰影，“北辰大人，那是我苏家的……武功秘籍，不传之秘！绝对不能落入外人手中，所以，请你务必将册子归还于老夫！不然——”

“不然怎样？”北辰影双手交负在后，斜了他一眼，神色间颇为不以为然。

“不然……”苏子安咬着后槽牙，脸色铁青，只见他一字一顿地冷喝道：“不然，我苏府必然追杀到底！”

之前北辰影那么嚣张不给面子，苏子安都忍下来了，但现在却为了一本小小的册子大动干戈，这里面……蹊跷可大了去了。

那蓝皮小册子里究竟写了什么东西，能让苏子安焦灼至此？至于苏子安所谓的武功秘籍，苏落是怎么都不信的。此时，苏落有些好奇了，那蓝皮小册里究竟写了些什么呢？

北辰影闻言，哈哈大笑起来，笑得似乎有些喘不过气了，好不容易止住笑，“追杀到底？哈哈哈，我好怕哦。”

谁都看得出来，北辰影在说反话。

然而，出人意料的是，北辰影却扬袖摆手，漫不经心道：“魅影，既如此，你还回去吧。”

魅影人如其名，身形犹如一道鬼魅，他也不作声，只见他右手闪过一道残影，那本蓝皮册子呈抛物线朝苏子安射去。

所有人的视线都聚焦在半空中的蓝皮册子上，一双双眼睛蕴含着复杂光芒，各有心思。

然而，变故在下一秒发生。

只见半空中的蓝皮册子那密封线竟然崩断，无数雪白的纸张纷纷扬扬飘落地面……

对于苏靖宇等人来说，抢是不敢的，但既然洒落地面，借捡起来之故偷看一眼却是完全没问题的。

所以，苏靖宇第一个弯腰去捡。

然而，他的手指还未接触到纸张，就见一道火焰猛然朝自己手中袭来！来势汹汹，毫不留手！

苏靖宇旋身避过，回身退去，却发现刚才攻击他的不是旁人，而是他最敬重的父亲大人。

“爹爹！”苏靖宇简直难以置信。

他怎么都想不到，攻击他的人会是苏子安，他的亲生父亲。

苏子安怒声咆哮：“不许动，谁都不许动！”

大家都被苏子安的狂暴惊呆了，全都傻傻地望着他。

而此时的苏子安似乎完全不在乎大家的目光，他的任务是，坚决不能让一张纸片存留在世上。

苏子安手掌凝聚出无数的小火球，朝地面横扫过去。地面纷纷扬扬的纸张顿时化为青烟，消失在空气中……

看到被销毁的纸张，苏子安脸色放缓，慢悠悠地舒缓了一口绵长气息。

然而，若此时没有旁人他烧掉也就烧掉了，但现在，上有太子殿下，左有北辰会长大人，而苏子安此举又太过欲盖弥彰，所以，他还要面对一连串的质问。

太子首先面露不悦之色，他面色阴霾，铁青着脸，一瞬不瞬地盯着苏子安。

在他看来，苏子安目无主上，太过狂妄！

苏子安满脸苦涩，却只能将苦水往肚子里咽下去。他能解释什么？他可以解释什么？

北辰影见苏子安和太子不和，心中早已乐开了怀，不过面上还是佯怒道："苏将军，你这是什么意思？有什么是我们不能看的？你竟然故意当着太子的面将其销毁？你眼里还有没有帝国陛下？有没有太子殿下？"

苏子安心中那个气苦啊。要论目中无人，你北辰影自认第二，没人敢认第一的啊，现在却反过来将罪名扣在自己身上。

北辰影的话虽然不中听，但完完全全击中太子的软肋，他目光阴鸷犀利地瞪着苏子安，脸色阴沉得可怕。

苏子安咬咬牙，赶紧跪倒，脑中灵机一动，面上却露惶恐之色，"太子殿下，那东西实在是有伤风化，末将怕污了太子殿下的眼睛，所以赶紧将其销毁了啊。"

"哼！"太子甩袖，将信将疑。

北辰影会不会让苏子安这么容易过关呢？很显然不会。

只见他夸张地瞪大眼睛，一副难以置信的表情，"苏将军，你怎么能对太子殿下说谎呢？方才你明明说那是你苏府的武功秘籍，怎么转眼间就变成了有伤风化的图册了？你不能睁着眼睛说瞎话啊。"

这一瞬间，苏落觉得这位北辰大人还蛮可爱的，至少在苏子安面前，那杀伤力简直无人能敌。

在苏落的院子，挖到有伤风化的图册，很显然如果传出去的话，伤的是苏落的闺誉，会让她成为整个帝都的笑柄。

苏子安意图让自己蒙混过关，却完全没有顾忌到这对苏落会造成怎样的伤害。

在他心目中，大概只有利用和利益吧……不知道当他陷入困境之时，苏夫人等人是不是也是随意可以抛弃的棋子呢？对于这一点，苏落表示很期待。

却说苏子安。

北辰影这一句，明晃晃就是在抽他巴掌了，而且还是当着所有人的面毫不留情地抽。

苏子安的神色瞬间阴霾下来，他那双犀利的眼睛燃烧着两簇火苗，瞪向北辰影。

他现在已经完全可以确定，北辰影来苏府绝对是来找碴儿的。

见太子面露不悦之色，苏子安赶忙说道："太子殿下，那真的是有伤风化的图册，若是武功秘籍，末将怎会舍得将其烧毁？末将之所以如此着急，就是、就是怕此事传扬出去，对我家落儿不利啊。"

此话一出，几乎有一多半的人都信了，包括太子在内，因为这理由很充分。

一个父亲为了保护自家女儿的闺誉，所以焚烧所有痕迹。

嗯，果然是很冠冕堂皇的理由呢。苏落嘴角浮现一抹淡淡的讥讽冷笑。

苏子安还真不笨，他能在关键时刻扯出这些，足以说明他的心狠手辣和反应敏捷，但是，很显然，他低估了被他诬陷的某位姑娘的实力。

他还真没机会正面见识苏姑娘的阴险狡诈。

苏落准备这次让他仔细瞧瞧。

大家的目光都一致地集中到苏落身上，那些目光中饱含鄙夷、嘲笑、讥讽等各种复杂意味，太子更是用饱含深意的目光嘲弄地上上下下打量着苏落，那样的目光让苏落很不舒服。

她似笑非笑地望着她的便宜老爹，手中不知何时竟多了一张薄薄的纸张，上面白纸黑字，但是隔得远，大家看得不甚清楚。

苏落不紧不慢地摇晃着那张纸，嘴角噙着一抹漫不经心的笑，"父亲大人，您方才所说的有伤风化的东西，就是指这张纸上的吗？"

轰，苏子安只觉得全身的血一瞬间涌上脑门，脑袋阵阵发蒙。

看着苏落那张讥讽嘲笑的面容，苏子安顿时浑身僵硬。

怎、怎么会还有一张？这臭丫头什么时候捡到的？！

如此戏剧性的一面突然出现，打了大家一个措手不及。

方才，几乎所有的纸张在一瞬间被苏子安销毁，所以，大家只能听他胡扯。但是现在，苏落手中竟然还有一张，那么，就是还有机会知道真相咯？

苏落这一手，干得实在是太漂亮了。

她只捏着那张纸晃晃，就能将苏子安泼在她身上的脏水洗干净。

因为她既然敢明目张胆地当众拿出来，就说明这东西根本就不是苏子安胡扯的什么有伤风化的东西。

毕竟，若是真的，最想销毁纸张的人不是苏子安，而是她苏落。

苏子安瞪着苏落，面容威严冷肃，"落儿，听话，快将那东西毁去。"

苏落似笑非笑地挑眉，"爹爹急什么？女儿可好奇得紧，这有伤风化的东西，究竟是什么呢？"说着，苏落视线扫了周围一圈，又望着苏子安道："瞧大家的脸色，似乎都很好奇呢，爹爹，要不要咱就让大家看看，都评评理，您觉得如何？”

一席话，气得苏子安差点晕倒。

这不孝逆女，当真是气死他了。

苏子安气得差点直接上去掐死苏落，但现实却不允许他这么做。

苏夫人与苏子安夫妻多年，对他的心理是了解得最透彻不过，只见她细声细气地朝苏落笑道：“落儿，别跟你父亲赌气了，父女哪有隔夜的仇呢？再说，你父亲那也是为你好，不是吗？”苏夫人一边说，一边朝苏落靠近。

此时，场上几乎所有人的视线都集中到苏落和苏夫人身上，几乎没人看到苏子安暗中朝赵队长使眼色。

赵队长会意，他隐藏在苏落身后，悄无声息地朝苏落靠近。三步、两步、一步……就在他伸手去夺苏落手中纸张的一瞬间，忽然，一道黑影带起一阵阴森森的冷风，风刃顺着那只手腕切过。

瞬间，赵队长的手腕与手臂分了家。

“啊——”赵队长身子跌落地面，痛苦地抱着不断喷血的手臂，面容因疼痛而狰狞扭曲。

地面上，鲜血如泉涌，斑斑驳驳，空气中弥漫着浓重的血腥味。

苏落细眉微蹙，目光直直望向苏子安，嘴角的嘲讽是那么的明显，“父亲大人，您不会为了这小小一张纸片杀女儿灭口吧？”

苏子安气得脸色铁青，怒斥一声：“胡说八道什么？还不快闭嘴！”

北辰影却抚掌而笑，“苏将军，这场戏真真是太有趣了，本大人看得兴致很高哦。”说着，他一步一步朝苏落走来，朝她挑眉而笑，“苏四姑娘，方便将这张纸给我看看吗？我可好奇得紧呢……”

苏落神色淡淡，视线射向苏子安，见他不住摇头，目光如利剑一般，锋利得似乎能刺穿她的心脏。

若是眼神能杀人，相信苏落此时已经被分尸很多次了。

苏落淡淡地勾起嘴角，对北辰影道：“北辰大人想看，原本不该拒绝，但是父亲大人似乎不太愿意呢……”再说，这锦盒分明就是你北辰影自己放进去的，里面是什么东西，没人比你更清楚了。

北辰影演戏的天分绝对是天生的，他朝苏落手中的那张纸上扫去，只一眼，他的眉头就紧蹙，继而神色复杂地望向苏子安。

那样凝重而难以置信的眼神，简直吓得苏子安心惊胆战，心脏扑通扑通跳个不停。

还有北辰影那欲言又止的犹豫模样，简直就像一只爪子，挠得苏子安全身无处不痒。

苏落嘴角抽抽，简直对他无语了。

唉，要怎么说呢？

其实刚才苏子安的动作是真的很迅速，毁灭证据的时候快得几乎让人来不及反应。

而且她又离得远，照常理来说，她根本就抓不到散落的白纸。当然，事实上也是如此。

那为什么她手中又出现纸张呢？其实，这要归功于苏落的忽悠功力。

这张纸她是从空间中抽出来的，而且这张纸苏子安想必也不陌生，因为这上面写的还是上次抄的《金刚经》呢。

只是让她捏在手里，谁都没发现这是假的罢了。

最可怜的是她那便宜老爹，瞪着这张纸，几乎眼睛都快凸出来了。若是被他知道其实这张纸是假的……想必他的脸色应该蛮精彩的吧？

“落儿，快将那张纸拿来。”苏子安急了。

其实苏落心中是真的挺好奇的，究竟那纸张上写着怎样的秘密，竟会让苏子安急成这样？

不过，苏落当然是不会将纸张还回去的，一还回去，人家还不得知道她在忽悠吗？

只见苏落微微蹙眉，看看北辰影，又看看苏子安，似乎很是犹豫，过了半晌，她才幽幽地说道：“其实，今日的主题不应该是搜查贼赃的吗？父亲大人，您说是吧？”

苏子安能爬到大将军的位置，又能愚笨到哪里去？

他立刻就会意了，“什么贼赃？胡说八道！你这院子里干干净净的，什么都没有！”

苏落又是犹犹豫豫的样子，“可是，母亲、哥哥和五妹妹他们，他们不都指责是女儿找人陷害三姐姐的吗？”

苏子安大手一挥，正色道：“绝对没有这种事！那是你母亲他们胡说八道，私心作祟，让你受委屈了，爹爹会让他们给你赔不是的。”

怎么……苏夫人只觉得今日的阳光怎么这么炽烈，照得她头脑阵阵发晕，险些栽倒。

夫妻多年，她是真的没想到，他会在这么多人面前指责她胡说八道，私心作祟……这、这是多么严重的指控！明明这一切的决定都是他自己做出来的。

不止苏夫人，苏靖宇和苏溪的神色也都很不好。他们难以置信地瞪着苏子安，又怒气冲冲地望向苏落。

谁知，即便苏子安放低身段至此，苏落却还是没有满意。

只见她望着被翻箱倒柜一团乱的屋子，幽幽叹了口气，“唉，这院子现如今被折腾成这样，可要收拾好一阵子了呢……”

“没事，爹爹会叫人帮你……”苏子安见苏落嘴角挂着淡淡的讽刺意味，他乍然间就醒悟过来，大手一挥，豪气干云，“爹爹马上命人整理出东边的紫藤苑来给你住，你放心，到时候一应俱全，你五妹妹有的，都不会亏了你。”

旁边的北辰影简直要为苏落拍案叫绝了。

这丫头行啊，简直太行了！

原本，他还肩负着给苏落创造舒适环境的任务。没想到这丫头只用了一张不知道从哪摸出来的破纸，就将什么都搞定了。

太高了！简直不让人佩服都不行啊。难怪孤傲挑剔如南宫，也会被丫头迷得神魂颠倒、痴心一片了。

此时，北辰影望着苏落的目光那叫一个崇拜啊。

只可惜，那个被他顶礼膜拜的丫头没工夫理他，依旧在那有恃无恐地狮子大开口，只是她的表情是做烦恼状的，“有时候女儿想出门走走，但是守门的护卫……唉……”

“没事，这块令牌你拿去，往后想去哪里就去哪里，绝对畅通无阻。”苏子安一把扯下腰际的令牌，直接就丢给苏落。

好东西！苏落心中暗赞。

但是，看官们觉得苏落会就此打住的话，那就大错特错了。

有便宜不占王八蛋，苏落一直很信奉这句话。

有权不用过期作废，这也是苏落一直信奉的至理名言。

现在，她所要求的这些还远远达不到苏子安的底线。

苏落状似犹豫地道：“父亲大人之前许诺的，若是没有查到黄金，就还我清白，这话还算数吧？”

苏子安此时是巴不得苏落提条件，因为只要有条件，就有回旋的余地。

“自然算数！”苏子安忙不迭答道。他眼巴巴地望着那张纸，恨不得扑过去将其撕毁。

“那么……那是不是在场所有的苏家人都要给女儿斟茶道歉？”苏落见苏子安脸色发黑，暗中想了想，太子和北辰影都在，太过下苏子安的面子确实不好，所以她又改口道：“当然，爹爹一力替女儿澄清事实，还女儿清白，自然是不需要的。”

苏子安等的就是这句话，闻言，正想说话，谁知，被苏靖宇抢了先。

只见苏靖宇怒气冲冲地瞪向苏落，气急败坏道：“苏落，你不要太得寸进尺，小心吃进去的全都吐出来！”

威胁，赤裸裸的威胁。

还未等苏落做出反应，北辰影作势去拿苏落手中的纸张，“方才本大人没看仔细，拿来，再给本大人好好瞧瞧。”

苏子安顿时神色大变，大声呵斥苏靖宇：“逆子，你给老子闭嘴！”

苏子安的暴怒神色看上去极其恐怖，一下子就将苏靖宇给震慑住了。苏靖宇满心气恼，却只能恨恨地踹柱子，再不敢发表意见。

于是，在苏子安的监督下，自苏夫人开始，到苏靖宇，再到苏溪，虽然他们极度不愿意，但是却拗不过一旁虎视眈眈的苏子安。

所以说，有底牌在手的人才是真牛叉。

苏夫人还好，即使心中再愤怒，面上总是笑盈盈的。

但苏靖宇和苏溪就不太像话了，砰的一声将茶杯丢到桌上，茶水四溅。

北辰影大人眉宇微蹙，苏子安将军立马就呵斥上了。

结果，苏靖宇和苏溪再如何不情愿，还是得做好面上功夫，恭恭敬敬地请苏落饮茶并向她道歉。

苏子安眼巴巴地看着苏落，“现在，可以将那张纸还给爹爹了吧？”

谁还谁是傻子。

苏落嘴角勾起一抹淡定的笑，她慢条斯理地、一下一下地将那张纸给撕成了碎片……

这时，苏子安的心才算真正地放松下来。其实，他哪里知道，那张不过是苏落拿来唬他的纸罢了。

这场闹剧终于结束了。

离开前，苏溪特意走到苏落面前，面容因愤怒而狰狞，“苏落，你给我等着，以后会有你好看的时候！”

今日的事对于苏溪来说是一个很大的打击。她一个堂堂的嫡女，平日里在苏落面前骄傲得如同公主，但是今日，她却要当着这么多人的面给她倒茶赔礼道歉！

而且不只是她，还有她哥哥、她母亲……

这是耻辱，赤裸裸的耻辱。这样的屈辱，她以后绝对会百倍千倍地讨回来的！

苏溪恶狠狠地瞪着苏落，那眼神如一匹凶狠的母狼，似乎随时都会扑上去将苏落啃噬得连骨头都不剩。

然而，面对她的威胁，苏落却只是淡淡地笑着，笑容显得那么的漫不经心，“好，我等着呢，随时欢迎苏五小姐来报仇。”

苏溪这种被宠坏的大小姐，其实是最好对付的，苏落一点都没将她放在眼里。

反倒是苏清……要慎重对待。

苏溪冷哼数声：“好，很好！苏落，这话可是你说的，到时候可别跪下来求饶。哼！”说完这句话，苏溪骄傲地转身离去，留给苏落一个傲慢的背影。

北辰影还没走，他似笑非笑地摇头，“啧啧啧，生活在这样的环境中，真是苦了你了，小落落。”

苏落双手环胸，不紧不慢地斜他一眼，“小落落？这是你能叫的？”

像，真像！这表情、这语气，还有这姿势，跟南宫简直是一个模子里印出来似的。不得不说，这两人还真是同类。

北辰影不知从哪摸出一把折扇，漫不经心地摇着，抬起下巴偏过头去，骄傲地问："你就不好奇我为何一直帮你？"

苏落看他傲娇的模样，心中觉得好笑，面上却淡淡地说："不好奇，不过……你若是能告诉我那蓝皮小册子里的奥秘，或许我会洗耳恭听。"

"咦？"怎么感觉身份倒过来了？明明她应该好奇地不停追问才对啊。真是不可爱的丫头。

"或许以后还可以拿它威胁某人。"苏落淡定地说。

原来她好奇的目的在此。北辰影无奈地合上扇子。他知道，要想从这丫头口中套出她和南宫的八卦，显然是不太可能了。

"想知道？"北辰影笑眯眯地凑近苏落，露出两只雪白的虎牙和浅浅的酒窝，看起来贼兮兮的，却显得分外可爱。

"现在你可以说了。"苏落点头。

"嘿嘿，偏偏不告诉你。"扳回面子，北辰影傲娇而张扬，抬着下巴，"想知道的话，就问南宫去吧，那害人的东西可是他提供的呢。"

"原来真是他……"苏落之前就有此猜测。因为能够请动北辰影出手的人，在帝都几乎不存在，当然，晋王殿下除外。

"记得去找他哦。"北辰影嘿嘿一笑，摇着扇子，一摇一摆地走了。

要去找他吗？苏落脑海中浮现出南宫流云那张邪魅妖娆的脸，还有他那强势霸道的性子。

回来那日，他似乎有话要说，但却被自己转移了话题，最后，她匆匆赶回院子。

已经有好些天没有见到他了呢。但是，要去找他吗？

苏落摇摇头，现在她还不能与他并肩而立，就算去找他又有什么用？

就像今日发生的事，苏子安和太子他们为何那么忌惮北辰影？因为他本身的实力和身后的家世。

说到底还是实力。

现在，她不该去纠结见不见南宫流云的问题，最该做的是提高修为，争取早日站到强者巅峰。

那时候，她才有选择的机会，才有保住幸福的实力。

第十八章 灵宠反攻

不到一个时辰，紫藤苑就收拾出来了。

绿萝跟着苏落一起搬进去。

进了院子，绿萝的眼睛简直看不过来了，一双星眸扑闪扑闪的，显得异常激动。

“小姐，这就是我们往后的住处？”绿萝激动得完全不在状态。她虽然对着苏落说话，但是眼睛却惊喜地四处打量着。

“不过是个住处罢了，有什么好激动的？等以后……”苏落忽然住了嘴。

因为她看到前方站着四个貌美如花的丫鬟。一个个环肥燕瘦，姿态婀娜，看着倒像是选美，而不是来伺候人的。

“四小姐好。”四个丫鬟齐齐出声。

苏落微微蹙眉。

她原先在偏院的时候，就只有绿萝和她相依为命，事情也简单。但现在多了这些丫头仆从，而且……苏落的视线扫了她们一圈。

不用多想，这四个丫鬟里肯定有苏夫人的人。

吩咐绿萝多长个心眼，苏落便自顾进了内室。

夜晚，苏落躺在床上，脑中思维发散开来。

她现在的修炼到了二阶瓶颈，若是靠自己努力的话，不知道还要在这阶段停滞到什么时候。但若是有晶石帮助的话，就另当别论了。

晶石……苏落一双美眸变得越来越亮。

有小萌龙这自动寻宝的小东西在，她还怕赌晶石会输吗？

更何况，之前从坑里刨出来的金币还热乎着呢，既然是别人好心送的，不用白不用了。

苏落嘴角扬起一抹讥讽的笑。

苏夫人、苏溪、苏靖宇……等着吧，以后的日子绝对会非常精彩呢。

第二日一早，苏落早早便起来了。

梳洗完后，苏落当着所有下人的面确立了绿萝独一无二的大丫鬟地位，然后抱着小萌龙就往外走。

因为有空间这个秘密，所以苏落并不打算带着绿萝丫头同行。

花园中，百花争艳。

清风徐来，香气扑鼻，沁人心脾。

看到花丛中曼妙飞舞的蝴蝶，小萌龙挣扎着就要从苏落怀里下地。

呆呆的小萌龙心思最好猜。苏落想起那只之前被小萌龙扑蝶却被无意中毁尸灭迹的蝴蝶，嘴角抽抽，揉揉它脑袋，“唉，别闹了，回头出去后再玩，好不好？”

若是被人看见一只雪白的小狗嘴里喷出火焰……苏落扶额，对那样的结果有些无语。

“嗷呜嗷呜——”小萌龙在苏落怀里打滚，撒娇地滚来滚去，小爪子却兴奋地指着那只小蝴蝶。

就在一人一灵宠玩闹时，忽然，苏落感觉到一道危险的视线锁住她。

这道视线似乎蕴含着刻骨铭心的恨意，灼烧得她脊背发烫。

会是谁?

苏落下意识地回头。不远处，苏溪挽着一名清丽女子走来。

今日的苏溪一袭红色丝袍，一张小脸白如美瓷，上面嵌着一双水汪汪的乌黑深眸，显得活泼俏丽。

若是没有表现出她骄纵任性的一面，活脱脱就是一惹人怜爱的小美女。

那名清丽女子就是苏清。

只见她一袭淡粉勾着银线的锦缎纱裳，神情淡漠，给人一种清冷高贵的感觉。

苏溪走到苏落面前，骄傲地扬着下巴，上上下下高傲而挑剔地斜着眼看苏落，“哟，不错嘛，这刚住进新院子，就有闲情逸致出来散步了呢？”

苏落神色淡然，似笑非笑地看了她一眼，怀中抱着小萌龙，闲适地有一下没一下地抚着它的毛。

小萌龙舒服地四仰八叉倒在苏落怀里，露出圆滚滚的肚子，睡意蒙眬的它打着细小的鼾声，看上去憨态可掬，说不出的可爱。

苏溪见苏落没有回应，对她的话完全无视，脸上瞬间浮现一抹恼怒之色，她的食指指向苏落，“你不过是个被人踩在脚底的废物，得意个什么劲？别以为爹爹赐你座宅院就是器重你。呵呵，苏落，我看你能在这院子待几天！”

苏落无所谓地耸肩，淡淡回了句，“说完了？”

被人指着鼻子骂，她竟然还如此淡定？苏溪心中愕然，却不得不承认，现在的苏落比之前的她难对付多了。

之前的她，自己只横过去一眼，她就唯唯诺诺连手脚都不知道该怎么放了。

现在的她，究竟是吃了什么熊心豹子胆，竟然有恃无恐？

苏溪脸色涨得通红，指着苏落，“你别以为我不敢对付你！告诉你，我什么事都做得出来。”

苏落淡淡而笑，“随时欢迎。”会叫的狗不咬人，咬人的狗通常不怎么会叫。

苏清的视线轻飘飘地投向苏落，又皱眉撇开眼。

在她看来，她能看苏落一眼，已经是她八辈子烧香烧来的福气了。

至于跟苏落说话，就会降低了她自身的格调。

不过苏清怎么可能允许苏落欺负她妹妹？

只见苏清淡淡地笑着，指着苏落怀里的小萌龙，声音清冷中透着一丝威严，“不过是个废物，居然也学人家玩起灵宠，可笑！”

苏溪的视线落到苏落怀里，当她看到那睡得四仰八叉的小狗狗时，顿时笑得前俯后仰，简直停不下来。

好半天，她才喘着气，断断续续道：“苏落，哈哈哈，笑死了，也就只有你这废物，才会养这种同样废物的动物。哈哈哈，可真是有怎样的主人就有怎样的宠物啊，哈哈哈，笑死我了。”

苏溪笑得大声而狂妄，把好不容易入眠酣睡的小萌龙给吵醒了。

小萌龙揉揉惺忪的睡眼，温暾地在苏落怀中坐起。

此时，苏溪对苏清道：“二姐，咱们让苏落这废物瞧瞧真正的灵宠是怎样的，好不好嘛？”

苏清的灵宠是一只四阶烈豹，野性难驯，清冷高傲，不过战斗力是真的强。

苏清瞥了苏落一眼，她觉得有必要给这个不知好歹、不分尊卑的庶女一些教训，于是，她轻轻颔首，闭上眼默念。

很快，由远而近跑来一只威武雄壮的烈豹。

只见它身体异常庞大，看上去比之大象也不遑多让。它全身黑棕色的毛顺滑地贴在身上，泛着淡淡的光泽。獠牙锋利尖锐，闪着幽冷的寒光。

那双眼睛，淡漠冰冷，像看死人一样幽幽盯着苏落。

苏溪笑得非常得意，她拉着苏清的手，怂恿道：“姐，咱们让苏落见识见识什么是真正的灵宠，也让她开开眼界，好不好嘛？”

她口中的见识，可不仅仅是字面上的意思。

见苏清不置可否，苏溪又摇晃着她的衣袖撒娇道：“二姐，咱们这也是为苏落好不是？让她见见世面，免得她老出去给咱们府上丢人。”

苏清那双清冷孤傲的视线再次投到苏落身上，她几不可见地点点头，“也好，烈豹回府后就缺人玩耍。”

缺人玩耍？苏落美眸微挑，嘴角勾起一抹讽刺的弧度。

苏清还真不愧对了她的名，清高孤傲得都没边儿了。

自己好歹也是她名义上的妹妹，她一句话就将自己打发给烈豹玩？堂堂的人给烈豹玩？还真是了不起的灵宠呢。

苏落怒极反笑，轻蔑地瞥了苏清一眼，“缺人玩耍？那被别人玩残了，需要赔吗？”

苏清还未说话，苏溪捂着肚子哈哈大笑起来，“你在说什么？玩残烈豹？哈哈哈哈哈，真是笑死我了，烈豹可是四阶魔兽，四阶！你以为你是谁？你只是一个灵力都没有的废物！”

苏清蔑视地瞥了苏落一眼，她是真的懒得跟低于她层次的人废话了。

“烈豹，去，好好陪她玩玩。”既然苏落这臭丫头要找死，那就怪不得她了。

正好昨日母亲他们受了这丫头的闲气，现在可以给他们出气，相信父亲知道了，也不会多说什么的。

烈豹听到主人命令，顿时，健壮的四蹄在地上刨动，眼睛瞬间点燃嗜血光芒，磅礴的气势弥漫在周身。

“吼——”烈豹发出一道震天响的吼叫，健硕而庞大的身子猛然间就朝苏落压去。

浓重的阴影，铺天盖地的杀气，那双冰冷嗜血的眼眸，张开的血盆大口……

苏落相信，烈豹绝对不会手下留情！

说不定，只能暴露自己会武功的事实了。

正在这关键时刻，方才被吵醒而睡眼惺忪的小萌龙，忽然抬起头，那双一贯呆萌呆萌的清澈水眸忽然间似笼罩上一层金色光芒。

它站立在苏落肩膀，冲着迎面扑来的烈豹，面容威严而严肃，一声响天彻地的吼叫：“嗷呜——嗷呜——嗷呜——”

它那紧绷着严肃小脸的小模样，小爪子怒指烈豹，那理所当然的气势，似乎扑过来的不是四阶魔兽，而是以下犯上的奴仆。

苏溪见到小神龙那一本正经的小模样，顿时笑得前俯后仰。

天啊，那只小狗跟她主人简直是一个德行，都是那样的自不量力。难道，它以为它一只小狗就能叫阵四阶魔兽烈豹？

苏清的嘴角也同样扬着高傲清高的冷笑。

蠢货！蚍蜉撼大树，不自量力！

是不是真的不自量力，很快，事情就见分晓了。

就在烈豹距离苏落几乎只有一只手臂距离的时候，忽然，它庞大的身躯竟然硬生生地当场扭转。

但是，半空中想要扭转庞大身躯，谈何容易？

于是，只听见砰的一声巨响，烈豹硬生生地跌落地面，溅起一地黄泥，摔得七荤八素的。

这一举动瞬间惊呆了所有人。

烈豹不是应该去扑苏落的吗？怎么会无缘无故地跌倒？而且，还将自己摔得那么狼狈？

看它半天都爬不起来的样子，苏清双眼赤红，带着怒火的目光瞬间射向苏落，“你做了什么？”

苏落无所谓地摊手，“你看到我做什么了吗？”

她是无辜的，什么都没做，要说做了什么的，应该是小神龙才对吧。不过很可惜，在大家眼中，堂堂小神龙就只是一只毛都没长齐的小奶狗。

苏清顿时被问住了。

确实，刚才她看得仔细，苏落的神色是严肃而戒备的，而且她根本没有动手……那么，这到底是怎么一回事？难道是烈豹自己突然间抽风了？

若要苏清相信，烈豹是因为被小奶狗怒斥才会有此举动，那是打死她都不会相信的。

与此同时，苏溪也惊讶地张大嘴巴，好半天没回过神来。

这、这到底是怎么回事？烈豹可是四阶啊，四阶！

整个东陵国能找出几头四阶魔兽？苏落这臭丫头到底是怎么办到的？真是见鬼了。

其实对于这样的结果，苏落也有些出乎意料的。

她虽然知道小萌龙是龙族中最高贵的小神龙，知道它的龙威很牛叉，但没想到效果竟会如此惊人。

苏落揉揉小萌龙的脑袋，而后者则亲昵地舔舔她的手指。

一人一灵宠看起来亲昵极了。

“烈豹，起来，你给我站起来！”苏清怒了。她的烈豹怎么可以输给苏落？她苏清怎么可以输给苏落那个烂泥巴？这简直比杀了她还让她难以接受。

烈豹被摔得晕头转向，它甩甩脑袋，摇摇晃晃地站起来。

“嗷呜！”小萌龙怒目圆瞪，横眉冷竖，朝它呵斥。

那板着小脸，威严凛然的小模样，就如傲娇的小王子生气地怒斥下人。那么的高高在上，那么的理所当然。

听到声音，烈豹好不容易站起来的庞大身子顿时一晃，差点重新跌倒。

烈豹好不容易站起来，但是，即便是站起来，它在苏落面前，不，具体来说是在小萌龙面前，它那庞大的身躯却瑟缩着，两只前腿跪倒在地，一副匍匐膜拜毕恭毕敬的臣服模样。

这、这简直就是……耻辱啊！苏清望着烈豹，一双眼睛几乎要往外喷火。

她千辛万苦，花费无数人力物力，最后还请师父帮忙，才将这烈豹驯服了，谁知道，它竟然是只傻豹子！

那是什么？小狗啊小狗，牙还没长齐的普通小奶狗！它在怕什么？还浑身瑟瑟发抖？难道它以为那是龙吗？是黄金神龙？

苏清真是被这傻豹子给气死了，她怎么都想不明白事情为何会发生这样的逆转。

然而，身边还有个给她戳心窝的。

只见苏溪凑上去，挽着苏清的衣袖，满脸不解地问：“姐，你这烈豹……不会是傻的吧？”

傻？魔兽中能够修炼到四阶的烈豹会是傻的？

“闭嘴！”苏清很显然心情不好，她目光投射到烈豹身上，用全部灵力凝聚着意念，只听见她指着苏落，淡淡地却威严地下命令：“去，撕裂她！”

骄纵任性的苏溪都不敢当众对她如何，苏清却直接下命令让烈豹撕裂自己？

呵呵，苏清啊苏清，没想到论起心狠手辣，你那几个兄弟姐妹里你能算第一人。

苏落淡漠地看着烈豹，她相信，不需要她出手反击，烈豹绝对会帮她报仇的。

果然，烈豹没有让苏落失望。

它回视苏清，眼中闪过一道迷茫之色，似乎不明白她的指令。

“我说——咬死她！”苏清恼羞成怒，指着苏落，一字一顿，咬牙切齿。

苏落死不死对于她来说不重要，反正在她看来，苏落不过是蝼蚁一只，根本无须费心。但是，她花费无数心血驯服的烈豹出了问题，这才是令她肝火郁结、愁容不展的原因。

小萌龙虽然还是婴儿龙，口齿不清，但人族语言是它与生俱来的天赋，它自然能听得懂。

当苏清指着苏落，一遍又一遍地命令烈豹咬死苏落时，身为苏落的灵宠，小萌龙表示非常生气。

而让一条黄金神龙生气，即使是婴儿龙，那后果也还是很严重的。

只见小萌龙爬到苏落肩上，小小的脸蛋紧绷着，小爪子指着苏清，对着烈豹一阵怒吼："嗷呜！嗷呜！嗷呜嗷呜！"

没人听懂这个小东西在乱叫什么，但是很显然，烈豹懂了。

而一旁，苏清还在不断地呵斥烈豹，命令它站起来扑过去，将苏落啃咬得骨头都不剩。

小神龙的命令和苏清的命令同时下达，在烈豹脑海中交织混杂。

烈豹渐渐变得焦躁，身上的危险气息越来越浓郁，越来越恐怖……

"吼——"一道深沉厚重的龙吟声自小神龙口中发出，它小小的身子晃了晃，然后整个倒在苏落怀中。

小神龙软软地栽倒，似乎刚才那一声吼叫用去了它所有的力气。

苏落心疼地抱着它，乘人不备，赶紧从空间中取出一杯天灵水给小神龙喂下。

一杯天灵水喂进去后，小神龙的精神明显开始好转了。

不过，随着小神龙那一声怒吼，烈豹的身上忽然闪过一道耀眼的金色光芒，它的面目异常狰狞，獠牙锋锐闪闪，似乎完全失去了理智，暴戾而凶狠。

猛然间，它朝前扑去——它的前方不是苏落，而是苏清。

苏清后退一步，本能地做出回击。

她的心中顿时大骇。

烈豹可是她的灵宠！灵宠怎么可能会攻击自己的主人？这别说在东陵国，就是在整个大陆上也没这样的先例。

苏清又气又急，完全失去了之前的清高孤傲，惊慌失措得几乎处于崩溃边缘。

此时的烈豹似乎脑子失去理智，整个陷入了癫狂状态，苏清那一下回击果断拉走了所有仇恨值，所以，在场虽有不少人，但烈豹却只对苏清紧咬不放。

苏清气得几乎昏倒，却不得不反击以自保。

被自己的灵宠追得狼狈不堪，这真是滑天下之大稽。

失去一头价值连城的四阶魔兽也就罢了，现在这魔兽还反过来袭击她！这简直、简直让她恨得咬牙切齿，几乎要呕出一口血来。

苏清四阶，烈豹也是四阶。一般来说，同阶的魔兽比人类要强上一些。

更何况，现在的烈豹正处于狂暴状态，其实力更是成倍地往上翻。苏清又岂是它的对手？只见她一个不察，整个身子被烈豹重重扑倒在地。

近在咫尺的烈豹，张开血盆大口，猛然朝苏清脑袋咬去。

苏清吓得厉声尖叫，尖叫声划破长空，响彻在整个苏府大院。

此时的苏清发丝凌乱，衣衫褴褛，看起来狼狈不堪，哪里还有一丝的清冷高贵？

见此，苏落不由拍手叫绝。

小神龙这一手简直太妙了，它最后那一声吼叫毁灭了烈豹的神识，失去神识的烈豹，已经不记得它的主人是谁了，攻击全凭本能。

所以，距离它最近的苏清就悲剧了。

眼看着苏清脑袋将要不保，苏落心中暗暗称快。

对于这个一直想取她性命的蛇蝎美人儿，她是一点好感都没有，所以，自然不会出手相助的，更何况，她也没那个能力。

这个孤傲得如同孔雀般的苏清，若是没了脑袋……啧啧啧。

然而，苏落的感慨还没完，却见场内忽然多了一个人，这个人不是别人，正是苏落的便宜老爹苏子安。

苏子安赶到得还算及时，在最后关头救出被吓昏过去的苏清。

苏落知道，有苏子安在，苏清这次是死不了了。

但是狂暴状态的烈豹也不是好对付的，即使是五阶的苏子安，那也要花费很大的力气。更何况，如今的烈豹已经疯了，在整个苏府里东闯西闯，见到东西就毁，气得苏子安差点跳脚。

这种乱战她还是不要参与的好……

苏落想至此，脚步慢慢地往后退。

趁着苏子安专心与烈豹战斗的时候，她脚底抹油，快速溜走。

能让高傲的苏清狼狈至此，想必比杀了她还难受吧？想到这，苏落的嘴角就高高翘起，显然心情很不错。

苏府内被烈豹闹得惨不忍睹，而苏落却抱着小神龙大摇大摆地出了门。

第十九章 时来运转

苏落想起空间中那堆积成小山的金币，她决定直接去赌晶石。

晶石被开采出来的时候，有一层厚厚的风化皮包裹着，即使修为再高的人也无法透过表皮感应到里面有没有晶石，只有切割后方能知道。

于是，这就诞生了赌晶石的行业。

在晶石矿山的地方，赌涨的几率要高一些，可能达千分之一。

但离开晶石矿山的地方，赌涨的几率就会变得很低，万分之一的可能性都达不到。

赌晶石这一行，赌涨了就可以一夜暴富；赌输了，就可能倾家荡产。而赌晶石，基本上都是十赌九输，就算赌涨，也未必就是大涨。但是苏落非常有自信，她这自信不是因为自己，而是缘于她的小神龙。

小神龙有自动寻宝功能，它能够感应到原石里有没有晶石，晶石的档次高不高。

苏落并不好赌，而是迫切需要晶石来修炼，所以这种完全捡漏的好事，她自然不会放过。

一路问来，苏落直接来到帝都最大的原石市场。

这里的原石市场很大，苏落第一次来，人生地不熟的，也就只能碰运气了。

不过以苏落的经验来看，每一行都有每一行的规则。

比如赌石，若是没有圈内人的引荐，一些资深的隐藏店面她根本就不知道。即使她有能感应晶石的小神龙，但是不得门而入也是没用的。

就在苏落一边烦恼一边转悠的时候，忽然，两个小男孩朝她追赶着跑过来。

苏落心生警惕，侧身就避过了。

那俩小男孩似乎没想到苏落的反应会是这样，有些呆愣，但很快神情又恢复原状，打打闹闹地继续跑远了。

苏落嘴角勾起一抹浅浅的笑意。即使到了古代，她引以为傲的第六感依旧精准。

刚才她感觉到那俩追着打闹的小男孩有蹊跷，所以侧身避开。果然，随后他们的反应完全证实了她的猜测。

那俩小男孩是在故意装作打闹，实则是靠近她身边，要盗走她的钱袋。

这原石市场果然要处处小心在意，一不留神就会钱袋不保，连这么小的孩子都知道组团行骗了呢。苏落笑了笑，继续往前走，只是没走几步她的身形就站定了。

一个衣衫陈旧但洗涤得干净整洁的小男孩站在她面前，一本正经地朝她开口，“最尊贵的小姐，您需要向导吗？您别看我小，但我家就在市场后面离这儿只有几十米远，我自小就在这赌石市场里长大，这里的一切我都熟悉，您需要了解的信息我都可以告诉您，而且还可以带您去隐藏店铺哦。”

小男孩衣着陈旧，好好的裤子被穿成了七分裤，脚上的布鞋还破了个洞，露出大大的大脚趾。

见苏落的视线扫到他那双破旧的胶鞋上，他有些惴惴不安地将脚往后挪了挪，但不管怎么挪，短了一大截的裤管下，那大大的大脚趾是怎么都遮掩不过去的。

苏落的视线又落到小男孩的脸上，看年纪，这孩子绝对不超过十岁。

谁会想到，清贫困窘的小男孩，竟会有一张粉雕玉琢的小脸？只是因为经历了生活的苦难和风霜，这张小脸绷得一本正经，有点小大人的老成模样。

不过，这还真是想瞌睡就有人送枕头，正正适合呢。

刚才苏落还在思考着怎么找个圈内人带自己去找那些隐藏在市场内部的店铺，因为往往那些店铺，才会有储藏多年的好籽料，外面的这些小店实在是入不了她的眼。

现在正好，小男孩自动送上门来了。

不过，苏落也不是来者不拒的，她漫不经心地看了那小男孩一眼，淡淡地问：“你怎么没同他们一伙？看他们的样子，过得比你好呢。”

苏落指的是之前朝她撞来的那俩小偷小摸的小男孩。

眼前这小男孩有些不赞同地摇摇头，“一入偷门深似海，从此良知是路人。母亲一直都教育我，不管何时不管落到任何境地都要谨守本心，堂堂正正，绝不能昧着良心做事。”

见小男孩一本正经说教的模样，苏落忽然觉得很好笑，很有种捏捏他粉嫩面颊的冲动，她又跟着问了一句：“哦，那你真没偷过？我可不信。”

“我、我只偷过一次馒头！那时妹妹饿极了都在啃桌角了，我没办法……”小男孩的眼圈有点红，又生怕苏落厌弃他使得他丢了这份工作，焦急地解释，“但是第二日我挣了钱，就把馒头钱还回去了，真的！”

苏落见他急得脸色涨红，不由笑了，“急什么，我又不是那卖馒头的。好了，说说看你的价码，本姑娘瞧瞧你合不合适。”

苏落可以看得出，这小男孩的基因是极好的，可能是家道中落的原因，即使生活变得清贫，但是品质依旧善良，就如同他自己说的，谨守本心。能在清贫中谨守本心，更何况是一个小孩子，这点是非常难得的。

小男孩不知道苏落对他的评价不错，他生怕被雇主嫌弃，红着小脸，急急说道：“我、我很便宜的！一天只要十个铜币。”

他见苏落不回答，以为嫌贵，又急急改了口，“五铜币、五铜币就好！母亲抓药至少需要四铜币，还要给妹妹买点细粮吃，她年纪小咽喉细，一喝粗粮就吐。”

他一双清澈的大眼睛一瞬不瞬地望着苏落，里面有祈求，有渴望，还有希冀……让人看着就心酸。

苏落心中不免有些感怀。

这么小的年纪，要照顾生病的母亲、孱弱的妹妹，还能谨守本心，实属不易。

苏落拍拍他的小脑袋，“行，十铜币就十铜币吧。若是今日姐姐有收获，再额外赏你。”苏落将手伸进衣袖中，原本想先付他五个铜币的定金，吊起他的积极性。但是，她忽然想起来，跟小男孩比起来她真是富裕得不行，因为她手头流通的货币只有金币，就连一小枚铜币都没有。

也罢，到时候再说吧。如果通过了她的考验，她能够给予的绝不仅仅是十枚铜币或十枚金币，而是小男孩往后前途无量的人生。

即使苏落没有给定金，小男孩也已经很是千恩万谢了。

小男孩高兴得不行，又是鞠躬又是拜谢，“多谢小姐、多谢小姐，您是好人！大大的好人！”因为很少会有主顾雇用他这样的小孩子，人家要的不是娇艳妖媚的美女，就是人脉众多的掮客。能够被雇用，他已经很满足了。

苏落见他不介意，也就不提了，“对了，你怎么称呼？”她想再细细观察这孩子一番，看他值不值得自己栽培。

“苏小源，姑娘叫我苏小子，或者小源、圆子，怎么称呼都可以。”苏小源笑得眉眼弯弯，显得很兴奋。

“你也姓苏？呵呵，说不定咱们五百年前还是一家呢。”苏落笑着拍拍他的肩头，“好了，前面带路吧，今日时辰尚早，咱们好好将这市场给逛逛。”

苏小源果然是这里的地头蛇，经过七拐八弯的小道，他将苏落带到一条古朴陈旧的老街。

他指着一栋老旧的四合院子对苏落道：“小姐，这里就是陈老家，陈老家是隐藏店铺里货源最丰富、品种最高档的，当然，价格也高。”

苏落目光扫了周围一圈。

这里显得有些偏僻而且荒凉，周围人烟稀少，极少有人经过，冷冷清清的样子。不过，这倒是有点隐藏商店的架势。

就如同苏落前世一样，当地最正宗的美味不是在闹市区，而往往是坐落在不起眼的地方，走马观花旅游之人若没人带领，往往都是寻不到的。

苏小源小小的指关节咚咚咚地敲门，三长两短，很有规律。

不多时，门吱呀一声开了。

门口露出一张衰老得如同橘皮一样的老脸，满脸的褶子，眼睛浑浊，头发花白，看上去这人似乎有八九十岁的高龄了。

“陈伯伯，我帮您带客人过来了。”苏小源毕恭毕敬地作揖，神色恭敬，眼眸清澈纯净。

陈老犀利的眸子如刀锋般射向苏落，就那么直直地盯着苏落看。

苏落毫不示弱地瞪回去，脊背挺直，目光冷冽无波，气势上毫不退让。

两人对视了许久，双方互不相让。

最后，还是陈老先败下阵来。

只是陈老既不点头也不摇头，转身背着手进去了，只淡淡吐出两个字，“关门。”

这是通过检验了？苏落有些无语地望着苏小源。

苏小源直到现在，那口憋着的气才逸出，拍着胸口喘息着，但是笑容灿烂，“走吧，陈伯伯答应我们进去啦。”

“还有把客人往外赶的？”苏落觉得有些不可思议。

小源仰着小脑袋对苏落得意道：“当然了。陈伯伯性子孤僻，平日里不喜见外人，所以很不喜欢外人打搅。能够上这儿来的，一般都是做过几回生意且合作愉快的，像小姐这样第一次来就被迎进去的，极少极少。”

“那还不是托你的福？”苏落笑着道。

“不是，我前几次也带了客人来，但毫无例外地都被陈伯伯赶跑啦。”小源敛容，正色道，“能够来这院子里的有三种人，一种是合作愉快的生意人，一种是陈伯伯口中的有缘人，还有一种是……”

“是什么？”苏落有些好奇地问。

“冤大头。”小源捂住嘴笑道。

“冤大头？”苏落有些难以接受，“那你说，我是属于第二种，还是第三种？”

小源笑嘻嘻地看了苏落一眼，“姐姐自然是有缘人啦，至于冤大头，就比如……”

苏小源的手指头朝一位锦衣纨绔少年指去，“那里就有一位。”

苏落顺着他的目光望过去。

那是一位锦衣华服的公子，正在悠闲地一块一块切着石头。

“他是谁？”苏落略带好奇地问。

“这位就是柳丞相家的二公子呢，叫柳乘风。他经常会来陈伯伯这里赌石，但是手气特差，而且还心胸狭窄，如非必要，小姐还是不要与他接触为好。”小源小小年纪却说得头头是道。

柳乘风？柳丞相家的二公子？那岂不就是柳若华的亲哥？

苏小源看到那些石头，不由得瞪大眼睛，有些难以置信，“天啊，这些原石可都是最高档的，每一颗都五十金以上，他竟然跟切菜似的随便乱切，这要是把晶石切坏了，多可惜啊。”

切坏的晶石灵力会散逸出来，若不炼化的话，随着时间的推迟，灵力会越来越少，直至消失，所以，破损的晶石价格一般都卖不上去。

苏落双手环臂，惬意地靠在红木柱子上，漫不经心地看着柳乘风切石头。

此时的柳乘风还没有发现苏落的存在，他的全部注意力都集中在手中的原石上。

满怀希望地切开一块块原石，最后却只有失望，柳乘风脸上闪过一丝怒容。

柳乘风的运气似乎非常不好，他一连切了九块原石，但里边别说高档晶石了，就连赤色晶石都一块未出。

此时，放在柳乘风面前的是一块大约有足球般大小的椭圆形原石，光看外表，表现确实非常好，斑花蟒带都有，而且清晰明了，要不然也不会被柳乘风挑中。只不知里面如何罢了。

毕竟，对于人类来说，即便是再强大的强者，也无法通过原石外壳探测到里面去的。

这是最后一块原石了。柳乘风有些犹豫不定地举着特制的切石刀，上下左右地比画着，迟迟不敢落下。

今日他花了一千金币，精挑细选了十块原石，但是前面切出来的九块都是废料。若是这最后一块还是不成，那他的一千金币就只能打水漂了。

一千金币，那可是一万银币，他柳乘风虽然贵为丞相府的二公子，但也不是随手就能拿得出来的。

所以，此时的柳乘风无疑是紧张忐忑的，他放下切石刀，从边上取出磨石刀，小心翼翼地从左侧开始顺着蟒带的走向慢慢地往里面擦石。

擦了大约有十分钟的时候，柳乘风显然有些不耐烦了，他直接换切石刀，也不比画了，直接就从中间往两边切。

咔嚓一声轻响，原石从中往两边裂开，刀口齐整平滑如豆腐，只可惜……内里灰白一片，一点晶石的影子都没有看到。

“啪！”柳乘风气得一把丢下切石刀，抬眼间却刚好看到正对着他似笑非笑的苏落。

“你笑什么？”柳乘风顿时怒了，阴沉的面容更是布满阴霾，双眸森冷狠辣地瞪着苏落。

苏落嘴角勾起一抹淡漠的冷笑，微微挑眉，漫不经心道：“我笑我的，你切你的，有什么干系？”

柳乘风还未说话，他边上的狗奴才就已经冲过来，朝苏落趾高气扬道：“你知道我们公子是什么身份？竟然用这样的态度跟我们家公子说话？”

小小的下人，苏落懒得跟他废话，直接就无视了，只对柳乘风鄙夷地摇头，“柳二公子这运气，啧啧啧……”

“你闭嘴！”柳乘风正心情不好呢，又遇上苏落的奚落戏谑，心中犹如一团烈火熊熊燃烧。

“这里是陈府，可不是你们柳府，收起你丞相公子的做派吧，也不嫌丢人。”苏落闲闲地在旁边紫藤架下的藤椅上坐好，目光淡淡地扫了柳乘风一眼，神色是那么的漫不经心。

柳府，丞相公子……原来她竟知道自己是柳丞相府的二公子，那她还敢如此对自己？她到底是什么来历？哪里来的底气让她敢如此无视自己？柳乘风眼眸微微眯起，眼底闪过一丝精芒。

此时，苏落正有一下没一下地抚摸着在她怀里睡得憨态可掬的小神龙。

小神龙一点都没有身为高贵黄金神龙的自觉，它四仰八叉地躺在苏落怀里，小肚子一鼓一鼓的，嘴角挂下一丝涎水，显然睡得极沉。不过，出于本能，它两只小爪子紧紧抓着苏落的衣襟，生怕自己被丢弃。

“你这小狗倒是不错。”柳乘风丢下那废弃的原石，也不切了，双手背在身后，慢条斯理地走到苏落身边，居高临下地打量着她怀里的小神龙，“说吧，这小东西多少钱，本公子收了。”

想要买小神龙？苏落玩味地瞥了柳乘风一眼。

小神龙是人想买就能买的吗？只怕柳丞相再做一百辈子的丞相，都凑不来钱买小神龙的一根汗毛呢。

苏落淡淡地说：“不卖。”

“臭丫头，我们家公子要买你的小狗，那是看得起你。你别不识抬举！”那狗奴才不知道又从哪来冒出来，傲慢地指着苏落的鼻子骂。

身上。

那块椭圆形的原石已经被柳乘风拦腰一分为二，分为两个同样大小的半球。小神龙则迅速跳上右边的那半块原石，口中嗷呜嗷呜地叫着。

苏落心中一喜。

小神龙是什么？那可是可移动性的晶石探测器啊。能让它兴奋的晶石，会差到哪里去？

然而，正当苏落兴奋的时候，柳乘风也回过神来了，他大步朝那块原石走去，一把就要将小神龙挥开。小神龙朝他龇牙咧嘴。

苏落脚步一顿，有些烦恼地扶额。

非人类就是非人类，即使贵为神龙物种，这智商……真让人为它着急啊。

这原石原本就是柳乘风的，现在小神龙表现得这般热切，是个人都知道这里有问题了。虽然柳乘风不知道小神龙会探测晶石，但是这也预示着是好兆头啊，是个人都会将它切出来看个究竟的。

此时，柳乘风阴笑连连，招呼他的手下，“将这只小狗赶走。然后，将这半块原石抬到切割器上，本公子要好好切切，看看里面是不是真的有晶石！”

苏落有些遗憾地叹气：看来，这次要为他人做衣裳了。只是，白白便宜了柳乘风。原本他都已经丢弃不要了的……唉，真憋屈啊。

然而，就在此时，事情发生了惊天逆转。只见小神龙紧紧抱着那块原石，半天不撒手，眼见着众人朝它围上来，它顿时急了，急得它站在那半块原石上团团转。最后，急中生智的它，高高翘起小屁屁，细细的右后腿抬起，对准那半块原石，稀里哗啦撒了一泡黄黄的尿液……

苏落嘴角抽抽，不忍地别过脸去。身为它的主人，她真的觉得好丢脸有没有？

柳乘风嘴角抽抽，一脸便秘模样，恶心地皱起眉头。

陈老那犀利如刀的眼神在这一刻，也微微地抽抽，眼底似漾过一丝笑意。

这小家伙，真的太……让人无语了。人家小动物会护食，但没听过还会抢原石的……还真是一只充满神奇色彩的另类小狗。

片刻之后，柳乘风最先反应过来，他阴险地盯着苏落，嘴角扬起一抹邪恶的冷笑，“那半块原石被你的宠物玷污了，现在，你说该怎么办吧？”

听他这口气……似乎赖上她了？不过，这样倒也不错。

谁也没发现，目光流转间苏落眼底那转瞬即逝的精光。苏落皱眉，面色不虞地瞪了小神龙一眼，又皱眉对柳乘风说：“不就原石表皮的一泡尿吗？切出去不就好了。”

柳乘风既然已经决定了要赖，哪里是那么好打发的？他还预备着好好敲诈一笔，将今日买原石亏的钱赚回来呢。只见他神色不虞，阴冷而笑，“你说切出去就切出去？”

"那不然怎样？要请人洗干净了再还你吗？"苏落神色间似乎很气恼，针锋相对道。

"哼，表皮是可以洗干净，那么运气呢？说不定里面就是价值万金的绿色晶石，被你的小贱狗撒了一泡尿，运气全跑光了呢。这笔账，你预备怎么算？"柳乘风趾高气扬地扬着下巴，咄咄逼人道。

"你、你这人怎么如此蛮不讲理啊。里面有就是有，没有就是没有，那是几千年前就形成的晶石，会被我家小、小狗一泡尿给撒没了？你骗谁呢？想讹诈你也编个好的理由出来啊。"苏落似乎被他气得不轻，脸色涨红，气得都跺脚了。

而苏落越是如此，柳乘风就越是得意，只见他阴笑连连，指着依旧对着那半块原石嗷呜嗷呜叫的小神龙，"那是不是你家的狗？"

苏落点头。

柳乘风趁机逼近，"它是不是撒了一泡尿？"

苏落又点头。

柳乘风得意了，"这金币，你赔是不赔？"

苏落皱眉，摇头道："你那半块原石本就是丢弃不要了的，怎么能找我赔，太没道理了。"

"哼，谁说本公子不要那半块原石了？本公子花金币买的原石，为什么不要了？难道本公子有钱烧的？"柳乘风越说气势越盛，一步一步逼近苏落，"你赔不赔？不赔的话，本公子将那小狗的毛一根一根拔掉，做成叉烧狗肉包子！"

苏落似乎被气得不轻，却无可奈何，最后咬牙道："你到底想怎样？"

"一千金币。"柳乘风啪的一声打开折扇，惬意地扇着，得意地扬着下巴，用余光瞥了苏落一眼，"一千金币，银货两讫，概不赊欠。"

他从陈老这里花了一千金币买了十块原石，但没有一点收获，现在正好，让他碰上个冤大头，不讹诈她讹诈谁去？柳乘风摇着扇子，脸上是异常邪恶的笑。

苏落的眉头似乎皱得很紧，一副憋屈又焦急的模样，"一千两？不行！最多一百两！"

"一千金币，不二价！"柳乘风冷哼一声，高傲地挑眉。

"你怎么能这样胡乱开价？明明前面九块原石都切出来，连个屁都没有，怎么也要让我替你买单？真当我是傻子啊。"苏落很不服气地瞪着他。

柳乘风摇着扇子，不紧不慢地说："本公子承认你说得很对，但是，现在本公子就要你付一千金币，要不然，你那只小贱狗就赔给本公子。哼哼，现在，你选吧。"

苏落似乎很纠结，犹豫了再犹豫，最后弱弱地问："能不能便宜点？"

"不行！"苏落的气势越弱，柳乘风的气势就越强，他咄咄逼人地瞪着苏落，很不爽，只要看到她倒霉，他就会由衷地高兴。

“那行啊，就赌刚才那袋金币吧。”苏落扬手，随意说道，“若是那块鹅蛋般大小的原石里什么东西都没有，就算你赢，反之，就算我赢，如何？”

“好！”柳乘风将那袋金币丢到桌上。

苏落也不落于人后，她随手一扬也是一袋金币出现在桌上。

然后，两人的视线全都转到陈老那厢，目光紧紧盯着陈老那双灵活的巧手上。

接着那原石逐渐变小，再变小，最后，就只剩下鸡蛋那么大了。

柳乘风一脸得意的笑容，他轻蔑地扫了苏落一眼，“你输定了。”

“胜负还未见分晓，且耐心等待吧。”苏落看着那小块原石，嘴里虚虚地应着。

能够让小神龙激动的晶石，必然不是低档次的，极有可能是在绿色晶石之上吧？

“哼，死鸭子嘴硬，等下有你好看的！”柳乘风冷哼一声。那么小的石头里还会有晶石？骗谁呢，他才不会信。

然而很快，事实就抽了柳乘风一记响亮的耳光。柳乘风再也笑不出来了，他嘴角的那缕来不及褪去的笑容瞬间僵硬在嘴角。

因为他竟然看到，就在那鸡蛋般大小的原石边缘，竟然出现一抹淡淡的青色……绿色还是青色？有些分不清楚，但是，绝对是有颜色就对了！

而此时，陈老的目光也带了几分凝重。他放慢了磨石的速度，小心翼翼地擦着边边角角。

很快，被灰白颜色掩盖的晶石展现在众人面前——晶石，青中带绿的晶石？

这这这……简直太恐怖了！原本绿色晶石就已经非常难得了，在大陆上简直是万金难求，但眼前这颗不仅是绿色，它还带了浓浓的青色。青中带绿，一般都可以当作青色晶石来卖的，这可是价值五万金啊。

柳乘风只觉得脚底一软，双眼发黑，几乎要昏厥过去了。这怎么可能呢？简直太不可思议了，太让人匪夷所思了。这明明就是他丢弃不要的废料。天啊，他竟然将价值五万金的原石以一千金币的价贱卖给了别人……此刻的柳乘风真的是后悔得肠子都要青了，他恨不得扑过去将那块晶石抢回自己怀里来。

“陈伯伯好巧的手，好强大的运气，若不是您出手，这晶石由我来切的话，肯定就破坏掉了。”苏落神色淡定，笑容如初，一点也没有因为出了高档晶石而忘形。

陈老见苏落这般从容淡定，又看看柳乘风那捶胸顿足的样子，眼眸微眯，“收好了。”

“嗯。”苏落将这块晶石接过，细细欣赏起来。这枚青中带绿的晶石只有鸽子蛋大小，躺在白皙的手心，阳光照射下看起来流光溢彩，而且能够清晰地感觉到上面流淌着浓郁的灵力。

柳乘风死死地盯着苏落，那双原本幸灾乐祸的眼睛如今却布满寒意。

苏落抬眸，冷淡地看了他一眼，也不说话，只当着他的面径直将桌上的两个钱袋都收起来，轻描淡写地说了句：“你输了。”

柳乘风的脸色愈加难看了。好不容易赢回来的一千金币，就这么轻易地又被这臭丫头收了回去。更何况……柳乘风的视线死死盯着那枚青中带绿的晶石，恨不得一把抢过来，将其据为己有。这原是他的……不，本来就是他的！

柳乘风咬牙切齿道：“姑娘，这块晶石你出价吧。”

“干吗？”苏落没好气地白了他一眼。

“卖给我，不管你出多少价，卖给我！”柳乘风咬着后槽牙，一字一顿地吐出这句话，那蕴含着熊熊烈火的赤红双眼死死盯着苏落，似乎一旦苏落拒绝，他就会毫不犹豫地扑上去将其掐死。

苏落无奈地叹息一声，无语地望着柳乘风，“我说柳二公子，你这人怎么回事啊？怎么老想从我身上买东西？”

苏落掰着手指数落道：“先是逼我将灵宠卖你，现在倒好嘛，又威胁我将这青色晶石卖你。我说柳二公子，你好歹也是丞相府的嫡子吧，怎么这么一副没见过世面的样子呢？”

苏落的话一向言简意赅却犀利地直指重点。

这一席话，奚落中带着戏谑，语气不见得多严厉，却将柳乘风从头数落到脚，顿时让他面红耳赤，喘着粗气，气得几乎跳脚。

柳乘风颤抖着手指，指向苏落，“臭丫头，胡说八道什么？！”

谁知，苏落还嫌气不够他似的，抱着小神龙，慢条斯理地说道：“哦，原来刚才我那些都在胡说八道啊？原来你柳二公子没有威逼我将青色晶石卖与你啊？那是我听错了，真是抱歉得很啊。”说着，苏落抱着小神龙转身就走。

她身后的柳乘风气得半死，一口气憋在喉咙里不上不下，不知道该咆哮出来，还是该咽下去。

苏落身后的苏小源简直用崇拜到极点的目光凝望着苏落，一双眼睛闪闪发光，似乎在望着自己最崇拜的偶像。

帅，简直是太帅了！那可是柳丞相府的二公子，小姐竟然毫不留情劈头盖脸就是一顿训，不仅将对方训得灰头土脸，还让对方有苦说不出，这才是骂人的最高境界啊。苏小源简直佩服得都要跪地膜拜了。

“苏小源，想什么呢？快前面带路，今日的原石还没选呢。”苏落拍拍小家伙的脑袋。刚才还见到陈老，但自从解出晶石后他就无声无息地消失了，现在她就只能靠她的小向导了。

足以打动她罢了。果然，世上什么东西都是有价的，都是金钱可以买到的。

众目睽睽之下，柳二公子交付了十万金后，那块原石就归了他。

今日的柳乘风可谓是花了大手笔了。先是被苏落骗走了一块青色带绿的晶石，再是被苏落坑走了一千金币，之后又因为抢苏落的原石花费了近五万金，而现在，又是整整的十万金。

一日之间，柳乘风几乎将柳丞相府一年的收入都给花掉了。不过，对于这笔钱，此刻的柳乘风却觉得花得很值。

此时的柳乘风正蹲在地上，喜滋滋地看着这抹沁人心脾的青色晶石，他满脑子都在幻想着，当他捧着青色晶石回府邸时，周围人的羡慕和老爷子欣慰的笑容。美滋滋地想着想着，柳乘风不由得扑哧一声笑出来。

周围人却等得有些不耐烦了，有那性急的大声催促："这柳二公子不会是乐傻了吧？这晶石还没完全切出来呢，谁知道下面是不是真的就是青色晶石啊？"

"就是啊，柳二公子，别乐了，快切吧，切出来再乐不迟啊。"

柳乘风这才从甜蜜梦境中回过神来，他擦擦嘴角无意间流出的涎水，轻咳一声，正色道："好，本公子就亲自解石，让你们亲眼见见青色晶石是如何的光彩夺目。"

柳乘风手握刀柄，凝神屏息，看着眼前这块原石，有些犹豫不决。

苏落却懒得再理会他。反正不管他怎么切，这一刀下去，从里到外全都是灰白色，无论从哪个角度切，结果都是一样的。因为，唯一有晶石的地方，已经全都被她切出来了。

而且这块青色晶石，就只有表皮那薄薄的一层，其价值嘛，大概不会超过几千金吧。

又一次成功地坑了柳乘风，苏落的心情大好起来。

一个是价值几千金，一个是价值十万金，这落差太大，大得柳乘风根本就反应不过来。

当柳乘风切开后……

"怎么会这样……怎么、怎么会是靠皮晶石呢……"柳乘风一双充血的眼睛死死盯着地上的碎片，口中喃喃自语，整个人几乎都傻掉了。

周围的几个人却不住地摇头，有的庆幸，有的同情，还有的嘲讽。

"没想到竟然是靠皮晶石啊，幸好刚才老夫没有拍到，不然这会儿就输惨了。"李老先生心有余悸地道，"所以说这赌石，一刀穷，一刀富，真是难说的呢。"

"是啊，不过这十万金确实是太高了，要知道，就算是已经切出来的青色晶石，其市场价也不过五万金啊。"

"是啊，这价确实也高得离谱了，只有傻子才会出这样高的价。"

"最可笑的是，最后竟然切出来靠皮晶石。"

人人都是事后诸葛亮，不断地放马后炮。

这一道道的声音如同尖锐的刺，刺得柳乘风心脏一阵阵地抽疼。不、不行，他不能就这样倒下去，他手里不是还买了一些原石吗？那些从那臭丫头手中抢来的原石，一定不会差，一定能切出好晶石来的。对，切，必须切！

柳乘风大手一扬，吩咐道："将之前买下的七块原石全部取出来，本公子要继续切石！"

还要切？周围人全都窃窃私语，但是柳乘风一概无视，他现在必须得切出一块青色晶石，不然他怎么跟家里交代？

他可是花钱如流水，今天一天就花出去近十五万金币啊！

第一块原石，一刀切下……没有。

第二块原石，横切一刀……没有。

第三块原石，竖切一刀……没有。

第四块原石……

……

第七块原石，几乎被柳乘风剁成了粉末，但依旧空空如也，没有任何晶石存在！这一刻，柳乘风几乎要疯掉了。十五万金币啊，整整十五万金币！他竟然全部都投进去打了水漂。一点点的晶石，哪怕是一点点的赤色晶石他都没摸到！柳乘风双眼冒火，几乎失去理智了。这不可能啊，明明那臭丫头当初选了很久，还一副窃喜的样子的。

那个臭丫头故意戏弄他！柳乘风瞪着不远处的苏落，眼底阴寒。忽然，他的嘴角勾勒出一抹诡异的冷笑。他抬手，招来一个下人，在他耳边嘀咕数声。那下人迅速领命而去。

这一过程，柳乘风做得非常隐秘，几乎没人看清他的小动作。

苏落给苏小源十枚金币，笑道："拿去吧，给你母亲和妹妹好好买些东西，也别太亏了自己。"

"金、金币？"苏小源激动地看着手心里的十枚金币，难以置信地张大嘴巴。小姐原本不是说好是给十枚铜币的吗？

"你今天的所作所为值这个价，收起来吧，别让人抢了，到时候你这小身板可抢不回来。"苏落笑着道。

"可、可是……我今天什么都没做啊。"苏小源很沮丧地说。今天，他除了将小姐带去陈伯伯那里就什么都没做了，平白得这么多金币，他受之有愧啊。

"不，你今天带我去了陈老那，这件事就完全值这个价了。"苏落笑着说。

"可是……"苏小源还是不敢接受。

不等苏小源再推辞，苏落便横了他一眼，"放心，往后还会有事交代你去做，今日你的任务已经完成了，快回去吧。"说完，苏落头也不回地离开了。因为她能够感觉得到，有一道炙热的视线正盯着她的后背。